TODD CALGI GALLICANO

Magic Guardians

Der Fluch des Greifen

Todd Calgi Gallicano

Magic Guardians

Der Fluch des Greifen

Aus den Akten des
Instituts für Magische Wesen

Aus dem Englischen
von Ulla Höfker

cbj

Dieses Buch ist auch als E-Book erhältlich.

MIX
Papier aus verantwortungsvollen Quellen
FSC® C014496

Verlagsgruppe Random House FSC® N001967

1. Auflage 2018

Die Originalausgabe erschien 2017 unter dem Titel
»Guardians of the Gryphon's Claw – A Sam London Adventure«
bei Delacorte Press, einem Imprint von Random House Children's Books,
Teil von Penguin Random House LLC, New York
This translation published by arrangement with Random House
Children's Books, a division of Penguin Random House LLC

Aus dem Englischen von Ulla Höfker

Umschlaggestaltung: sempersmile, München
Umschlagmotiv: © Don Lumsden/Arcangel Images
ml • Herstellung: uk
Satz: KompetenzCenter, Mönchengladbach
Druck: GGP Media GmbH, Pößneck
ISBN 978-3-570-17575-0
Printed in Germany

www.cbj-verlag.de

Für Squishy und die Anhänger

ANMERKUNG DES AUTORS

Der nachfolgende Bericht basiert auf einer Fallakte aus dem Institut für Magische Wesen (IMW). Im Bestreben, die Öffentlichkeit über diese bislang unbekannte Behörde zu informieren, ließen meine Quellen mir Kopien aus den IMW-Archiven zukommen. Soweit ich es beurteilen kann, ist »Der Fluch des Greifen« der erste Fall des Instituts, an dem Sam London beteiligt war.

Die IMW-Fallakten beinhalten Zeugenbefragungen, Ermittlungsvermerke, Recherchematerial sowie Berichte, die fallübergreifende Erklärungen zu den Ereignissen bieten. Da dieses Informationsmaterial zumeist trocken und faktenüberladen war, habe ich mir eine spannendere Interpretation der Akteninhalte erlaubt. Sämtliche Details wurden in meine Schilderung übernommen, doch habe ich sie so ausgeschmückt, dass der Leser Spaß daran hat. Ich habe im Text außerdem mehrfach auf das Quellenmaterial hingewiesen und eine Liste von Abkürzungen, Codes und Ausdrücken angefügt, um die Entschlüsselung des vom IMW angewandten Codierungssystems zu erleichtern.

Da diese Akten als geheim eingestuft wurden, habe ich Datumsangaben geschwärzt und einige Namen verändert, um die Identität von Zeugen und Personen, die noch immer im Institut beschäftigt sind, zu schützen.

T.C.G.

PROLOG

Der Augenblick, in dem Penelope Naughton den Troll im IHOP, dem *International House of Pancakes*, sah, veränderte alles. Sie hatte noch nie einen Troll zu Gesicht bekommen – zumindest nicht im wirklichen Leben. Außer in Hollywoodfilmen war sie noch nie mit Fabelwesen in Berührung gekommen. Aber das hier war weder Tolkiens Mordor noch Rowlings Hogwarts, sondern Eureka in Kalifornien, eine Stadt, bekannt für ihre viktorianischen Herrenhäuser, für Kunstfestivals und den ältesten kalifornischen Zoo.

Nichtsdestotrotz musste Penelope jetzt feststellen, wie sehr dieser Troll denen ähnelte, die sie auf der Leinwand gesehen hatte. Das Wesen war groß und hatte gebräunte, ledrige Haut. Seine Ohren waren enorme Auswüchse runzligen Fleischs, oben spitz und unten so lang, dass sie bis über sein Kinn herunterhingen. Die gewaltige Hakennase des Trolls war etwas nach oben gebogen, sodass die Nasenlöcher mit reichlich dunklem, lockigem Haar zu sehen waren. Seine weit auseinanderstehenden Augen wiesen zwei pechschwarze Pupillen auf, die in gelben Seen schwammen. Seine langen, behaarten Arme reichten bis zu den Knien und endeten in rauen Händen mit spitzen Fingernägeln. Das Kleinste am Troll war sein Kopf; auf seinem massigen Körper wirkte er besonders winzig. Im Vergleich zu einem Menschen war dieses Wesen einfach vollkommen unproportioniert.

Beim Anblick des Trolls merkte Penelope, wie ihr Verstand auscheckte und der Instinkt übernahm. Sie sprang auf, zeigte mit dem Finger und schrie so laut, dass der erschrockene Koch einen Pfannkuchen beim Wenden mit so viel Schwung in die Luft schickte, dass er an der Decke kleben blieb. Während Penelopes Geschrei die Gäste und das Personal verständlicherweise irritierte, schien der Troll weniger überrascht als vielmehr panisch. Sein Gesichtsausdruck war der eines Kindes, das mit der Hand in der Keksdose erwischt wird; wobei die Hand des Trolls selbst die Größe einer Keksdose hatte. Er schien ganz bewusst jeden Augenkontakt mit Penelope zu vermeiden, als er aus seiner Nische wuselte und durch die Ausgangstür verschwand.

Als ob diese Erfahrung nicht seltsam genug gewesen wäre, wurde Penelope das Gefühl nicht los, dass dieses Wesen etwas Vertrautes an sich hatte. Es war, als würde sie es kennen. Aber wie war das möglich? Das kurzzeitige Aussetzen ihres Verstandes war sicherlich der Tatsache geschuldet, dass sie erst vor Kurzem *Herr der Ringe* gesehen hatte. Ja, das musste der Grund sein. Schließlich schien seine Anwesenheit sonst niemanden gestört zu haben. Es hatte sich lediglich um einen großen, kräftigen Kerl gehandelt, der sein Frühstück genoss. Trolle gab es nicht.

* * *

48 Stunden später war Penelope auf dem Weg zum Redwood Nationalpark und sie konnte gar nicht schnell genug dort ankommen. Ihr Arzt hatte ihr geraten, erst in frühestens sechs Monaten wieder an ihren Arbeitsplatz zurückzukehren. Bei der 33-Jährigen war eine seltene Form plötzlich auftretender Amnesie diagnostiziert worden. Der Gedächtnisverlust schien nicht durch eine Verletzung hervorgerufen worden zu sein und betraf lediglich die letzten drei Jahre ihres Lebens. An ihre Kindheit – eine unbeschwerte Zeit am Stadtrand von Tallahassee in Florida – konnte Penelope sich problemlos erinnern. Sie erinnerte sich an ihre Schulzeit und die wütenden Blicke, die man ihr zuwarf, weil sie in Naturwissenschaften den Notenschnitt versaute. Auch an ihre Liebe zur Natur erinnerte sie sich und das war das Wichtigste.

Penelope hatte immer davon geträumt, im Freien arbeiten zu können, und im Alter von zwölf Jahren nahm dieser Wunsch während eines Besuchs im Everglades Nationalpark konkrete Formen an. Der Ranger Woodruff Sprite, ein exzentrischer Typ, bestärkte Penelope in ihrem Wunsch und unterstützte sie auf ihrem Weg, der sie schließlich an die staatliche Universität von Oregon führte. Dort machte sie ihren Bachelor in Zoologie und Tierbiologie und ihren Master in Forstwirtschaft. Die erste Zeit ihres Berufslebens verbrachte sie in einem Labor, wo sie für den *U.S. Wildlife Service*, den *U.S. Forest Service* und den *National Park Service* Strategien zum Schutz der Tiere und zum Erhalt ihrer natürlichen Lebensräume entwickelte. Sechs Jahre später führte diese Arbeit sie zu ihrem Traumjob: Ranger im Redwood Nationalpark. Und dort setzte ihr Gedächtnis unerklärlicherweise aus.

Penelope hatte sich bei einer Freundin von ihrer Amnesie erholt, doch ihr wahres Zuhause war im Park. Sie konnte sich nicht einmal mehr erinnern, eines der Holzhäuser im Park bezogen zu haben, die die Behörde allen ihren Rangern zur Verfügung stellte, hoffte jedoch, dass ihre Rückkehr ihrem durcheinandergeratenen Gedächtnis auf die Sprünge helfen würde. Als sie ihr zweistöckiges Häuschen im Herzen des Parks erreichte, kam es ihr leider so gar nicht vertraut vor. Es war klein, ein wenig heruntergekommen und auf allen vier Seiten umgeben von den herrlichen Redwood-Bäumen, die den Park berühmt machten. Sie ragten in Ehrfurcht gebietende Höhen auf, und ihre Stämme waren so dick, dass man einen Autotunnel hätte hindurchsägen können.

Penelope stieg die knarrenden Stufen zur Vordertür ihres Hauses hinauf. Während sie noch ihre Schlüssel sortierte, ließ ein Geräusch aus dem Wald sie zusammenzucken. Sie hielt den Atem an und lauschte, wartete darauf, dass es sich wiederholte. Und das tat es. Es war das Wiehern eines Pferdes. Das Geräusch erinnerte sie an etwas. Sie kannte dieses Wiehern …

»Gus?«, rief sie aus einem Impuls heraus.

Im nächsten Moment lief Penelope die Stufen wieder hinunter und in den Wald hinein. Die Erinnerung war nicht klar – es war mehr ein Gefühl oder eine Intuition. Aber sie kannte diesen Namen. Gus. Er war ein Freund. Und sie konnte es nicht erwarten, ihn wiederzusehen. Sie folgte dem Wiehern, das sie vom Weg ab und tiefer in den Wald hineinführte. Sie begann zu laufen und rannte, so schnell ihre Füße sie trugen, durchs Unterholz. Durch eine dicht stehende Baumgruppe kämpfte sie sich auf eine Lichtung und dort endlich entdeckte sie ihren Gus. Doch sie konnte kaum glauben, was sie da sah.

Gus war ein herrlicher Schimmel, dessen Fell in der Sonne glänzte. Fast hätte das Glitzern Penelope von etwas noch Außergewöhnlicherem abgelenkt: Gus besaß Flügel. Wunderschöne, gefiederte Schwingen mit einer Spannweite von über drei Metern, die sich im Wind sacht auf und ab bewegten. Während sie noch versuchte, diese Unmöglichkeit zu verarbeiten, sah sie einen Mann neben Gus stehen, der die Zügel des Schimmels hielt.

»Penelope?«, fragte der Mann in einem leichten Südstaatenakzent. »Du bist früher als erwartet zurück. Ich dachte, Doktor …«

»Wer bist du?«, unterbrach Penelope ihn.

»Ah, ein wenig zu früh, wie ich sehe«, antwortete der

Mann mit einem Lächeln. »Ich bin Vance. Vance Vantana, und das ist …«

»Gus«, unterbrach Penelope ihn erneut.

»Genau. Gus«, erwiderte Vance. »Du erinnerst dich also. Sehr gut.«

Es entstand eine kurze Pause, während der Penelope eine Bestandsaufnahme ihrer Situation machte. Der Fremde sah gut aus. Er war groß, ungefähr fünfunddreißig Jahre alt, hatte eine athletische Figur und einen wilden Blick, der eher zu einem verbrecherjagenden Texas-Ranger passte als zu einem Park-Ranger. Doch er trug die übliche Ranger-Uniform – tiefgrüne Jacke und Hose und den typischen beigen Hut mit breiter Krempe.

Mit ausgestreckter Hand kam er nun auf sie zu. »Schön, dich wiederzusehen.«

»Wieder?«, fragte sie verwundert. War sie diesem Mann schon einmal begegnet? Jetzt, da sie darüber nachdachte, kam ihr sein Gesicht vertraut vor, doch sie wusste nicht, woher. Dann wurde Penelopes Blick auf sein Abzeichen gelenkt, das die Sonne reflektierte, und ihr fiel auf, dass etwas daran nicht stimmte. Statt dem Bild eines Büffels und den Worten »Innenministerium der Vereinigten Staaten« war auf diesem ein Tier zu sehen, das den Körper eines Löwen und den Kopf und die Flügel eines Adlers hatte. Sie erkannte darin sofort das als Greif bekannte Fabelwesen. Die Worte um das Tier herum machten sie ebenfalls stutzig – »Institut für Magische Wesen«.

Penelope war gedanklich so mit dem Abzeichen beschäftigt, dass sie Vance nicht die Hand schüttelte. Verlegen zog er sie zurück.

»Trevor, Gus und ich haben uns Sorgen um dich gemacht«, sagte er.

»Trevor?«

Vance wies auf den Rand der Lichtung, wo eine schwerfällige Gestalt auftauchte. Penelopes Augen weiteten sich überrascht, als sie niemand anderen als den Troll aus dem IHOP vor sich sah. Plötzlich wurde es dunkel um sie. Vance sprang an ihre Seite und fing sie auf, als sie ohnmächtig wurde.

»Na, super. Du hast sie schon wieder erschreckt«, schimpfte Vance.

Der Troll zuckte unschuldig mit den Schultern. »Nicht mit Absicht«, verteidigte er sich. Er hatte eine ungewöhnlich hohe Stimme. »Außerdem hat sie mich zuerst zu Tode erschreckt. Schon vergessen? Ich konnte nicht mal meine Pfannkuchen aufessen.«

»Was für eine Tragödie«, schalt Vance. »Jetzt bring sie nach Hause. Und sobald sie zu sich kommt, erklärst du ihr alles. Und nimm Carl mit – er konnte sie immer beruhigen.«

Als Trevor sich umdrehte und mit der bewusstlosen Penelope auf den Armen in Richtung Holzhaus marschieren wollte, legte Vance ihm die Hand auf die Schulter, damit er stehen blieb.

»Versuche, möglichst viel darüber herauszufinden, was passiert ist, Trev«, flüsterte er ahnungsvoll. »Ihr Gedächtnisverlust hatte keine natürliche Ursache.«

Kapitel 1

Der Traum

Wieder einmal wanderte Sam London durch die Wüste. Nachdem er nun 14 Nächte hintereinander denselben Traum gehabt hatte, war der zwölfjährige Junge mit dem braunen Haar und den blauen Augen an seinem Limit angelangt. Als er über die inzwischen nur allzu vertraute Landschaft blickte, kochte der Frust unaufhaltsam in ihm hoch. Würde die heutige Nacht sich als genauso sinnlos erweisen wie all die anderen, die er an diesem Ort verbracht hatte? Oder hatte dieser Traum vielleicht doch einen Sinn, den Sam aus dem einfachen Grund nicht erkannte, weil er immer zu früh aufwachte? Ob es der Wecker war, der ihn für die Schule aus dem Bett klingelte, oder seine Mutter mit ihrem Operngesang unter der Dusche – der einzige Ort mit einer der Carnegie Hall ähnlichen Akustik, wie sie behauptete –, Sam wurde jeden Morgen in die Wirklichkeit zurückgeholt, bevor irgendetwas von Bedeutung passierte.

Die Tatsache, dass es ein Klartraum war, er sich also

vollkommen bewusst war, dass er träumte, steigerte Sams Frust noch. Aus irgendeinem Grund war es ihm nicht erlaubt, diesen glücklichen Umstand auszunutzen. Davor hatte Sam nur ein Mal einen Klartraum gehabt. Darin hatte er sich übermenschliche Kräfte verliehen und die Welt vor einer Armee blutrünstiger Werwölfe gerettet. Dagegen musste er in der dritten Nacht seiner Wüstenodyssee, als er versucht hatte, die Schwerkraft aufzuheben, lediglich feststellen, dass ein Sturz im Traum genauso wehtut wie in der Wirklichkeit, zumindest bis man die Augen öffnet. Was er auch versuchte, der Sam in seiner Traumwelt war so »unbesonders« wie der Sam in der realen Welt.

Das Wort »unbesonders« war ganz allein auf Sams Mist gewachsen. Er beschrieb damit Leute, die keine erkennbare Begabung oder Bestimmung vorweisen konnten. In Sams Augen gab es Kinder, die dazu geboren waren, Sport zu treiben, andere hatten eine genetische Veranlagung zum Genie und wieder andere waren geborene Künstler mit einer grenzenlosen Kreativität. Sam London konnte sich keiner dieser Eigenschaften rühmen. Er war lediglich ein Durchschnittskind von durchschnittlicher Größe, mit durchschnittlichem Aussehen und durchschnittlichen Noten. Und bis auf die Tatsache, dass sein Traum sich ständig wiederholte und noch einige andere Besonderheiten aufwies, war er wie Sam – ziemlich durchschnittlich.

Während der letzten beiden Wochen fand sich Sam jede Nacht an einer menschenleeren zweispurigen Straße wieder, zu deren Seiten sich rechts und links eine scheinbar endlose Wüste erstreckte. Der einzige Hinweis auf Zivilisation war eine Tankstelle ungefähr eine halbe Meile die Straße hinauf. In der vorletzten Nacht hatte Sam die Tankstelle erreicht und konnte sich umschauen. Zu seiner großen Enttäuschung entpuppte sich das Gebäude als so verlassen wie die Landschaft. Die Regale in dem kleinen Supermarkt waren leer und zu allem Unglück funktionierte auch der Getränkeautomat nicht. Doch Sam war nicht der Typ, der so schnell aufgab. Er klammerte sich an die Hoffnung, dass dieser Traum doch noch die ein oder andere Überraschung bereithielt. Obwohl ihm auch der Gedanke kam – wenn auch nur für einen Moment –, dass diese Umgebung auf einer gewissen Ebene eine Metapher für sein Leben sein könnte.

Sam hatte nicht nur die Tankstelle inspiziert, sondern seine Zeit auch genutzt, um etliche Felsengebilde zu erkunden, die über das Gelände verteilt waren. Er hatte zwar noch nichts wirklich Interessantes gefunden, doch eine Möglichkeit stand noch offen. Das größte Steingebilde ragte etwa 300 Meter von der Tankstelle entfernt aus dem Boden. Sam hatte diese Formation bisher gemieden, da sie die höchste und folglich die bedrohlichste von allen war. Doch heute war die Nacht, in der er sämtliche Steine umdrehen würde, egal wie hoch sie aufgetürmt waren.

Die Zeit war nicht auf Sams Seite. Sein Wecker tickte in Richtung sieben Uhr. Jeden Moment konnte er Sams Dämmerschlaf – und seiner Suche – ein jähes Ende setzen. Mit diesem Wissen im Hinterkopf, rannte Sam auf sein

Ziel zu – ein hoch aufgetürmter Berg aus Granitblöcken auf ebenfalls granitartigem Untergrund. Die Formation war mindestens neun Meter hoch und gipfelte in einem Plateau, das möglicherweise die Antworten bereithielt, hinter denen Sam so verzweifelt her war. Er suchte sich seine erste »Stufe«, einen großen, unförmigen Felsbrocken, der leicht zu erklimmen war. Seine Turnschuhe fanden auf dem sandigen Felsen keinen besonders guten Halt, und er hätte ein wenig von dieser Kreide für seine Hände gebrauchen können, auf die sich richtige Kletterer verlassen. Doch es dauerte nicht lang, und er war nur noch einen guten Meter von seinem Ziel entfernt. Dieser Teil des Aufstiegs war besonders schwierig, da der Fels lockerem Gestein Platz gemacht hatte und fester Halt ein kostbares Gut war.

Sam streckte sich nach einer Vertiefung im Fels, hakte die Finger hinein und versuchte, sich zum Sieg hinaufzuziehen. Doch das Gestein zerbröselte unter seiner Hand, und er merkte, wie er plötzlich wieder zurück in Richtung Boden rutschte. Verzweifelt ruderte er mit den Armen wie ein panischer Tintenfisch, um irgendwo Halt zu finden und seinen raschen Abstieg aufzuhalten. Endlich erwischte er ein Stück Fels, das ein paar Zentimeter weit vorstand. Er packte es und begann sich wieder hinaufzuhangeln.

Als Sam sich über den Rand der Plattform hievte, war er fix und fertig und voller Dreck. Er richtete sich auf und blickte sich um. Bis auf den grandiosen Blick war dieses

Plateau so aufregend wie die Erde unten. Er seufzte. Der Frust war ganz offiziell in Resignation übergegangen.

»Warum?«, fragte er das Universum laut. Das Universum machte sich nicht die Mühe zu antworten. Also beschloss er, nicht länger zu warten, bis sein Wecker oder seine Mom ihn weckten. Er würde dem Traum zeigen, dass er nicht alles mit ihm machen konnte, und sich selbst aufwecken. Allerdings musste er rasch feststellen, dass dies leichter gesagt als getan war. Sam versuchte es mit auf und ab Hüpfen, doch es half nichts, er blieb in der Wüste. Er schüttelte heftig den Kopf, was lediglich zur Folge hatte, dass ihm schwindelig wurde. Er schloss die Augen, kniff sie fest zu, öffnete sie wieder und sah … dass er immer noch da war. Also unternahm Sam alle drei Versuche gleichzeitig: er schüttelte den Kopf, kniff die Augen zu und stampfte mit aller Kraft mit dem Fuß auf.

»Aufwachen! Aufwachen! Aufwachen!«, rief er.

Die Erde unter ihm bebte, eine kurze, heftige Erschütterung, die ihn auf die Knie zwang. Eine Staubwolke bauschte sich um ihn herum auf und er musste husten. Ein Schmutzschleier in der Luft nahm ihm die Sicht, doch als er sich verzog, stellte Sam fest, dass er nicht mehr allein in der Wüste war. Er runzelte die Stirn und sein Unterkiefer klappte herunter. Er war fassungslos. Das Wesen, das da vor ihm stand, war über vier Meter groß. Es hatte den Kopf eines Adlers mit einer majestätischen weißen Federkrause. Sein Schnabel war nach unten gebogen und endete in einer gefährlichen Spitze. Smaragdgrüne Augen leuchteten in der Sonne. Die Flügel mit reinweißen und hellbraunen Federn hatten eine Spannweite von mehreren Metern. Obwohl es sich auf den ersten Blick um einen Vogel zu handeln schien, wurde Sams Blick auf die Brust des Tieres gelenkt. Sie war nicht mit Federn, sondern mit Haaren bedeckt. Ein kastanienbraunes Fell überzog seinen Rumpf, die vier kräftigen Beine und die mächtigen Pfoten bis hin zum langen Schwanz mit der Quaste am Ende. Dieser Adler war gleichzeitig ein Löwe.

Sam rührte sich nicht. Die Antworten waren da, doch er hatte die Fragen vergessen. Er versuchte, Worte zu bilden. Das Wesen schaute auf ihn herab und er spürte seinen warmen Atem auf seinem Gesicht.

Und dann hörte er die leise Stimme eines mit Koffein vollgepumpten Radiomoderators.

»Guten Morgen, Benicia! Aufwachen, aufwachen! Hier ist euer schrill-schrulliger Weckzirkus mit Bob und Bob!«

»Oh nein. Nicht jetzt …«, stöhnte Sam, als er merkte, dass sich sein Radiowecker eingeschaltet hatte. Einen schlechteren Zeitpunkt hätte er gar nicht wählen können. Mit aller Kraft versuchte er, in seiner Traumwelt zu bleiben und die Fragen zu stellen, die sich in den vergangenen zwei Wochen angesammelt hatten. Sogar das Wesen schien enttäuscht, als Sam in die Realität zurückdriftete.

Hellwach lag er in seinem Bett. Seine Nerven vibrierten praktisch. Er schlug mit der Hand auf den Radiowecker, damit dieser verstummte, glitt unter der Decke hervor und ging geradewegs zu seinem Bücherregal.

Sams Zimmer spiegelte all die Bemühungen wider, die er unternommen hatte, um seine spezielle Begabung zu entdecken – das Besondere, das ihn aus der Masse herausheben würde. In einer Ecke standen eine Gitarre und ein Schlagzeug, die ausgemusterten Reste des Versuchs, seine musikalische Muse zu finden. Gleich neben den Instrumenten lag eine Sammlung von Sportutensilien: ein Hockeyschläger, ein Fußball, sogar ein Kricketschläger. Der Beweis seiner jüngsten Anstrengungen war vor den Sportartikeln aufgebaut – eine Staffelei mit einer Leinwand. Wie es aussah, hatte Sam versucht, seinen Werwolf-Klartraum in Acryl festzuhalten. Selbst nach subjektiven Standards war das Ergebnis ein absolutes Desaster.

Der Rest des Zimmers war Tieren gewidmet, sowohl real existierenden als auch solchen, die der Fantasie entsprangen. Drachen und Pandas, Panther und Yetis tummelten sich in einem tierischen Sammelsurium, dargestellt auf Postern, als Porzellanfigürchen oder Plüschexemplare. Sam hatte sich schon, solang er denken konnte, zu Tieren hingezogen gefühlt, besonders zu der mythischen Variante. Er fand sie cool, und das Beste an ihnen war, dass alle in ihrer Art einmalig waren, etwas, um das er sie zweifellos beneidete. Später würde man oft sagen, dass Sams Besonderheit ihn von allen Seiten umgab, er sich ihrer nur nicht bewusst war.

Sams Bücherregal war vollgestopft mit Geschichten über Fabelwesen. Bildbände, Lexika und Comics befeuerten seine Obsession. Er strich mit dem Finger über die

Rücken seiner eindrucksvollen Sammlung, bis er fand, wonach er suchte. Er zog das Buch heraus und schlug es auf. Es trug den Titel *Illustrierter Atlas außergewöhnlicher Tiere* und enthielt einen anschaulichen Katalog von Wesen, die nach Meinung der meisten Leute nichts als Fantasiegebilde waren. Sam fand die gesuchte Stelle, legte das Buch flach vor sich hin und betrachtete das Wesen aus seinem Traum. Die Zeichnung wirkte so lebendig, dass es eine Fotografie hätte sein können.

»Der Greif.« Sam las die Überschrift laut. Dann ging sein Blick zu der Beschreibung im Text:

Eines der ältesten und mächtigsten unter allen außergewöhnlichen Tieren. Hochintelligent und unermesslich stark, ist der Greif der Wächter und Beschützer der magischen Wesen dieser Welt. Nur wenige Menschen haben einen Greif gesehen und die Begegnung überlebt, sodass sie davon berichten konnten. Die Überlebenden erzählten von einer ungewöhnlichen Glückssträhne in den Tagen danach. Selbst diejenigen, die den Greif nicht wirklich gesehen haben, sondern ihm nur nahe waren, erlebten eine Welle des Glücks, oftmals im Zusammenhang mit Geld.

Auch wenn Greife von Natur aus nicht aggressiv sind, greifen sie an, wenn sie provoziert werden. Zu solchen Provokationen zählen u. a. die

Bedrohung der Wesen, zu deren Schutz sie sich verpflichtet haben, sowie der Versuch, das Gold eines Greifen zu stehlen. Gold zählt zu den Schwächen dieses außergewöhnlichen Tieres. Es fühlt sich unwiderstehlich angezogen von dem Edelmetall und hortet es bekanntlich in großen Mengen. Somit sind die meisten durch Greife verursachten Todesfälle darauf zurückzuführen, dass das Opfer so dumm war, das Gold eines Greifen stehlen zu wollen.

Beim Frühstück war im Haus der Londons jeder sich selbst der Nächste. Sam war gewöhnlich als Erster unten in der Küche, schnappte sich eine Schüssel Frühstücksflocken oder gelegentlich auch einen Doughnut – falls es diese in der Woche wundersamerweise in den Einkaufswagen geschafft hatten. An diesem Morgen saß er an dem winzigen Küchentisch, nippte an einem Glas Orangensaft und dachte an sein nächtliches Abenteuer zurück. Ob es wohl auch Glück brachte, wenn man von einem Greif nur träumte? Der Himmel wusste, dass er und seine Mom es gut gebrauchen konnten. Solange er denken konnte, hatte sie immer zwei Jobs gehabt. Tagsüber arbeitete sie als Kunstlehrerin an der örtlichen Highschool und abends unterrichtete sie Kunstgeschichte an einer Volkshochschule in der Nähe. Sie war eine überdurchschnittlich begabte Künstlerin, und Sam hatte immer gehofft, sie hätte ihm ihr Talent vererbt. Das Werwolf-Bild hatte diese Hoffnung ein für alle Mal zerschlagen. Sams Mom behauptete, sie bräuchte zwei Jobs, um Geld für Sams Zukunft sparen zu können. Sie ermunterte ihren Sohn ständig, große Träume zu haben, und wollte sicherstellen, dass er nie das Gefühl hatte, in irgendeiner Art und Weise in der Falle zu sitzen.

»Oh, gut, du bist schon auf«, stellte Sams Mom fest, als sie in die Küche kam.

Sie hieß mit vollem Namen Odette Alexandra London, doch alle nannten sie nur Ettie. Sie war fünfunddreißig, schlank, fast schon schlaksig, und hatte langes rötlich braunes Haar und strahlend blaue Augen. Ettie war hübsch und noch hübscher, wenn sie lächelte, was sie oft tat. Und sie war ausgesprochen optimistisch, obwohl Sams Gefühl ihm sagte, dass in ihrem Leben etwas fehltc. Genau wie er hatte auch Ettie kaum Freunde. Sie traf sich auch nie mit Männern, obwohl sie Single war, seit Sam denken konnte. Sie redete nicht viel über Sams Vater, Marshall London, und Sam konnte sich nicht an ihn erinnern. Das einzige Foto, das er von seinem Vater besaß, stammte aus der Zeit, als Sam noch nicht geboren war. Es zeigte Ettie und Marshall am Fontana-See in North Carolina. Die beiden standen nebeneinander am Ufer und lächelten glücklich. Im Hintergrund schwammen Enten, Gänse und Schwäne.

Sam fragte sich oft, was mit diesem anscheinend so glücklichen Paar geschehen war. Obwohl er gern gewusst hätte, was seinen Vater dazu gebracht hatte, sie zu verlassen, sprach er nur selten mit seiner Mutter über dieses Thema. Er ging davon aus, dass sie noch nicht völlig darüber hinweg war – wofür die Tatsache sprach, dass sie jedes Mal, wenn er nach seinem Vater fragte, mit »Lass die Vergangenheit ruhen, Sam« antwortete und rasch das Thema wechselte.

»Ich hatte Angst, du hättest noch nicht geduscht«, bekannte Ettie und fügte mit einem Anflug von schlechtem Gewissen hinzu: »Ich bin ziemlich sicher, dass ich das ganze heiße Wasser verbraucht habe.«

Das überraschte Sam nicht. Sie verbrauchte immer das ganze heiße Wasser. Ihre Konzerte dauerten oft lang, und offenbar war eine Menge Wasserdampf dazu nötig. Ettie holte den O-Saft aus dem Kühlschrank und goss sich ein Glas ein. Dann setzte sie sich Sam gegenüber und atmete hörbar aus. Sam sagte nichts. Sein Gehirn arbeitete im Schnellgang.

»Ich habe gestern Kekse mitgebracht«, fuhr sie schließlich fort. »Die Sorte, die du magst. Sie sind im Schrank. Möchtest du für die Mittagspause ein Päckchen mitnehmen?«

Sam nickte, immer noch nicht ganz bei der Sache.

»Ich habe gerade das Wort ›Kekse‹ ausgesprochen und du hast nicht einmal geblinzelt. Was ist los? Du bist doch nicht krank, oder?«

»Nein, alles in Ordnung, Mom. Ich denke nur nach.«

»Du denkst nach? So früh am Morgen?« Sie sah ihn prüfend an. »Du hattest wieder diesen Traum, stimmt's?«

Sam nickte. »Und dieses Mal war er anders.«

»Ach ja?«, fragte Ettie interessiert. »Erzähl.«

»Du willst es wirklich wissen?«

»Machst du Witze? Natürlich will ich es wissen. Ich musste mir diesen Traum jetzt einen Monat lang jeden Tag anhören …«

»Zwei Wochen.«

»Okay, aber gefühlt waren es zwei Monate. Was war so anders?«

»Ich habe etwas gesehen«, erwiderte Sam geheimnisvoll.

»Ja, gut. Und was?«

»Einen … Greif«, antwortete Sam zögernd.

Ettie lächelte und nickte, als hätte sie so etwas erwartet. »Oh. Einen Greif. So eine Mischung aus Löwe und Vogel, richtig? Cool.«

Sam spürte die dahinter liegende Skepsis und widersprach rasch. »Es ist nicht, was du denkst, Mom. Ich glaube, es hat etwas zu bedeuten.«

»Ich glaube ja auch, dass es etwas zu bedeuten hat, Liebes. Ich glaube, es bedeutet, dass du eine Menge von diesen Büchern gelesen hast und deine Wände vollgepflastert sind mit diesen Postern.«

Sam hatte gewusst, dass sie etwas in dieser Richtung sagen würde. Und vielleicht hatte sie ja recht. Aber etwas in ihm glaubte etwas anderes. Er glaubte, es bedeutete, dass hinter diesem Traum etwas Besonderes steckte und es an ihm lag herauszufinden, was es war.

SL001-180-20

Formular FD-11

Datum: [redacted]

Ettie ließ Sam an der Middle School von Benicia aussteigen und fuhr die wenigen Blocks weiter zur Highschool. Sams Heimatstadt, Benicia in Kalifornien, war idyllisch und alt. 1853 und 1854 war sie eine der ersten Hauptstädte Kaliforniens. Sie lag an der Nordseite der Carquinez-Straße, einer Meerenge, die in die Suisun Bay überging. Das reichte gerade so, um der Stadt ein Gefühl von Meernähe zu verleihen.

Sam hatte noch nicht lang geschlafen, als Miss Capiz, seine Lehrerin, ihn anstupste und aufweckte. Als sei das noch nicht schlimm genug, sahen jetzt fast alle in der Klasse auch noch den hässlichen Speichelsee, der sich auf seinem Tisch gebildet hatte. Er entlockte seinen Klassenkameraden jede Menge Gelächter sowie ein paar »Igitt!«-Rufe von Mitschülerinnen. Die ganze Geschichte war entsetzlich peinlich und mehr als ein guter Grund, ihn nachsitzen zu lassen. Miss Capiz fragte Sam nach seinen Schlafgewohnheiten zu Hause und er erzählte ihr von der Wüste und dem Greif. Normalerweise gab Sam diese Art von Information nicht an relativ Fremde weiter, doch die von den Philippinen stammende Lehrerin unterstützte seine Obsession. Einmal durfte er sogar ein Referat über das Buch *Die Geheimnisse des Ungeheuers von Loch Ness* halten.

Als Sam den Greif erwähnte, weiteten sich Miss Capiz' dunkle, mandelförmige Augen, die noch dunkler erschienen, wenn sie von ihrem glatten schwarzen Haar eingerahmt wurden. Sie erzählte vom Sarimanok, einem mythischen Vogelwesen aus ihrer Heimat, das wie der Greif Glück brachte. Das war wenigstens eine schöne Geschichte, nicht wie die von den Aswang, die Miss Capiz einmal erzählt hatte. Aswang waren Vampir-Werwölfe, die am liebsten Menschenfleisch fraßen und am allerliebsten das von Kindern. Danach hatte er eine Woche lang Albträume gehabt. Miss Capiz erzählte solche Geschichten anscheinend gern, weshalb Sam sich bemühte, zuzuhören und zustimmend zu nicken. Er wollte sich möglichst gut mit ihr stellen. Sam kannte ein paar Schüler, die es sich gleich zu Anfang des Schuljahrs mit ihr verdorben hatten. Seither informierte sie ihre Eltern in allen Einzelheiten über ihr Verhalten im Klassenzimmer und ihre Leistungen. Miss Capiz bat Sam, sie über seine Nachforschungen auf dem Laufenden zu halten, und entließ ihn mit einer Warnung – noch ein Nickerchen während des Unterrichts und sie würde seine Mutter anrufen. Er freute sich, ihren Zorn nicht zu spüren bekommen zu haben.

Als die Mittagspause kam, beschloss Sam, das Essen zugunsten eines greifzentrierten Informationsaufenthalts in der Schulbibliothek ausfallen zu lassen. Er grenzte seine

Suche auf einige wenige Bücher ein, die er über das Katalogsystem fand, und machte sich auf den Weg durch das Regallabyrinth. Sein Magen knurrte ärgerlich, als er *Der großmächtige Greif* von Dr. Henry Knox aus dem Regal zog. Der Autor war Sam bekannt – wie jedem, der etwas für fantastische Kreaturen übrig hatte. Knox war ein renommierter Kryptozoologe und Wildbiologe, der Dutzende von Büchern zu den Themen magische Wesen und Kryptide geschrieben hatte. Kryptide sind Tiere oder Pflanzen, deren Existenz die Wissenschaft nicht anerkennt.

Das Studium der Kryptide läuft unter dem Begriff Kryptozoologie und gilt bei einigen als Pseudowissenschaft. Da Knox als angesehener Wissenschaftler galt, war seine Arbeit auf diesem Gebiet ungewöhnlich. Sam erinnerte sich, gelesen zu haben, dass er sein Interesse lediglich als Hobby bezeichnete. Knox zufolge spielte es keine Rolle, ob diese Wesen in unserer Welt existierten oder nicht. Sie lebten in unserer Fantasie, und das sei es wert, anerkannt und erforscht zu werden.

Die Illustration auf dem Umschlag des Buches weckte sofort Sams Interesse. Er sog scharf die Luft ein, als er auf die Zeichnung blickte, die unverkennbar den Greif aus seinem Traum zeigte. Es gab keinen Zweifel daran – das war derselbe Greif, den er letzte Nacht gesehen hatte. Die Bildunterschrift lautete: »Phylassos, der Vater aller Greife, Beschützer magischer Wesen und Hüter des Guten.« Sams leerer Magen zog sich zusammen.

Hatte er das Bild vielleicht in einem seiner vielen Bücher

von Knox schon einmal gesehen? Hatte es sich in seinem Unterbewusstsein festgesetzt und dort nur auf den richtigen Moment gewartet, um aufzutauchen und in seinem Verstand den größtmöglichen Schaden anzurichten? Seine rationale Seite liebte diese Erklärung. *Der Verstand spielt gern Streiche*, dachte er. *Das muss ein solcher Streich sein.* Die andere Seite in ihm schrie natürlich das Gegenteil. Sie bestärkte ihn in seiner Vermutung, dass es sich um mehr als einen Streich handelte. Dieser innere Kampf tobte, bis die Glocke ihn in die Wirklichkeit zurückbimmelte. Die Mittagspause war vorbei und sein Lehrer würde ihn in sechs Minuten zur fünften Stunde erwarten. Er lieh das Buch aus, da er unbedingt alles über Greife erfahren wollte, was es zu erfahren gab. Seine Hausaufgaben würden warten müssen.

Wie an jedem anderen Schultag brachte Sams Mom ihren Sohn nach Hause, bevor sie zur Volkshochschule aufbrach, um dort ihren Kurs zu geben. Sam freute sich über die Zeit allein. Er griff sich einen Keks aus der Packung, schaltete den Fernseher ein und ließ sich auf die Couch in ihrem Wohn-Arbeits-Esszimmer fallen. Es ging eng zu in der Dreizimmerwohnung, die seine Mutter gemietet hatte, aber sie war gemütlich, sauber, und, was das Wichtigste war, billig. Er holte das Buch über Greife aus seinem Rucksack, um an der Stelle weiterzulesen, an der er aufgehört hatte.

Sam hatte sich gerade wieder in das Buch vertieft, als

der Fernseher ihn ablenkte. Die Stimmen der Reporter störten ihn beim Lesen. Musik wäre sicher besser. Sam griff nach der Fernbedienung, um auf einen Musiksender umzuschalten, hielt jedoch inne, als er merkte, worum es in dem Bericht in den Regionalnachrichten ging. Ein Reporter stand vor einer Tankstelle, in der kürzlich ein Gewinnlos verkauft worden war. Was die Geschichte so berichtenswert machte, war die Tatsache, dass in dieser Tankstelle in den letzten beiden Wochen bereits mehrere Gewinnlose verkauft wurden. Die Folge davon war, dass jetzt jede Menge Leute davor Schlange standen. Manche waren Hunderte Meilen gefahren, um ein Los an der »Glückstanke« zu kaufen. Lotteriefunktionäre hatten ganz offiziell eine Untersuchung in die Wege geleitet, da die Chance, dass in ein und derselben Verkaufsstelle mehrere Gewinnlose verkauft wurden, gegen null ging. Ein Reporter interviewte gerade einige der passionierten Glücksspieler, die den langen Weg ins Death Valley, einer abgelegenen Gegend im Osten Kaliforniens, auf sich genommen hatten. Der Kameramann machte einen Schwenk, um zu zeigen, wie abgelegen die Tankstelle war. Und das war der Augenblick, in dem Sams Leben exponentiell an Aufregung zunahm. Die »Glückstanke« war die Tankstelle aus seinem Traum! Und nicht nur das: Der Kameraschwenk erfasste auch genau das Felsgebilde, auf dem der Greif aufgetaucht war.

Es gab sie tatsächlich. Die Wüste, in der sich Sam während der letzten beiden Wochen jede Nacht wiedergefunden hatte, war das Death Valley in Kalifornien und nichts anderes. Sam war noch nie dort gewesen. Nicht einmal Fotos hatte er davon gesehen. Sein Verstand schwenkte die weiße Flagge. Sein Traum war unleugbar wahr geworden. Doch die Frage blieb: In welchem Umfang?

Sicher, es gab die Tankstelle und auch das Felsengebilde, doch wie stand es mit dem Greif? Wartete der legendäre Phylassos auf diesem Felsen auf die Ankunft von Sam London? Es gab nur eine Möglichkeit, das herauszufinden.

Kapitel 2

Phylassos kehrt zurück

An einem Ort, in dessen Name das Wort »Death«, also »Tod«, vorkommt, fällt es schwer, hoffnungsvoll zu bleiben. Von Benicia aus war Sam nach achtstündiger Busfahrt im *Death Valley National Park* angekommen. Der Bus war einer von zweien, die täglich zwischen der Bay Area von San Francisco und Las Vegas in Nevada verkehrten. Folglich war er meist voller Senioren, die vorhatten, einen Teil ihrer Rente zu verspielen, und sich auf eine Zehn-Dollar-Portion »Surf and Turf« – ein Gericht mit Fisch und Fleisch – freuten.

Sam hatte seine Fahrkarte online gekauft und dazu die Prepaid-Kreditkarte benutzt, die er sich mit dem Katzensitten für seine Nachbarin verdient hatte, als diese auf einer Kreuzfahrt um die Welt war. Ettie wollte eigentlich, dass Sam den Job für die ehemalige Wirtschaftsprofessorin von nebenan umsonst machte, doch die Nachbarin bestand darauf, Sam für seine Arbeit zu bezahlen und ihm gleichzeitig »eine wertvolle Lektion über den Umgang mit Geld« zu erteilen.

Obwohl Sam sein ausgedrucktes Ticket in der Hand hielt, wusste er, dass aufgrund seines Alters und der Tatsache, dass er allein unterwegs war, beim Fahrer die Alarmglocken schrillen würden. Deshalb gab er vor, zu der alten Dame zu gehören, die vor ihm einstieg, und blieb während der ganzen Fahrt neben ihr sitzen. Die alte Dame wiederum glaubte, Sam sei 19 und leide unter einer seltenen Krankheit, die sein Wachstum verzögerte und ihn sehr jung aussehen ließ. Sam gab diese Geschichte zum Besten, während sie darauf warteten, dass sie einsteigen konnten. Allerdings erzählte er sie erst, nachdem die Frau ihrer Sorge Ausdruck gegeben hatte, er könnte von zu Hause weggelaufen sein.

Zum Glück für Sam führte diese Busstrecke nach Las Vegas auf dem Highway 190 mitten durchs Death Valley, das »Tal des Todes«. Zufällig hielt der Bus fahrplanmäßig auch an der berühmten Tankstelle – eine von zwei Pausen, die der Bus einlegte, damit die Fahrgäste etwas essen, auf die Toilette gehen und »sich die Beine vertreten« konnten, wie der Busfahrer es ausdrückte. Als der Bus bei der Tankstelle rumpelnd zum Stehen kam, war der erste Teil von Sams Plan ausgeführt, der zweite würde gleich beginnen, und der dritte war noch nicht einmal ansatzweise überdacht worden – nämlich wie er nach Hause kommen und seiner sicherlich bald einem Nervenzusammenbruch nahen Mom erklären sollte, wo er gewesen war.

Sam hatte seinen Plan am Abend zuvor ausgeheckt, kurz nachdem er die einer Offenbarung gleichkommende Nachrichtensendung gesehen hatte. Er war fast die ganze Nacht aufgeblieben, hatte sich über das Tal des Todes kundig gemacht, viel über Greife gelesen und ausgeklügelt, wie er sein Ziel am besten erreichen konnte. Als ihm schließlich die Augen zugefallen waren, schlief er nur kurz und träumte nicht. Zumindest konnte er sich an keinen Traum erinnern.

Am Morgen dann musste er den ersten echten Test bestehen, bei dem sich herausstellen würde, ob sein Plan überhaupt eine Chance hatte aufzugehen. Er musste seine Mutter davon überzeugen, dass er zu krank war, um zur Schule zu gehen, aber wiederum nicht so krank, dass ein Arztbesuch nötig war. Und seine Mutter neigte von Natur aus zum Überreagieren. Ein falscher Zug und er würde den ganzen Tag im Wartezimmer eines Arztes schmachten. Als Lehrerin war Ettie besonders sensibel gegenüber Schülern, die vorgaben, krank zu sein, um nicht am Unterricht teilnehmen zu müssen. Wenn Sam also auch nur die kleinste Chance haben wollte, sie zu überzeugen, brauchte er eine ganz besondere Art von Verschlagenheit, eine Art, mit der er quasi keine Erfahrung hatte. Nach langem Hin und Her rang er sich – wenn auch mit einigem Widerwillen – zu der Erkenntnis durch, dass Erfolg ein schmerzhaftes Opfer erwartete – nein, es verlangte.

»Ich habe zu viele Kekse gegessen und jetzt geht es mir nicht gut«, jammerte er. Er stand in der Tür zum Schlafzimmer seiner Mutter, hielt sich den Bauch und machte sein bestes Krankengesicht, das sich aus einer gerunzelten Stirn und geschürzten Lippen zusammensetzte. Er wusste, dass seine unorthodoxe Strategie das Ende der heißgeliebten Riesenpackung Kekse bedeutete, aber ein Junge muss tun, was ein Junge tun muss, besonders wenn der Junge mitten im Death Valley eine Verabredung mit einem Fabelwesen hat. Um die Sache abzurunden, fügte Sam noch ein gelegentliches Stöhnen und ein paar hektische Sprints zur Toilette hinzu. Der Erfolg stand auf Messers Schneide, da Ettie ihn zu seinen Symptomen befragte, doch Sam achtete penibel darauf, keine zu erwähnen, die auf eine ernsthaftere Erkrankung schließen ließen. Er ging sogar so weit, die Kekspackung mit einer dramatischen Geste in den Müll zu werfen und unmissverständlich zu erklären: »Ich will diese Dinger nie mehr bei uns sehen!« Endlich nahm Ettie es ihm ab.

Wenn Lehrer während des Schultags mit dem Handy telefonierten, gaben sie kein gutes Beispiel ab, weshalb es unwahrscheinlich war, dass Sams Mom versuchen würde, ihn zu Hause zu erreichen. Nur für den Fall, dass sie es doch versuchte, baute Sam schon mal vor und behauptete, wegen seiner Magenschmerzen die ganze Nacht nicht geschlafen zu haben und sich deshalb gleich wieder hinlegen zu wollen. Wenn sie sich unbedingt mit ihm in Verbindung setzen musste, konnte sie ihm natürlich eine SMS schicken. Und es bestand immer noch die Möglichkeit, dass Ettie in einer Freistunde nach Hause fuhr, um nach ihm zu schauen. In diesem Fall käme sein Schuleschwänzen etliche Stunden früher als geplant ans Licht. Sam versuchte, sich eine positive Einstellung zu bewahren.

Nach einem Online-Lexikon, das Sam während seiner nächtlichen Nachforschungen angeklickt hatte, war das *Death Valley* zu seinem unheilvollen Namen gekommen, nachdem eine Siedlergruppe im Winter 1949 dort festsaß und überzeugt war, sterben zu müssen. Das Tal steht in dem Ruf, das heißeste, trockenste und niedrigste Fleckchen Erde in ganz Nordamerika zu sein. 1933 wurde es zum Nationaldenkmal ernannt und 1994 wurde es offiziell ein Nationalpark. Sam machte sich nicht nur mit der Geschichte des Gebiets vertraut, sondern las auch Knox' Buch über Greife zu Ende. Somit fühlte er sich, als der Bus endlich an der Tankstelle hielt, mehr als bereit für was immer ihn erwarten mochte. Er war gut informiert und gut ausgeruht, da er bereits kurz nach der Abfahrt eingeschlafen war. Doch nichts konnte ihn auf das surreale Gefühl vorbereiten, eine reale Version seiner eigenen Traumlandschaft zu betreten. Er war schon einmal hier gewesen und gleichzeitig noch nie.

Der Busfahrer hielt mehrere Meter vor der Tankstelle am Rand des Highways. Sam stieg aus, nahm sich einen Moment Zeit, um sich zu orientieren, und inspizierte dann die Szenerie. Tankstelle: Stimmt. Felsgebilde: Stimmt. Es war definitiv die richtige Stelle.

»Die Toiletten sind sauber und das Essen nicht zu teuer«, sagte die alte Dame. »Und falls du Lotto spielst, hast du die größten Chancen auf einen Gewinn, wenn du dir hier ein Los kaufst.«

»Ich versuche, nicht zu spielen«, erwiderte Sam. »Bei meiner Krankheit und so ist es sowieso ziemlich schwierig. Sie glauben immer, mein Personalausweis sei gefälscht. Es ist die Mühe nicht wert.«

»Du Armer«, bedauerte sie ihn aus tiefstem Herzen. Sam hatte ein schlechtes Gewissen, weil er diese vollkommen Fremde wie auch seine Mutter angelogen hatte, doch sah er diese momentanen ethischen Verfehlungen als unabdingbar für den Erfolg seiner Mission an.

Der Fahrer schärfte den Fahrgästen ein, in einer halben Stunde wieder im Bus zu sein. Wer bis dahin nicht auf seinem Platz saß, musste ganz einfach hierbleiben. Sam hörte gar nicht richtig hin, da er nicht die Absicht hatte, die Fahrt bis Las Vegas fortzusetzen. Er betrat die Tankstelle, um zur Toilette zu gehen und sich ein wenig umzuschauen.

Der Betreiber hatte Fotos von sich und sämtlichen Lottogewinnern der Tankstelle aufgehängt. Die Gewinne der Lose, die hier gekauft wurden, beliefen sich auf insgesamt über 120 Millionen Dollar, einschließlich des jüngsten Powerball Jackpots von 97 Millionen. Sam schnappte sich eine Packung Kekse und schlenderte zur Kasse. Auf dem Namensschild des Angestellten stand »Milad«. Er mochte ungefähr 18 sein und schien todunglücklich mit seiner Arbeit. Als Milad den fälligen Betrag in die Kasse eintippte, beschloss Sam, ihn ganz unaufdringlich ein wenig auszufragen.

»Der Ort hier scheint ja richtig Glück zu bringen.«

»Ich hab noch nichts gewonnen«, erwiderte Milad mit mehr als nur einem Hauch von Bitterkeit.

»Das tut mir leid.« Nachdem er nun einen Gesprächseinstieg gefunden hatte, kam er zum Eigentlichen. »Ich frag das jetzt einfach so: Ist dir hier schon mal irgendetwas Ungewöhnliches aufgefallen? Zum Beispiel da draußen auf diesen Felsen?« Er wies auf das Felsgebilde.

»Wie ungewöhnlich?«, hakte der Angestellte gereizt nach.

»Zum Beispiel ein Tier. Ein irgendwie seltsames Tier.«

Der Angestellte schaute ihn verständnislos an.

Sam holte das Buch aus seinem Rucksack und zeigte Milad das Bild auf dem Umschlag. »Ein Tier wie das hier.«

»Du willst wissen, ob ich so etwas gesehen habe? Einen …«

»Einen Greif. Ja. Hast du?«

Milad riss die Augen auf. »Klar. Jede Menge. Da draußen in den Hügeln.«

Sam konnte seine Aufregung nicht unterdrücken. »Echt?«

»Natürlich nicht. Die gibt's doch gar nicht. Hältst du mich für blöd? Verpiss dich!«

Sam wurde zur Seite geschoben, als ein anderer Kunde sich zu Milad vordrängelte. Der Rüffel des Angestellten hatte Sam verunsichert. Seine rationale Seite erwachte und rieb es ihm auch noch unter die Nase. *Siehst du? Ich hab's dir gesagt*, höhnte seine innere Stimme. *Das ist verrückt.* Doch jetzt war er schon mal hier, war auf den Plan eingeschworen und wollte ihn endlich umsetzen. Er stopfte die Kekse in seinen Rucksack, verließ die Tankstelle und machte sich auf den Weg zu seinem eigentlichen Ziel.

Sam legte den größten Teil der Strecke im Laufschritt zurück. Seine erstaunliche Ausdauer führte er auf die verhassten Liegestützen und Kniebeugen im Sportunterricht zurück. Er gönnte sich am Fuß der Felsformation nur einen kurzen Moment, um zu Atem zu kommen, bevor er den Aufstieg in Angriff nahm. Die Felsen fühlten sich sandiger an, die Luft trockener. Hier stand für Sam eindeutig mehr auf dem Spiel als in seiner Traumwelt. Am offensichtlichsten war, dass ein Sturz tödlich enden konnte. Schließlich konnte er hieraus nicht aufwachen. Kein Wecker und keine unter der Dusche geschmetterte Arie würden ihm helfen, der Realität zu entfliehen. Und der Greif? Was, wenn er auftauchte? Was sollte Sam dann tun? Das Wesen war schließlich kein kleines, knuddeliges Kätzchen. Falls es Greife wirklich gab, entsprachen die Berichte in den Büchern höchstwahrscheinlich der Wirklichkeit, und das bedeutete, dass die Kreatur gefährlich war. Obwohl Sam sich an diesem Tag vergewissert hatte, dass er nichts Goldfarbenes an sich trug, hielt diese einfache Vorsichtsmaßnahme den Greif möglicherweise nicht davon ab, in ihm eine Art Plündererzwerg zu sehen. Diese Gedanken lasteten schwer auf Sam, und seine strapazierten Nerven erinnerten ihn beständig daran, dass der Ausgang – ob gut oder schlecht – völlig ungewiss war.

Sam kletterte das Felsgebilde genauso hinauf wie in seinem Traum. Er schaffte es sogar, nicht auf den losen Stein zu treten, auf dem er während seiner nächtlichen Kletterei ausgerutscht war. Dann zog er sich auf das Plateau hinauf und klopfte sich den Staub aus den Kleidern. Es war genauso kahl wie in seiner Erinnerung, doch der Wind blies in dieser Höhe mit einem leisen Pfeifen. Sam sah ein paar Autos, die den Highway 190 entlangbretterten, Lastwagen, die aufgetankt wurden, und den Bus, der immer noch am Straßenrand parkte. Er wandte sich wieder dem Plateau zu und ließ seinen Blick dann über den Himmel schweifen in der Hoffnung, etwas zu entdecken – irgendetwas, das die skeptische Stimme in seinem Kopf zum Schweigen brachte. Ob er genau dieselbe Situation wie in seinem Traum nachstellen musste, als der Greif erschien? Vielleicht gab es ein geheimes Signal, das zufällig mit den Bemühungen übereinstimmte, die Sam unternommen hatte, um sich aufzuwecken? Einen spezifischen Handlungsablauf, der Greife herbeirief?

Gerade als Sam damit beginnen wollte, erregte ein Glitzern am Horizont seine Aufmerksamkeit. Er wusste nicht, was es war, doch es kam direkt auf ihn zu. Es begann als winziges Pünktchen am endlos blauen Himmel, das sich von der gegenüberliegenden Talseite näherte. Je näher es kam, desto größer wurde es. Sam stand da wie gelähmt. Er kniff die Augen zusammen, um so vielleicht besser sehen zu können. Bald war der Punkt groß genug, um zu erkennen, worum es sich handelte. Es war ein Greif.

SL001-180-30

BETREFF: Hartwicke, Gladys

QUELLE: ZA, HR

DATUM: [redacted]

Gladys Hartwicke war neugierig. Schon immer. In ihren Augen war dies natürlich eine wenig schmeichelhafte Bezeichnung für all diejenigen, die sich einfach »viel zu viel« um Familie, Freunde und auch vollkommen Fremde sorgten. Die aus der Gegend um die Bucht von San Francisco stammende Frau wuchs in einer Familie mit sechs Kindern auf, vier Mädchen und zwei Jungen, dennoch hatte sie nie den Wunsch verspürt, eine eigene Familie zu gründen. Das hatte zur Folge, dass sie ihre vielen Nichten und Neffen behandelte, als seien sie ihre eigenen Kinder. Sie überschüttete sie mit Geschenken und interessierte sich brennend für alles, was in ihrem Leben passierte. Kein Detail war zu winzig, und sie hatte ein Talent dafür, Menschen so lange auszufragen, bis sie vor Erschöpfung nicht mehr antworten konnten. Doch das war der Preis, den man dafür bezahlte, Gladys in seinem Leben zu haben.

Die Anfänge ihrer Neigung, die Angelegenheiten aller anderen zu ihren eigenen zu machen, ließen sich bis in die Grundschule zurückverfolgen. Sie war diejenige, die dafür sorgte, dass bei Unterrichtsbeginn alle auf ihren Plätzen saßen und Ruhe herrschte. Und Gott behüte, wenn Schüler vor dem Klassenzimmer herumtrödelten. Gladys machte es sich zur Aufgabe, sie über die Folgen ihres Zuspätkommens aufzuklären. Doch sie war auch diejenige, die anderen immer ihre Hilfe anbot, wenn sie wusste, dass sie sich in einem bestimmten Fach schwertaten. In anderen Worten: Sie sah es als ihre Verantwortung an, sicherzustellen, dass alle dieselben Regeln befolgten und dass sie, falls nötig, Hilfe bekamen. Hinter ihrer gut gemeinten, wenn auch aufdringlichen Art, steckte ein gutes Herz. Sie sorgte sich wirklich um ihre Mitmenschen. Deshalb überraschte es nicht, dass Gladys Hartwicke den Busfahrer darauf aufmerksam machte, dass ein gewisser kleinwüchsiger Fahrgast fehlte.

»Der junge Mann, der nach mir eingestiegen ist, ist noch nicht wieder da«, sagte sie, nachdem der Fahrer die anderen Passagiere daran erinnert hatte, dass der Bus gleich abfahren würde. »Ich habe gesehen, wie er in dieser Richtung in die Wüste gegangen ist«, fügte sie hinzu.

»Junger Mann? Sie meinen den Jungen, der mit Ihnen reist?«, fragte der Fahrer.

»Er reist nicht mit mir und er ist kein Junge.« Sie beugte sich zu ihm und flüsterte: »Er hat ein gesundheitliches Problem. Tatsächlich ist er 19. Ist das nicht schrecklich?«

Der Fahrer zuckte mit den Schultern. »Der Bus fährt in fünf Minuten ab. Entweder er ist da oder er ist nicht da.«

»Aber Sie können ihn doch nicht einfach hier zurücklassen.«

»Doch, das kann ich. Ich muss meinen Fahrplan einhalten, sonst kürzen sie mir den Lohn. In ein paar Stunden kommt noch ein Bus hier durch.«

»Er hat sicher nur das Zeitgefühl verloren. Die jungen Leute von heute, Sie wissen doch, dass sie keine Uhren mehr tragen. Sie haben diese Telefone und die anderen Dinger, die hier draußen nie richtig funktionieren«, erklärte Gladys. »Ich kann gehen und ihn holen. Ich brauche nur zehn Minuten.«

»Der Bus fährt in fünf«, erinnerte der Fahrer sie.

»Bitte!« Gladys blickte ihn flehentlich an.

»Na ja, fünf Minuten kann ich noch zugeben«, meinte der Fahrer widerstrebend. »Aber keine Sekunde länger …«

Gladys war bereits unterwegs. Sie borgte sich das Fernglas eines Touristenpärchens und entdeckte den »jungen Mann«, der gerade auf ein großes Felsgebilde in der Ferne zuging. Sie gab das Fernglas zurück und folgte ihm.

Da ihr Sitznachbar fast während der ganzen Fahrt geschlafen hatte, hatte sie es nicht einmal geschafft, seinen Namen aus ihm herauszukitzeln. So konnte sie nur »Junger Mann!« rufen, um seine Aufmerksamkeit auf sich zu lenken. Leider erschwerte die heiße, trockene Luft zusammen mit ihrer alten Lunge lautes Rufen erheblich. Sie würde ihn einfach einholen müssen. Gladys ging davon aus, dass sie mindestens eine Viertelstunde Zeit hatte für ihre Rettungsaktion – sie vertraute darauf, dass der Fahrer nicht so herzlos war und davonfuhr, wenn er sah, dass sie auf dem Rückweg waren. Es war ein gewagtes Unternehmen, aber Gladys war eine Spielerin.

Bis sie die Felsformation erreichte, war ihre Zielperson bereits auf das Plateau hinaufgeklettert. Gladys war erschöpft und außer Atem. Sie wusste, dass sie dem jungen Mann nicht bis ganz nach oben folgen konnte, doch wenn sie es nur ein Stück weit schaffte, hörte er sie vielleicht rufen. Ein beängstigender Gedanke, der ihr auf dem Weg zu der Felsformation gekommen war, trieb sie an: Was, wenn der geheimnisvolle Passagier sie bezüglich seiner Krankheit angelogen hatte? Wenn er tatsächlich noch ein Kind war? Diese Vorstellung erschreckte und motivierte sie gleichzeitig. Seine Sicherheit lag plötzlich in ihrer Hand und eine solche Mission übernahm Gladys Hartwicke nur zu gern.

Der Flügelschlag des gewaltigen Tiers wirbelte den Staub auf, der das Plateau bedeckte. Die Staubsäule stieg zig Meter hoch in die Luft. Einen solchen Wirbelwind nannte man im Death Valley auch oft Sandhose. Es handelte sich um sich drehende, mit Sand gefüllte Tornados, die über die Landschaft fegten und dabei den Staub des Wüstenbodens aufnahmen. Sam hatte diesen Teil seines Traums vergessen und schloss die Augen und den Mund einen Moment zu spät. Als er hörte, dass der Flügelschlag langsamer wurde, und spürte, wie der aufgewirbelte Staub sich nach und nach wieder legte, öffnete er vorsichtig die Augen. Sie begannen sofort zu brennen, obwohl die Staubwolke sich bereits verzog, und er musste husten, als Sandkörnchen in seine Kehle gelangten. Doch plötzlich war es das alles wert – das Brennen und Husten, die Lügen und der möglicherweise lebenslange Hausarrest –, denn was er da vor sich stehen sah, war ganz und gar außergewöhnlich. Phylassos war zurückgekehrt.

Wie knüpft man erste Kontakte mit einem jahrhundertealten Fabelwesen? Sam hatte sich ein paar Möglichkeiten überlegt. Zum einen konnte er einfach etwas sagen. Die Frage war nur: Was genau? »Oh, du bist auch hier!« – »Ich bin dein größter Fan.« – »Bitte lass mich am Leben.« Die Liste war endlos. Und selbst wenn er den perfekten Eröffnungssatz fand, würde der Greif ihn verstehen? Sprach er seine Sprache? Konnte er überhaupt sprechen? Die zweite Möglichkeit war zu warten, bis der Greif den ersten Schritt machte. Doch das strich Sam ziemlich schnell wieder von seiner Liste, da der erste Schritt auch bedeuten konnte, dass das Wesen Sam zu seiner nächsten Mahlzeit machte. Die vielversprechendste Option war, dem Greif ein Geschenk zu überreichen. Etwas, das sein Vertrauen aufbauen und Sams gute Absichten zeigen konnte. Sam griff in seinen Rucksack und zog das Einzige heraus, das er anbieten konnte: die Packung Kekse, die er im Tankstellenshop gekauft hatte.

Sam streckte den Arm aus. Sein süßes Geschenk lag auf seiner Handfläche, wie man einem Hund ein Leckerli anbietet. Der Greif beäugte Sam mit einer Mischung aus Neugier, ungläubigem Staunen und Bestürzung. Genaugenommen wirkte er verwirrt. Sam musste zugeben, dass der echte Greif sogar noch prächtiger war als der aus dem Traum. Der Traum hatte, so realistisch er auch war, mit seinem Übermaß an Farbe und Licht dennoch etwas Überirdisches an sich gehabt, was hier in der Wüste fehlte. Als Sam zu dem Wesen hochschaute, das da vor ihm aufragte, konnte er seine majestätische Erscheinung erst so richtig würdigen. Der Greif verströmte eine fast »engelsgleiche« Energie, etwas, das Sam noch nie zuvor erlebt hatte. Seine durchdringenden grünen Augen glitzerten im echten Sonnenlicht und Sam spürte die gewaltige Intelligenz dahinter. Es fiel ihm schwer, sich zu konzentrieren, da sein Blick neugierig hin und her huschte. Er wanderte von den zart gefiederten Schwingen des Greifen über die furchterregenden Klauen zu der majestätischen Halskrause, deren reinweiße Federn sich im leise pfeifenden Wüstenwind bewegten.

Nach ein paar angsterfüllten Momenten, in denen der Blick des Greifen zwischen Sam und Sams Geschenk hin und her gewandert war, schloss Sam, dass der Greif den Köder nicht von selbst nehmen würde. Also warf er ihm die ganze Packung vor die Füße und trat zurück. Das

Wesen beugte sich neugierig zu dem Geschenk hinunter, ohne seinen Blick von Sam abzuwenden. Es schnupperte an der Packung und drehte sie dann mit seinem gewaltigen Schnabel um. Schließlich löste es den Blick für einen Moment von Sam, wandte sich ihm dann aber mit einem Ruck wieder zu.

»Zu viele Konservierungsstoffe«, knurrte der Greif. Er hatte eine tiefe Stimme und sprach sehr leise. Er hob das Päckchen mit dem Schnabel auf und warf es zu Sam zurück. »Ungesund für uns beide.«

Dann konnte er also sprechen! *Natürlich kann er sprechen*, dachte Sam. In dem Buch stand, dass Greife hochintelligent waren. Dennoch war es eine Überraschung für Sam, als das Wesen zum ersten Mal den Schnabel aufmachte und redete. Er war sprachlos.

»Aber danke für die Geste. Sehr aufmerksam«, fügte der Greif hinzu.

»Bist du Phylassos?«, sprudelte es aus Sam heraus. Die Augen des Greifen weiteten sich, als er den Namen hörte. Und Sam hätte schwören können, dass ein Lächeln über sein Gesicht huschte.

»Man sollte meinen, in meinem Alter würde ich alle Tricks kennen, die das Universum auf Lager hat«, erwiderte der Greif. »Doch jetzt stehst du genau in diesem Moment in dieser Wüste auf diesem Felsen und kennst meinen Namen, während ich deinen nicht kenne.«

»Ich heiße Sam London. Ich habe von dir geträumt.«

»Und ich von dir«, erwiderte Phylassos mit einem Ausdruck, den Sam ganz offiziell als Lächeln deklarieren konnte. »Der Traum war so lebendig, dass ich viele Male zu diesem Ort geflogen bin in der Hoffnung, hier die Antworten auf meine vielen Fragen zu finden.«

»Soll das heißen, du weißt nicht …?«

»… weshalb das Schicksal uns beide zusammengeführt hat? Leider nein. Doch ich vertraue darauf, dass eine höhere Macht bei diesen ungewöhnlichen Ereignissen die Hände im Spiel hat. Es gibt einen Grund, weshalb wir uns begegnen, Sam London, doch so, wie ich das Universum kenne, wird es einige Zeit dauern, bis sich uns dieser Grund offenbart.«

Phylassos machte ein paar Schritte auf Sam zu und beugte sich zu ihm hinunter, bis sein Kopf nur noch 30 Zentimeter von Sams Gesicht entfernt war. »Aber ich muss dich inständig bitten, mit niemandem darüber zu reden. Hast du mich verstanden?« Sam nickte. »Wir können niemandem trauen, weil nicht alle das sind, was sie zu sein scheinen«, fügte der Greif bedächtig und voll unguter Vorahnung hinzu. »Sag, Sam London, was weißt du von der Greifenklaue?«

Die Antwort war nicht schwer: nichts. Sam hatte Greifenklauen nur in Illustrationen gesehen – natürlich bis auf die vier, die aktuell vor ihm standen. Sam wollte gerade antworten, als ein Poltern ihn ablenkte. Das Geräusch konnte nur eine Ursache haben: herunterfallende Steine. Und es kam von einer Stelle direkt unter ihnen. Der Greif hatte sich bei dem Geräusch sofort aufgerichtet und war leise an den Rand des Plateaus getreten. Seine mächtigen Pfoten berührten den Fels nicht, sondern schwebten ein paar Zentimeter darüber. Das permanente, leichte Schlagen seiner Flügel machte es möglich. Das Wesen spähte über den Rand des Plateaus und sein Blick fiel auf ihren unerwarteten Gast.

Gladys Hartwicke.

Gladys wusste nicht, was sie da vor sich hatte. So etwas hatte sie noch nie gesehen. Sie stand auf einer Felsnase etwas unterhalb des Plateaus, zu dem sie hinuntergerutscht war, als sie sich an einem losen Stein festhalten wollte. Sie hatte es bereits viel weiter nach oben geschafft als erwartet, und sie hätte schwören können, dass sie Stimmen hörte. Zwei Stimmen, um genau zu sein. Sie kamen von dem Plateau, und sie war entschlossen herauszufinden, mit wem sich der geheimnisvolle junge Mann unterhielt. Die Antwort ragte nun über ihr auf, doch sie war zu erschrocken, um sie als solche in Betracht zu ziehen. Als sich die Augen des Wesens verengten, erfasste Gladys eine unsägliche Angst. Ihre Verwandten warnten sie ständig, dass ihr »Sich-zu-intensiv-um-Leute-Gekümmere« ihr irgendwann noch das Genick brechen würde. Dieser Tag war offenbar gekommen.

Sams Möchtegern-Retterin tat, was wahrscheinlich jeder in dieser Situation tun würde: Sie schrie. Wenn sie nur dieselbe Menge Luft auch vorher gehabt hätte, als sie nach dem »jungen Mann« rief, wäre dieser Moment vielleicht nie eingetreten. Ihr Schrei war überraschend laut und angesichts der Landschaft und der unbewegten Luft trug ihre Stimme mühelos über die Wüste und hallte in dem Tal wider. Sie stellte ihr panisches Geschrei auch dann nicht ein, als sie wieder auf dem Boden stand, kurz wankte und dann rasch zur Tankstelle zurücklief. Später sollte sie behaupten, es sei reines Adrenalin gewesen, das sie durch das Tal trug und sie ununterbrochen schreien ließ. Und während Gladys Hartwicke um ihr Leben lief, schwor sie sich feierlich: Sollte sie durch irgendein Wunder diesen Tag überleben, würde sie sich in Zukunft nur noch um ihren eigenen Kram kümmern.

Phylassos wandte sich wieder an Sam. »Man hat dich verfolgt«, stellte er unbehaglich fest. Bei Gladys' Anblick erkannte Sam, dass sein Plan eine etwas bessere Planung erfordert hätte.

»Sie ist harmlos«, erklärte er. »Sie ist nur die Frau, neben der ich im Bus gesessen habe. Bestimmt hat sie sich Sorgen gemacht, als ich nicht zurückgekommen bin. Es tut mir leid, das war meine Schuld. Ich kann es aber wieder in Ordnung …«

Sam kletterte bereits wieder den Fels hinunter. Phylassos spähte über den Rand der Plattform. »Tu's nicht, Sam«, warnte er. »Lass sie gehen.«

»Nein, ich kann das in Ordnung bringen. Warte hier, ich bin gleich wieder zurück«, entgegnete Sam und lief im selben Moment auch schon los.

Obwohl Sam den Vorsprung seiner Sitznachbarin stetig verringern konnte, war ihm bald klar, dass sie den Highway erreichen würde, bevor er bei ihr war. Er legte sich eine faustdicke Lüge zurecht. Er würde der Frau – und allen, die ihre Version der Geschichte gehört hatten – erzählen, dass es lediglich eine Halluzination war. Ihre Behauptung, sie habe auf dieser Felsformation etwas gesehen, das halb Löwe und halb Adler war, sei auf die sengende Wüstensonne und den Staub in ihren Augen zurückzuführen. In Wahrheit habe lediglich Sam – und Sam allein – auf diesem Plateau gestanden. Wie konnte irgendjemand etwas anderes glauben?

»Warten Sie!«, rief Sam hinter ihr her, doch er hoffte vergeblich, dass sie stehen bleiben und ihn die Sache erklären lassen würde. Sie war zu entsetzt, um ihn überhaupt zu hören. Er ging davon aus, dass sie wenigstens am Straßenrand stehen bleiben würde, musste jedoch mit Entsetzen und Bestürzung feststellen, dass sie keine Sekunde innehielt, bevor sie den verkehrsreichen Highway überquerte. Gladys stürmte über die Straße, als sähe sie die Autos gar nicht, die auf sie zurasten. Für Sam schien das, was dann geschah, in Zeitlupe abzulaufen.

SL001-180-31

BETREFF: Larkin, Jane

QUELLE: ZA

DATUM: [redacted]

Die einundzwanzigjährige Jane Larkin war die Erste, die das Steuer ihres Wagens herumriss, um Gladys nicht zu überfahren. Sie war mit ihrem Freund Vincent auf dem Heimweg von Las Vegas, wo sie ihren Geburtstag gefeiert hatte. Jane sah Gladys rechtzeitig, reagierte jedoch alles andere als optimal. Anstatt den Wagen auf den Seitenstreifen zu lenken, riss die erschöpfte Jane das Steuer nach links und schleuderte auf die Gegenfahrbahn. Sie trat auf die Bremse, als das Auto die gelbe Linie überfuhr und auf die Tankstelle zuhielt. Leider waren die Bremsen ihres schon etwas älteren Sportwagens längere Zeit nicht gewartet worden, und so hatte das Auto noch ein ganz schönes Tempo drauf, als es in einen Wagen hineinkrachte, der gerade betankt wurde.

SL001-180-32

BETREFF: Halsey, Reginald

QUELLE: ZA

DATUM: [redacted]

Der in Monterrey, Kalifornien, wohnhafte Reginald Halsey und seine Frau Claire tankten auf dem Weg nach Henderson in Nevada, wo sie zwei ihrer sechs Enkel besuchen wollten, gerade ihren Wagen auf. Sie wollten immer schon mal ins Death Valley fahren und der Besuch bei den Enkeln bot dazu die perfekte Gelegenheit. Claire befand sich in dem kleinen Supermarkt, als Janes Wagen in ihren Sedan mit Luxusausstattung krachte. Reginald hatte es kommen sehen und sich mit einem Sprung zur Seite gerettet. Bei dem Aufprall wurde der Tankstutzen aus dem Tank gerissen und Benzin floss auf den Asphalt. Reginald wollte den Schlauch gerade aufheben und die Benzinzufuhr stoppen, als er zum Highway zurückschaute und merkte, dass es zu spät war.

SL001-180-33
BETREFF: Caulfield, Frank
QUELLE: ZA
DATUM: [redacted]

Frank Caulfields Pick-up Baujahr 1979 war ein Oldtimer und sah auch so aus. Er war verbeult und verrostet und hörte sich an, als machten sechs Waschmaschinen unter der Motorhaube Überstunden. Vor Kurzem hatte ihn sein Schwager aus Las Vegas angerufen und ihm mitgeteilt, dass es beim Bau eines neuen Casinos Arbeit für ihn gäbe. Da Frank seit einigen Monaten arbeitslos war, hatte er keine andere Wahl gehabt, als das meiste, was er besaß, zu verkaufen, den Rest in einen Mietanhänger zu packen und sich um des dringend benötigten Lohnschecks willen auf den Weg nach Osten zu machen. Als Janes Wagen auf seine Spur geriet, trat Frank reflexartig auf die Bremse. Da er jedoch ziemlich schnell unterwegs war und es mit der Straßenlage seines Trucks deshalb nicht zum Besten stand, schwenkte er ein wenig aus, bevor er quietschend zum Stehen kam. Dabei sprang der Umzugsanhänger aus der Kupplung, kippte um und schrammte funkensprühend über die Straße und auf die Tankstelle zu.

Die Leute ahnten das drohende Unheil und rannten in Panik vom Ort des Geschehens. Alle – von Jane über Reginald, Milad, Frank und sämtliche anderen Umstehenden – beeilten sich, genügend Abstand zwischen sich und die potentielle Brandbombe zu bringen. Alle außer Gladys. Sie war beim ersten Zusammenprall erstarrt wie ein Reh im Scheinwerferlicht und rührte sich auch nicht, als der Umzugsanhänger geradewegs in die Tankstelle schlitterte. Entsetzt beobachtete Sam, wie die Funken vom Anhänger die Benzinpfütze entzündeten. Die Flammen folgten der Benzinspur und schossen auf die Zapfsäule zu. Sam war der Einzige, der nicht wegrannte, sondern immer noch hinschaute, als Phylassos vom Himmel herabstieß und Gladys mit seinen Klauen packte. Sam war euphorisch, doch dann erreichte das Feuer die Zapfsäulen und die Tankstelle explodierte in einem gewaltigen Feuerball. Sam verlor den Greif und Gladys aus den Augen, als ein Flammenpilz in den Himmel schoss. Die ungeheure Kraft der Explosion warf Sam nach hinten und ihm wurde schwarz vor Augen.

KAPITEL 3

DR. VANTANA

SL001-180-34

BETREFF: Salazar, Cynthia

Quelle: HR

DATUM: [redacted]

Es gab jede Menge Gründe, weshalb Cynthia Salazar, Reporterin in San Francisco, wusste, dass sie ihre Berufung gefunden hatte. Der wichtigste war die Alliteration ihres Namens, den sie am Ende ihrer Berichte im Fernsehen nur zu gern nannte, und das immer auf dieselbe Art und Weise – mit der Betonung auf dem »Cyn« und einem gerollten »r« am Ende von Salazar. Neben ihrem fernsehtauglichen Namen ging Cynthias Leidenschaft für Nachrichten bereits auf ihre Kindheit zurück. Schon damals war sie ausnahmslos immer die Erste, die einem sagte, was geschah, wie es geschah und wem es geschah.

```
Kursierten Gerüchte über jemanden in Cynthia
Salazars Heimatstadt Modesto in Kalifornien, so
konnte man sicher sein, dass sie den Samen da-
für gelegt und das zarte Pflänzchen gehegt und
gepflegt hatte. Falls es etwas gab, das keiner
erfahren sollte, stellte sie sicher, dass es bald
alle wussten. Sie suchte den Nervenkitzel, doch
der Kitzel kam nicht beim Bungee Jumping, Snow-
boardfahren oder irgendeinem todesmutigen Stunt;
er kam beim Aufdecken und Verbreiten privater
Informationen über andere Leute.
Obwohl sie es nie zugeben würde, fand die ulti-
mative Klatschbase, dass das Überbringen
schlechter Nachrichten irgendwie aufregender war
als das Überbringen guter. Ob gut oder schlecht,
sie gab einer Geschichte immer ihre eigene Note,
die davon abhing, welche Gefühle sie für die
darin vorkommenden Menschen hegte. Diese An-
gewohnheit hatte sie aus ihrer Kindheit in ihr
Berufsleben übernommen.
```

Als Cynthia in Bakersfield festsaß, da der Übertragungswagen einen Platten hatte, sprach sie ihrem Kameramann ihr Mitgefühl aus, weil sie nie die »großen« Geschichten bekamen. Tags zuvor hatte sie live von einer Tankstelle mitten in der Wüste berichtet. Eine Tankstelle, an der zufällig ein paar Gewinnlose der Lotterie verkauft worden waren. *Na super*, hatte sie gedacht. Eigentlich wollte sie wegen einer solchen Banalität gar nicht dorthin fahren, doch der Sendeleiter hatte darauf bestanden, und sie durfte es sich nicht mit ihm verderben. Schließlich würde er den neuen Chefsprecher der Abendnachrichten bestimmen, sobald die altgediente Reporterin Peggy Peggleman endlich in Rente ging. Cynthia konnte Peggy nicht ausstehen, vor allem wegen der Art und Weise, wie sie die »Ps« in ihrem Namen betonte.

Cynthia saß gerade im Übertragungswagen und wartete darauf, dass ihr Kameramann den Rest der Ausrüstung einlud, als sie im Polizeifunk etwas Interessantes hörte. Anscheinend hatte es an der sogenannten »Glückstanke« eine Explosion gegeben.

»Wie groß?«, hatte der Sendeleiter als Erstes gefragt, als sie ihm wenig später am Telefon davon erzählte.

»Sowie ich gehört habe, wurde sie völlig zerstört«, antwortete Cynthia begeistert. »Wir sind jetzt auf dem Weg dorthin. Ich denke, wir sollten um fünf Uhr live übertragen. Der Hinweis war exklusiv.«

Cynthias Sendeleiter stimmte zu. Auf dem Weg zur Tankstelle begann Cynthia an der Geschichte zu schreiben. Sie hatte nicht viel, worüber sie berichten konnte, doch das spielte keine Rolle. Wichtig war ein reißerischer Einstieg. Sie entschied sich für »Es war ein Kampf auf Leben und Tod, heute im Tal des Todes«. Zum Leidwesen ihres Kameramanns übte sie diesen Satz während der restlichen Fahrt mit verschiedenen Betonungen. So aufgeregt hatte er sie schon lange nicht mehr gesehen. Fakt war, dass Cynthia Salazar es nicht erwarten konnte, schlechte Nachrichten zu überbringen.

Die Tankstelle, von der Cynthia Stunden zuvor berichtet hatte, war jetzt nur noch ein schwelender Trümmerhaufen. Als sie sich auf ihren Live-Bericht vorbereitete, trafen immer noch Rettungswagen ein. Doch die schlechten Nachrichten stellten sich letztendlich als gar nicht so schlecht heraus. Cynthias Eröffnungssatz wäre zutreffender gewesen, hätte er gelautet: »Im Tal des Todes geschah heute ein Wunder.« Diese Änderung schlug ihr Kameramann vor, nachdem sie erfahren hatten, dass alle Beteiligten das Inferno wie durch ein Wunder überlebt hatten. Keiner von ihnen hätte einen solchen Ausgang für möglich gehalten. Selbst ein Bus voller älterer Herrschaften, der in der Nähe der Zapfsäulen geparkt hatte, konnte noch rechtzeitig in Sicherheit gebracht werden. Das war den schnellen Reflexen des Busfahrers zu verdanken, der sein im Leerlauf tuckerndes Fahrzeug schon bei der ersten Kollision in den Rückwärtsgang schaltete und sich so weit genug von der Tankstelle entfernen konnte, um eine Katastrophe zu verhindern. Cynthia wusste, dass das Gerede von einem Wunder in Verbindung mit der Tatsache, dass die Explosion weder vorsätzlich herbeigeführt noch ungeklärt war, aus ihrem großen Nachrichtenbeitrag einen eher kleinen gemacht hatte. Er hatte keine Chance, ins nationale Fernsehen übernommen zu werden, was für ihren angestrebten Karrieresprung nicht eben förderlich war.

Als das Team der Fünf-Uhr-Nachrichten sich bereit machte, die Sendung mit Cynthias Beitrag zu beginnen, sah die ehrgeizige Reporterin eine letzte Chance, den Grad der Spannung doch noch zu steigern. Sie hatte mitbekommen, dass die Frau, die auf den Highway gelaufen und die Kettenreaktion ausgelöst hatte, die zu der Explosion führte, in einen Krankenwagen gebracht wurde. Als Peggy Peggleman Cynthia Punkt fünf das Wort übergab, sprach diese ihren Eingangssatz und nannte die Einzelheiten des Unfalls, bevor sie zu der Hauptperson eilte, um sie zu interviewen.

»Warum haben Sie das getan? Vor wem rannten Sie davon? Wollte Ihnen jemand etwas antun?«, brüllte sie der Frau über den Lärm der Rettungsfahrzeuge zu.

»Es war ein geflügelter Löwe«, antwortete Gladys Hartwicke mit weit aufgerissenen Augen. »Er hat mich gerettet. Er stieß vom Himmel herab und hat mich gerettet. Der Junge. Der Junge weiß alles … Er hat auf dem Felsen mit ihm gesprochen.«

Cynthia zog das Mikro zurück, doch es war bereits zu spät. Über den Kopfhörer hörte sie das hysterische Gelächter des Nachrichtenteams im Studio.

»Die Frau steht ganz offensichtlich noch unter Schock.« Mit dieser Feststellung versuchte Cynthia, ihre Verlegenheit zu überspielen.

»Vielleicht solltest du noch eine Weile da unten bleiben«, schlug Peggy Peggleman ironisch vor. »Gut möglich, dass auch noch ein Bigfoot gesichtet wird.«

Während das Gelächter weiterging, beendete Cynthia Salazar ihren Beitrag mit ihrem abschließenden Satz: »Das war Cynthia Salazar live aus Death Valley, und damit gebe ich zurück ins Studio.« Sie scherte sich nicht einmal um die spezielle Betonung ihres Namens. So nüchtern und schwunglos hatte sie ihn noch nie ausgesprochen.

Sam London erwachte, als er in einen Rettungswagen verfrachtet wurde. Die Sirenen und Lichter waren verwirrend, und es dauerte einen Moment, bis er begriff, was gerade geschah. Sobald er seine Sinne wieder beisammenhatte, tastete er rasch seinen Körper ab und vergewisserte sich, dass seine sämtlichen Gliedmaßen unversehrt waren. Der Sanitäter, der in der Nähe stand, bemerkte es und bestätigte ihm, dass er noch heil war. Äußerlich war bei Sam alles in Ordnung, doch innerlich kämpfte er mit fiesen Kopfschmerzen und einem entsetzlich schlechten Gewissen. Die in Schutt und Asche liegende Tankstelle, die ausgebrannten Autos, all die von dem Unfall betroffenen Menschen: Letztendlich war alles auf Sams Tun zurückzuführen. Er wollte nicht ins Krankenhaus gebracht werden; er wollte einfach nur nach Hause, unter seine Bettdecke kriechen und sich vor der Welt verstecken. Doch ein Streifenpolizist der kalifornischen Autobahnpolizei machte ihm unmissverständlich klar, dass er keine Chance hatte. Widerstrebend sagte Sam ihm, wer er war, und als der Mann fragte, weshalb er hierhergekommen sei, erklärte er, er habe für seine Mom an der »Glückstanke« ein Lotterielos kaufen wollen. Auf Fragen zu seinem Ausflug in die Wüste – der Busfahrer hatte den Polizisten davon erzählt – antwortete Sam, er habe lediglich versucht, ein super Foto von der Landschaft zu schießen, und darüber die Zeit vergessen. Die Polizei machte sich nicht die Mühe, ihn zu Gladys und ihrer »Halluzination« zu befragen.

Etwas über zwei Stunden später erreichte Ettie das Krankenhaus. Sam war währenddessen von Ärzten gepikst und abgeklopft worden und hatte in seinem Buch nach irgendeinem Hinweis auf eine Greifenklaue gesucht. In Knox' Buch fand er nichts darüber. Was war so bedeutungsvoll an ihr, dass sich der Greif solche Sorgen um sie machte?

Als seine Mutter ins Zimmer kam, begann Sam sofort, sich zu entschuldigen. Doch Ettie lief schnurstracks zu seinem Bett und umarmte ihn. Sie weinte vor Erleichterung und drückte ihn eine gefühlte Ewigkeit an sich, doch in Wirklichkeit waren es wahrscheinlich nur ein oder zwei Minuten. Als sie Sam endlich losließ, blickte sie ihm lang in die Augen.

»Du steckst ganz schön in Schwierigkeiten«, meinte sie dann halb tröstend und halb enttäuscht. »Es war dieser Traum, stimmt's?«

Sam nickte. Ettie schüttelte den Kopf. Sie hatte die Ereignisse des Tages immer noch nicht ganz verdaut. Während der nächsten halben Stunde legte sie ihm die Qualen dar, die sie durchgestanden hatte, seit sie zwischen ihren beiden Jobs zu Hause vorbeigefahren war, um nach Sam zu schauen, und feststellen musste, dass er nicht da war. Sie fragte bei den Nachbarn nach, rief in den Krankenhäusern der Stadt an und wandte sich schließlich an die Polizei. Danach verbrachte sie über eine Stunde auf der Polizeiwache von Benicia und stellte sich vor, was alles passiert sein könnte – nichts davon mit positivem Ausgang –, bis endlich ein Kriminalbeamter mit Nachrichten über den Unfall und Sams Befinden erschien. Zum Glück hatte die Busgesellschaft ein Flugzeug bereitgestellt, das Verwandte von Fahrgästen nach Bakersfield brachte. Die Verantwortlichen machten sich große Sorgen um Sams Situation, insbesondere um die möglichen rechtlichen Folgen, weil sie einen nicht von einem Elternteil oder einem Vormund begleiteten Minderjährigen im Bus mitgenommen hatten.

Als Ettie sich endlich beruhigt hatte, beklagte sie sich, dass sie schrecklichen Hunger habe. Sam hatte sein Krankenhaus-Abendessen bereits bekommen, doch die Ärzte wollten ihn noch ein paar Stunden dabehalten, bis die Untersuchungsergebnisse vorlagen. Er schlug seiner Mutter deshalb vor, sie solle rasch in die Cafeteria hinuntergehen und dort etwas essen.

Nur wenige Minuten nachdem Ettie das Zimmer verlassen hatte, kam ein Mann in einem weißen Arztkittel herein. Sam schaute sich in den Nachrichten gerade die Berichte über die Explosion an und bemerkte die Anwesenheit des Mannes erst, als dieser sprach.

»Sie nennen es ein Wunder«, sagte der Arzt. Er war

keiner von denen, die Sam untersucht hatten. »Aber ich glaube, es hat mehr mit Glück zu tun, findest du nicht auch?« Er hatte einen leichten Südstaatenakzent.

Bei dem Wort »Glück« lief es Sam eiskalt über den Rücken. Aus seiner Lektüre über Greife wusste er, dass Menschen, die diesen Wesen begegneten, in den Tagen danach vom Glück begünstigt waren. Doch erst als der Mann das Wort in Bezug auf den Unfall benutzte, dämmerte es ihm: Nicht ein Wunder hatte all diese Menschen bewahrt, sondern das Glück des Greifen. Doch woher wusste dieser Arzt das? Hatte er das Wort rein zufällig benutzt? Vielleicht glaubte er einfach nicht an Wunder.

»Und das soll nicht heißen, dass ich nicht an Wunder glaube«, fügte der Mann zu Sams Überraschung hinzu. »Doch Wunder hinterlassen meist weit weniger Verwüstung.«

Der Mann schaltete den Fernseher aus und trat an Sams Bett. Sam schätzte ihn auf Mitte 30, wahrscheinlich genauso alt wie seine Mom. Er war groß, sah gut aus und trug keinen Ehering. Gutes Aussehen und Familienstand waren die beiden Dinge, auf die Sam automatisch achtete, wenn er Männern begegnete, die als Partner für seine Mutter infrage kommen könnten. Er hatte bereits vor einigen Jahren damit angefangen, als ihm bei Ettie eine unterschwellige Einsamkeit aufgefallen war. Der Mann trug eine große schwarze Reisetasche, die er vorsichtig auf den Stuhl neben dem Bett abstellte.

»Wer sind Sie?«, fragte Sam.

»Ich bin Doktor Vance Vantana. Ich bin gekommen, um dir ein paar Fragen über die heutigen Ereignisse zu stellen und ein paar Tests zu machen. Keine, bei denen Nadeln im Spiel sind«, erklärte er mit einem gewinnenden Lächeln.

»Ich habe den anderen Ärzten und der Polizei schon alles gesagt«, entgegnete Sam fast abwehrend.

»Nicht alles«, vermutete Vantana und zog ein Kartenspiel aus der Tasche. »Ich würde gern etwas ausprobieren, Sam. Ich darf dich doch Sam nennen?« Sam nickte. Vantana zog eine Karte aus dem Stapel und drehte sie so, dass Sam die Vorderseite nicht sehen konnte. »Kannst du mir sagen, welche Karte ich in der Hand halte?«

»Ich bin in diesen Dingen nicht besonders gut«, gestand Sam. »Vor ein paar Jahren habe ich mich mal als Zauberer versucht, aber ich kann meine Bewegungen nicht gut genug koordinieren.«

»Dann rate einfach. Mir zuliebe«, bat Vantana.

Sam konzentrierte sich auf die Karte und dann auf Vantana, nur um zu sehen, ob seine Blicke ihm etwas verraten würden. Sie taten es nicht. Also antwortete er aufs Geratewohl: »Kreuzfünf.« Vantana drehte die Karte um. Es war eine Karoneun. »Ich hab Ihnen doch gesagt, dass ich bei so was nicht gut bin«, erinnerte Sam ihn.

»Wir versuchen es noch einmal«, meinte Vantana. »Und dieses Mal machen wir es ein wenig interessanter. Du bekommst fünf Dollar, wenn du die Karte richtig errätst.« Er zog wieder eine Karte aus dem Stapel und hielt sie hoch.

»Das führt nur dazu, dass ich mich noch mehr ärgere, wenn ich mich vertue«, witzelte Sam.

»Versuch's einfach.«

Sam konzentrierte sich auf die Karte. Er kniff die Augen zusammen, als könnte er so durch das feste Papier hindurchsehen. Er wollte schon wieder raten und »Herzvier« sagen, als ihn etwas davon abhielt und »Piksieben« aus ihm heraussprudelte.

Vantana drehte die Karte um. Es war die Piksieben. Sam fielen fast die Augen aus dem Kopf. »Sieht so aus, als schuldete ich dir fünf Dollar. Sag, Sam, was war dieses Mal anders?«, wollte Vantana wissen.

»Ich hätte wieder nicht richtig geraten. Ich wollte Herzvier sagen, doch in dem Moment, als ich den Mund aufgemacht habe, kam mir diese Karte in den Sinn, und ich hab's einfach gesagt«, antwortete Sam verwirrt. Vantana ließ ihn den Kartentest noch ein paarmal machen, immer mit demselben ungewöhnlichen Ergebnis. Nur wenn der Doktor Geld dafür bot, war Sams Antwort richtig. Er versuchte sogar einen Trick mit einer Kugel und drei Bechern. Sam konnte um nichts in der Welt sagen, unter welchem Becher die Kugel lag, bis Vantana die Kugel durch eine Vierteldollarmünze ersetzte. In der ganzen Aufregung hatte Sam keinen Augenblick Zeit, Schlussfolgerungen daraus zu ziehen. Endlich hatte er etwas gefunden, das er gut konnte, und dann war es auch noch etwas, bei dem Geld im Spiel war. Deshalb hörte er gar nicht richtig hin, als Vantana ihm eine Frage stellte, während er die Becher hin und her schob.

»Wie sah Phylassos aus?«

»Unglaublich!«, antwortete er, ohne nachzudenken.

Vantana hörte auf, die Becher zu verschieben, und Sam zeigte auf den mittleren. »Der da …« Dann fiel ihm plötzlich auf, was er gesagt hatte – und vor allem, was Vantana gefragt hatte. Er blickte zu dem Arzt auf und schluckte nervös. Vantana lächelte. Sam überlegte hektisch.

»Entschuldigung, haben Sie mich gerade gefragt, wie Philadelphia war? Ich habe verstanden ›Wie sah Philadelphia aus?‹ Und es sieht unglaublich aus. Auf Fotos, die ich gesehen habe. Die Freiheitsglocke, Käsesteaks …« Sam redete schnell, um von seiner vorschnellen Antwort abzulenken.

»Du und Gladys Hartwicke, ihr beide weist deutliche Anzeichen für eine Begegnung mit einem Greif auf. Glück. Glück, wenn etwas auf dem Spiel steht, sei es Leben, Tod oder ein paar Dollar«, erklärte Vantana sachlich. »Und bei dir, Sam, sind die Anzeichen unverkennbar. Allerdings habe ich bis jetzt noch niemanden getestet, der einem Greif gegenüberstand. Es ist schon ziemlich lang her, dass Phylassos sich gezeigt hat.«

Sam schwieg. Er war sich nicht sicher, ob er Vantana trauen konnte, weshalb nichts zu sagen vorerst noch die beste Strategie zu sein schien.

»Hat er mit dir gesprochen?«, fragte Vantana leise. Sam blieb bei seiner Strategie. »Ich weiß, dass du mir nicht vertraust, Sam. Das ist ein guter Instinkt. Aber du wirst lernen müssen, mir zu vertrauen, und zwar schnell.«

Sam war irritiert. »Schnell?«

»Ja«, antwortete Vantana in einem ernsteren Tonfall. »Weil wir beide verschwinden und so weit wie möglich von hier wegmüssen.«

»Ich gehe nirgendwohin mit Ihnen«, wehrte Sam ab. Instinktiv drückte er sich in sein Kissen. »Sind Sie überhaupt Arzt?«

»Ich bin kein Mediziner. Ich habe einen Doktor in Zoologie und Mythologie. Ich arbeite für die Regierung.« Bevor Sam die Informationen verarbeiten konnte, fügte Vantana hinzu: »Es wird genügend Zeit geben, um alle deine Fragen zu beantworten, aber diese Zeit ist nicht jetzt. Ich kann dir versichern, dass ich nicht der Einzige war, der gehört hat, wie Gladys in der Nachrichtensendung von einem geflügelten Löwen geredet hat. Inzwischen weiß bestimmt die ganze Welt davon. Und das bedeutet, dass da draußen Kräfte sind, die sich sehr dafür interessieren, weshalb Phylassos dir, und nur dir allein, erschienen ist. Ganz zu schweigen davon, dass du technisch gesehen im Moment der glücklichste Junge der Welt bist, und das könnte man sich auch aus Gründen, die alles andere als nobel sind, zunutze machen. Anders ausgedrückt: Du bist in großer Gefahr, Sam London. Wir müssen Antworten finden und wir müssen für deine Sicherheit sorgen. Und weder das eine noch das andere kann ich hier tun.«

Ein Geruch in der Luft lenkte Vantana plötzlich ab. Er hob den Kopf und schnupperte argwöhnisch in Richtung Fenster. Einen Augenblick später schüttelte er sein Unbehagen ab und wandte sich wieder Sam zu.

»Bist du bereit?«, fragte er und griff nach seiner Reisetasche.

»Selbst wenn das, was Sie sagen, stimmt, kann ich nirgendwohin gehen. Meine Mom würde ausflippen«, erwiderte Sam.

»Stimmt. Sie würde ausflippen«, bestätigte Vantana. »Deshalb darf sie nicht erfahren, dass du weg bist.«

»Wie soll das denn gehen? Entweder ich bin da oder ich bin nicht da.«

»Nicht unbedingt.«

Vantana stellte die schwarze Reisetasche aufs Bett, öffnete die Schließen und zog eine Mischung aus Hund und Waschbär heraus. Das Tier hatte rötlich braunes Fell und schwarze Streifen unter den großen braunen Augen. Die Ohren des Marderhunds waren haarig und vollkommen rund. Er gab ein Geräusch von sich, eindeutig ein Schnurren, das höher war als das einer Katze, aber dieselbe besänftigende Wirkung hatte.

»Er heißt Nuks und ist ein Tanuki-Obake. Du musst deinen Kopf direkt über seinen halten. Tust du mir den Gefallen?«, bat Vantana.

Den Ausdruck »Obake« hatte Sam schon einmal gehört. In seinen Büchern hatte er über diese Wesen gelesen. Es waren Tiere der japanischen Folklore mit magischen Eigenschaften. Konnte dieses liebenswerte Wesen, das da auf ihm saß, wirklich ein Obake sein? Sam befolgte Vantanas merkwürdige Anweisung und beugte sich vor, bis sein Kopf über dem des Tieres war. Nuks verstand die Geste, legte seine Schnauze an Sams Hals und die Pfoten auf seine Brust. Das Schnurren wurde lauter und hektischer und brach dann urplötzlich ab. Sam durchzuckte ein stechender Schmerz, als Nuks Krallen sich in seine Haut bohrten. Im selben Moment erstarrte Sam. Wie gelähmt beobachtete er einen ganz unglaublichen Vorgang.

Nuks begann zu wachsen. Langsam und stetig streckte sein Körper sich in die Länge, bis er genauso groß war wie Sam. Alles an ihm wuchs Sams Proportionen entsprechend: Seine Hinterbeine wurden so lang wie Sams Beine, die Vorderbeine entsprachen in der Länge bald Sams Armen. Dann verschwand das Fell, als würde es von der Haut absorbiert. In wenigen Augenblicken war es diesem kleinen, pelzigen Wesen gelungen, sich in einen Menschen zu verwandeln. Sam erlangte wieder die Kontrolle über seinen Körper. Er wich zurück und stellte fest, dass der Kopf des Tieres immer noch der eines Marderhundes war. Doch dann trafen sich ihre Blicke und das Gesicht begann sich zu verändern. Teile schrumpften, andere wurden größer, bis Sam London in das Gesicht von … Sam London schaute.

»Du bist ein Gestaltwandler!«, rief Sam.

»Du bist ein Gestaltwandler!«, wiederholte Nuks mit der knurrenden Stimme eines Tiers.

»Gut«, lobte Vantana. »Rede weiter, damit Nuks sich deiner Stimmresonanz anpassen kann.«

»Meiner Stimmresonanz?«, fragte Sam.

»Meiner Stimmresonanz?«, wiederholte Nuks. Dieses Mal war seine Stimme der von Sam schon sehr viel ähnlicher.

»Das war besser«, bemerkte Sam.

»Das war besser«, wiederholte Nuks. Jetzt imitierte er Sams »Stimmresonanz«, wie Vantana es genannt hatte, perfekt.

Vantana reichte Nuks ein Krankenhausnachthemd, das dieser überzog. Dann holte der Doktor Sams Kleider aus dem Schrank und warf sie Sam zu.

»Zieh dich an«, drängte er.

Während Sam sich anzog, trat Vantana ans Fenster. Es handelte sich um ein Kippflügelfenster, das sich um eine waagrechte Achse kippen ließ. Er verstellte den Hebel und drückte, und ein Schwall kühler Nachtluft strömte herein. Vantana steckte seine Nase durch die Öffnung, atmete tief ein und schloss das Fenster dann rasch wieder.

»Mist«, seufzte er.

»Was?«, fragte Sam. »Was ist?«

»Gargyle.«

Kapitel 4

Sehen heisst Glauben

Nachdem Sam London gesehen hatte, wie der Marderhund und Gestaltwandler sich in sein exaktes Double verwandelt hatte, war er überzeugt, dass Dr. Vance Vantana sein Mann war. Er konnte ihm vertrauen.

Sam hielt sich nicht für eitel, doch so hatte er sich noch nie gesehen – dreidimensional und ganz aus der Nähe. Er betrachtete kritisch seine Frisur und überlegte, ob seine Ohren vielleicht ein wenig zu sehr abstanden. Sollte er sich die Haare wachsen lassen, damit sie die Ohren bedeckten? So könnte er zwei Fliegen mit einer Klappe schlagen.

Vance musste gespürt haben, dass seine Gedanken abschweiften. »Beeile dich«, drängte er.

Außer »Beeile dich« und »Gehen wir« hatte der mysteriöse Doktor nicht viel gesagt, seit er verkündet hatte, dass Gargyle in der Nähe seien. Unter anderen Umständen hätte Sam diese Äußerung als absolut verrückt empfunden, doch angesichts der Ereignisse der letzten Stunden wusste er nicht mehr, was er glauben sollte. Glaubte man Vantana, war im Krankenhaus immer jemand in Hörweite, und es galt, höchste Geheimhaltung zu wahren, weshalb er sich mit weiteren Informationen zurückhielt. Eine interessante Tatsache gab er allerdings preis, als Sam das Buch über Greife wieder in seinen Rucksack packte.

»Du hast Dr. Knox' Buch gelesen?«, fragte er einigermaßen überrascht.

»Ja, er ist der Beste, wenn es um solche Wesen geht.« Sam wies auf den Tanuki. »Kennen Sie seine Bücher auch?«

»Könnte man so sagen. Ich habe beim Verfassen des Buches, das du gerade in der Hand hältst, geholfen.«

Was für eine aufregende Enthüllung! Sam hätte gern mehr darüber erfahren, doch Vance stand bereits an der Tür und machte Sam Zeichen, ihm zu folgen.

»Keine Zeit, Kleiner. Wir müssen los.«

Als sie die Fahrstühle erreichten, stellte Sam sich vor die Tür des zweiten. Er war überzeugt, dieser würde zuerst kommen. Zum Glück hatte er unrecht. Die Türen des ersten Aufzugs glitten auf und Ettie trat heraus. Mit einem Satz versteckte Sam sich hinter Vantana. Der Doktor erkannte die gefährliche Situation sofort und drehte sich so, dass er Sam mit seinem Körper verdeckte. Ettie war stehen geblieben, nachdem sie den Fahrstuhl verlassen hatte, offenbar um sich zu orientieren. Doch sie erinnerte sich, in welche Richtung sie gehen musste, bevor sie sich zu

Sam umdrehte. Sie ging den Flur hinunter und Sam schlüpfte in den Fahrstuhl. Er musste wieder daran denken, was Vantana über das Glück des Greifen gesagt hatte, vor allem wenn dabei etwas auf dem Spiel stand. Vielleicht betraf das ja nicht nur Leben und Tod und ein paar Dollar. Vielleicht zeigte es sich auch, um Sam in unvorhersehbaren Situationen zu beschützen, so als wüsste es instinktiv, was zu Sams Bestem war.

Nach der Fast-Katastrophe am Fahrstuhl verließen die beiden das Krankenhaus und gingen im Laufschritt über den Parkplatz.

»Woher kennen Sie Henry Knox?«, fragte Sam, während er sich hinter dem Doktor zwischen geparkten Autos hindurchschlängelte.

»Er war mein Mentor«, antwortete Vantana. Dann schnupperte er kurz in die Nachtluft und fügte hinzu: »Wir müssen einen Zahn zulegen.«

»Was meinen Sie mit Mentor? War er Ihr Lehrer oder so?«

»In gewisser Weise ja, aber nicht wie ein Lehrer in der Schule, wenn du das meinst. Er war derjenige, der mich eingestellt hat. Er hat mich ins Institut gebracht.«

»Bringen Sie mich dahin? Zu Dr. Knox?« Sam hoffte, Vance würde seine Frage mit einem Ja beantworten.

»Ich wünschte, das wäre möglich.« Vantana blickte Sam ernst an. »Henry ist vor ein paar Monaten verschwunden.«

»Verschwunden?«

Der Doktor nickte. »Aber ich hoffe, dass du die Antwort darauf bist, wie ich ihn finden kann. Wenn irgendjemand wissen kann, wo er ist – vorausgesetzt er ist noch am Leben –, ist es Phylassos.«

»Noch am Leben? Sie glauben, er könnte auch …?«

»Ich weiß es nicht, Sam.« In Vantanas Ton schwang eine gewisse Resignation mit. Er blieb einen Moment stehen und drückte auf einen Knopf an der kleinen schwarzen Fernbedienung, die an seinem Schlüsselbund hing. Ein weißer SUV antwortete mit einem Zwitschern, als wollte er sagen »Hier bin ich«. Vance drehte sich um und ging in seine Richtung.

»Sie sagten, Dr. Knox hätte Sie ins Institut gebracht. Und vorher sagten Sie, Sie würden für die Regierung arbeiten. In welchem Bereich?«

Sie hatten den SUV erreicht, einen Chevy Tahoe. Sam fiel ein grüner Streifen an der Seite auf, ein Emblem auf den Türen und eine kleine Sirene auf dem Dach. Der Streifen führte zu den Worten »Park Ranger« und das Emblem zeigte eine nach unten weisende Pfeilspitze mit der Aufschrift *National Park Service*. Außerdem waren ein Baum, ein Berggipfel und ein Büffel darin abgebildet.

»Sie arbeiten für den *National Park Service*? Sind Sie ein Ranger?«, wollte Sam wissen.

»So was in der Richtung. Steig ein.« Vance öffnete die Beifahrertür und wartete darauf, dass Sam einstieg. Doch der rührte sich nicht. »Glaub mir, Kleiner, du willst jetzt nicht hierbleiben. Ich erkläre dir alles, sobald wir auf dem Weg sind.«

»Auf dem Weg wohin? Ich steige nicht in diesen Wagen, bevor Sie mir nicht sagen, wer Sie wirklich sind – für wen Sie arbeiten und was das …« Sam wurde von einem furchterregenden Geräusch unterbrochen, das sich über den mit Sternen übersäten Himmel ausbreitete. Ein seltsameres, unangenehmeres Geräusch hatte er noch nie gehört. Am besten ließ es sich noch mit einem kehligen Kreischen beschreiben: ein lauter Schrei, eine Mischung aus Geierkrächzen und Grizzlygebrüll, aber mit einem Gurgeln versetzt. So gurgelte seine Mutter vor dem Zubettgehen mit Mundwasser, wobei das jetzt natürlich entschieden furchterregender war als alles, was zu Etties Routine vor dem Schlafengehen gehörte. Vielleicht mit Ausnahme der grünen Gesichtsmasken, die sie gern auflegte – die hatten Sam schon jede Menge Albträume beschert.

»Hast du das gehört?«, fragte Vance. Sam nickte vorsichtig. »Das ist der unverkennbare Schrei eines Gargyls …« Dem ersten folgte ein zweiter Schrei. »Ich korrigiere mich: von zwei Gargylen«, meinte Vance besorgt. Und dann erfüllte ein ganzer Chor dieser Kreaturen die Nacht. Vance schluckte. Sams Augen weiteten sich.

»Ich steige ein.«

»Gute Idee.«

»Moment. Was ist mit Nuks? Wenn diese Dinger hinter mir her sind, werden sie …«

»Sie werden sehr schnell merken, dass er nicht wie ein Mensch riecht. Aber es verschafft uns etwas Zeit und verhilft uns zu ein wenig Vorsprung.«

Ohne ein weiteres Wort stieg Sam in den SUV. Vance setzte sich rasch auf den Fahrersitz und fuhr mit quietschenden Reifen aus der Parklücke.

Der widerliche Gestank, der Vance Vantanas Geruchssinn in Sam Londons Krankenhauszimmer beleidigt hatte, war eine unnatürliche Mischung aus nassem Tierfell und Schnellzement. Er hatte diesen unangenehmen Geruch bisher nur ein einziges Mal wahrgenommen, vor vielen Jahren, als er dazu abgestellt wurde, einen bekannten Immobilienentwickler in New York City zu beschatten. Der Bauentwickler hatte auf der Lower East Side von Manhattan ein heruntergekommenes Gebäude aus dem 19. Jahrhundert gekauft. Doch anstatt verantwortlich zu handeln und es als städtisches Baudenkmal zu erhalten, hatte er den Abriss angeordnet, um an seiner Stelle ein extravagantes Hochhaus errichten zu können. Unglücklicherweise beherbergte das Gebäude zufällig das Nest eines Gargyls. Der aufgeblasene Bauentwickler joggte an einem frostigen Januarmorgen durch den Central Park, als die Gargyle angriffen. Zum Glück war Vance da und konnte die Kreaturen besänftigen. Er benutzte dazu ein geniales Gerät, das seine Kollegin Penelope Naughton, Rangerin im Redwood Nationalpark, erfunden hatte. Sie hatte das Gargyl-Äquivalent zu einer Hundepfeife entwickelt und es funktionierte wie ein Zauber. Die Kreaturen unterbrachen ihre Attacke lange genug, damit Vance einen Waffenstillstand aushandeln konnte.

Es war sein feiner Geruchssinn, der ihn damals in diese Lage gebracht hatte – genauso wie in die sich jetzt entfaltende Situation. Sein Großvater schrieb diesen ausgeprägten Sinn seiner ungewöhnlichen Herkunft zu. Vance Vantana war halb Cherokee-Indianer und halb Weißer. Auf dieser Seite reichten seine Wurzeln zurück bis zu Amerikas berühmtem Grenzer Davy Crockett. Im Lauf der Jahre hatte Vance mithilfe von Rangerin Naughton und Dr. Knox Möglichkeiten gefunden, seinen Geruchssinn noch weiter zu schärfen. Diese Verbesserungsmöglichkeiten waren ein weiterer einzigartiger und ausgesprochen hilfreicher Aspekt in seinem Job beim IMW. Doch davon später.

Vance hatte nicht damit gerechnet, an diesem Abend auf Gargyle zu stoßen, und war nicht darauf vorbereitet. Er hatte ganz entschieden das Gefühl, dass sich der bevorstehende Konflikt als nicht so leicht lösbar erweisen würde wie der an jenem schicksalhaften Morgen im Central Park. »Hinter was waren sie her?«, fragte er sich laut, als er den SUV auf dem Highway 99, einer weniger befahrenen innerstaatlichen Schnellstraße, die parallel zu der Interstate 5 verlief, nach Norden steuerte. Da die jüngsten Ereignisse nicht vorherzusehen waren, hielt er es für besser, sich an Straßen mit weniger Verkehr zu halten. »Nur für den Fall.« Allerdings griffen Gargyle für gewöhnlich nicht grundlos an, sondern nur dann, wenn sie ihr Leben in Gefahr sahen. Doch inwieweit stellte dieser Junge denn eine Gefahr dar? Um diese Frage beantworten zu können, war es noch zu früh. Vance hatte ganz einfach noch nicht genügend Informationen gesammelt.

Der Doktor wusste lediglich, dass ein zwölfjähriger Junge sich mit Phylassos unterhalten hatte – dem berühmtesten Greif, der je gelebt hatte und der seit Jahrzehnten nicht mehr gesehen worden war. Aus einem noch unbekannten Grund hatte die schwer fassbare Kreatur beschlossen, sich einem x-beliebigen Kind zu zeigen. Unwillkürlich versetzte dies Vance einen leichten, eifersüchtigen Stich. Vielleicht sogar nicht nur einen leichten. Wenn Phylassos mit einem Menschen auf dieser Welt hätte sprechen sollen, dann mit Vance Vantana.

Er hatte so viele Fragen an den Greif, Fragen, die er schon als kleiner Junge in den Wäldern von Tennessee gern gestellt hätte. Jetzt hatte dieser Junge, dieser Sam London, seine eigenen Fragen. In gewisser Weise erinnerte Sam Vance an sich selbst als Kind, und das stellte eine gewisse Vertrautheit her. Diese Vertrautheit und die Tatsache, dass der Greif sicher seine Gründe hatte, weshalb er Sam auserwählt hatte, halfen Vance über seine anfängliche Eifersucht hinweg.

Sobald sie im Wagen in Sicherheit waren und den Highway hinunterbretterten, legte Sam los: »Werden Sie mir endlich sagen, was los ist? Für wen arbeiten Sie? Warum sind Gargyle hinter uns her? Wohin fahren wir?« Wie ein verbales Maschinengewehr löcherte der Zwölfjährige Vance mit einem Trommelfeuer an Fragen. Vance wusste, dass jede Frage eine ganze Kette weiterer Fragen nach sich ziehen würde. Vance musste zugeben, dass es ihm Spaß machte, Leuten zu erzählen, wie die Welt, die sie zu kennen glaubten, in Wirklichkeit war. Er hatte diese Unterhaltung schon einmal geführt, allerdings war er da der Fragende gewesen, und zwar an dem Tag, der sein Leben für immer verändert hatte. Die Gelegenheit, einen Mitmenschen aufzuklären, kam nicht oft, doch wenn sie kam, war es ein Riesenspaß.

Er grinste Sam an. »Okay, okay. Mach langsam, Partner. Du wirst wahrscheinlich nicht glauben, was ich dir sagen werde.«

»Ich habe einen Greif gesehen, ein Hund hat sich in meinen Zwilling verwandelt und anscheinend werde ich von Gargylen verfolgt«, erinnerte Sam ihn.

Vance gluckste. »Du hältst dich bei alldem ziemlich tapfer. Die meisten Leute wären inzwischen schon ausgeflippt. Bei mir war das am Anfang auf jeden Fall so.«

»Echt?«, fragte Sam, und Vance nickte.

»Die Ereignisse haben sich überschlagen, Sam. Aber es wird Zeit, die Karten auf den Tisch zu legen. Es gibt da etwas, das du über die Welt um dich herum wissen musst. Die gesamte Menschheit – mit Ausnahme einiger weniger Auserwählter« – Vance wies fast unmerklich auf sich –, »sieht die Welt nicht so, wie sie tatsächlich ist. Es gibt Dinge da draußen, die dem menschlichen Auge verborgen bleiben.«

»Warum?«, wollte Sam wissen.

»Zur Strafe …« Bevor Vance alles über den Greif, den

Fluch, der auf der Menschheit lag, Alexander den Großen und das Institut für Magische Wesen erklären konnte, erregte ein verschwommenes Etwas im Seitenspiegel seine Aufmerksamkeit. Vor dem schwarzblauen Nachthimmel war es kaum zu erkennen, doch es war groß – und es war nicht allein.

»Festhalten!«, brüllte Vance. Sein Arm schoss zur Seite und legte sich schützend vor Sams Brust, als er das Steuer herumriss. Doch als Sam auf die Straße vor ihnen blickte, war nichts zu sehen. Keine anderen Wagen und keine Tiere waren ihnen in die Quere gekommen. Was tat Dr. Vantana da? Der SUV beschleunigte. Bei einem Blick auf den Tacho sah Sam, dass sie bei 80 Meilen waren und die Nadel sich stetig auf die 90 zubewegte. Vor ihnen fuhren jetzt andere Wagen und Sam machte sich auf den scheinbar unausweichlichen Zusammenstoß gefasst. Vance nahm seinen Arm von Sams Brust und umklammerte das Lenkrad mit beiden Händen. Ein Auto und ein Lastwagen kamen ins Blickfeld. Sie blockierten beide Spuren, sodass Vance nicht überholen konnte. Der Doktor scherte nach links aus und fuhr über den Mittelstreifen auf die Gegenfahrbahn. Die Scheinwerfer eines entgegenkommenden Sattelschleppers blendeten sie, als sie mit halsbrecherischer Geschwindigkeit auf ihn zuschossen. Der Fahrer hupte, doch Vance fuhr unbeirrt weiter.

»Was machen Sie denn?«, schrie Sam.

In allerletzter Sekunde zog Vance den SUV auf die

nach Norden führenden Spuren zurück und konnte gerade noch einen Frontalzusammenstoß verhindern.

»Schnapp dir die silberne Mappe hinter meinem Sitz und gib sie mir«, befahl er. Bevor Sam auch nur ein Wort sagen konnte, folgte ein nachdrückliches »Jetzt!«.

Sam griff nach hinten und zog eine kleine, glänzende Mappe hinter dem Sitz hervor. Vance riss sie ihm aus der Hand und legte sie sich auf den Schoß. Er öffnete sie, und Sam versuchte einen Blick auf den Inhalt zu werfen, doch es war zu dunkel im Wagen, um etwas erkennen zu können.

»Ja, glaub ich's denn? Sam, da ist Phylassos!« Vance wies aufgeregt aus dem Fenster.

Mit einem Ruck drehte Sam den Kopf. »Wo?«, fragte er und blickte angestrengt in die Dunkelheit. Plötzlich spürte er einen stechenden Schmerz in seinem Oberarm. Er drehte den Kopf und sah gerade noch, wie Vance ihm eine dunkelrote Flüssigkeit in den Arm spritzte, direkt unterhalb der Schulter. Sam wich zurück, doch nicht schnell genug. Die Spritze war leer und Vance zog die Nadel aus Sams Arm. Sam rieb sich die schmerzende Schulter. Es fühlte sich an, als hätten ihn ein Dutzend Bienen alle in dieselbe Stelle gestochen. Finster blickte er zu Vance hinüber.

»Aua! Was haben Sie da gemacht? Was ist das?«

»Tut mir leid, Kleiner. Ich musste es tun. Du musst sehen können.«

»Was muss ich sehen können? Dass Sie verrückt sind? Ein Spinner?«

Plötzlich wurde der SUV von einer unsichtbaren Kraft gerüttelt, doch sie fuhren weiter. Vance wies mit unheilvoller Miene auf die Kühlerhaube des Wagens.

»Nein, das hier.«

Sam blickte nach vorn und sein Unterkiefer klappte herunter. Auf der Kühlerhaube saß ein Wesen. Ein lebendiger, atmender Albtraum von einem Wesen. Das Rütteln, das er gespürt hatte, war die Landung des Tieres gewesen, dessen gewaltiges Gewicht jetzt die Kühlerhaube eindrückte. Seine Haut war glatt und unbehaart und von einem dunklen, hässlichen Grau. Sein Kopf war der eines Dämons – aus den Schläfen wuchsen Hörner, es hatte eine breite Nase, durch die es schnaubte wie ein wütendes Pferd, schwarze Augen ohne Pupillen, und aus seinem Mund ragten zwei lange weiße Fangzähne über die Unterlippe hinaus. Es hatte zwei Arme und zwei Beine, doch die Gliedmaßen endeten alle in handähnlichen Anhängseln mit fünf Krallen anstelle von Fingern und Zehen. Und dann waren da noch die Flügel. Sie erinnerten Sam an die einer Fledermaus. Sie wuchsen aus seinem Rücken, hatten eine Spannweite von über zwei Metern und bestanden aus derselben grauen Haut. Sie war so straff gespannt, dass sie fast durchsichtig wirkte. Der Schrei, den es ausstieß, klang genau wie das furchterregende Krächzen, das sie auf dem Krankenhausparkplatz gehört hatten.

Sam schrie in panischer Angst, als Vance immer wieder hektisch die Spur wechselte, um das Biest abzuschütteln. Der Gargyl bewegte sich keinen Zentimeter. Dann beugte er sich vor und boxte mit der Faust auf die Windschutzscheibe. Die Scheibe hielt stand.

»Dem Himmel sei Dank für Sicherheitsglas!«, rief Vance erleichtert.

Das Monster setzte sich wieder aufrecht hin und starrte ins Auto. Sam konnte praktisch sehen, wie sein Gehirn arbeitete. Es überlegte, suchte nach Lösungen. Einen Moment später beugte es sich wieder vor. Dieses Mal ritzte es mit einer Krallenspitze ein Viereck in die Windschutzscheibe, schlug dann genau an dieser Stelle erneut zu, und das viereckige Stück Glas fiel in den Wagen. Sam fing es auf.

»Äh … Dr. Vantana?« In seiner Panik konnte Sam kaum sprechen. Vance konzentrierte sich darauf, Zusammenstöße mit anderen Autos zu vermeiden, und blickte immer wieder in den Seitenspiegel. Der Himmel wusste, was noch kam. Der Gargyl streckte eine Hand durch das Loch, bog die Krallen um den Rand und zog die Scheibe aus dem SUV, als schälte er eine Zwiebel. Das verschaffte ihm Vantanas Aufmerksamkeit. Der Doktor schaute Sam an, Sam schaute den Doktor an und beide schrien im Chor.

»Bremsen Sie!«, rief Sam schließlich.

Vance trat voll auf die Bremse und der SUV schlitterte über die Straße. Staub und Steinchen wurden aufgewirbelt. Das war zu viel für den Gargyl. Er rutschte von der Motorhaube, und Vance drückte aufs Gaspedal. Doch der Gargyl breitete einfach seine Flügel aus, bewegte sie ein paarmal auf und ab, fing sich wieder und blieb in der Luft.

Vance schoss an dem Monster vorbei, das drehte sich nur um und passte sich dem Tempo des SUV an. Es flog neben ihnen her und blickte drohend in den Wagen.

Wieder wurde der SUV durchgerüttelt, und über dem lauten Rauschen des Windes, der durch die fehlende Windschutzscheibe pfiff, hörte man die Schreie weiterer Gargylen. Die meisten hockten jetzt auf dem Dach. Ein Weiterer flog auf der Beifahrerseite neben dem Wagen her. Einer von denen, die auf dem Dach hockten, streckte den Arm in den SUV und wollte nach Sam greifen. Vance versuchte es noch einmal mit dem Bremstrick, doch dieses Mal waren die Gargyle darauf vorbereitet. Sie hielten sich mit den Fußkrallen an der Motorhaube fest, und einem gelang es, Sam aus seinem Sicherheitsgurt zu ziehen. Sam versuchte sich festzuhalten, doch der Kunststoff war zu glitschig für seine schweißnassen Hände, und er rutschte ab.

»Sam!«, brüllte Vance und griff nach Sams Arm. Der Gargyl hatte inzwischen abgehoben und schlug mit seinen gewaltigen Flügeln. Vance und der Gargyl machten Tauziehen mit Sams Arm. Es dauerte nicht lang. Sam heulte vor Schmerz und Vantanas Hand begann abzurutschen. Die beiden blickten sich einen Moment lang in die Augen, als ihnen klar wurde, was gleich passieren würde. Sam sah die Angst und Verzweiflung in Vantanas Miene. Solche Gefühle an einem Erwachsenen zu sehen, fand Sam seltsam. Ob es seine Mutter war, ein Lehrer, Arzt oder Polizist, bisher hatte Sam immer erlebt, dass Erwachsene im

Beisein von Kindern Zuversicht ausstrahlten. Die Tatsache, dass Vance die Situation offenbar nicht mehr im Griff hatte, führte dazu, dass Sam endlich aufhörte, den Starken zu spielen.

»Dr. Vantana!«, schrie er voller Panik. Er spürte, wie ihm die Tränen kamen.

»Nein!«, brüllte Vance, als ihm Sams Hand schließlich entglitt. Wie in Zeitlupe hob der Gargyl Sam aus dem SUV und flog davon.

Kapitel 5

Auf den Hund gekommen

Klassifizierungscode 470 (Personalakte)

Vantana, Vance

Aktivierungsdatum: [redacted]

Bereits im Alter von zehn Jahren war Vance Vantana einer der besten Fährtenleser im Blount County in Tennessee. Sein Vater hatte früh angefangen mit dem Training und ihn schon in die Great Smoky Mountains mitgenommen, als er gerade mal fünf war. Die beiden hatten drei Wochen in den Wäldern verbracht, hatten gejagt und gefischt und in der Wildnis gelebt. Auf diesem Trip und den vielen anderen, die darauf folgten, hatte Vance' Vater seinem Sohn nicht nur beigebracht, wie man in der Natur überlebt, sondern auch, wie man ein Verständnis für sie entwickelt. Es lag zweifellos an ihren Cherokee-Wurzeln, dass die Familie Vantana an die Macht von Tier-Omen glaubte. Sie war davon überzeugt, dass die Tierwelt ständig mit den Menschen kommunizierte, doch die Menschen mussten lernen, ihre Sprache zu verstehen. Es war eine Sprache, die aus Symbolen und Totems bestand. Wer imstande war, die Zeichen zu lesen, konnte Gefahren vermeiden.

In jener Nacht in Bakersfield hatte Vance die Zeichen nicht gelesen. Er hatte sich von der Aufregung zu sehr gefangen nehmen lassen. Und jetzt bezahlte er den Preis dafür. Er musste gerade mit ansehen, wie sein Schützling, ein Junge namens Sam London, von einem Gargyl aus seinem Wagen gezogen wurde. Es dauerte nicht lang, bis Vance Sam aus den Augen verlor; doch zum Glück verlor er den Geruch nicht. Den des Gargyls, nicht den von Sam. Gleich zu Anfang ihrer Begegnung war Vance aufgefallen, dass er den Geruch des Jungen nicht wahrnehmen konnte. Es war das erste Mal, dass dieses Phänomen im Zusammenhang mit einem Tier, einem Menschen oder sonst etwas auftrat. Jedes Wesen hatte seinen Eigengeruch, nur dieser Junge nicht. Doch er konnte dieser Merkwürdigkeit jetzt nicht auf den Grund gehen; das musste warten. Sam befand sich in Todesgefahr und Vance war seine einzige Hoffnung. Er schaltete den Vierradantrieb des SUV ein und lenkte den Wagen vom Highway in die Wüste. Er konnte nur beten, dass er den Jungen rechtzeitig fand.

Sam beobachtete, wie der SUV immer kleiner wurde, je weiter der Gargyl flog. Der Rest des »Schwarms« folgte ihnen inzwischen. Die Kreaturen flogen fast lautlos in geringer Höhe über die Wüste. Irgendwann entdeckte Sam eine Kleinstadt mit verschiedenen Vororten darum herum. Vantanas SUV sah er nicht mehr. Ob er wohl jemals irgendjemanden wiedersehen würde? Was hatten diese Monster mit ihm vor? Sams Herz raste; es schlug so heftig, dass er es in den Fingerspitzen spürte. Er weinte nicht mehr; an die Stelle der Tränen war schiere Panik getreten. Es war die Angst vor dem Unbekannten, die Furcht, sein Ende könnte bevorstehen. Er dachte an seine Mutter und was sie während der letzten 24 Stunden seinetwegen hatte durchmachen müssen. Würde Nuks, falls Sam etwas zustieß, das Spiel weiterspielen? Um seiner Mutter willen hoffte er, dass der Gestaltwandler seinen Platz auf Dauer einnehmen würde, doch das schien nicht sehr wahrscheinlich. Irgendwann würde er seine normale Gestalt wiederannehmen und Ettie die Wahrheit erfahren. Sams scheinbar harmloser Traum hatte ihn in eine Wirklichkeit geführt, die er nie für möglich gehalten hätte. In diesem Moment wünschte er, er hätte den Greif einfach Greif sein lassen.

Sam war wütend auf sich selbst und wand sich im Griff des Gargyls. Die Klauen der Kreatur bohrten sich in seine Schultern. Er spürte, wie sie die Haut durchstießen, und wusste, dass er blutete. Er wand sich erneut, in der Hoffnung, den Schmerz lindern zu können, doch die Bewegung musste wohl zu heftig gewesen sein. Der Gargyl konnte ihn nicht länger festhalten. Sam befand sich nun im freien Fall – und er stürzte gefährlich schnell auf die wartende Erde zu.

Sam fiel zwar schnell, aber nicht lange. Der Todesschrei, den er ausstieß, sobald ihm bewusst wurde, dass er sich nicht mehr in den Klauen des Gargyls befand, war kurz, aber beeindruckend. Als er auf dem Boden aufschlug, dachte er: *Wow, der Tod ist gar nicht so schmerzhaft. Es fühlt sich fast an wie ein Sprung in einen Pool.* Rasch wurde ihm klar, dass er tatsächlich in einen Pool gefallen war. Wasser geriet in seinen Mund und das Chlor brannte sofort in seinen Augen. Aber er lebte. Er stieß sich vom Boden des Beckens ab und schoss aus dem Wasser wie eine Scheibe Brot aus dem Toaster. Sofort stürmten grelle Lichter und ein unwahrscheinlicher Lärm auf ihn ein. Stimmen. Unterhaltungen. Verwirrt schwamm er zum Rand. Einen Augenblick später wurde er von einem Mann im Anzug aus dem Wasser gezogen. Doch es war kein gewöhnlicher Mann.

»Wer bist du?«, fragte er mit einem bedrohlichen Knurren. Sam konnte nicht antworten. Das Aussehen des Mannes machte ihn sprachlos. Er war ungefähr so groß wie ein erwachsener Mann, sprach auch wie ein Mann, hatte jedoch Kopf und Körper eines Hundes. Seine Haut war von kurzem, dunklem Fell bedeckt. Das Gesicht war ganz und gar das eines Hundes: spitze Ohren und eine lange Schnauze mit einer feuchten Nase. Er sah aus wie ein aufrecht gehender deutscher Schäferhund. Und er schien nicht sonderlich begeistert von seinem Überraschungsgast. Er knurrte Sam an und die übrigen hier versammelten Hundemenschen taten es ihm nach. Sam sah insgesamt sieben oder acht dieser seltsamen Wesen, sowohl männliche als auch weibliche.

»Antworte, Junge«, verlangte der Hundemann noch nachdrücklicher. Er sprach mit britischem Akzent und hatte graue Strähnen im Fell, woraus Sam schloss, dass er schon älter war.

Sam brachte lediglich ein ziemlich rüdes »Du bist ein Hund« heraus.

Das Knurren und Kläffen hörte urplötzlich auf. Die anderen keuchten bei Sams Worten und warteten auf die Reaktion ihres Freundes. Der Hundemann beäugte Sam eine gefühlte Ewigkeit und blies ihm seinen warmen, feuchten Atem ins Gesicht. Und dann begann der Hundemann zu glucksen, zunächst nur leise, doch bald wurde ein Lachen daraus. Ein herzhaftes Lachen. Als hätte Sam einen saukomischen Witz gemacht. Die anderen nahmen das als ihr Stichwort und begannen ebenfalls zu lachen. Und mitten im Gelächter …

»Sehr scharfsinnig. Du siehst aus, als hättest du Angst. Bist du eine verkleidete Katze?«, fragte der Hundemann und erntete damit noch mehr Gelächter.

Dann meldete sich einer der Umstehenden: »Vielleicht sollten wir ihn fressen, dann wissen wir es.«

»Ja, Chad, ich glaube, du hast recht«, erwiderte der Hundemann. »Es ist lange her, seit wir uns an einer Katze gütlich getan haben. Obwohl ich mich erinnere, dass sie geschmeckt hat wie Hühnchen ...«

Sam geriet in Panik und brüllte so laut er konnte um Hilfe. »Hilfe! Bitte helft mir!«

»Psssst.« Der Hundemann brachte ihn zum Schweigen. »Wir wohnen hier in einem ruhigen Viertel.«

»Sam!«, brüllte eine Männerstimme aus der Nacht. Die Hundemenschen blickten in die Richtung, aus der der Schrei gekommen war, und sahen Vance Vantana durch eine Seitentür in den Garten stürmen. Er lief auf Sam zu, doch die Hundemenschen knurrten und wollten ihm den Weg versperren. Der Hundemann hob die Hand, worauf sie augenblicklich stehen blieben.

»Vance? Vance Vantana? Bist du das, alter Freund?«, fragte der Hundemann.

»Chase?«, erwiderte Vance zu Sams Überraschung. »Was zum Teufel tust du hier, so weit weg von England?«

»Ich wohne jetzt hier. Zumindest teilweise. Ich dachte, du wüsstest, dass ich im Ruhestand bin«, antwortete der Hundemann, der offenbar Chase hieß.

»Ich hab's gehört. Ich dachte nur nicht, dass du deinen Ruhestand ausgerechnet hierher verlegst, wo sich Fuchs und Hase gute Nacht sagen.«

»Die trockene Luft tut meiner Lunge gut und das Leben hier ist billig. Ich gehe mal davon aus, dass du wegen diesem Winzling hier gekommen bist?«, meinte Chase mit Blick auf Sam, den er immer noch einen halben Meter über dem Boden zappeln ließ.

»Genau. Tut mir leid. Ich nehm ihn dir aus den Pfoten.«

Chase übergab Sam, als wäre er eine Puppe, und Vance stellte ihn rasch auf die Füße. »Alles in Ordnung?«, fragte er Sam. Aus seinem Ton sprach echtes Mitgefühl.

Sam nickte. »Gott sei Dank bin ich in diesem Pool gelandet.«

»Würde es dir etwas ausmachen, mir zu erklären, was um alles in der Welt hier vorgeht?«, fragte Chase.

»Sam und ich wurden von einem Rudel Gargyle angegriffen und eines der kleinen Monster bekam ihn in seine Klauen.«

»Gargyle?«

»Es ist eine sehr lange Geschichte«, meinte Vance, ging aber nicht ins Detail.

»Dann war es wohl schieres Glück, dass du in meinem Pool gelandet bist«, sagte Chase zu Sam. Dieser nickte. »Oder war es Greifenglück?«

Sams Blick huschte sofort zu Vance, der bei dem Wort nur grinste.

»Dann hat es sich ja schneller herumgesprochen, als ein Tennessee-Eichhörnchen den Baum hinaufkommt«, witzelte Vance.

»Wenn jemand ›ihn‹ nach all den Jahren sieht, ist das eine Sensation«, erklärte Chase. »Hat er …«, er wies mit dem Kinn in Sams Richtung, »den Blick oder …«

Vance schüttelte den Kopf.

»Was hast du ihm gegeben?«, erkundigte Chase sich neugierig.

»Magnapedaxin 13.«

»Dann hoffen wir mal, dass es länger anhält als das Zwölfer«, entgegnete Chase grinsend.

Sam schaute Vance beunruhigt an. »Wovon redet er?«

»Ich erklär's dir später«, flüsterte Vance und wandte seine Aufmerksamkeit wieder Chase zu. »Ich gehe davon aus. Es fließt in diesem Moment durch meine Adern.«

»Penelopes Versuchskaninchen, wie immer.«

»Sie braucht jemanden, an dem sie das Zeug testen kann. Und ich hab zwar schon eine verdammt gute Nase, aber ohne diesen Verstärker hätte ich den Geruch der Gargylen so weit draußen niemals wahrgenommen. Das ist so sicher wie das Amen in der Kirche. Hat uns etwas Zeit verschafft, so viel steht fest. Ich gehe davon aus, dass sie nicht zurückgekommen sind?«

Chase schüttelte den Kopf. »Wahrscheinlich haben sie meine Gäste gesehen und sich gedacht, dass es nicht klug wäre, die Party zu sprengen. Kynokephali und Gargyle – wir waren nie dicke Kumpel. Obwohl ich ein bisschen enttäuscht bin, dass sie nicht hier reingeplatzt sind. Mir fehlt die Action, Vance. Früher war's nie langweilig«, fügte er mit einem nostalgischen Lächeln hinzu. Dann wandte er sich an Sam. »Aber ich bin froh, dass du in unsere kleine Gartenparty geplatzt bist. Vielleicht kannst du mir helfen, meine Neugier zu befriedigen. Ich wüsste zu gern, was Phylassos zu dir gesagt hat.«

»Ich hab's auch schon versucht. Er ist nicht gerade vertrauensselig«, bemerkte Vance.

»Kluger Junge. Nun, ich stehe zu eurer Verfügung, Dr. Vantana und Sam …?«

»London«, sagte Sam.

»Meine Lieblingsstadt«, erklärte Chase. »Ich bin mehr als bereit, meinen Ruhestand wieder aufzugeben, falls erforderlich, besonders jetzt. Wie es aussieht, stehen uns allen höchst aufregende Entwicklungen bevor.«

»Ich hoffe, dass du in diesem Punkt unrecht hast«, entgegnete Vance nachdenklich. »Aber wir machen uns jetzt am besten wieder auf den Weg, damit ihr alle weiterfeiern könnt. Entschuldige bitte die Störung.«

»Ihr geht nirgendwohin«, widersprach Chase.

Vance blickte ihn fragend an. »Wie bitte?«

»Es ist viel zu spät. Mr London ist nass bis auf die Knochen und hat allerhand mitgemacht. Ihr bleibt heute Nacht hier und genießt meine legendäre Gastfreundschaft. Morgen könnt ihr weiterreisen.«

Chase streckte Sam die Pfote hin. »Schauen wir doch mal, ob wir nicht etwas Trockenes für dich zum Anziehen finden.«

Sam blickte Vance an. War der Doktor einverstanden? Dieser überlegte einen langen Moment, bevor er schließlich nickte. Sam lächelte. Aus den nassen Kleidern zu kommen und ein wenig schlafen zu können, klang ziemlich gut.

Später am Abend saß Sam mit einem Becher heißer Schokolade an Chase' Esstisch und bekam endlich Antworten auf alle seine Fragen. Für einen Hundemann machte Chase eine erstklassige heiße Schokolade, das musste Sam zugeben. Aber er musste aufhören, Chase als »Hundemann« zu bezeichnen. Laut Vantana gehörte Chase einer alten und stolzen Rasse von Fabelwesen an, den Kynokephali. Man nahm an, dass sie ursprünglich aus Südasien stammten und von dort irgendwann im fünften Jahrhundert v. Chr. nach Griechenland übergesiedelt waren. In einem von Knox' Büchern war Sam schon auf Kynokephali gestoßen. Aufgrund ihrer hundeähnlichen Erscheinung hatten die Menschen sie ursprünglich für wilde Tiere gehalten. Obwohl ihre Rasse durchaus aggressive Tendenzen aufwies, gab es auch Kynokephali, die sich bemühten, von der bürgerlichen Gesellschaft akzeptiert zu werden. Sam hätte gern mehr über Chase und seine geheimnisvollen Brüder erfahren, doch das musste warten. Jetzt waren erst mal die grundsätzlichen Dinge dran.

Während Sams Kleider im Trockner rotierten, machte er es sich auf einem Stuhl im Esszimmer gemütlich, mollig eingewickelt in einen von Chase' Nickibademänteln, und hörte Vantana und Chase zu, die eine Welt beschrieben, von deren Existenz er bisher nichts gewusst hatte und die er sich nie hätte vorstellen können.

»Ich arbeite für das Institut für Magische Wesen«, erklärte Vance. »Wir sind so etwas wie der unsichtbare Cousin des Innenministeriums, der sich versteckt und von dem nie jemand spricht. Viele von uns sind zwar auch tatsächlich Park Ranger, aber am Institut nennt man uns die Magic Guardians.«

»Und ich arbeite oder besser: habe gearbeitet im Amt für das Wohlergehen mythischer Tiere. Wir sind das britische Gegenstück zu den Amerikanern.«

»Habe ich das richtig verstanden? Magisch? Mythisch?«, hakte Sam nach.

»Ganz genau. Wir kümmern uns um die Beziehungen zwischen mythischen Wesen und Menschen«, stellte Vance klar.

»Aber …«

»Ich nehme an, du bist bisher davon ausgegangen, dass solche Wesen nicht existieren«, schlussfolgerte Chase. »Und doch sitze ich hier, direkt vor dir. Und du hast bereits einen Greif und ein paar Gargyle gesehen.«

Sam nickte.

»Sie sind überall, Sam, und es hat sie immer gegeben«, erklärte Vance.

»Aber außer uns kann niemand sie sehen?«, fragte Sam.

»Menschen können sie nicht sehen«, antwortete Chase. »Zumindest nicht alle. Du kannst es jetzt, weil Dr. Vantana dir etwas gegeben hat.«

»Die Spritze im Wagen«, erinnerte sich Sam, und Vance nickte. »Sie nannten es Mag…« Sam versuchte auf den Namen zu kommen, den er gehört hatte.

»Magnapedaxin 13«, half Vantana ihm auf die Sprünge. »Ein Serum, das künstlich hergestellt wurde, und zwar aus dem Blut von …«

»Blut? Von was?«, unterbrach Sam ihn entgeistert. Bei

dem Gedanken, dass fremdes Blut durch seine Adern pulsierte, schauderte ihn.

»Ich glaube, man nennt das Tier einen Sasquatch«, antwortete Chase sachlich. »Stimmt doch, Vance, oder?«

»Wir nennen es Bigfoot.«

»Bigfoot? Sie haben mir Bigfootblut gespritzt?«, fragte Sam aufgebracht.

»Beruhige dich, Kleiner. Es wird dich nicht umbringen. Aber nur so können Menschen diese Wesen sehen.«

»Indem man ihnen Bigfootblut spritzt?«

»Indem man ihnen ein Serum spritzt, das künstlich aus dem Blut mythischer Wesen hergestellt wurde«, korrigierte Vance.

Sam war verständlicherweise fix und fertig, nicht nur wegen der jüngsten Ereignisse, sondern auch wegen der Auswirkungen dessen, was Vance und Chase da beschrieben. Und um noch eins draufzusetzen, pumpte sein Herz jetzt auch noch Bigfootblut durch seinen Körper, das Blut eines legendären affenähnlichen Wesens aus dem amerikanischen Nordwesten. Es hatte seinen Namen aufgrund der großen Fußabdrücke erhalten, die kalifornische Straßenarbeiter im Jahr 1958 entdeckt hatten. Obwohl die etablierte Wissenschaft die Existenz eines solchen Wesens für ausgeschlossen hielt, glaubte Sam steif und fest daran. Und den Beweis, dass es Bigfeet wirklich gab, hatte er im Moment ja in sich. Auch wenn ihm das höchstwahrscheinlich niemand glauben würde. Er war sich ja selbst nicht sicher, ob er es glaubte. Das ergab doch alles keinen Sinn.

Wie konnten diese Wesen unter den Menschen leben, ohne entdeckt zu werden? Warum brauchte man ihr Blut, um sie sehen zu können? Sam erinnerte sich an etwas, das Vance vor dem Angriff der Gargylen im Wagen gesagt hatte.

»Sie haben gesagt, dass die Menschen bestraft worden seien und wir diese Wesen deshalb nicht sehen können.«

»Das stimmt.«

»Wofür bestraft?«

Chase und Vance wechselten einen Blick. Chase grinste. »Soll ich das übernehmen, alter Junge?«

»Gern«, antwortete Vance.

»Hast du schon mal was von Alexander dem Großen gehört, Sam?«, fragte Chase.

»Er war vor langer Zeit General, oder?«

»So etwas Ähnliches.«

Sam hörte schweigend zu, als Chase und Vantana ihm abwechselnd eine Geschichte erzählten, die klang, als stammte sie aus einem Fantasyroman. Sie erklärten, dass Alexander der Große im 3. Jahrhundert vor Christus König von Mazedonien wurde, einem Gebiet im Norden Griechenlands. Als brillanter Militärkommandant führte Alexander seine Truppen durch Persien und eroberte sämtliche Gebiete, durch die er kam. Mit seiner Macht wuchs auch seine Arroganz. Er wurde so selbstherrlich, dass er sich für einen Gott hielt. Zum Beweis, dass niemand ihm ebenbürtig war, befahl Alexander seinen Männern, zwei Greife zu fangen. Er ließ die Tiere vor einen Wagen spannen und zwang sie, ihn zur Sonne zu fliegen.

Er wollte Gott ins Gesicht schauen. Doch als er das Ende des Himmels erreichte, sah er gar nichts. Als er auf den Rücken der verkrüppelten, sterbenden Greife zur Erde zurückkehrte, wartete ein alter Mann auf ihn, den Alexander für seinen Schöpfer hielt. Er bot ihm Geschenke an und hieß ihn in seinem Königreich willkommen. Doch da gab sich der alte Mann als Phylassos zu erkennen, König aller Greife und Beschützer der magischen Wesen.

»Er konnte seine Gestalt wechseln?«, unterbrach Sam an dieser Stelle der Geschichte fasziniert.

Vance nickte. »So wird es berichtet.«

Chase erzählte weiter: »Phylassos war außer sich vor Wut über Alexander. Jahrhundertelang hatten Menschen und magische Wesen friedlich nebeneinander gelebt. Doch dieses Ereignis hatte gezeigt, wie gefährlich die Menschen den mythischen Wesen werden konnten. Die Überheblichkeit der Menschheit würde nur immer weiter zunehmen, und das bedeutete, dass diese Tiere – Greife und all die anderen – nie wirklich sicher sein würden. Die Menschen würden Mittel und Wege finden, um sie auszubeuten und sie zu zwingen, ihren niederträchtigen Zielen zu dienen. Und so legte Phylassos einen Fluch auf die Menschheit: Von diesem Augenblick an sollten sie die magischen Wesen um sich herum nicht mehr erkennen können. Wesen jeder Größe und Gestalt hatten die Wahl: Sie konnten sich Phylassos' Willen beugen oder eine ansprechendere Gestalt annehmen.«

»Ansprechender?«

»Du siehst mich jetzt in meiner wahren Gestalt, Sam, aber andere sehen mich als Mensch«, erklärte Chase mit einer Spur Enttäuschung in der Stimme. »Es ist unser Schicksal, nie als diejenigen gesehen zu werden, die wir wirklich sind.«

»Das klingt schrecklich.«

»Danke für dein Mitgefühl«, erwiderte Chase. »Wir sind nicht die einzige Spezies, die sich so verstecken muss. Trolle und andere erscheinen denen, die den Blick dafür nicht haben, ebenfalls als Menschen.«

»Und so war es dann seit Alexander dem Großen?«, fragte Sam.

Die beiden Männer nickten.

Chase fuhr fort: »Im Lauf der Zeit gab es immer wieder ausgewählte Individuen, denen Phylassos vertraute und die mithalfen, dass diese Wand der eingeschränkten Wahrnehmung nie eingerissen wurde. Dr. Vantana und ich sind nicht die Ersten in unseren Positionen.«

»Nur weil die Menschen diese Wesen nicht sehen können, heißt also nicht, dass die Wesen …«

»… die Menschen nicht sehen oder mit ihnen in Kontakt treten können«, brachte Vantana Sams Gedanken zu Ende. Sam nickte und gähnte. »Ich glaube, es ist Zeit für dich, ins Bett zu gehen«, stellte Vance fest.

»Er sieht aus, als sei er völlig erledigt«, bemerkte Chase.

Sam hatte weitere Fragen, doch Vance hatte recht. Ihm fielen fast die Augen zu. Schließlich war er seit weit über 24 Stunden wach, da er in der Nacht zuvor nicht geschlafen hatte, damit er seinen Ausflug in die Wüste planen konnte. Es wurde immer schwieriger, sich zu konzentrieren, und Sam wollte nichts verpassen.

Vance deckte ihn im Bett in Chase' Gästezimmer zu. Der Doktor konnte sehr einfühlsam sein, wenn er wollte, stellte Sam fest. Er konnte sich nicht erinnern, jemals von jemand anderem als seiner Mutter ins Bett gebracht worden zu sein. Fühlte es sich so an, wenn man einen Vater hatte? Vance war stark, selbstbewusst und fürsorglich. *Der perfekte Mann für Ettie*, dachte Sam. Doch wenn er die beiden zusammenbringen wollte, wären dafür ganze Berge an Erklärungen nötig. Allein der Gedanke daran erschöpfte Sam. Als Vance zur Tür ging und das Licht ausschaltete, schaffte Sam noch eine Frage.

»Dr. Vantana, wohin fahren wir morgen?«, fragte er in die Dunkelheit hinein.

»Nenn mich Vance, Sam. Und ich habe noch jede Menge Fragen zu Phylassos an dich.« Er stand in der Tür und war nur als Silhouette zu erkennen. »Ich muss Antworten finden, damit ich dich beschützen und zu deiner Mutter zurückbringen kann.«

»Wer hat die Antworten?«, wollte Sam wissen.

»Carl«, antwortete Vance zuversichtlich. »Carl kann helfen.«

Kapitel 6

Carl kann helfen

Penelope Naughton war immer noch dabei, sich in einem Leben zurechtzufinden, an das sie keine Erinnerung hatte. Jeder Tag hielt neue Offenbarungen bereit, die einerseits kaum zu fassen und andererseits seltsam vertraut waren. Es war ein ausgesprochen merkwürdiges Gefühl. Und es hatte sich erst vor ein paar Wochen im *International House of Pancakes* in Eureka eingestellt, als sie einen Troll beim Frühstück sitzen sah und an ihrem Geisteszustand zweifelte. Ironischerweise war es dieser Troll Trevor, der seither an ihrer Seite war und ihr half, die Puzzleteile ihrer Vergangenheit zusammenzusetzen.

»Trolly-Schritte« nannte Trevor es oft, wenn Penelope sich an Aspekte ihres Lebens erinnerte. Trolly-Schritte waren die ersten Schritte, die kleine Trolle machten, wenn sie laufen lernten. Trolle waren in dem Alter natürlich schon ziemlich groß, weshalb Trolly-Schritte nicht dasselbe waren wie die ersten Schritten menschlicher Babys.

Sie waren viel, viel größer. Wenn Trevor deshalb »Trolly-Schritte« sagte, bedeutete dies, dass Penelope einen Riesensprung im Sich-Erinnern gemacht hatte. Ihren ersten Trolly-Schritt machte sie an dem Tag, an dem sie in den Park zurückkehrte. Nachdem sie im Wald in Ohnmacht gefallen war, erwachte sie in ihrem Holzhaus, wo Trevor sie über die Existenz mythischer Wesen in Kenntnis setzte und ihr erklärte, welche Rolle sie selbst beim Schutz dieser Wesen vor den Menschen spielte und umgekehrt.

Seither hatte Penelope langsam in ihre Rolle als Rangerin im Redwood Nationalpark zurückgefunden. Der angenehmste Teil ihres Jobs bestand darin, sich um die Touristen und Camper zu kümmern, die durch die legendären Tore kamen. Sie gab Parkpläne aus, beantwortete Fragen und sorgte freundlich, aber mit Nachdruck dafür, dass die Parkordnung eingehalten wurde. Doch es gab noch andere Aspekte ihrer Arbeit, die eine weitreichendere Anpassung erforderten: ihre Aufgaben als Magic Guardian und hier vor allem der Umgang mit den mythischen Wesen, die den Wald bevölkerten. Sie hatte erfahren, dass außer ihr auch viele der anderen Ranger des Nationalparks über die Existenz mythischer Tiere informiert und für ihr Wohlergehen verantwortlich waren. Doch Penelopes Verantwortung gegenüber diesen Tieren reichte sehr viel weiter.

Naturwissenschaften waren immer Penelopes Stärke gewesen. Jemand hatte ihr einmal gesagt, dass man oft am bescheidensten ist, wenn es um die Dinge geht, in denen man sehr gut ist. Wenn Leute Penelope Komplimente zu ihrem Talent für Naturwissenschaften machten, verwies sie immer schnell auf andere Naturwissenschaftler aus Gegenwart oder Vergangenheit, die – wie sie es ausdrückte – noch sehr viel cleverer waren als sie. Tatsache war jedoch, dass sie eine Ausnahmewissenschaftlerin war und noch wichtiger: Sie liebte ihre Arbeit. Sie konnte sich entsinnen, ihre Fähigkeiten im Innenministerium eingesetzt zu haben, doch an diesem speziellen Morgen erinnerte Penelope sich zum ersten Mal wieder daran, dass sie genau diese Fähigkeiten auch für das Institut für Magische Wesen genutzt hatte. Sie war gerade auf einem Kontrollgang in einem abgelegenen Teil des Parks, als weitere Teile dieses Puzzles sich zusammenfügten.

»Willst du mir jetzt bis in alle Ewigkeit folgen?«, fragte sie Trevor, der dicht hinter ihr ging.

»Dr. Vantana hat gesagt, ich muss – ich muss, bis du nicht mehr krank im Kopf bist«, stammelte der Troll.

»Krank im Kopf?« Penelope ärgerte sich über Trevors unsensible Wortwahl. Er schaute auf sie herab und war sich nicht sicher, was er sagen sollte oder ob eine Erwiderung überhaupt notwendig war. Penelope bemerkte seine Unsicherheit – so reagierte er bei vielen Gelegenheiten. »Vergiss es«, sagte sie. »Und was ist mit ihm? Läuft er mir jetzt auch ständig nach wie ein kleines Hündchen?« Sie wies auf die Bäume, die den schmalen Wanderweg säumten. Trevor blickte in die Richtung, in die sie zeigte, und entdeckte das geflügelte weiße Pferd namens Gus, das ihnen langsam wie ein Schatten folgte.

»Gus? Also … ja. Er ist so was wie dein bester Freund«, erklärte Trevor.

Na, super, dachte Penelope. *Mein bester Freund ist ein Pferd. Aber wenigstens kann es fliegen.*

»Fliegen«, hörte Penelope jemanden flüstern. Sie blieb stehen, sodass Trevor beinahe in sie hineingelaufen wäre. Fragend schaute sie den Troll an. »Was ist?«

»Wie … was ist?«, erwiderte Trevor verwirrt.

»Hast du gerade etwas gesagt?«

Trevor schüttelte seinen Trollkopf. Penelope hatte sich noch immer nicht ganz an sein Aussehen gewöhnt. Er war alles andere als schön, gleichzeitig aber lieb und erstaunlich sanft. Und mit jedem Tag erschien er ihr weniger hässlich. Penelope überlegte kurz, blickte sich argwöhnisch um und ging dann weiter.

»Fliegen? Uns fliegen?«, flüsterte die Stimme wieder, jetzt etwas lauter. Und es klang wie eine Frage. Penelope erstarrte und dieses Mal konnte Trevor nicht mehr rechtzeitig anhalten. Er lief in die Rangerin hinein und sie stürzte.

Trevor geriet in Panik.

»Es tut mir leid. Es tut mir leid, Rangerin Naughton. Es tut mir so leid.« Er zog sie mit seinen langen, behaarten Armen auf die Beine und begann ihr den Staub aus den Kleidern zu klopfen. Da er dabei etwas rauer als nötig vorging, wich Penelope zurück.

»Was hast du gesagt?«, fragte sie streng.

»Dass es mir leidtut?«

»Nein, davor. Du hast ›fliegen‹ oder ›uns fliegen‹ oder etwas Ähnliches gesagt.«

»Nein, hab ich nicht.«

»Uns fliegen«, wisperte das zarte Stimmchen erneut.

»Da!«, rief Penelope. »Hast du das gehört?«

»Ich habe nichts gehört, Rangerin Naughton«, beteuerte Trevor.

»Was willst du damit sagen? Dass ich jetzt schon Stimmen höre?«, fragte Penelope ungläubig. »Das gehört vermutlich auch zum Job? Dass ich Stimmen im Kopf höre?«

»Nein, so war das nicht …« Dann wanderte Trevors Blick von Penelope zu Gus. Seine lilaroten Lippen verzogen sich zu einem Lächeln und er begann zu kichern. Es klang wie ein tiefes Knurren, und er entblößte dabei seine großen, verfärbten Zähne, von denen einige nadelspitz waren.

»Ich weiß, ich weiß!«, rief Trevor mit seiner kindlichen Stimme. »Du hörst Gus. Gus redet mit dir. Ich kann ihn nicht hören, aber du.«

»Gus? Das Pferd?«

Trevor nickte vergnügt.

Penelope schaute sich um und entdeckte das geflügelte Wesen zwischen den Bäumen. Gus schaute sie direkt an. Als ihre Blicke sich trafen, wurde ihr Gehirn von Erinnerungen überflutet. Wie sie beide nebeneinander durch den Wald gingen, wie sie sein leuchtend weißes Fell striegelte und wie sie flogen. Sie waren oft geflogen. Sie sah sich wieder auf Gus' Rücken über die Redwoods fliegen. Doch das war noch nicht alles. Eine weitere Erinnerung kehrte zurück.

»Mein Labor«, sagte sie wehmütig.

Trevor grinste. »Dr. Vantana sagte, dass du dich irgendwann schon erinnern würdest und dass ich dir nichts davon erzählen dürfte. Es müsste dir von allein wieder einfallen. Ich weiß nicht, weshalb ...«

Während Trevor weiterplapperte, schloss Penelope die Augen und ließ sich von ihren Erinnerungen überrollen. Vor ihrem geistigen Auge sah sie ihr Labor in allen Einzelheiten vor sich. Ein silbergrauer Raum mit Labortischen, Computern und Erlenmeyerkolben – konisch zulaufende Glasbehälter mit Flüssigkeiten in verschiedenen leuchtenden Farben. Sie sah sich im Labor arbeiten, sah, wie sie die Gebräue mischte und am Computer saß. Der Strom an Erinnerungen war überwältigend. Sie kam sich vor wie ein Kind, das am Weihnachtsmorgen die Treppe hinuntersaust und all die Geschenke unterm Tannenbaum sieht. Penelope fiel nun wieder ein, dass sie die naturwissenschaftliche Leiterin des IMW war, und dass sie es war, die das Verfahren, das es Menschen ermöglichte, mythische Wesen zu sehen, perfektioniert hatte. Die Seren, die sie aus den roten Blutkörperchen dieser Wesen gewann, hatten den Bedarf an Blut, der nötig war, um Menschen den »Blick« zu ermöglichen, auf ein Minimum herabgesetzt. Ihre Methoden verstärkten die Wirksamkeit der Injektionen und boten den Mitarbeitern des Instituts die Möglichkeit, aus einer langen Liste an Tieren auswählen zu können. Das war wichtig, da die Injektionen Menschen nicht nur zu dem »Blick« verhalfen, sondern ihnen auch die magischen Fähigkeiten des Wesens übertrugen, dessen Blut benutzt wurde. Magische Fähigkeiten in eingeschränktem Maß, versteht sich. Penelope war es gelungen, eine Formel zu entwickeln, die sicherstellte, dass nicht zu viele Kräfte übertragen wurden, was tödlich enden könnte, aber auch nicht zu wenig, was den Menschen zwar zum »Blick« verholfen hätte, aber zu sonst nichts. Und dann erinnerte sie sich an die Injektion, die sie selbst bekommen hatte.

»Ich kann Gus hören, weil er in mir ist. Sein Blut ist …« Trevor nickte und dann fiel es ihr wieder ein. »Equavolaxin.«

»Diese Pferde hier reden durch Gedankenübertragung«, erklärte Trevor. »Man kann auch mit ihnen fliegen, und zwar richtig hoch. Ich habe gesehen, wie du es getan hast. Einmal seid ihr so hoch geflogen, dass ich euch nicht mehr gesehen habe.«

»Ja, klar, und aufgrund der Injektion kann ich da oben auch atmen.« Sie drehte sich rasch zu Trevor um. »Wo ist mein Labor?«

»Wo du es zurückgelassen hast?«, antwortete er unsicher.

»Egal, ich glaube, ich erinnere mich.« Sie verließ den Weg und ging zwischen den Bäumen hindurch zu Gus. Als sie ihn erreichte, strich sie ihm über die silberne Mähne und sagte: »Lass uns fliegen.«

Das Pferd wieherte aufgeregt und ging in die Knie,

damit Penelope aufsitzen konnte. Dann galoppierte Gus los und schlug mit den Flügeln. Als er abhob und bis über die Baumwipfel aufstieg, hörte Trevor, wie Penelope voller Freude »Trolly-Schritte!« rief.

Die Vorfreude auf das, was der neue Tag bereithielt, war zu groß, als dass Sam London nach Sonnenaufgang noch lang im Bett hätte bleiben können. Außerdem lockte ihn noch etwas anderes aus seinem Schlummer: der unverkennbare Duft eines guten Frühstücks. Seine Nase unterschied verschiedene Elemente der bevorstehenden Schlemmereien, darunter Speck, Toast und etwas mit Zwiebeln. Die köstliche Kombination aus Gerüchen kroch unter der Tür durch, stieg etwa einen halben Meter nach oben und fand Sam auf der Matratze. Er setzte sich langsam auf, als hätten die appetitanregenden Aromen ihre zarten Finger nach ihm ausgestreckt und ihn in eine sitzende Position gezogen.

Wenn man die heiße Schokolade, die Chase noch in der Nacht zubereitet hatte, als Maßstab nahm, versprach dieses Frühstück so lecker zu schmecken, wie es roch. Als er aufstand, sah er, dass jemand seine Kleider auf einen mit rotem Samt bezogenen Ohrensessel in der Ecke seines Zimmers gelegt hatte. Sie waren trocken und anscheinend sogar frisch gebügelt. Der Stuhl und das einfache Bett mit Holzrahmen waren die einzigen Möbelstücke im Zimmer. Sam schloss daraus, dass Kynokephali in Sachen Raumausstattung Minimalisten waren. Das ganze Haus war zum größten Teil leer und ließ keinen bestimmten Stil erkennen. Er hatte gehofft, ein paar Fotos von Chase' Familie zu sehen zu bekommen, weil er wissen wollte, ob es unterschiedliche Arten von Kynokephali gab. Zu gern hätte er einen mannsgroßen Chihuahua gesehen, doch leider gab es in dem Haus keinerlei persönliche Attribute. Für Sam war dies eine interessante kulturelle Beobachtung. Zur nostalgischen Sorte gehörten diese Hundemenschen anscheinend nicht.

Sam zog sich an und folgte seiner Nase zum Esszimmer, wo der große Mahagonitisch mit poliertem Silberbesteck gedeckt war und allerlei Köstlichkeiten darauf warteten, seinen Hunger zu stillen. Es waren einige bekannte Sachen dabei, aber auch ein paar, die Sam nicht identifizieren konnte.

»Guten Morgen, Sam«, grüßte Chase, als er mit einem Teller voller Spiegeleier hereinkam. »Hunger?«

»Und wie!«, antwortete Sam.

»Bitte.« Chase wies auf einen Stuhl, dabei fiel Sam eine kleine weiße Stelle an seinem Arm auf. Chase merkte, dass Sam den hellen Fleck betrachtete. »Ein Muttermal. Ich sollte wahrscheinlich dankbar sein, dass sie mich nicht *Fleck* genannt haben«, scherzte er.

Sam sah sich um. »Wo ist Dr. Vantana?«

»Sein Wagen bekommt gerade eine neue Windschutzscheibe. Das kommt davon, wenn man mit *les gargouilles* spielt.«

Sam setzte sich, zog seinen Stuhl an den Tisch und legte

los. Es schmeckte alles genauso lecker, wie er es vorhergesehen hatte. Chase griff ebenfalls zu, aber mit nicht annähernd derselben Hingabe. Sams Appetit schien ihn zu amüsieren. Er erklärte, dass sie ein *full English breakfast*, ein komplettes englisches Frühstück, äßen. Es gab Spiegeleier, gegrillte Tomaten, Speck, Würstchen, Toast und ein Gericht, das er »Bubble and Squeak« nannte, etwa »Blubber und Quietsch«. Sam hielt es zunächst für Gourmet-Hundefutter, doch es stellte sich als eine Art Gemüsegratin heraus. Chase musste über Sams ursprüngliche Einschätzung herzlich lachen. Doch unter all den angebotenen Köstlichkeiten schmeckten Sam die Kekse am besten. Sie waren klein und rechteckig mit einer leichten Kokosnuss-Note, und auf die Oberseite war das Wort »NICE« geprägt. Chase nannte sie *Biscuits* und gab zu, dass er seit seiner Kindheit eine Schwäche für die süßen Teilchen hatte. Danach wechselte er das Thema und es ging um Sam.

»Weshalb hat Phylassos dich wohl ausgesucht, was meinst du?«

Sam zuckte mit den Schultern und nahm eine Gabel voll Spiegelei. Chase beobachtete Sam mit zusammengekniffenen Augen und fügte wie zu sich selbst hinzu: »Was macht dich zu etwas so Besonderem?«

Sams Antwort kam wie aus der Pistole geschossen. »Nichts. Ich bin nichts Besonderes, ganz bestimmt nicht.« *Chase sollte mal mein Zimmer sehen*, dachte Sam. Dann könnte der Kynokephalus die vielen Beweise der missglückten Versuche, seine besondere Fähigkeit herauszufinden, selbst sehen. Chase dachte über Sams Antwort nach, schien sie aber nicht zu glauben. Während Chase ihn betrachtete, schaute Sam sich im Esszimmer um. Es war so sparsam ausgestattet wie das Gästezimmer.

»Warum haben Sie keine Fotos von Ihrer Familie?«, wollte er wissen.

»Ein guter Beobachter, wie ich sehe«, erwiderte Chase. »Kynokephali legen nicht so viel Wert auf Familienbande oder sonstige Beziehungen, die allein auf genetischer Übereinstimmung basieren. Daraus können sich zu viele Verpflichtungen ergeben. So müssen wir niemanden stolz machen und können auch niemanden enttäuschen. Wir sehen Beziehungen als zweckgerichtet an und jeder Zweck hat seinen Anfang und sein Ende.«

»Kümmert ihr euch denn umeinander?«, fragte Sam.

»Wir kümmern uns sehr, allerdings nicht um Individuen, sondern um alle von uns, um unsere kollektive Zukunft«, erklärte Chase.

»Haben Sie eine Familie?«

»Ich habe Nachkommen, doch Kynokephalikinder werden nach der Geburt getrennt von ihren Eltern aufgezogen.«

»Dann kennen Sie Ihre eigenen Kinder nicht?«

»Ich weiß über sie Bescheid. Aber wir sehen sie einfach nur als Mit-Kynokephali und nichts weiter. Doch genug über uns. Ich habe jede Menge Fragen zu Phylassos. Sein Erscheinen könnte für uns als Spezies alles Mögliche bedeuten.«

Sam stopfte sich den Mund voll, um Chase' immer gezieltere Fragen nicht beantworten zu müssen. Er mampfte eine ganze Packung Kekse und war sich dabei bewusst, dass der Frust des Kynokephalus immer größer wurde. Das Erscheinen von Dr. Vantana rettete Sam schließlich. Der Wagen war repariert und Vance wollte so schnell wie möglich weiter. Sam dankte Chase überschwänglich für seine Gastfreundschaft, die alle Erwartungen übertroffen hatte. Vance gegenüber bekräftigte Chase seine Bereitschaft, ihm falls nötig zu helfen. Vance nickte und entgegnete, er hoffe, die Notwendigkeit möge nicht eintreten. Bevor sie in dem frisch reparierten SUV davonfuhren, steckte Chase Sam mit den Worten »Ein Geschenk für dich, Sam London« noch eine Packung NICE-Kekse für die Fahrt in den Redwood Nationalpark zu.

Sam strahlte. »Danke! Gut möglich, dass ich sie aufgegessen habe, bevor wir im Park ankommen.«

»Man kann ihnen kaum widerstehen.«

Sam winkte dem Kynokephalus zum Abschied noch zu. Er würde seinen ungewöhnlichen neuen Freund vermissen, vor allem seine Kochkünste.

Sobald sie auf dem Highway waren, schien Sam die Zeit günstig, um die Unterhaltung fortzuführen, die er und Vance am Abend zuvor begonnen hatten.

»Abgesehen von gestern, wann wurde Phylassos denn das letzte Mal gesehen?«, fragte er.

»Streng genommen erschien er das letzte Mal einem Menschen – oder überhaupt jemandem – 1945, kurz nach der Potsdamer Konferenz und dem Abwurf von Atombomben auf Japan. Es war ein Geheimtreffen mit den Staatschefs dieser Welt, bei dem er sie darüber informierte, dass ein Gleichgewicht erhalten werden müsse. Er würde nicht zulassen, dass die Menschheit diesen Planeten zerstörte. Schließlich seien die Menschen nicht die Einzigen, die darauf lebten.«

»Dann hat er seine Existenz und die der mythischen Wesen preisgegeben?«, fragte Sam.

»Es ging nicht anders. Aber sie wurden alle zur Geheimhaltung verpflichtet.«

»Und warum sollten die Staatschefs sich daran halten?«

»Weil Phylassos, falls sie das Geheimnis nicht bewahrten, sie nicht länger beschützen konnte«, erklärte Vantana. Er bemerkte Sams Verwirrung und fuhr fort: »Du musst wissen, dass nicht alle magischen Wesen den Fluch, den Phylassos auf die Menschheit gelegt hatte, guthießen. Viele waren der Meinung, man sollte die Menschheit einfach loswerden. Der Einsatz von Atomwaffen bestärkte sie noch in dieser Ansicht. Phylassos warnte die Staatschefs, dass er Hilfe brauchen würde, um dieses Gleichgewicht aufrechtzuerhalten. Es musste ein Weg gefunden werden, die Geheimhaltung zu gewährleisten und mit möglichen Zwischenfällen umzugehen.«

»Das IMW«, schlussfolgerte Sam.

Vance nickte. »Es gab Einzelne wie die Kynokephali, die diese Aufgabe bis dahin übernommen hatten, doch Phylassos war der Meinung, es sei an der Zeit, die Menschen daran zu beteiligen. Und zufällig war einer der weltweit führenden Experten für Mythologie vor Ort. Sein Name war Dr. Arrigo Busso und er brachte seinen zwölfjährigen Schützling Henry Knox mit.«

»Dr. Knox war da?«, fragte Sam aufgeregt.

Vance lächelte. »So ist es. Die beiden wurden mit der Aufgabe betraut, in jedem Land Institute wie das IMW einzurichten. Seither gab es immer wieder Gerüchte, Phylassos sei gesehen worden, und es hätten Gespräche mit dem Greif gegeben, aber nichts, was mit Potsdam oder deiner Begegnung gestern vergleichbar wäre. Wirst du mir jetzt erzählen, was Phylassos zu dir gesagt hat oder nicht?«

»Ich habe noch ein paar Fragen«, erwiderte Sam.

»Dann schieß los.«

»Bist du verheiratet?«

Vance warf ihm einen neugierigen Blick zu. Damit hatte er nicht gerechnet. »Nein.«

»Hast du eine Freundin?«

»Das ist ein seltsames Verhör«, bemerkte Vantana.

Sam zuckte mit den Schultern. »Ich versuche nur, dich besser kennenzulernen, zu erfahren, ob wir etwas gemeinsam haben. Ich bin auch nicht verheiratet und eine Freundin habe ich ebenfalls nicht.«

»Tatsächlich? Das überrascht mich. Dann bist du der Richtigen einfach noch nicht begegnet, wie?«

Sam schüttelte den Kopf. »Noch nicht. Aber ich bin ja noch jung.«

Vance musste lächeln. Dann schnupperte er. »Wieso zum Teufel rieche ich Kokosnuss?«

»Oh, das sind die NICE-Kekse, die Chase mir für die Fahrt mitgegeben hat. Sie sind superlecker.«

»Klar, ein Hund kennt sich halt mit Leckerlis aus.«

Sam kicherte. »Du hast das Kokosnussaroma gerochen?«

»Ich hatte schon immer einen ausgeprägten Geruchssinn und das Serum verstärkt so etwas natürlich noch.«

»Wie das denn?«

»Ein Serum kann bei einem Menschen dazu führen, dass er einige der Fähigkeiten des Wesens, dessen Blut verwendet wurde, entwickelt. Bigfeet haben eine unwahrscheinlich gute Nase.«

Sam atmete tief durch die Nase ein, doch das Kokosnussaroma der Kekse konnte er nicht riechen. Er versuchte es noch einmal, wobei er jetzt schnüffelte wie ein Bluthund. Trotzdem konnte er auch nicht den leisesten Keksduft wahrnehmen.

»Was tust du denn da?«, wollte Vance wissen.

»Ich versuche herauszufinden, ob mein Geruchssinn sich schon verbessert hat.«

»Und?«

»Nö. Kein Unterschied zu vorher. Funktioniert es bei allen, die das Serum bekommen?«

»Bis jetzt ja. Vielleicht dauert es einfach eine gewisse Zeit, bis es wirkt.«

»Hat es bei dir auch gedauert?«

Vance überlegte einen Moment. »Nein. Aber vielleicht liegt es daran, dass du noch ein Kind bist.«

»Ich bezweifle, dass es daran liegt. Und wenn, sollte es in meinem Fall doch sogar stärker wirken, weil ich kleiner bin«, antwortete Sam voll Überzeugung. Selbst nachdem ihm speziell angereichertes Bigfoot-Blut injiziert worden war, blieb Sam einfach nur Sam.

Den Rest des Wegs legten die beiden schweigend zurück. Sam schmollte, weil er keinen Supergeruchssinn hatte, und Vance war frustriert, weil Sam sich weiter weigerte, Fragen zu Phylassos zu beantworten. Dennoch fühlten sich beide recht wohl, waren sie doch zufällig über eines der vielen Dinge gestolpert, die sie gemeinsam hatten.

Trevor, der Troll, saß gegenüber von Sam in Rangerin Naughtons Blockhütte. Er war einigermaßen aufgeregt, da Sam in der Welt der Fabelwesen fast so etwas wie eine Berühmtheit geworden war. Es hatte sich herumgesprochen, dass der Junge dem legendären Greif begegnet war, und jetzt waren jede Menge Gerüchte und Mutmaßungen rund um Phylassos' Erscheinen im Umlauf. Trevor hatte von Toby, seinem Cousin zweiten Grades, davon erfahren. Der wiederum wusste es von Tommy, seinem Cousin vierten Grades, der es von seiner Halbschwester Tina gehört hatte. Trollfamilien hielten, obwohl sie sehr groß waren, engen Kontakt. Für Trolle gab es nichts Wichtigeres als Familie und Freunde, und sie waren stolz auf die Anzahl der Leute, die sie Freunde nennen durften. Tatsächlich konnten sie einem jederzeit die genaue Zahl ihrer Freunde nennen. Zum aktuellen Zeitpunkt gab Trevor an, 802 Freunde zu haben. Er hoffte, es würden bald 803 werden. Könnte er Sam London dazuzählen, wäre das nicht nur ein Triumph für Trevor, sondern für das gesamte Trollgeschlecht. Trevor könnte damit angeben, dass sein jüngster Freund einer der berühmtesten Menschen in der mythischen Welt sei. Und alle mit Trevor verwandten Trolle würden allein aufgrund ihrer familiären Bindungen ebenfalls Angeber-Rechte bekommen.

»Dann bist du also ein Troll?«, fragte Sam mit jungenhaftem Staunen.

Trevor nickte.

»Gibt es viele von deiner Sorte in der Welt?«

Wieder nickte Trevor. »Uns gibt es so gut wie überall. Manche Fabelwesen haben ihre angestammten Domidomi-domi …«

»Domizile?«, half Sam ihm auf die Sprünge.

»Genau. Ihre angestammten Domi…«

»…zile.«

»… Orte, an denen sie leben. Aber wir fühlen uns überall wohl, außer im Meer oder in einem Vulkan.«

Trolle waren keine guten Schwimmer, und was Vulkane betraf, so verstanden sie sich nicht mit dem Cherufen, einem Vulkanbewohner, der mit niemandem teilen wollte. Und teilen war zufällig einer der Eckpunkte der Trollkultur. Egal wie wenig zu essen ein Troll hatte, er würde das Wenige immer gerecht unter Familie und Freunden aufteilen. Der Akt des Teilens hatte eine so große Bedeutung, dass sie damit neue Freundschaften knüpften. Als Sam Trevor also einen seiner britischen *Biscuits* anbot, strahlte der Troll und lächelte so breit, dass seine Ohren sich kräuselten. 803.

Das breite Grinsen auf dem Gesicht von Trevor, dem Troll, fand Sam London eher verstörend als beruhigend. Vielleicht lag es an Farbe und Form der spitzen Zähne, die Trevor dabei entblößte, dass der normalerweise fröhliche Ausdruck fast bedrohlich wirkte. Doch Sam wusste, dass das Grinsen des Trolls nett gemeint war, auch wenn es ein ganz klein wenig furchteinflößend wirkte. Vance hatte Sam von Trevor erzählt, bevor sie Penelope Naughtons Hütte erreichten.

»Er ist nicht hübsch. Teufel auch, er kann dir sogar Albträume bescheren. Du musst einfach immer daran denken, dass er im Grund ein großer Teddybär ist«, erklärte Vance mit dem für ihn typischen Grinsen.

Der Doktor hatte sich vor ihrer Ankunft auch die Zeit genommen, Penelopes Rolle innerhalb des IMW zu erläutern. Dabei hatte er auch ihren Gedächtnisverlust erwähnt.

Penelopes Blockhütte stand etwas abseits einer schmalen Versorgungsstraße mitten im Wald. Auf drei Seiten war sie von riesigen Redwood-Bäumen umgeben, hatte eine rustikale Holzfassade und einen gemauerten Kamin. Gleich nach Betreten der heimelig ausgestatteten Hütte stellte Vance Sam der Rangerin und dem Troll vor. Dann verschwand er mit Penelope über eine Treppe, die hinter einem Bild verborgen war. Auf dem Bild war ein geflügeltes Pferd zu sehen, das aus einem Tümpel trank. Sam fiel auf, dass das Bild schlicht mit *Trevor* signiert war. Als Trevor an seinem Keks knabberte, musste Sam ihn einfach fragen. Er wies auf das gerahmte Bild. »Hast du das gemalt?«

Trevor nickte. Ein paar Krümel fielen aus dem kleinen Haarbüschel an seinem Kinn.

»Es ist gut. Meine Mom ist Kunstlehrerin, ich bin also ein sachkundiger Kritiker. Es ist sehr fantasievoll.«

»Oh, mit Fantasie hat das nichts zu tun«, wehrte der Troll ab. »Es ist ein Porträt. Du wirst Gus noch kennenlernen.«

Sam ließ das auf sich wirken, als er sich wieder dem Bild zuwandte. Plötzlich schwang der Rahmen zurück und Vance und Penelope tauchten wieder auf.

»Komm, Sam, du hast eine Verabredung«, sagte Vance und griff nach seiner Jacke und dem Hut.

Sam erhob sich und streckte Trevor die Hand hin. »Es hat mich gefreut …« Trevor schlang die Arme um Sam, sodass dieser seinen Satz nur mit Mühe beenden konnte. »… dich kennenzulernen.«

»Wow«, rief Vance, »ihr zwei habt schon Freundschaft geschlossen? Das ging aber schnell.«

Im weiteren Verlauf ihres Abenteuers sollte Dr. Vantana Sam erklären, was das Teilen für Trolle bedeutete.

Allein dadurch, dass Sam Trevor einen Keks angeboten hatte, gewann er einen Freund fürs Leben. Sam befreite sich schließlich aus der ungestümen Umarmung des Trolls, verabschiedete sich auch von Penelope und ging hinter Vance zur Tür. Penelope nahm ihn kurz beiseite, bevor er hinausging.

»Dr. Vantana hat mir gesagt, dass sich bei dir nach der Injektion von Magnapedaxin 13 keinerlei Verstärkungen eingestellt haben. Ist das immer noch der Fall?« Sam schnupperte und nickte dann. Perplex sah Penelope ihn an. »Das ist höchst ungewöhnlich.«

»Mich überrascht es nicht«, meinte Sam. »Es war zu erwarten, dass es bei mir nicht funktioniert.«

»Nein, war es nicht. Es gibt bestimmt einen Grund dafür. Man muss die Sache nur wissenschaftlich untersuchen. Ich werde es herausfinden, versprochen.« Penelope lächelte und wuschelte Sam durchs Haar.

* * *

Die Sonne versank langsam hinter dem Horizont, als Vantana und Sam den Weg verließen und tiefer in den Wald hineingingen. Sam hatte den Redwood-Nationalpark noch nie besucht und war überwältigt von der schieren Größe der Bäume. Dr. Vantana erklärte ihm, dass der höchste Baum der Küstenmammutbaum, *Sequoia sempervirens,* sei und der mit dem größten Durchmesser der Berg-Mammutbaum, *Sequoiadendron giganteum*, auch Riesenmammutbaum genannt. Sam stand voller Ehrfurcht vor diesen gewaltigen

Türmen aus Holz und Nadeln. Sie waren die von der Natur hervorgebrachte Variante von Wolkenkratzern.

Nachdem sie eine Dreiviertelstunde gegangen waren, kamen sie zu einem riesigen Redwood-Baum, der während eines Gewitters vom Blitz getroffen worden und umgestürzt war. Wegen des abfallenden Geländes ragte der Stamm an einem Ende fast zwei Meter über den Boden, sodass Vantana und Sam darunter durchgehen konnten.

»Gleich dahinter ist es«, sagte der Doktor. Sam folgte ihm unter dem hohlen Stamm durch, und als er auf der anderen Seite wieder heraustrat, fiel ihm eine Veränderung in der Landschaft auf. Die Bäume ringsherum waren noch größer als die, an denen sie bisher vorbeigekommen waren. Viermal so groß wie der größte Redwood-Baum, den sie vor gerade mal einer Viertelmeile passiert hatten. »Sind das immer noch *Sequoiadendron giganteum*?«, fragte Sam.

»Nö, das sind *Sequoiadendron collosaeus*, die wahren Riesen des Waldes. Die hat noch kaum ein Mensch zu Gesicht bekommen. Dieser Teil des Parks bleibt Menschen aus Gründen, die du bald verstehen wirst, verborgen.«

Sam konnte kaum fassen, was er da sah. Er glaubte fast, seine Augen spielten ihm einen Streich. Die Bäume waren einfach zu riesig, um echt zu sein.

Dr. Vantana führte ihn einen ausgetretenen Pfad hinunter bis zu einem Tümpel, um den herum mehrere *Sequoiadendron collosaeus* standen. Sam erkannte den Tümpel wieder, es war der auf Trevors Bild, allerdings ohne das geflügelte Pferd. Erschöpft ließ er sich auf einen großen

Stein fallen, um zu verschnaufen. Vantana ließ den Blick über die Umgebung schweifen und murmelte leise vor sich hin.

»Sind wir schon da?«, erkundigte sich Sam außer Atem. »Wir campen hier doch nicht, oder? Das gefällt mir nämlich überhaupt nicht und ich kann es auch nicht besonders gut. Bei den Pfadfindern habe ich es deshalb nicht lang ausgehalten. Sie wollten, dass ich alle diese Knoten lerne. Weißt du, wie lang ich gebraucht habe, bis ich überhaupt mal meine Schuhe binden konnte?«

»Pssst«, machte Vance. »Ich komme hier immer ein wenig durcheinander. Norden ist zwölf. Wir wollen nach vier Uhr.« Er streckte den linken Arm in Richtung Norden und bewegte dann den rechten Arm wie den kleinen Zeiger einer Uhr, bis er auf vier Uhr stand. Seine Hand wies jetzt auf einen der Bäume am Ufer des Tümpels. Er war so groß, dass um den Stamm herum locker zwei Dutzend Autos parken könnten, und ragte so hoch auf, dass Sam die Spitze nicht mehr sah. Dr. Vantana ging auf den Baum zu und Sam raffte sich auf und folgte ihm. Als sie den Baum erreichten, legte Vantana eine Hand auf den Stamm und befühlte die raue, zerfurchte Rinde. Das ging eine ganze Minute so, bis Sam endlich fragte: »Hm … was tust du da?«

»Ich suche den Knopf«, antwortete Vance genervt.

»Den Knopf? Knopf wofür?«

Vance hielt abrupt inne und grinste. »Für den Fahrstuhl.« Er drückte auf die Rinde, und Sam fiel eine Ausbuchtung auf, die wie ein Knopf geformt war. Sie begann rötlich braun zu leuchten, dann ertönte das typische *Pling* eines ankommenden Fahrstuhls. Fasziniert beobachtete Sam, wie die Rinde vibrierte und Falten warf, dann an einer Stelle aufbrach und zur Seite glitt. Der Baum hatte offenbar einen Fahrstuhl. Er sah aus wie die Aufzüge in einem besseren Apartmenthaus, gut beleuchtet und mit holzgetäfelten Wänden. Aus dem Fahrstuhllautsprecher tönte eine bekannte klassische Melodie, die Sam vom Musikunterricht her kannte. Irgendein Stück von Mozart. Vance stieg ein, doch Sam zögerte.

»Ihr habt einen Aufzug in einen Baum eingebaut?«, fragte er ungläubig.

»Nicht eingebaut. Es sieht nur so aus. In Wirklichkeit ist er Teil einer Anlage, die um den Baum herum gebaut wurde.« Die Türen begannen sich zu schließen und Vance hielt sie mit dem Arm auf. »Mir ist heute nicht nach Klettern, Sam. Du wirst schon einsteigen müssen.«

Sam stieg in den Aufzug, und Vance zog seinen Arm zurück, damit die Türen sich schließen konnten. Auf der Bedientafel waren Hunderte von Knöpfen. Neben jedem standen eine Stockwerksnummer und eine Uhrzeit. Vance ließ seinen Finger eine Weile vor der Tafel in der Luft schweben, bevor er auf einen der Knöpfe drückte. Der siebenundvierzigste Stock und acht Uhr fünfzehn. Sam nahm an, dass wie bei der Anordnung der Bäume um den Teich herum auch hier die Lage entsprechend den Zahlen auf einem Zifferblatt angegeben wurde. Kaum hatte

Vance auf den Etagenknopf gedrückt, schoss der Fahrstuhl auch schon nach oben. Sam griff rasch nach dem Handlauf, um sich abzustützen. Die rasante Fahrt ging nicht senkrecht nach oben. Sam spürte, dass der Aufzug sich auch seitwärts bewegte, und schloss daraus, dass er um den Baum herumfuhr. Es war ein Gefühl, als würde man mit hoher Geschwindigkeit eine Wendeltreppe hinaufkatapultiert. Sam fielen die Ohren zu und ihm wurde schwindelig.

Vantana beobachtete ihn. »Du gewöhnst dich daran«, meinte er.

Sam fragte sich, warum das überhaupt nötig war. Wann würde er wieder einmal in einem Fahrstuhl fahren, der Teil eines riesigen Redwood-Baumes war? Der Aufzug hielt so abrupt an, wie er losgefahren war. Sam musste den Handlauf fest umklammern, um nicht umzufallen. Die Türen glitten auf und Sams Augen weiteten sich. Er blickte auf einen gewaltigen Ast, der weit in ein Meer aus sich kreuzenden Ästen hinausragte. Er war so breit wie eine zweispurige Straße, nur ohne Seitenbegrenzung. Im Falle eines Falles ging es senkrecht nach unten.

»Hier steigst du aus.«

»*Ich?* Du kommst nicht mit?«, fragte Sam.

»Ich halte es für besser, wenn du allein mit ihm redest. Vielleicht erzählst du ihm ja all die Sachen, die du mir nicht sagen willst«, antwortete Vance mit einem sarkastischen Lächeln.

Sam wollte es nicht zugeben, aber inzwischen vertraute

er dem Doktor, auch wenn er ihm noch nicht verraten wollte, was genau der Greif gesagt hatte. Ihm war aufgetragen worden, sorgfältig zu prüfen, mit wem er über die Begegnung sprach, und er nahm diese Warnung ernst. Außerdem fühlte er sich in Vantanas Begleitung sicher. Der Gedanke, dass er diesem geheimnisvollen »Carl« ohne Vance entgegentreten sollte, behagte ihm gar nicht. Da er das jedoch nicht zugeben wollte, fasste er sich ein Herz, verließ den Fahrstuhl und trat hinaus auf den Ast.

»Und? Wo ist er?«, fragte Sam.

»In seinem Haus. Er wartet auf dich. Du wirst an seine Tür klopfen müssen, Sam.«

»An seine Tür klopfen?«

»Oder klingeln, wie du willst.«

»An welche Tür? Zu welchem Haus?«

Vance deutete mit dem Finger. »Das gleich da drüben.« Sam blickte in die Richtung, in die Vance zeigte, sah jedoch nichts. Als er sich wieder Vance zuwandte, war ihm anzusehen, dass er sich veräppelt fühlte.

»Schau genauer hin«, verlangte Vance.

Sam drehte sich wieder um. Dieses Mal konzentrierte er sich und suchte den Ast vor sich ganz genau mit Blicken ab. An einer Stelle blieb er ein oder zwei Sekunden hängen. Dann sah er es. Da war etwas auf dem Ast, nur wenige Meter vor ihm. Sam kniff die Augen zusammen. Vielleicht half das ja zu erkennen, was er da vor sich hatte. Es war eine Art Gebäude, doch es war getarnt und fast vollkommen unsichtbar. Es war, als könnte Sam durch das

Gebäude hindurchsehen. Als sei es ganz und gar durchsichtig. Es war nur zu erkennen, weil seine Ränder sich nicht nahtlos in die Umgebung einfügten. Diese Falten in der Luft verrieten Sam die Umrisse des Gebäudes. Je länger er hinschaute, desto klarer wurden sie.

Es handelte sich um ein einfaches Haus, das Sam an die Häuser im Kolonialstil erinnerte, die er in Dokumentarfilmen über diese Zeit gesehen hatte. Es hatte vier Fenster und vor der Eingangstür ein geschwungenes Vordach, das von zwei Säulen getragen wurde. Das Haus war genauso breit wie der Ast. Ein solches Baumhaus hätte Sam sich nicht einmal im Traum vorstellen können. Als er darauf zuging, fiel ihm auf, dass alles daran viel größer war als bei normalen Häusern. Die Haustür war doppelt so groß wie eine normale Haustür. *Dann muss Carl auch groß sein*, schlussfolgerte Sam. Nervös schaute er noch einmal zu Vantana zurück.

»Geh schon. Er beißt nicht«, beruhigte Vance ihn. »Du bist so klein, dass er dich im Ganzen schlucken könnte.« Der Doktor schmunzelte über seinen Scherz. Sam fand ihn überhaupt nicht lustig. Als er die Tür erreichte, stellte er fest, dass sowohl der Türklopfer als auch die Klingel so hoch angebracht waren, dass er sie nicht erreichen konnte. Er machte eine Faust und wummerte gegen das Holz der Tür. Die Tarnung war selbst aus der geringen Entfernung beindruckend. Es war fast, als klopfte Sam an Luft.

»Die Tür ist offen, komm rein!«, rief jemand von drinnen. Der Stimme nach musste Carl alt sein. Jedenfalls älter als Vance. Sam sprang hoch und erwischte den Türknauf. Dieser drehte sich, die Tür ging auf, und Sam, der den Riesenknauf immer noch festhielt, schwang ins Haus. Er ließ los und plumpste auf den Boden. Als er zum Fahrstuhl zurückschaute, war Dr. Vantana bereits verschwunden.

»Du kannst im Arbeitszimmer warten, ich bin gleich bei dir«, sagte die Stimme. Sam blickte sich um. Das Haus wirkte gediegen. Er stand in einem Flur, von dem aus eine Treppe in den zweiten Stock hinaufführte. Die Ausstattung war antik, einige Stücke schienen jahrtausendealt zu sein. So stand im Flur eine Steinbank mit eingeritzten Mustern, die für Sams archäologisch ungeschultes Auge ägyptisch aussahen. An den Wänden hingen Bilder aus verschiedenen Epochen, doch alle mit demselben Thema: Natur. Wälder und Berge, Hügel und Täler, Wüsten und Küstenansichten. Es war Carl gelungen, ein wenig von der Welt draußen nach drinnen zu holen.

Eine offen stehende, zweiflügelige Tür führte in ein Wohnzimmer, eine zweite Tür in einen Raum, der wohl das Arbeitszimmer war. Im Wohnzimmer standen Sofas, die wie die Eingangstür doppelt so groß waren wie normal. Der Couchtisch war aus einem alten Baum gezimmert, der ein Feuer überstanden haben musste, denn er wies viele verkohlte Stellen auf. In der hinteren Wand waren zwei Fenster mit einem gewaltigen offenen Kamin dazwischen. Die Fenster boten einen atemberaubenden Blick über den Park. Auf dem Kaminsims standen Fotos und darüber hing ein riesiges Gemälde von Phylassos. Für Sam war sofort klar, dass es sich um dasselbe Bild handelte, das auf dem Umschlag von Dr. Knox' Buch abgebildet war. Er versuchte, auch etwas auf den Fotos auf dem Kaminsims zu erkennen, doch sie waren zu klein und zu weit weg. Er wollte gerade das Zimmer betreten, um sie sich genauer anzusehen, als es in einem anderen Zimmer rumste, und danach schwere Schritte zu hören waren. Sam verzog sich rasch ins Arbeitszimmer.

Das Arbeitszimmer glich eher einer Bücherei mit einem Schreibtisch und Stühlen. An den Wänden ringsherum standen massive Bücherregale, die bis zur Kathedralendecke hinaufreichten und mit Büchern unterschiedlicher Größe bestückt waren. Der Schreibtisch stand vor einem Erkerfenster, das ebenfalls einen fantastischen Ausblick bot. Der Tisch war aus dunklem Mahagoniholz und mit kunstvollen Schnitzereien von mythologischen Tieren verziert. Die Lehnen der beiden Lederstühle wiesen ähnliche Schnitzereien auf. Sam ließ den Blick umherschweifen. Bei einem gerahmten Foto auf einem Regal hinter dem Schreibtisch blieb er hängen. Das Foto zeigte Dr. Knox neben einem sehr großen Wesen. Bevor Sam begriff, was er da sah, hörte er die Stimme wieder, und derjenige, zu dem sie gehörte, stand jetzt direkt hinter ihm.

»Sam London, es ist mir eine Ehre, dich kennenzulernen.« Langsam drehte Sam sich zu seinem Gastgeber um. »Wenn ich mich nicht irre, pumpt dein Herz etwas von meinem Blut durch deinen Körper.«

Sam brachte kaum ein Nicken zustande.

»Du kannst mich jetzt altmodisch nennen, aber ich denke, somit sind wir quasi verwandt. Und *mi casa es su casa*. Willkommen zu Hause, Sam.«

Carl war Sam Londons neuestes Familienmitglied und er war außerdem ein Bigfoot.

Kapitel 7

Eine Klaue voll

»Ich heiße Vance Vantana, komme direkt aus dem Wald, bin halb Pferd, halb Alligator und ein bisschen was von einer Schnappschildkröte; kann den Mississippi durchwaten, über den Ohio springen, auf einem Blitzstrahl reiten und an einem Kaktus hinunterrutschen, ohne mich zu stechen. Ich kämpfe gegen Wildkatzen, und wenn es einem der Herren beliebt, für zehn Dollar auch gegen Panther. Ich habe mich hiermit vorgestellt, jetzt seid ihr dran. Zeigt euch. Ich kann euch von hier aus riechen.«

Der 13-jährige Vance Vantana stand mitten in den Great Smoky Mountains und rief in den scheinbar leeren Wald hinein. In der rechten Hand hielt er ein altes Jagdmesser. Die Klinge war ungefähr 25 Zentimeter lang und es hatte einen geschnitzten Holzgriff.

Vance hatte die Angewohnheit, sich mit einem Zitat von Davy Crockett vorzustellen. Die blumige Beschreibung hatte er in einer Biografie von Crockett gefunden, die er sich in der Schulbücherei ausgeliehen hatte. Er genoss die Reaktion der Leute auf seine originelle Vorstellung, doch dieses Mal bekam er keine Gelegenheit dazu.

Zu Vance' 13. Geburtstag hatte sein Vater ihm etwas geschenkt, das man mit Geld nicht kaufen konnte: die Erlaubnis, allein zu jagen und im Wald zu übernachten. Vance hatte schon, seit er sieben war, um die Zustimmung seiner Eltern gebettelt, doch sie verweigerten sie ihm. Als Vance dann las, dass Davy Crockett mit 13 allein in den Wald gegangen war, hatte er dies sofort seinem Vater erzählt, und sie hatten eine Abmachung getroffen: Vance würde die Erlaubnis bekommen, ganz ohne Aufpasser die dichten Wälder von Tennessee zu erkunden, aber erst mit 13 und nur, wenn er weiter zur Schule ging. Davy hatte in diesem Alter nämlich die Schule geschmissen, um sein abenteuerliches Leben zu beginnen, und Sams Vater wollte nicht, dass sein Sohn auf dumme Gedanken kam. Am Morgen seines 13. Geburtstags erwachte Vance, als die Sonne sich gerade erst über den Horizont schob, und machte sich auf den Weg in die Wildnis. Was Vance nicht wusste, war, dass dieser Ausflug etwas viel Größeres werden würde als lediglich ein Übergangsritus auf dem Weg zum Erwachsenwerden.

Schon seit zwei Jahren war Vance in den Wäldern einem Geruch gefolgt, den er nichts und niemandem zuordnen konnte. Leider hatte sich die Spur oft verloren oder ins Nichts geführt oder sein Vater hatte ihn gerufen und er musste ins Lager zurückkehren. Doch an diesem Tag, an Vance Vantanas Geburtstag, war es dem jungen Fährtenleser gelungen, den- oder dasjenige, von dem der Geruch ausging, zu stellen. Und so wartete er jetzt darauf, dass seine Begrüßung erwidert wurde. Der Geruch war so intensiv wie noch nie und ließ sich am besten als modrig und schwer beschreiben, ähnlich wie in einem alten Keller. Doch das war nicht alles. Vance erschnupperte auch Spuren von Lavendel und Kamille. Welches Wesen versuchte wohl, seinen natürlichen Geruch mit Blumendüften zu überlagern? Vance kannte nur eines, das versuchte, seinen Eigengeruch auf diese Art und Weise zu überdecken, und das war der Mensch. Doch was er hier aufgespürt hatte, war auf gar keinen Fall menschlich. Dazu bewegte es sich zu schnell. Er hatte es noch kein einziges Mal zu Gesicht bekommen. Es war ein echtes Phantom.

»Wir beide vollführen diesen Tanz jetzt, seit ich elf war. Ich denke, es ist höchste Zeit, dass ich meinen Partner kennenlerne, meinst du nicht auch?« Vance ließ das einige Sekunden in der kühlen Bergluft hängen. »Ich bin jetzt 13 und erwachsen, und das bedeutet, dass ich in diesen Wald kommen kann, wann immer ich will. Mir wird das nicht langweilig, aber dir wahrscheinlich schon.« Und nach einer kurzen Pause fügte er noch hinzu: »Keine Bange, ich tu dir nichts.« Langsam ließ er das Messer in die Scheide gleiten, die in seinem Gürtel steckte.

Was immer es war, konnte es offenbar nicht besonders gut leiden, dass man ihm »Angst« vor irgendetwas unterstellte. Vance spürte einen plötzlichen Windstoß und ein gewaltiges Rumsen. Etwas stand vor ihm, nur wenige

Meter entfernt, er spürte es, konnte es aber nicht sehen. Und dann hörte er, wie es auf ihn zukam, *tapp, tapp, tapp,* bis nur noch Zentimeter zwischen ihnen lagen. Vance holte kurz Luft und hielt sie dann an. Er spürte den Atem des Wesens und wusste, dass es ihn beäugte. Es atmete aus und blies Vance die Waschbärenkappe vom Kopf.

»Ich habe keine Angst vor dir«, behauptete Vance stockend. Er versuchte mutig zu erscheinen, doch seine zitternde Unterlippe verriet seine Furcht. Es folgten ein tiefes, grollendes Lachen und dann eine Sekunde Stille. Vance schluckte, um die Schmetterlinge von seinem Hals in seinen Bauch zurückzuschieben. Doch es spielte keine Rolle, ob er seine Angst zeigte oder nicht. Das unsichtbare Wesen stieß plötzlich ein solches Gebrüll aus, dass Vance es in seinem ganzen Körper spürte. Seine Organe zitterten und sein Rückgrat bebte, so gewaltig war der Schrei. Ein Tierruf, wie Vance noch keinen gehört hatte: teils Bär, teils Gorilla und ganz und gar furchteinflößend.

Vance war zwar ein mutiger Junge, zu dieser Zeit wahrscheinlich der mutigste Junge auf der ganzen Welt, aber er war auch clever. »So richtig clever im Kopf«, wie sein Vater immer sagte. Diese Cleverness schaltete sich jetzt ein, und Vance tat das einzig Vernünftige: Er drehte sich um und lief um sein Leben, wobei er die ganze Zeit lauthals schrie. Allerdings kam er nicht weit, da er Kopf voraus in einen Hickorybaum krachte. Er war bewusstlos, noch bevor er auf dem Boden aufschlug. Urplötzlich hörte das Gebrüll auf.

Vance erwachte und hörte das Gurgeln eines fließenden Gewässers. Allein aufgrund der Art, wie das Wasser über die Felsen rauschte, wusste er, um welchen Fluss es sich handelte. Er speiste sich aus dem Chilhowee Lake, der wiederum Teil des Little Tennessee Rivers war. Als Vance langsam die Augen öffnete, stellte er fest, dass ihn jemand wenige Meter vom Ufer entfernt an einen Baum gelehnt hatte. Er hatte schreckliche Kopfschmerzen, die mit seinem Herzschlag pulsierten, und einen stechenden Schmerz in der linken Schulter. Vorsichtig legte er die Hand darauf und versuchte, den Schmerz wegzureiben. Er war immer noch ein wenig benommen.

»Hallo, Vance Vantana, schön, dich endlich persönlich kennenzulernen«, sagte jemand mit klarer, leiser Stimme.

Vance schaute auf, und sein Blick erfasste langsam einen älteren Herrn, ungefähr Ende vierzig. Sein freundliches Lächeln wurde von einem dunkelbraunen Schnauzer und einem Bart eingerahmt, der schon graue Strähnen aufwies. Sein Haar, zum Teil unter einem schmalrandigen braunen Hut verborgen, war ebenfalls von grauen Strähnen durchzogen. Das Gesicht wirkte zwar jugendlich, doch es zeigten sich bereits Falten auf der Stirn und um die grünen Augen herum – die unvermeidlichen Zeichen des Alters.

Rechts neben ihm saß der Park-Ranger, ein Norweger namens Orry Avskogen. Vance hatte Orry bei seinen Ausflügen im Great Smoky Mountains Nationalpark schon öfter getroffen. Orry war ein großer, stämmiger Mann mit pechschwarzem Bart und langem Haar, das er in einem

Pferdeschwanz trug. Mit seinen kohlschwarzen Augen war er eine einschüchternde Erscheinung.

»Wer sind Sie?«, fragte Vance den Mann neben Orry. Dann stellte Vance dieselbe Frage auch dem Park-Ranger und wies dabei auf den geheimnisvollen Mann. »Wer ist das, Ranger?«

»Ich bin Dr. Henry Knox und verfolge deine Abenteuer schon seit einiger Zeit, natürlich über Orry und Rupert.« Knox wies nach rechts und links. Vance' Blick folgte seinem ausgestreckten Arm nach links und er sah plötzlich eine riesige, menschenähnliche Gestalt vor sich. Er wusste sofort, dass es sich hierbei um das Wesen handelte, dem er nachgejagt war. Es war mindestens zweieinhalb Meter groß und am ganzen Körper mit braunem Fell bedeckt. Nur das Gesicht war frei. Es hatte große Augen und eine ausgeprägte Stirn. Die Nase erinnerte Vance an die eines Gorillas, nur dass sie ein klein wenig schmaler war. Das Gesicht war oval und bis auf die getrimmten Koteletten unbehaart. Die Gesichtshaut war hellbraun und wies feine Runzeln auf. Das Wesen hatte einen breiten Mund, und wenn es wie jetzt lächelte, zeigte es ebenmäßige weiße Zähne.

Vance sprang wie von der Tarantel gestochen auf und suchte Schutz hinter einem Baum. Er spähte hinter dem Stamm hervor, um noch einmal einen Blick auf das Wesen zu werfen. Dieses stand immer noch an derselben Stelle, die haarigen Arme vor der Brust verschränkt. Doch jetzt lachte es, was Vance maßlos ärgerte.

»Ich glaube, man hat euch noch nicht offiziell vorgestellt. Rupert ist der, hinter dem du die ganze Zeit her warst«, fuhr Knox fort, doch Vance hörte gar nicht hin. Er hatte nur Augen für die Kreatur.

»Was ist so lustig, dass du grinst wie ein Honigkuchenpferd? Lachst du mich etwa aus?« Vance stapfte auf Rupert zu. Sein Zorn wuchs mit jedem Schritt. »Ich hatte nämlich keine Angst«, erklärte er, worauf Rupert nur noch lauter lachte und jetzt auch Orry einstimmte. »Ich zeig dir gleich, wer hier Angst hat!« Vance hob angriffslustig die Fäuste, doch Rupert löste seine verschränkten Arme und streckte dem Jungen freundlich seine Pranke entgegen.

»Ich wollte dich mit meinem Lachen nicht beleidigen, ganz bestimmt nicht. Falls du das so aufgefasst hast, entschuldige ich mich hiermit. Mich belustigt nur die schiere Absurdität dieser Situation. Ich stehe hier vor einem Jungen, dem etwas gelungen ist, an dem so viele Ältere gescheitert sind. Altersweisheit und Erfahrung spielten keine Rolle. Ein 13-jähriger Junge war es, der den schwer fassbaren, legendären Bigfoot gestellt hat.« Ruperts Ton war sanft und seine Sprache gewählt, was zu seiner äußeren Erscheinung so gar nicht passen wollte.

»Ein Bigfoot?«, fragte Vance ungläubig.

Rupert nickte. »Ich fühle mich geehrt, deine Bekanntschaft zu machen, und hoffe, dass wir Freunde sein können.« Rupert hielt die Hand immer noch ausgestreckt und wartete, dass Vance sie ergriff. Der Junge schaute zuerst Rupert an, dann seine Hand. Er blickte hinüber zu Knox, der lächelte und kaum merklich nickte. Orry beobachtete die Szene mit einem Grinsen und einem Glitzern in seinen schwarzen Augen.

Vance streckte Rupert die Hand hin und der Bigfoot umschloss sie mit seiner. Das Händeschütteln begann zunächst vorsichtig, wurde dann aber beherzter.

»Würde es dir, jetzt, da wir Kumpels sind, etwas ausmachen, mir zu sagen, warum ich dich vorher nicht sehen konnte?«, fragte Vance. »Du warst unsichtbar wie eine Art Geist.«

»Ah, ja. Das kann ich dir erklären, Vance. Und wenn du es verstanden hast, werde ich dir eine ziemlich einmalige Gelegenheit bieten«, erwiderte Dr. Knox.

»Was für eine Gelegenheit?«

»Uns zu helfen. Aber ich muss dich warnen, diese Information wird dein Leben für immer verändern. Glaubst du, du kannst damit umgehen?«

»Ich glaube, Mr Vantana wird keine Probleme damit haben«, meldete Rupert sich zu Wort. »Stimmt doch, Vance, oder?«

»Der Bigfoot hier ist genauso clever wie haarig«, scherzte Vance. »Los, Doc, lass hören.«

Mehr als zwei Jahrzehnte später stand Dr. Vance Vantana am Fuß des *Sequoiadendron colosaeus*, nachdem er Sam London bei Carl gelassen hatte. Carl war der älteste und klügste aller Bigfeet, und Vance hoffte, dass er dem Jungen ein paar Informationen entlocken konnte. Kaum war

Sam in Carls Haus verschwunden, kehrte Vance auf Bodenhöhe zurück, um dort auf ihn zu warten. Während er beobachtete, wie mehrere Bigfeet in ihre Häuser in den Bäumen zurückkehrten, dachte er an seine erste Begegnung mit Rupert, Carls Onkel, zurück. Doch mit dieser Erinnerung kamen auch die Erinnerungen an Henry Knox zurück und Vantanas Frust wuchs. Er machte sich Sorgen um seinen verschwundenen Mentor und war entschlossener denn je, ihn zu finden.

Seine Reise in die Vergangenheit fand ein Ende, als Penelope auftauchte. Die Rangerin kam auf Gus herbeigeflogen und landete nur wenige Meter neben Vance. Sie sprang vom Rücken des geflügelten Pferdes und lief auf den Doktor zu.

»Ich habe gerade einen beunruhigenden Anruf vom Amt für das Wohlergehen mythischer Tiere bekommen«, berichtete sie besorgt. »Der Anrufer stellte sich als Chriscanis vor, nannte mir aber nicht seinen Nachnamen.«

»Er ist ein Kynokephalus, die haben keine Nachnamen«, erklärte Vance. »Was hat dich so beunruhigt?«

»Im Britischen Museum wurde eingebrochen.«

Bei dieser Nachricht schrillten auch bei Vance sofort die Alarmglocken. »Was wurde gestohlen?«

»Das wollte er mir nicht sagen. Er meinte, er müsse persönlich mit dir sprechen. Er klang … besorgt.«

Vantana überlegte. Seine Anspannung zeigte sich dabei immer deutlicher in seiner Miene und Körpersprache.

»Worum geht es hier, Vance?«

»Es geht darum, dass wir alle bis zum Hals in Schwierigkeiten stecken.«

* * *

Sam London hielt das Foto in der Hand, das hinter Carls Schreibtisch gestanden hatte. Es zeigte Dr. Henry Knox und einen Bigfoot. Knox war hier viel jünger als auf dem Bild, das Sam in einem seiner Bücher von ihm gesehen hatte, und der Bigfoot hatte eine gewisse Ähnlichkeit mit dem, der Sam gerade gegenübersaß und an seinem Tee nippte. Doch das Foto zeigte nicht Carl. Sein Fell war noch nicht so stark mit Grau durchsetzt, seine Gesichtshaut war von einem dunkleren Braun und seine Augen waren mitternachtsblau. Außerdem hatte er auf seiner rechten Wange eine kleine Narbe in der Form eines Halbkreises.

»Das ist Onkel Rupert«, erklärte Carl und nahm noch einen Schluck Tee. Der Tee hatte eine natürliche Süße und einen ungewöhnlichen Rotton, der ein wenig an Blut erinnerte. Sam fand ihn anfangs etwas befremdlich, doch es war eine der Lieblingssorten von Carl. Sie kam aus Afrika und war unter dem Namen Rooibos bekannt. Der Bigfoot nahm Sam das Foto aus der Hand und stellte es auf den Tisch. Dann beugte er sich vor.

»Es hat mich sehr gefreut zu hören, dass du eine Begegnung mit Phylassos hattest. Dr. Vantana hat dir zweifellos gesagt, welch große Bedeutung dieses Treffen für unsere Welt hat. Ich gehe davon aus, dass Phylassos auch mit dir gesprochen hat. Hast du irgendjemandem vom Inhalt des

Gesprächs erzählt?« Carls gewählte Sprechweise war entwaffnend und bildete einen Kontrast zu seiner äußeren Erscheinung. Als Antwort auf seine Frage schüttelte Sam den Kopf. »Gut. Du bist vorsichtig und tust sehr gut daran. Doch irgendwann wirst du lernen müssen, jemandem so viel Vertrauen entgegenzubringen, dass du die Botschaft des Greifen weitergeben kannst.«

»Ich weiß«, antwortete Sam leise. Carl lächelte und stellte seine Tasse auf den Tisch. Er betrachtete Sam einen Moment lang, was diesen dazu veranlasste, seine Sitzhaltung zu verändern und noch einen Schluck Tee zu nehmen.

»Hat Dr. Vantana dir von dem Fluch erzählt?«, fragte Carl. Sam nickte. »Und hat er auch erklärt, wie es dazu kam?«

»Ja. Er und Chase haben mir von Alexander dem Großen erzählt. Wie Phylassos ihm in der Gestalt eines alten Mannes begegnet ist und dann die Menschen für das, was sie den Greifen angetan haben, verflucht hat.«

»Aber hat er dir auch gesagt, wie der Zauber funktioniert? Wie der Fluch über all die Jahrhunderte Bestand haben konnte?«

»Nein.«

»Magie ist etwas ganz Besonderes, Sam. Und Magie in dieser Größenordnung ist eine gewaltige Herausforderung, selbst für ein so außergewöhnliches Wesen wie Phylassos.« Carl wurde beim Erzählen immer lebhafter. »Es genügt nicht, einfach einen Zauber zu wirken. Ein Zauber ist nicht stark genug, um eine ganze Rasse zu verfluchen und sie blind zu machen für einen großen Teil ihrer Welt. Nein, dieser Fall erforderte etwas nie Dagewesenes. Die Menschheit selbst musste unwissentlich ein Teil des Fluches werden.«

»Unwissentlich? Was meinen Sie damit?«

»Es gibt dieses alte Sprichwort: Mach deinem Feind nie ein Geschenk, denn er kann damit Macht über dich erlangen.«

»Alexander hat Phylassos ein Geschenk gemacht?«, fragte Sam.

Carl nickte. »Im Namen der gesamten Menschheit. Es war ein Geschenk, das Phylassos' Wut noch steigerte und ihn davon überzeugte, dass die Strafe hart ausfallen müsse.« Carl beugte sich wieder vor und fuhr leise fort: »Alexander ließ einem der toten Greife eine Klaue ausreißen.« Bei dem Wort Klaue weiteten sich Sams Augen. »Er ließ sie in Gold tauchen. Und als er sie der Person überreichte, die er für seinen Gott hielt …«

»Der in Wirklichkeit aber Phylassos war«, warf Sam ein.

»Richtig. Als Alexander sie ihm gab, erklärte er, es sei ein Symbol für die Macht der Menschen auf der Erde und ihre Vorherrschaft über niedere Lebewesen.«

»Ich kann mir vorstellen, dass Phylassos das nicht besonders gefallen hat«, meinte Sam.

»Nein. Ganz und gar nicht. Aber er hat das schreckliche Geschenk angenommen, damit er es mit einem Fluch belegen konnte.«

Sam biss sich auf die Lippe und senkte den Blick. Carl

hatte recht; er musste jemandem anvertrauen, was er wusste. Also holte er tief Luft und sagte: »Phylassos hat mich nach der Greifenklaue gefragt.«

»Was genau hat er gesagt?«, fragte Carl eindringlich.

»Er wollte wissen, was ich darüber weiß. Er schien … besorgt. Doch dann wurden wir unterbrochen. Er sagte mir noch, ich sollte niemandem vertrauen, da niemand das ist, was er zu sein scheint.« Carl nickte, und Sam überlegte laut: »Warum hat er mich wohl nach der Klaue gefragt?«

»Die Greifenklaue hat den Fluch über all die Jahre aufrechterhalten. Sollte ihr etwas zustoßen – sollte sie zum Beispiel vernichtet werden –, wäre der Fluch gebrochen. Die Menschen sähen die Welt wieder so, wie sie wirklich ist.« Carl ließ Sam einen Augenblick Zeit, damit er die Bedeutung seiner Worte überdenken konnte. »Ich glaube, die Klaue ist in Gefahr. Etwas oder jemand will sie vernichten. Und ich glaube auch, es gibt einen Grund, weshalb Phylassos sich dir, und nur dir gezeigt hat.«

»Welchen Grund sollte es denn dafür geben?«

»Du kannst uns helfen, Sam. Du kannst uns helfen, die Klaue und unsere Welt zu beschützen.«

»Aber wie soll das gehen? Ich bin doch noch ein Kind. Ich hab ja nicht mal den besonderen Geruchssinn der Bigfeet bekommen so wie Vance.«

»Im Moment erkennen wir den Grund vielleicht noch nicht, aber ich bin sicher, dass wir es mit der Zeit verstehen werden. Deine Begegnung mit Phylassos war kein Zufall, das kann ich dir versichern«, sagte Carl mit Nachdruck.

»Aber ich bin neugierig – was hat dich dazu gebracht, in die Wüste zu gehen?«

»Ein Traum«, antwortete Sam.

»War es ein wiederkehrender Traum?« Sam nickte und auf Carls Gesicht breitete sich ein Lächeln aus. »Ganz gewiss kein Zufall.«

Jemand klopfte laut und drängend an die Haustür.

»Carl? Sam?«, hörten sie Vantanas Stimme.

»Wir sind im Arbeitszimmer«, rief Carl.

Sekunden später betrat Vance mit düsterer Miene den Raum. »Wir haben ein Problem. Heute Morgen wurde im Britischen Museum eingebrochen.«

»Lass mich raten – der Kelch mit der Greifenklaue wurde gestohlen«, vermutete Carl mit einem schiefen Lächeln.

»Du bist klüger als ein Baum voller Eulen. Wie bist du so schnell draufgekommen?«, wollte Vance wissen. Carl schaute hinüber zu Sam und Vance folgte seinem Blick. »Phylassos hat es dir gesagt? Und du konntest mir diese Information nicht anvertrauen? Woran liegt's? Bin ich nicht haarig genug?«

»Er hat mich nur gefragt, ob ich etwas über die Klaue weiß«, verteidigte Sam sich.

»Wenn er die Sprache darauf gebracht hat, muss er gewusst haben, dass sie in Gefahr ist«, erklärte Vance. »Du und ich, wir beide müssen jetzt dahin und uns die Sache mal ansehen.« Er beobachtete Sam, als er das sagte.

»Was meinst du mit du und ich?«

»Ich meine damit, dass Sam London nach London geht.«

Kapitel 8

London ruft

Das Foto des amerikanischen Präsidenten Lyndon Baines Johnson an der Wand der leer stehenden Rangerhütte, in der sie übernachteten, führte Sam zu dem Schluss, dass die Hütte schon seit geraumer Zeit nicht mehr benutzt worden war. Der muffige Geruch, der Staub und die Spinnweben bestätigten dies. Sam hatte Mühe, es sich in dem knarrenden Holzbett bequem zu machen, in dem seit den 1960er-Jahren niemand mehr geschlafen hatte. Dr. Vantana hatte verkündet, dass er und Sam am nächsten Morgen nach England reisen würden. Deshalb sollten sie früh schlafen gehen, damit sie mit den Vögeln aufstehen konnten. Sam hatte das Land noch nie verlassen und informierte Vance, dass er keinen Reisepass besaß. Vance versicherte ihm, dass er sich deshalb keine Gedanken zu machen bräuchte. Als Sam ihn auf die strengen Sicherheitskontrollen an Flughäfen aufmerksam machte, grinste Vance nur. »Warum um alles in der Welt sollten wir ein Flugzeug nehmen? Wir müssen doch schnell dort sein.«

Die Rangerhütte stand im Shasta-Trinity-Staatswald, mit dem Wagen zwei Stunden vom Redwood-Nationalpark entfernt. Bevor Vance Sam ins Bett schickte, hatte er ihm noch erklärt, dass sie am nächsten Morgen noch einmal zwei Stunden Fahrt und einen kurzen Fußmarsch vor sich hätten. Doch nur weil Sam schlafen geschickt wurde, hieß das noch lange nicht, dass er auch schlafen konnte. Er fragte sich, wie es seiner Mutter ging und ob Nuks' Trick immer noch funktionierte. Ging Nuks an seiner Stelle zur Schule? Erledigte er seine Hausaufgaben pünktlich? War der Marderhund cleverer als er? Aber was am allerwichtigsten war: Blieb das magische Wesen in Miss Capiz' Gunst? Er hoffte das Beste und konnte endlich ein paar Stunden schlafen.

Der Doktor weckte Sam kurz vor Sonnenaufgang. Sam stolperte zum Wagen, wobei er versuchte, im Halbschlaf zu bleiben. Es gelang ihm und er schlief während der ganzen Fahrt zum Castle-Crags-Park auf der Ostseite des Shasta-Trinity-Staatswaldes. Als Sam aufwachte, parkte Vance den SUV gerade auf einer mit einer lockeren Kiesschicht bedeckten Lichtung.

»Aufwachen, Kleiner. Wir müssen weiter«, drängte der Doktor.

»Nach England, richtig?« Vance nickte. »Wenn hier in der Nähe nicht doch ein Flugplatz ist, war das wahrscheinlich kein Witz, als du gesagt hast, wir würden nicht fliegen.«

»Es war keiner«, bestätigte Vance sachlich. »Wir haben noch einen kurzen Fußmarsch vor uns und du musst etwas essen.« Der Doktor brachte Müsliriegel, eine Flasche Orangensaft und Dörrfleisch zum Vorschein. Während Sam aß, schaute er sich durch die Windschutzscheibe die Gegend an. Douglaskiefern standen dicht an dicht und über den Baumwipfeln ragte eine gewaltige Felswand auf. Die Granitformation war etliche Hundert Meter hoch und erinnerte an ein altes Schloss. Die Felszacken oben sahen aus wie von Hand geschnitzte Türme.

»Was ist das?«, fragte Sam.

»Castle Crags«, antwortete Vance. »Sieht aus wie eines dieser englischen Schlösser, findest du nicht auch?«

Sam nickte. »Mutter Natur kann ziemlich coole Sachen hervorbringen. Ich war noch nie im Grand Canyon, aber ich habe Fotos gesehen und ...«

Vance lächelte.

»Was ist?«, wollte Sam wissen.

»Die Wissenschaft würde dich gern glauben machen, dass dies alles durch Erosion entstanden ist.« Er wies auf die Zinnen. Sam schaute ihn erwartungsvoll an. »Es ist eine Festung, die vor über 2000 Jahren aus dem Fels gehauen wurde.«

»Klar doch. Von wem denn? Von Bigfeet?«, fragte Sam sarkastisch.

»Von den Dvergen, Schlaumeier. Für ihren König, einen Zwerg namens Vestri.«

»Willst du damit sagen, dass Zwerge das alles gemacht haben? So wie in Schneewittchen und die sieben ...« Mit einer Geste zeigte er eine kleinwüchsige Person an.

»Die Bezeichnung ist irreführend. Echte Zwerge sind genauso groß wie Menschen. Sie sind groß und kräftig, nicht so, wie man sie aus Filmen kennt«, erklärte Vance. »Wenn ich dir einen Rat geben darf: Ich würde die ganze Geschichte mit der Körpergröße lieber nicht ansprechen, falls und wenn du einen echten Zwerg triffst. Es ist ein heikles Thema.«

»Alles klar.« Sam konnte das alles immer noch nicht richtig glauben, aber nach den jüngsten Ereignissen war ihm klar geworden, dass er anfangen sollte, Vance ernster zu nehmen, egal wie verrückt seine Behauptungen klangen.

Der Doktor griff hinter den Beifahrersitz und brachte eine abgewetzte Lederscheide mit einem alten Jagdmesser zum Vorschein. Er schob sie in seinen Gürtel.

»Wozu brauchst du das Ding?«, fragte Sam nervös.

»Kann doch sein, dass wir Hunger bekommen und Früchte oder Gemüse klein schneiden müssen.« *Der Doktor ist ein schlechter Lügner*, dachte Sam. »Gehen wir. Ich will vor Einbruch der Dunkelheit da sein.«

Sam setzte seinen Rucksack auf und folgte Vance zu einem unbefestigten Weg auf der Westseite des Parkplatzes. Der Weg führte ständig bergauf und stieß dann auf einen schmalen Pfad, dem sie fast eine Meile weit folgten. Auf einer Seite war Fels, auf der anderen schlängelte sich ein Bach. An einer 180-Grad-Kurve führten der Bach und die Felsen in unterschiedliche Richtungen.

»Den Rest des Wegs gehen wir quer durchs Gelände«,

verkündete Vance, verließ den Pfad und folgte dem Bachlauf. Das Donnern herabstürzenden Wassers wurde von Sekunde zu Sekunde lauter, und als sie über eine Hügelkuppe stiegen, wusste Sam auch, warum. Der Bach wurde von einem Wasserfall gespeist – ein spektakulärer Anblick. Das Wasser fiel über eine zwölf Meter hohe, zerklüftete Felswand am Fuß der Castle Crags.

»Die Burstarse Falls«, erklärte Vance. »Man sagt, der Name ›Platzarsch Wasserfälle‹ sei so was wie eine Warnung. Die Steine sind fürchterlich rutschig. Du musst beim Hinaufklettern mehr als vorsichtig sein, sonst fällst du auf deinen … äh, Hintern.«

»Und der platzt dann?«, fragte Sam grinsend.

Vance nickte und lächelte. »So ähnlich.«

Dann begriff Sam plötzlich, was Vantanas Worte bedeuteten. »Moment mal! Warum sollte ich die Felsen hinaufklettern?«

»Weil wir beide hinter den Wasserfall müssen.«

»Lass mich raten – dahinter liegt eine streng geheime Tür nach England«, witzelte Sam.

»Nicht ganz. Aber der Eingang zur Dvergen-U-Bahn.«

»Dvergen bedeutet Zwerg, richtig?«

»Du lernst schnell. Und jetzt bleib dicht hinter mir.«

Vance bewegte sich vorsichtig entlang der Felsbrocken, die den Bachlauf säumten und zum Wasserfall führten. Der Doktor hatte recht gehabt, die Steine waren tatsächlich sehr rutschig. Das Wasser, das ununterbrochen gegen die Granitfelsen klatschte, gepaart mit dem Moos, das sie überzog, machten sie extrem glitschig. Sam hätte fast den Abgang gemacht, als er zum letzten Felsen vor dem Wasserfall hinüberwechselte, doch die schnellen Reflexe des Doktors retteten ihn. Er packte Sams Handgelenk und hielt ihn fest, bis er wieder festen Stand hatte.

Sam rang nach Atem. »Danke«, keuchte er.

»Du kannst mir doch jetzt nicht wegsterben. Wir fangen gerade erst an.«

Als Sam näher an den Wasserfall heranging, sah er, dass zwischen dem Wasser und der Felswand vielleicht ein Meter Platz war. Vantana wollte gerade hineingehen, doch dann schnupperte er noch einmal und blickte zum Wald zurück.

»Sieht so aus, als wollte uns da noch jemand Tschüss sagen.« Er zeigte zu den Bäumen und Sam drehte sich um. Aus dem Wald traten Kreaturen, wie Sam sie nur aus Büchern kannte. Sein Blick fiel auf eine Gruppe von mehreren Tieren, die die Größe von Rehen hatten, aber aussahen wie Kaninchen, nur dass sie große sandfarbene Geweihe trugen. Jackalopes – auch Hasenböcke genannt – vermutete Sam. Neben den Hasenböcken schwebten kleine, menschenähnliche Gestalten wenige Zentimeter über dem Boden. Sie hatten blasse Haut, flaumiges weißes Haar und hellblaue Augen – so hell, dass sie fast durchsichtig wirkten. Sie trugen Kleider aus Blattwerk, und aus ihrem Rücken wuchsen weiße, hauchdünne Flügel, die sich so schnell bewegten, dass Sam die Bewegung kaum erkennen konnte. Die Wesen erinnerten ihn an Kolibris. Es mussten

Elfen sein. Er sah noch andere Kreaturen, die er nicht erkannte, darunter einen Fisch mit leicht menschlichen Zügen, der am Ufer des Baches stand, und ein Tier von der Größe eines Pferdes mit dem Kopf eines Ebers und zwei langen Hörnern, die vorn und hinten aus seinem Kopf wuchsen.

»Was wollen die denn alle hier?«, überlegte Sam laut.

»Sie sind gekommen, um den Jungen zu sehen, der Phylassos gesehen hat«, antwortete der Doktor und verschwand dann hinter dem Wasserfall. Sam winkte der Abschiedsgesellschaft kurz zu und folgte Vance. Der Doktor legte beide Hände auf die glatte Felswand und murmelte etwas in einer Sprache, die Sam nicht verstand. Es war Urnordisch, wie Vance ihm später erklärte. Vantana hatte kaum ausgesprochen, als Bewegung in die Felswand kam. Ein türgroßer Ausschnitt öffnete sich und schwang etwa einen Meter nach innen. Vantana trat hindurch und Sam folgte. Die Felsentür schloss sich schwerfällig und knarrend hinter ihnen und sie standen im Dunkeln. Vance zog eine kleine Taschenlampe heraus, die mehr Licht gab, als ihre geringe Größe vermuten ließ. Sam sah, dass sie sich in einem in den Fels geschlagenen Tunnel befanden. Die Wände waren glatt und gerundet, und der Tunnel führte zu einer steilen Steintreppe, die sie hinunterstiegen.

Als sie schließlich den Fuß der Treppe erreichten, standen sie auf einer Plattform in einem größeren Tunnel. Sam kam sich vor wie in einer U-Bahn-Station in der Stadt. In die Wände eingeritzt und bunt bemalt waren alte Kampfszenen zwischen Kriegern in roten und schwarzen Rüstungen. Anstelle einer U-Bahn stand neben der Plattform ein gewaltiges schwarzes Metallgebilde in Form einer Patronenhülse. Es lief vorne spitz zu und war auf beiden Seiten offen. Innen waren mehrere Reihen hoher Metallgitter, aber keine Sitze. Der vordere, spitze Teil des Gebildes war mit einer dünnen Schicht eines durchsichtigen, kristallähnlichen Materials überzogen; aus dem hinteren Ende ragten etwa ein Meter lange raketenförmige Rohre heraus.

»Bitte einsteigen«, sagte Vance mit einer schwungvollen Handbewegung.

Sam schaute ihn skeptisch an. »Ist das Ding sicher?«

»Sicher genug.«

Sam stieg ein und ging ein paar Schritte auf die andere Seite.

»Genau da ist gut«, meinte Vance. »Stell dich mit dem Rücken an das Metallgitter.«

Sam befolgte Vantanas Anweisung, während dieser ebenfalls einstieg und sich an das Bedienpult im vorderen Teil der Maschine stellte. Die Bedienelemente bestanden aus Nummernscheiben und Hebeln, vom Design her uralt und mit Spinnweben und Staub bedeckt. Vance wischte mit der Hand darüber.

»Wie alt ist das Ding?«, erkundigte Sam sich beklommen.

»Ziemlich alt. Aber Zwerge sind ausgezeichnete Ingenieure.«

Der Doktor zog an einem am Boden befestigten Metallhebel, worauf die gesamte Konstruktion einen Meter nach unten sackte und mit einem Rums auf dem Höhlenboden aufschlug. Gleichzeitig begann sie zu sirren, als fließe plötzlich Strom durch das Metallskelett. Hinter Sam und Vance schlängelten sich dünne Drähte aus den Gitterwänden, legten sich um die beiden Passagiere und fixierten sie in der Maschine. Die Zwergenversion von Sicherheitsgurten, vermutete Sam. Er hatte die Arme hängen lassen, als die Drähte sich um ihn wickelten, sodass er sie jetzt nicht mehr bewegen konnte.

»Tut mir leid, Sam, ich hätte dir sagen sollen, dass du die Arme heben sollst«, entschuldigte sich der Doktor. »Andererseits ist es wahrscheinlich besser so.« Vantana legte die Hände auf das Bedienpult, wo er einige Nummernscheiben verstellte. Dann öffnete er eine Blende und zum Vorschein kam eine in eine silberne Oberfläche geritzte, vereinfachte Weltkarte. Sam erkannte die üblichen Kontinente, doch es gab auch noch andere Landmassen. Eine war eindeutig mit »Atlantis« gekennzeichnet.

Vance tippte auf ein Gebiet in Kalifornien und das Silber warf unter seinem Finger Blasen. Ein schwarzer Metallfaden bohrte sich aus der Oberfläche und Vance ergriff ihn. Er zog den Faden über die Vereinigten Staaten und den Atlantik und verharrte über England. Als er mit dem Ende des Fadens die Karte berührte, warf das Silber auch hier Blasen, schnappte das Fadenende und saugte es ein, bis der Faden straff gespannt war. Vance warf einen Blick auf Sam, der sich in seinen Sicherheitsdrähten wand.

»Bist du bereit?«

»Ich weiß nicht.«

»Atme einfach normal weiter. Und wenn du das Gefühl hast, du müsstest dich übergeben, achte nicht darauf. Du bewegst dich viel zu schnell, als dass dein Körper etwas hochwürgen könnte.«

Sam dachte noch über diesen Ratschlag nach, als der Doktor einen Hebel auf dem Bedienpult nach unten zog. Aus dem Sirren der Maschine wurde ein Grollen, und die gesamte Konstruktion begann heftig zu vibrieren, so heftig, dass Sams Zähne klapperten. Also biss er sie zusammen, worauf er die Vibration im ganzen Körper spürte.

»Aufgepasst!«, rief Vance, bevor er mit Schwung an einem anderen Hebel zog. Die Raketen am hinteren Ende der Maschine wurden gezündet und die Maschine schoss davon wie eine Gewehrkugel aus dem Lauf. Das war keine Achterbahn, das war der blanke Horror. Sam hatte so etwas noch nie erlebt. Durch die Kraft der Beschleunigung wurde seine Gesichtshaut nach hinten gezogen, als die Maschine mit lautem Getöse durch den Tunnel schoss. Sie drehte sich, kippte und drehte sich erneut. Mal standen sie auf dem Kopf, mal lagen sie auf der Seite, mal schossen sie tiefer in die Erde hinein, nur um im nächsten Moment wieder hinaufzuschießen.

Mit zusammengekniffenen Augen blickte Sam auf die Weltkarte und sah, dass der Faden kürzer wurde. Das Fadenende, das aus Kalifornien herausgekommen war, wurde über den Kontinent gezogen. Wie es aussah, bewegten sich Sam und Vance in Sekundenschnelle durch ganze Staaten und hatten bald die Ostküste erreicht. Vance leuchtete mit seiner Taschenlampe nach vorn, doch Sam sah nur die Dunkelheit vor dem Lichtstrahl und die glatten Tunnelwände. Dann schien die Maschine praktisch senkrecht nach unten zu düsen, direkt auf den Mittelpunkt der Erde zu.

»Wir müssen unter der Kontinentalplatte durch«, brüllte Vance über dem ohrenbetäubenden Lärm der Raketen. Die Maschine befand sich kurz im freien Fall, bis der Tunnel die Richtung änderte und sie wieder Boden unter sich hatten. Der Faden auf der Karte ließ erkennen, dass sie den Atlantik durchquerten und sich dem Vereinigten Königreich näherten. An dieser Stelle versuchte Sams Frühstück noch einmal nach oben zu kommen. Er schluckte, doch das Frühstück ließ sich davon nicht beeindrucken. Es kletterte seine Speiseröhre hinauf und in seine Kehle, wo es erst einmal pausierte. Sam wollte sich übergeben, dringend, doch es ging nicht. Vance hatte recht gehabt. Der ungeheuren Geschwindigkeit, mit der sie sich fortbewegten, konnte sein Körper nicht entgegenwirken. Aber er freute sich nicht auf den Moment, wenn die Maschine anhalten würde. Über das, was dann passierte, wollte er lieber nicht nachdenken.

Als sie sich der englischen Küste weiter näherten, begann die Maschine mit dem Aufstieg, und bald schossen sie senkrecht nach oben. Zu Sams Erstaunen beförderte der Druck, der dadurch auf seinen Körper wirkte, sein

Frühstück dahin zurück, wo es hingehörte. Als es schließlich auf ebenem Weg weiterging, fühlte Sam sich wieder bestens. Die Übelkeit war weg. Die Maschine setzte ihren Weg fort, und als sie den Ärmelkanal unterquerten, fuhr sie durch eine seltsam schimmernde Wolke, ähnlich einem silbern glänzenden Nebel. Er kribbelte auf Sams Haut, war aber nicht feucht.

»Was um alles in der Welt …?«, murmelte Vance.

Sie ließen den Nebel hinter sich und fuhren weiter in Richtung London.

»Was war das denn?«, fragte Sam.

»Keine Ahnung. Aber wir sind gleich da.« Vantana wies auf die Karte. Von dem Metallfaden war fast nichts mehr zu sehen. Zwei Zentimeter noch, dann würde die Karte ihn vollends einsaugen und er wäre verschwunden.

Doch die Maschine hielt nicht an. Vantana legte einen Hebel um. Nichts. Sie fuhren einfach weiter. Hektisch drehte er an Nummernscheiben und Schaltern. Immer noch nichts. Jetzt schien es sogar, als beschleunigten sie wieder.

»Was ist los?«, brüllte Sam, als das Gefährt durch gewundene Tunnel schoss, sich so drehte, dass sie kopfüber in den Drähten hingen, dann wieder mit dem Kopf nach oben. Endlich stotterten die Raketen und gingen schließlich aus. Die Maschine wurde langsamer und hielt abrupt bei einer Plattform an, die genauso aussah wie die bei Castle Crags. Die Drähte, die Sam und Vance festgehalten hatten, wurden eingezogen.

»Diese Wolke, durch die wir gefahren sind – sie hat irgendwas mit dem Ding da gemacht«, vermutete Sam.

Vance nickte. »Scheint so. Die Frage ist nur: Warum?«

»Wo sind wir?«

»Dem Tunnel nach tippe ich auf die Smoo-Höhle in Durness in Schottland.« Vance half Sam auf den Bahnsteig. »Wir müssen uns eine andere Möglichkeit überlegen, wie wir an unser Ziel kommen.«

Die beiden stiegen eine steile Treppe hinauf, bis sie an eine Steintür kamen. Vantana sagte wieder etwas auf Urnordisch und die Tür öffnete sich. Sie traten auf einen schmalen Sims hinter einem weiteren Wasserfall. Dieser befand sich tief in einer riesigen Kalkstein-Meereshöhle. Das Wasser floss durch eine große, einem Oberlicht ähnliche Öffnung in der Decke der Höhle und bildete unten einen kleinen See. Vance und Sam gingen den Sims entlang, bis sie zu einer hölzernen Aussichtsbrücke hinunterklettern konnten. Über die Brücke erreichten sie die Haupthöhle und gingen weiter in Richtung Höhlenausgang.

Das Tageslicht schwand bereits, als sie sich ihm näherten. Sam spähte hinaus und stellte fest, dass sie sich am Ende eines langen Meeresarms befanden. Auf beiden Seiten ragten Kalksteinklippen wie Wolkenkratzer in den Himmel. Rechts und links führten zwei Holztreppen hinauf zu smaragdgrünen Hügeln auf den Klippen. Das herabstürzende Wasser toste ohrenbetäubend laut und übertönte fast ein anderes Geräusch, das sich kaum hörbar unter den Lärm gemischt hatte. Es war ein unregelmäßiges Klacken von Metall auf Metall und es folgte dem Geräusch von Sams und Vantanas Schritten. Als Vance den Höhlenausgang erreichte, blieb er stehen, drehte leicht den Kopf und schnupperte. Sam stellte sich neben ihn.

»Nicht bewegen«, flüsterte Vance. Das Klacken hörte abrupt auf. »Wir sind nicht allein«, warnte Vance. Gerade als der Doktor mit Sam zum Wasserfall zurückgehen wollte, krachte etwas von oben auf Sam herab.

Sam versuchte den unbekannten Angreifer abzuschütteln. »Vance! Hilfe!«, rief er und wand sich unter dem Wesen. Endlich sah er auch, wogegen er da kämpfte. Die Kreatur war klein, ungefähr so groß wie er. Sie trug eine rote Kappe, hatte eine lange Nase, nadelspitz gefeilte Zähne, blutrote Augen und krallenartige Finger. Sie trug Eisenstiefel und schwang eine Art Speer mit einer Axtklinge am oberen Ende. Und mit dieser Waffe schlug sie jetzt nach Sam, der sofort seinen Rucksack herumriss, um seinen Brustkorb zu schützen. Das Wesen wich zurück und wollte erneut ausholen, doch mitten in der Bewegung hielt es inne. Es blickte auf und sah Dr. Vantana, der es wütend niederstarrte. Vance hob das Wesen hoch und schleuderte es von sich. Dann zog Vantana Sam auf die Beine.

»Danke«, sagte Sam verängstigt.

»Für große Dankesreden ist jetzt keine Zeit, wir müssen hier raus.« Vance wies auf eine angrenzende Höhle. »Er hat Freunde mitgebracht.« Als Sam sich umdrehte, sah er Dutzende der kleinen Monster auf sich zukommen. Wie

Feuerameisen krochen sie an der Decke entlang, über die Wände und den Boden. »Lauf!«, befahl Vance.

Die beiden rannten aus der Höhle und hasteten eine der Treppen hinauf. Der Aufstieg war steil, und Sam hatte Mühe, das Tempo zu halten. Als die Treppe eine Wende zurück in Richtung Höhle machte, sah Sam, dass ein ganzer Schwarm dieser Wesen ihnen folgte. Die Treppe endete in der Nähe einer Straße. Auf einer Seite wellten sich sanfte Hügel und in der Ferne lag ein Dorf. Vance rannte über die Straße auf eine Wiese und schnurstracks auf das Dorf zu. Als Sam sich umschaute, sah er, dass die koboldartigen Monster sie immer noch mit ihren Äxten verfolgten.

»Was sind das für Dinger?«, brüllte Sam Vance zu, als sie auf die Häuser zurannten.

»Man nennt sie Rotkappen. Frag lieber nicht, warum ihre Kappen rote Flecken haben.«

»Das sind Flecken?« Sam überlief es kalt, als er begriff, was das bedeutete. »Blutflecken?« Vance antwortete nicht und bestätigte damit Sams Vermutung. »Aber sie sind langsam. Wir können ihnen davonlaufen, oder?«

Vance schüttelte den Kopf. »Rotkappen werden nicht müde. Sie sind zwar langsam, aber zäh. Wenn wir müde werden, greifen sie an.«

»Was machen wir denn dann?«, japste Sam. Das Atmen fiel ihm immer schwerer. Er merkte, dass er bereits jetzt langsamer wurde, und bei dem Gedanken, was dann passieren würde, geriet er in Panik.

»Wir können versuchen, sie in den Hügeln abzuhängen,

nach einem Wald Ausschau halten, uns dort vielleicht verstecken. Ihr Geruchssinn ist grottenschlecht und sie sind nicht eben die Hellsten.«

Die Dunkelheit brach rasch herein, und Sam hielt sich dicht bei Vance, der ihn über eine Schafweide führte. Sie liefen einen Hügel nach dem anderen hinauf, bis Sam kaum noch Luft bekam. Er war zu langsam, seinetwegen holten ihre Verfolger immer mehr auf. Als sie einen steilen Hügel hinunterstürmten, rutschte er auf dem nassen Gras aus und kullerte den restlichen Weg nach unten. Vance versuchte, ihn auf die Füße zu ziehen, doch Sam sah, dass es bereits zu spät war. Die Rotkappen kamen den Hügel heruntermarschiert. Mit einem teuflischen Lächeln auf ihren entstellten Gesichtern schleiften sie ihre Äxte hinter sich her. Vantana griff nach Sams Hand und hielt sie fest.

»Alles wird gut«, versicherte er.

»Nein, wird es nicht«, erwiderte Sam resigniert.

Vance zog ihn hinter sich. »Oh doch, Sam London. Ich bin Vance Vantana, ich komme direkt aus den undurchdringlichen Wäldern Tennessees, bin halb Pferd, halb Alligator und hier, um dich zu beschützen!« Vance zog sein Messer aus der Scheide und ging in Kampfstellung, während die Rotkappen ihre Äxte mit beiden Händen packten. »Okay, ihr abscheulichen kleinen Monster, dann wollen wir mal sehen, was ihr draufhabt.«

Kapitel 9

Der Herr der Jagd

Vance Vantana bekam gar nicht erst die Chance, Sam London vor den blutrünstigen Rotkappen zu beschützen. Doch das lag nicht an mangelndem Mut, sondern daran, dass die kleinen Monster ihren Angriffsmarsch unerklärlicherweise abrupt stoppten. Eine gespenstische Stille lag über den Hügeln, als sie plötzlich reglos stehen blieben und Sam und Vance mit ihren roten Augen anstarrten. Der Doktor wusste nicht, was er von ihrem ungewöhnlichen Gebaren halten sollte. Sie hatten ihn und Sam genau da, wo sie sie haben wollten, und Rotkappen waren nicht unbedingt für ihre mitleidige Ader bekannt. Eigentlich hatte Vance sich angesichts der geringen Überlebenschancen und des blutrünstigen Rufs der Rotkappen bereits einen letzten verzweifelten Plan zurechtgelegt. Dieser Plan sah vor, dass er mindestens ein Dutzend Rotkappen töten würde, um Sam zu einer Fluchtmöglichkeit zu verhelfen.

Er selbst wollte zurückbleiben und gegen die Horde kämpfen, bis er nicht mehr konnte. Das würde dem Jungen, der den Greif gesehen hatte, gerade genug Zeit verschaffen, um sich in Sicherheit zu bringen. Vance aber würde die Aktion zweifellos das Leben kosten. Zum Glück gebot die neue Entwicklung diesem düsteren Szenario erst einmal Einhalt.

»Du musst ihnen Angst eingejagt haben«, vermutete der Junge.

»Ich hatte schon immer die Gabe …« Vantanas Eigenlob wurde von einem tiefen Grollen und einem Beben der Erde unter ihren Füßen unterbrochen. Ihre Zähne klapperten, als das Grollen sich rasch zu donnerndem Getöse auswuchs und das Beben immer heftiger wurde. Es fühlte sich an wie ein Erdbeben, aber eines, das sich nur auf die Stelle, an der sie standen, konzentrierte.

»Schau, da!« Sam wies auf einen Spalt, der in der Erde aufbrach. Der Spalt wurde immer breiter und lief in ihre Richtung. Vance wusste, dass sich das Unausweichliche nicht verhindern ließ, da sie nirgendwo hinlaufen konnten. Er packte Sam.

»Was immer passiert, lass nicht los«, befahl er.

Der Riss erreichte schließlich ihre Füße und prompt schluckte die Erde sie mit Haut und Haaren. Sofort ging es im freien Fall einen schwarzen Abgrund hinunter. Keiner der beiden konnte auch nur genügend Luft holen, um zu schreien. Vance drehte sich in der Luft wie eine Katze so, dass er Sams Sturz bei der Landung in jedem Fall abfedern würde. Endlich schlugen sie mit einem dumpfen Rums auf dem Boden auf.

»Alles okay?«, flüsterte Vance dem auf ihm liegenden Sam zu.

»Ja, ich glaube. Und bei dir?«

»Ich fühle mich ein bisschen wie der Name dieser Wasserfälle«, scherzte Vance.

»Die Platzarsch-Fälle?« Sam kicherte. Aus dem Kichern wurde Gelächter. Das Lachen war genau die Art Erleichterung, die sie nach der ausgestandenen Angst brauchten, einer Angst, die ihnen noch Sekunden zuvor den Atem genommen hatte.

Als Sam sich von Vance herunterrollte, sah dieser in der Ferne ein Licht, das sich ihnen näherte.

»Es kommt jemand. Kriech hinter mich«, befahl er. Sam gehorchte auf der Stelle. In dem näher kommenden Licht konnte Vance nach und nach erkennen, dass sie in einem großen Tunnel gelandet waren. Das Licht vor ihnen ging von einer Laterne aus, die von einer Frau in einem wehenden grünen Kleid getragen wurde. Die Frau hatte langes rotes Haar und mandelförmige grüne Augen. Vance wusste sofort, dass es sich um eine Sidhe handelte, eine Elfenart der Keltenländer, die als Todesomen galt. Der Doktor seufzte. Ihre Lage war nicht gerade rosig.

»Wer ist das?«, wollte Sam wissen.

»Eine Sidhe.«

Die Frau streckte die Hand aus und gab ihnen Zeichen, ihr zu folgen.

»Eine Sidhe?«, wiederholte Sam.

»Auch als Banshee oder Todesfee bekannt. Los, komm.« Vance stand auf und machte Anstalten, der Frau zu folgen.

Sam fasste den Doktor am Arm. »Wir gehen mit ihr?«

»Die Tatsache, dass sie uns noch nicht getötet hat, ist ein gutes Zeichen. Ich will ihr keinen Grund geben, es sich anders zu überlegen«, erwiderte Vance. »Wir schauen mal, was sie will.« Sam nickte widerstrebend und stand ebenfalls auf. Die Sidhe drehte sich um und ging durch den Tunnel zurück.

»He!«, flüsterte Sam, als er ihr in Vantanas Windschatten folgte.

Vance blieb stehen und drehte sich um. »Was ist?«

»Du hast das hier fallen lassen.« Sam gab Vance sein Messer. In dem ganzen Durcheinander hatte der Doktor gar nicht gemerkt, dass er es verloren hatte.

»Danke, Kleiner. Diese Klinge hat schon eine Menge mitgemacht.« Vance wollte sie gerade in ihre Scheide stecken, als die schöne Sidhe plötzlich herumwirbelte. Sie öffnete den Mund und stieß einen hohen, schrillen Schrei aus, während sie sich in eine hässliche alte Hexe mit Lederhaut, fauligen Zähnen und zotteligem weißen Haar verwandelte. Ihr Schrei lähmte Vance und Sam. Der Doktor war bisher noch keiner Sidhe begegnet, hatte aber schon viele Geschichten zu ihrem Schrei gehört, einer Art Todesklage, die auch den stärksten Mann bewegungsunfähig machte. Er hatte das Gefühl, als kribbelten sämtliche Nerven gleichzeitig; von einer Sekunde zur anderen war er vollkommen erstarrt. Das Messer fiel aus seinen steifen Fingern und die Sidhe bückte sich und hob es auf. Kaum hielt sie es in der Hand, hörte sie auf zu schreien und verwandelte sich in die Frau mit dem weitaus angenehmeren Äußeren zurück. Vance konnte sich wieder bewegen. Er blickte zu Sam an seiner Seite. Auch dieser konnte sich wieder rühren, schien aber panische Angst zu haben.

»Wir sind immer noch nicht tot«, stellte Vance fest. Es war der verzweifelte Versuch, der Situation etwas Positives abzugewinnen.

Sie gingen durch einen kurvenreichen Tunnel, der sie tiefer in die Erde hineinführte. In der Ferne hörten sie Trommeln, die beim Weitergehen immer lauter wurden. Der Tunnel mündete schließlich in eine gewaltige Höhle.

Sam blickte sich um. »Wow!«

Auch Vance war beeindruckt. Es war mit Abstand die größte Höhle, die er je gesehen hatte. Doch es war mehr als eine Höhle: Das Gewölbe ähnelte einer gotischen Kathedrale. Das unterirdische Wunderwerk bestand aus einem langen, über 30 Meter hohen Gang mit Gewölbedecke. Die Wände waren mit kunstvoll in den Stein geritzten Szenen von Landschaften und Fabelwesen geschmückt. Davor standen Skulpturen, die ebenfalls magische Wesen darstellten. Am Ende der Höhle befanden sich etwas erhöht ein Altar und ein steinerner Thron, der mit Ranken bedeckt und mit bunten Edelsteinen besetzt war. Fast so beeindruckend wie die Größe der Höhle war die Tatsache, dass sie gesteckt voll war. Entlang der Wände, in so vielen

Reihen, dass sie fast den gesamten Raum füllte, stand eine ganze Armee Rotkappen, die alle gleichzeitig mit den Stielen ihrer Äxte auf den Boden klopften und einen ununterbrochenen, fast hypnotischen Rhythmus schlugen. Sie traten zur Seite und gaben einen schmalen Gang frei, über den die Sidhe Sam und Vance zum Altar führte.

Als sie sich dem vorderen Teil der Kathedrale näherten, entdeckte Vance noch andere Wesen: ungefähr ein Dutzend Sidhe, einige Fomorianer, das sind mythische Riesen mit Ziegenköpfen, sowie etliche Woodewasa, wilde, vollkommen behaarte Waldmenschen. Diese Wilden hielten die Zügel von vier Barghesten, großen, bösartigen Bestien, halb Wolf und halb Bär mit dem Maul eines Hais.

Am Altar wurden Sam und Vance von einer auffallend schönen Frau in einem weißen Gewand und mit pechschwarzem Haar begrüßt. Es war Marzanna, eine mächtige osteuropäische Zauberin, die mit Tod, Albträumen und Winter in Verbindung gebracht wurde. Nicht unbedingt die gute Hexe Glinda. In Zeiten wie diesen wünschte Vance, Knox wäre noch an seiner Seite.

»Ruhe!«, befahl Marzanna. Die Menge wurde rasch still und Marzanna betrachtete ihre Gefangenen. »Willkommen«, grüßte sie spöttisch.

»Ich bin Dr. Vance Vantana vom Institut für Magische Wesen und verlange unsere sofortige Freilassung«, erklärte Vance mit fester Stimme. Dem Gelächter nach zu urteilen, das durch die Höhle schallte, glaubte die Menge wohl, er hätte einen Scherz gemacht. Die Rotkappen klopften wieder mit ihren Axtstielen auf den Boden. Marzanna grinste.

»Vielleicht versteht ihr nicht ganz, in welcher Situation ihr euch befindet.« Vance redete langsam, als hätte er Schulkinder vor sich. »Ihr alle verletzt das Gesetz. Das wird Konsequenzen haben.« Die Anwesenden waren offenbar nicht beeindruckt, denn das spöttische Gelächter hörte nicht auf.

»Wessen Gesetz haben wir denn gebrochen, Doktor?« Eine dröhnende Stimme schallte durch die große Halle. Die Anwesenden wurden sofort still und sanken voll Ehrerbietung auf die Knie.

»Euer Gnaden.« Marzanna verneigte sich vor der massigen Gestalt, die jetzt an den Altar trat.

»Phylassos' Gesetz? Des mächtigen Königs der mythischen Tiere?«, fragte das Wesen sarkastisch. Dann wandte es sich an die Menge. »Ist er *euer* König?«

Die Antwort war ein wütendes »Nein!«

»Ich bin ihr König«, verkündete das Wesen mit höhnischem Grinsen. Sein Äußeres war menschenähnlich. Es hatte fast die Größe eines Bigfoot, blattgrüne Haut, goldenes Haar und ein gewaltiges Geweih, das aus seinem Kopf ragte. Um den Hals trug es eine rötlich gelbe Schlange mit gebogenen Widderhörnern.

Sam stieß Vance mit dem Ellenbogen an. »Wer ist das?«

»Cernunnos, auch bekannt als der nicht so lustige grüne Riese«, erwiderte Vance. Der Doktor hatte es schon öfter mit diesem Waldbewohner zu tun gehabt und jede Begegnung war ausgesprochen unangenehm verlaufen. Cernunnos sah sich als Herr der Jagd und rechtmäßigen Beschützer magischer Kreaturen, weshalb sein Ego weit über die Spitzen des Geweihs auf seinem grünen Kopf hinausreichte. Er hatte es zu seiner Mission gemacht, denjenigen beizustehen, die des Verstoßes gegen das Gesetz der Nichteinmischung angeklagt waren, und den Schuldigen beim Untertauchen zu helfen.

»Auf die Knie, Menschen. Ihr steht vor Lord Cernunnos!«, befahl Marzanna.

Sam schaute Vance an und wartete auf Anweisung von ihm.

Der Doktor schüttelte kaum merklich den Kopf. »Ich regle das.«

Er trat an die Altarstufen. »Wir beide haben ein ernsthaftes Problem, Cernunnos.« Plötzlich wuchsen Ranken aus dem Boden unter Vantanas Füßen. Sie schlängelten sich um seine Beine und Arme und machten ihn vollkommen bewegungsunfähig. Eine Ranke kroch seinen Rücken hinauf, legte sich um seinen Hals und über seinen Mund, sodass er wie geknebelt war. Er versuchte die Fesseln zu zerreißen, doch sie waren zu stark. Dann hoben die Ranken ihn in die Luft und trugen ihn ein Stück weg, bis er direkt über den Wolfsbestien baumelte. Die schnappten nach ihm, doch er hing wenige Zentimeter außerhalb ihrer Reichweite.

»Sieht so aus, als hättest du das Problem, Doktor«, bemerkte Cernunnos eisig. Die Menge brüllte Zustimmung.

Die Erfahrungen der letzten Stunde hatten Sam veranlasst, seine Entscheidung, den Greif zu suchen, ein weiteres Mal zu überdenken. Seit ihrer Begegnung im Death Valley war Sam von Gargylen entführt, von hässlichen Zwergen mit Äxten gejagt und von einer Todesfee gelähmt worden. Und jetzt würde er gleich miterleben, wie Dr. Vantana einer Horde hungriger Wolfsbestien zum Abendessen serviert wurde.

»Lass ihn frei!«, bat Sam.

Cernunnos betrachtete ihn und lächelte breit. Dann wandte er sich an die Anwesenden: »Meine Freunde, wir heißen einen ganz besonderen Gast in unserer Mitte willkommen. Samuel London, der Junge, der den Greif sah!« Als Cernunnos auf Sam wies, brachen die Umstehenden in Hochrufe aus. Cernunnos hob kurz die Hand, brachte sie mit dieser Geste zum Schweigen und ging auf Sam zu.

»Du bist ja noch ein Kind«, stellte er fest. Wieder wandte er sich an die Menge. »Er ist noch ein Kind!«, verkündete er spöttisch. Die Anwesenden johlten. Cernunnos ging zurück zum Altar, ließ sich auf seinen Thron fallen und lehnte sich zurück.

Sams Aufmerksamkeit galt immer noch Vance, der weiterhin gerade so außerhalb der Reichweite der Bestien baumelte. Nach einer kritischen Bestandsaufnahme der Situation kam Sam zu dem Schluss, dass eine neue Strategie angebracht war.

Er war Leuten wie Cernunnos schon früher begegnet.

Personen, deren Macht – oder besser: deren vermeintliche Macht – sie arrogant werden ließ. Er erinnerte sich an seine Begegnungen mit den übereifrigen Mitgliedern der Schüleraufsicht, die auf den Fluren der Mittelschule von Benicia mit eiserner Faust für Ordnung sorgten. Wie diese Schüler schien auch Cernunnos zu glauben, man müsse ihm mehr Ehrerbietung entgegenbringen. Auf Respektlosigkeit reagierte er anscheinend besonders empfindlich. Vor diesem Hintergrund entschied Sam, dass es Zeit sei, den grünen Kerl wie einen aufgeblasenen Achtklässler der Schüleraufsicht zu behandeln und sein Ego zu streicheln.

Sam kniete sich vor dem Altar auf den Höhlenboden und senkte den Kopf. »Ihr habt recht, Lord Cernunnos. Ich bin nur ein Kind. Für jemanden wie mich, der so jung und unvermögend ist, ist es deshalb eine Ehre, Eure großartige Bekanntschaft zu machen.« Das verschaffte ihm Cernunnos' Aufmerksamkeit. Der Herr der Jagd beugte sich vor und lächelte, wobei er spitze weiße Zähne sehen ließ.

»Ich möchte Euch untertänigst bitten, meinen Freund vor Schaden zu bewahren, mein Herr. Ich weiß, dass niemand Euch dazu zwingen kann, aber ich flehe Euch an, Gnade walten zu lassen.«

»Und du kannst mir garantieren, dass er meinem Thron denselben Respekt entgegenbringt wie du, Junge?«

»Das kann ich, Euer Gnaden.«

Die Ranken brachten Vance wieder an seinen Platz neben Sam und zogen sich in den Boden zurück.

»Danke, Kleiner«, sagte Vance.

»Spiel einfach mit«, bat Sam leise.

Vance verdrehte die Augen. »Okay«, flüsterte er schließlich widerstrebend. Er schaute zu Cernunnos auf. »Ich würde gern wissen, was du …«, begann er, doch ein Blick von Sam ließ ihn innehalten. Nach einer kurzen Pause versuchte der Doktor es erneut: »… was Eure Lordschaft von uns will, dass sie Vergeltungsmaßnahmen riskiert, weil sie uns gegen unseren Willen festhält und unser Leben aufs Spiel setzt.«

»Jetzt übertreib's mal nicht mit der Dramatik, Dr. Vantana. Ich habe nicht die Absicht, dir oder dem Jungen etwas anzutun«, erwiderte Cernunnos.

»Das hat eben aber ganz anders ausgesehen.«

»Der Schein kann trügen. Das solltest du inzwischen wissen. Und ich habe erkannt, dass Angst ungeheuer motivieren kann. Würdest du mir darin nicht zustimmen?«

Vance blickte ihn mit zusammengekniffenen Augen an. »Woher soll ich das wissen?«

»Arbeitet nach diesem Prinzip nicht auch dein Greif?«, fragte Cernunnos mit einem schiefen Lächeln. »Der Fluch sorgt dafür, dass euresgleichen blind bleibt, aber es ist die Angst, die dafür sorgt, dass unseresgleichen das sogenannte Gleichgewicht nicht zerstört. Die Angst davor, dass ein falscher Schritt uns unserer Magie berauben könnte, oder noch schlimmer, dass wir dazu verdammt würden, von Gaia selbst verschlungen zu werden.«

»Ich hab die Regeln nicht aufgestellt«, konterte Vance.

»Unser Glück, dass wir bisher so artig waren«, bemerkte Cernunnos. Und laut an die Menge gewandt, fragte er: »Waren wir das nicht, meine Brüder?« Die Anwesenden johlten und brüllten. »Ich kann allerdings nicht versprechen, dass dies immer so bleiben wird.«

»Ist das eine Drohung, Euer majestätische Gnaden?« Vantanas Stimme triefte vor Sarkasmus.

Sam blickte besorgt zu ihm hinüber. Er wollte nicht noch einmal mit ansehen müssen, wie er den Wölfen als Abendessen angeboten wurde.

»Die Bedrohung geht nicht von mir aus, Doktor. Auch wenn da wohl jemand meine Gefühle teilt, billige ich seine Taten nicht. Ich habe die Gargylen nicht geschickt.«

»Welche Gargylen?«, fragte Vance.

Cernunnos blickte den Doktor mit zusammengekniffenen Augen an. »Wie geht es dem geschätzten Dr. Knox? Immer noch verschwunden?« Cernunnos grinste. »Ein Jammer, nicht wahr? Phylassos wäre bestimmt lieber ihm erschienen als dem Kind.«

»Willst du damit etwas Bestimmtes sagen?«

»Wurde der Rat der Maiden darüber …«, Cernunnos wies auf Sam, »… informiert?«

»Ich sehe dazu keine Notwendigkeit«, erwiderte Vance.

»Natürlich nicht.« Cernunnos betrachtete zuerst Vance, dann Sam mit neugieriger Eindringlichkeit, bevor er sich wieder ganz auf Vance konzentrierte. »Du hast vorhin gefragt, was ich von euch will, aber ich habe euch wegen dem, was *ihr* wollt, hierherbringen lassen.«

Cernunnos gab Marzanna ein Zeichen, worauf diese sich kurz von der Menge abwandte. Als sie sich wieder umdrehte, hielt sie etwas in der Hand. Sie ging damit zu Cernunnos, der es ihr entriss, es hochhielt und der Menge präsentierte.

»Die Greifenklaue!«, erklärte er. Er hielt einen Kelch in Form einer gebogenen Klaue in der Hand. Der Fuß des Kelchs schimmerte golden, während der von der Kralle gebildete Becher dunkel war. Fuß und Becher waren durch eine kleine goldene Statue eines Greifen verbunden. Auf dem Becher lag ein mit Smaragden besetzter Deckel. Die Menge brüllte beim Anblick des Kelchs.

Sam schaute rasch hinüber zu Vance, um zu sehen, wie er reagierte. Der Doktor und Cernunnos blickten sich starr in die Augen.

»Immer mit der Ruhe!«, mahnte Cernunnos. »Bevor ihr euch zu sehr ereifert, muss ich euch ein schreckliches Geheimnis verraten, meine loyalen Untertanen. Dies ist nämlich nicht die Klaue, für die ihr sie haltet. Würde ich sie in meiner Hand zu Staub zerquetschen, wäre damit Phylassos' ungerechter Fluch nicht gebrochen. Denn es handelt sich um eine Fälschung. Noch so einer der vielen Tricks des Greifen.«

»Dann frage ich mich, weshalb ihr sie gestohlen habt, Lord Cernunnos«, meinte Vance.

»Geborgt, nicht gestohlen. Und ich brauchte etwas, um euch hierher zu locken. Der Greif macht sich Sorgen wegen der Klaue, nicht wahr?«

Vance erwiderte nichts darauf.

»Ich sage nur so viel: Wer immer ein Komplott gegen euren König schmiedet, würde sich von diesem oder den anderen Kinkerlitzchen nicht täuschen lassen. Er würde die echte Klaue erkennen und …«

Eine wachsende Unruhe am hinteren Ende der Höhle ließ Cernunnos innehalten. Köpfe drehten sich in die Richtung und die Rotkappen packten ihre Äxte fester. Sam stellte sich so, dass er sehen konnte, wer oder was den Wirbel ausgelöst hatte. Es war ein Kynokephalus und er marschierte den Mittelgang herunter auf den Altar zu. Er war jung, dieselbe Rasse wie Chase, und er trug ein langärmeliges graues Polohemd, schwarze Cargohosen und eine ebenfalls schwarze Baskenmütze. Das Logo auf der linken Seite seines Hemds zeigte einen Greif. Darunter stand »Magic Guardian Service«. Er fing Vantanas Blick auf und zwinkerte ihm zu.

»Hallo, Kumpel. Du hättest anrufen und mir sagen sollen, dass du einen Umweg planst.« Der Hundemensch sprach mit britischem Akzent.

»Das war nicht geplant. Und wenn ich dir einen Rat geben darf, Chriscanis: Sei vorsichtig, die grüne Bohne ist heute besonders empfindlich«, warnte Vance.

»Verstanden.« Chriscanis wandte sich Marzanna zu und neigte den Kopf. »Ich erbitte eine Audienz bei Lord Cernunnos.« Sie beäugte ihn misstrauisch.

»Was willst du, Verräterhund?«, blaffte Cernunnos.

»Ich bitte in aller Form darum, dass du die beiden

Menschen, bekannt als Vance Vantana und Sam London, in meine Obhut überstellst. Und zwar sofort.« In der Höhle brach Gelächter aus.

»Nein.« Cernunnos lehnte ohne Umschweife ab.

»Ich bitte dich, es dir noch einmal zu überlegen.«

»Du schaffst es noch, dass wir alle umgebracht werden«, flüsterte Vance Chriscanis zu. Dieser winkte ab.

Cernunnos schwieg eine Weile, als würde er tatsächlich über die Bitte nachdenken.

»Ich bleibe beim Nein«, sagte er dann, was noch mehr Gelächter nach sich zog. »Sonst noch etwas? Willst du vielleicht einen Knochen?«

»Im Moment nicht, danke. Allerdings muss ich dich darüber informieren, dass ich, falls du diesen Akt des guten Willens verweigerst, durch meinen Eid gegenüber dem Amt für das Wohlergehen mythischer Tiere dazu verpflichtet bin, dich, Lord Cernunnos, festzunehmen; wegen Verstoßes gegen die Gesetze menschlicher Einmischung und wegen des Diebstahls eines historischen Artefakts …« Noch bevor Chriscanis seinen Satz zu Ende bringen konnte, brach lauter Protest in der Halle los. Vance schüttelte ungläubig den Kopf und Cernunnos fauchte zwischen zusammengebissenen Zähnen. Er brachte die Menge zum Schweigen und wandte sich dann mit finsterem Blick an den Guardian.

»Du willst mich festnehmen?«, fragte er und ging auf Chriscanis zu. In der Höhle wurde es totenstill. Cernunnos beugte sich zu dem Kynokephalus hinunter, bis er auf

Augenhöhe mit ihm war. Dann zischte er: »Dazu wirst du eine Armee brauchen.«

»Das dachte ich mir.« Chriscanis lächelte und stieß einen heulenden Pfiff aus, der von den Höhlenwänden widerhallte. Cernunnos war davon genauso überrumpelt wie von dem darauf folgenden Chaos.

Plötzlich fielen Dutzende von Kreaturen in die Höhle ein, darunter kleine Menschen mit zerknautschten Gesichtern. Diese Männchen kamen durch Tunnel gekrochen, die sie in die Wände gegraben hatten. Aus ihren Köpfen kam eine bläuliche Flamme und sie trugen knisternde Flammenschwerter. Wild entschlossen griffen sie die Rotkappen an und stießen dabei ein furchterregendes Kriegsgeschrei aus. Am hinteren Ende der Halle strömten weitere Kreaturen in die Höhle. Es waren Kynokephali, doch ganz andere als Chase oder Chriscanis. Bei den Neuen handelte es sich um Chihuahuas, Chihuahuas von der Größe eines erwachsenen Mannes! Wäre die Situation nicht so bedrohlich gewesen, Sam wäre aufgesprungen und hätte laut »Hurra!« geschrien.

Er erkannte sofort, dass nicht nur die Rasse sie von den beiden Kynokephali unterschied, die er bereits kannte. Diese Hundemenschen waren Kämpfernaturen. Sie verhielten sich wie echte Krieger – sie wirkten bedrohlich, waren stark und vollkommen furchtlos. Sie marschierten in die Höhle und zogen albtraumhafte Bestien an Ketten hinter sich her, deren obere Körperhälfte die eines Affen war, die untere die eines Wolfs.

Während Cernunnos noch die plötzliche Wende der Ereignisse zu verdauen versuchte, packte Vance Sams Hand.

»Mir nach!«, befahl er. Der Doktor schlängelte sich durch das Getümmel. Dann gingen die beiden hinter einem großen Felsen in Deckung und beobachteten von dort aus das Kampfgeschehen.

»Wer sind die kleinen brennenden Kerle?«, wollte Sam wissen.

»Blaukappen. Fiese kleine Bergleute. Es ist unser Glück, dass sie die Rotkappen auf den Tod nicht ausstehen können. Und die Affen-Wolfs-Biester da drüben sind Shug-Affen. Überaus loyal, erstaunlich lernfähig und absolut unbarmherzig.«

Sam wies aufgeregt auf eine Gruppe Hundemenschen, die eine Horde der ziegenköpfigen Riesen abwehrten. »Das sind Chihuahua-Kynokephali!«

»Sie gelten als die Kriegerklasse der Kynokephali. Echt taffe Burschen«, erklärte Vance. »Aber wir sind hier nicht sicher. Wir müssen zurück an die Erdoberfläche.«

Genau in diesem Moment flog etwas über ihre Köpfe hinweg, krachte in die Höhlenwand und rutschte daran hinunter auf den Boden. Es war Chriscanis. Er schüttelte sich, um wieder einen klaren Kopf zu bekommen.

»Ist das deine Vorstellung von einer Rettungsmission?«, fragte Vance den Guardian.

Chriscanis rappelte sich lächelnd auf: »Das ist meine Vorstellung von einer *spaßigen* Rettungsmission.« Er versetzte einer angreifenden Rotkappe einen Tritt und wirbelte dann zu einer Sidhe herum. Die Todesfee stieß ihren entsetzlichen Schrei aus, doch Chriscanis blieb unbeeindruckt. Als die Sidhe merkte, dass ihre Todesklage keine Wirkung zeigte, zog sie sich rasch zurück. Chriscanis warf Vance etwas zu: Ohrstöpsel.

»Wir nennen sie *Banshee-Blocker*«, erklärte er. »Reise nie ohne die Dinger in keltische Länder. Ich lasse euch von ein paar meiner Kumpels einen Weg freischaufeln. Seht zu, dass ihr nach oben kommt, und wartet dort auf mich. Hier unten herrscht ja das reinste Chaos. Ich sollte wahrscheinlich noch ein bisschen Ordnung schaffen.«

Chriscanis bellte den Chihuahua-Kynokephali etwas zu. Sie verlegten die Front ein wenig und räumten so einen Weg zum Ausgang frei.

»Auf geht's!«, befahl Vance, und er und Sam liefen schnurstracks hinaus.

* * *

Sam London und Dr. Vance Vantana warteten in der Nähe einiger am Straßenrand abgestellter Armeejeeps auf Chriscanis und seine bunt zusammengewürfelte Truppe.

»Ist bei dir alles noch heil?«, erkundigte sich Vance bei Sam.

»Ich glaube schon. Wer war der Typ?«

Vance erzählte Sam von Lord Cernunnos und dass seine Anhänger glaubten, er sei der wahre Beschützer magischer Wesen.

»Aber ich dachte, Phylassos sei ihr Beschützer«, wandte Sam ein.

»Einige glauben, der Greif sei der Aufgabe nicht gewachsen.« Vance blickte sich kurz um, bevor er weitersprach. »Das ausgehandelte Gleichgewicht ist mehr als unsicher. Cernunnos hat schon recht, wenn er behauptet, dass in gewisser Weise Angst den Frieden aufrechterhält.«

»Und was ist mit dem Fluch?«

»Der Fluch sorgt dafür, dass mythische Wesen für uns Menschen unsichtbar sind, aber es kommt immer öfter zu Zwischenfällen mit Menschen und Fabelwesen. Lange Zeit hat die Angst vor Bestrafungen durch Phylassos solche Ereignisse größtenteils verhindert. Doch als die Jahre vergingen und der Greif sich nicht zeigte, wurden viele Gegner des Abkommens dreister. Natürlich gab es immer noch Dr. Knox.«

»Wie meinst du das?«

»Man ging allgemein davon aus, dass Dr. Knox die Verbindung zu Phylassos hielt. Er redete nicht darüber, doch es gab Vorfälle, bei denen Kreaturen, die gegen das Gesetz verstoßen hatten, in die Enge getrieben oder verhaftet wurden und dann plötzlich einfach verschwanden. Aber wohlgemerkt: Phylassos hat sich dabei nie gezeigt. Knox ließ dem Greif wohl irgendwie eine Nachricht zukommen und der hat die Sache dann geregelt.«

»Und jetzt, seit Dr. Knox verschwunden ist?«

»Seit seinem Verschwinden wurde alles immer schwieriger. Das heißt, bis du aufgekreuzt bist.« Vantanas typisches

Grinsen war wieder da. »Weißt du, Kleiner, für diese Kreaturen stellst du eben die Verbindung zum Greif dar. Die Angst und die Hoffnung. Deshalb wärst du für jemanden wie Cernunnos auch so wichtig.«

Ihre Unterhaltung wurde durch die Rückkehr von Chriscanis und seinen Chihuahua-Kriegern unterbrochen. Sie sahen ziemlich lädiert aus.

»Wie ist es gelaufen?«, erkundigte sich Vance, als der Kynokephalus einen Wasserkanister aus seinem Jeep holte und in großen Schlucken trank.

»Er hat seine Minions zurückgepfiffen und wir haben einen Waffenstillstand ausgehandelt«, berichtete er danach. »Dafür vergessen wir die ganze Sache.« Der Hundemensch beäugte Sam. »Du musst Sam sein. Ich glaube, wir wurden uns noch nicht vorgestellt. Ich bin Chriscanis.«

»Freut mich«, erwiderte Sam.

Als Chriscanis Sam die Hand schütteln wollte, merkte er, dass er immer noch den Klauenkelch in der Pfote hielt.

»Oh, richtig, wir haben den hier mitgebracht. Und das.« Chriscanis zog Vantanas Messer aus seiner hinteren Hosentasche und gab es ihm. »Ich werde dafür sorgen, dass der Kelch wieder dahin zurückkommt, wo er hingehört, und dass er besser gesichert wird.«

»Danke. Und danke, dass ihr gekommen seid. Das war ein super Timing«, lobte Vance. »Woher wusstest du das?«

»Meine Nachforschungen im Fall des Museumseinbruchs haben ergeben, dass eine Todesfee am Werk war. Es gibt nur ein Waldwesen, das sich krankhaft selbst überschätzt und sich mit Sidhe umgibt«, erklärte Chriscanis. »Als ihr zur ausgemachten Zeit nicht am Dvergen-Bahnhof wart, habe ich vermutet, dass irgendetwas nicht stimmt. Ich muss zugeben, dass mich seine Dreistigkeit ziemlich verblüfft hat. Cernunnos war schon immer reichlich nervig, aber das heute ist besorgniserregend.«

»Ich stimme dir zu«, meinte Vance.

»Ist der Kelch wirklich eine Fälschung?«, unterbrach Sam die beiden.

»Ja«, bestätigte Vance. »Eine der vielen Klauenreliquien, die über die ganze Welt verteilt sind, um Kreaturen wie Cernunnos im Ungewissen zu lassen und uns vorzuwarnen, wenn jemand oder etwas auf die ungesunde Idee kommt, den Fluch aufzuheben.«

»Dann wissen wir jetzt, dass Cernunnos hinter dem Diebstahl steckt«, meinte Sam. »Das ist gut, oder?«

»Nicht ganz, tut mir leid«, erwiderte Chriscanis. »Das war nicht die erste Reliquie, die gestohlen wurde.«

»Wovon redest du?«, fragte Vance.

»Nachdem der Klauenkelch verschwunden war, habe ich andere Guardians überall auf der Welt kontaktiert, um sie zu warnen, dass die Reliquien in ihrer Region möglicherweise in Gefahr sind. Dabei erfuhr ich, dass fast alle schon gestohlen wurden.«

»Was?«, rief Vance. »Warum wurde das Institut nicht davon unterrichtet?«

»Wurde es doch. Offenbar haben sie direkt mit Dr. Knox gesprochen, und er hat sie gebeten, es geheim zu halten. Doch jetzt, da Knox verschwunden und der Greif zurückgekommen ist, hatten sie das Gefühl, es sei an der Zeit, den Mund aufzumachen. Ich fürchte, wir haben es mit einer aufkommenden Revolution zu tun.«

Dr. Vantana seufzte tief. »Sam, würdest du mir einen Gefallen tun und im Jeep warten? Ich muss mit Chriscanis kurz unter vier Augen sprechen.«

»Warum kann ich nicht …«

»Ich erkläre es dir später«, unterbrach Vance Sams Protest.

Sam behagte es gar nicht, dass man ihn zum Jeep schickte. *Typisch Erwachsene*, dachte er. *Schicken dich aus dem Zimmer, wenn sie über »Erwachsenendinge« reden wollen.* Für Sam waren »Erwachsenendinge« ein Code für »wirklich interessante Dinge«.

»Gut, ich gehe. Aber zuerst will ich noch eines wissen: Wenn dieser Kelch eine Fälschung war, wo ist dann die echte Klaue?« Vance und Chriscanis wechselten einen unbehaglichen Blick. »Ihr wisst es nicht …«

»Es ist kompliziert, Sam.« Vance wies auf den Jeep. »Bitte?«

Sam verdrehte die Augen und schlurfte zum Wagen. »Meinetwegen«, knurrte er in einem Ton, der keinen Zweifel daran ließ, wie ungerecht er das fand. Er stieg ein und beobachtete Vance und Chriscanis, die ein paar Meter die Straße hinuntergingen.

Kurz darauf kam einer der Chihuahua-Kynokephali am Jeep vorbei. »Entschuldigung?«, rief Sam. Der Kynokephalus wandte sich ihm zu. »Ich bin Sam. Sam London«, stellte Sam sich vor, um ein Gespräch in Gang zu bringen. »Der Junge, der den Greif getroffen hat.« Der mannsgroße Chihuahua schien unbeeindruckt. »In der Höhle eben haben wir erfahren, dass dieser Klauenkelch gar nicht die echte Greifenklaue war. Du weißt schon, die mit einem Fluch belegt wurde. Kannst du mir vielleicht sagen, wo die echte ist?«

Der Hundemensch betrachtete Sam einen Augenblick, drehte sich dann um und wollte weitergehen. Doch so schnell gab Sam nicht auf. »Meine Güte, ich weiß gar nicht, warum alle solche Angst haben, darüber zu reden!«

Der Kynokephalus blieb auf der Stelle stehen und wirbelte herum. »Ich habe keine Angst.« Seine Stimme klang heiser, der Ton halb verärgert und halb beleidigt.

»Du verhältst dich aber so«, konterte Sam. Der Kynokephalus knurrte ihn an, und einen Augenblick fürchtete Sam, er sei vielleicht zu weit gegangen.

Er machte einen Rückzieher. »Hey, ich meine ja nur. Ich habe eine einfache Frage gestellt und niemand will mir antworten. Also wissen die Leute es entweder nicht oder sie wollen es mir vor lauter Angst nicht sagen.«

Der Chihuahua blickte Sam jetzt eine ganze Weile schweigend an. »Es gibt viele Klauen. Und viele Geschichten«, sagte er schließlich.

»Welche Geschichte glaubst du?«

»Der ältesten Legende nach befindet sich die Greifenklaue im Besitz der Wächter.«

»Der was?«

»Die Wächter sind eine hoch angesehene Gruppe magischer Krieger, die sich verpflichtet haben, die Klaue auch unter Einsatz ihres Lebens zu beschützen. Wenn die Geschichten stimmen, sind sie die furchterregendste Streitmacht der Welt.«

»Wer sind sie? Wo können wir sie finden?«

»Du findest sie nicht. Alle, die die Wächter bisher gesucht haben, sind nicht wiedergekommen. Wir reden über solche Dinge nicht. Phylassos würde es nicht gutheißen.«

Sam hätte die Sache gern weiter verfolgt, doch der Chihuahua ging davon. Kurz darauf setzte sich Chriscanis auf den Fahrersitz und Vance erschien auf der Beifahrerseite.

»Pass auf, Sam. Chriscanis bringt dich jetzt zu einer anderen Dvergen-U-Bahn und begleitet dich dann nach Hause.«

Damit hatte Sam nicht gerechnet. »Nach Hause?«, wiederholte er halb schockiert, halb entrüstet.

»Es hat mich gefreut, dich kennenzulernen, Sam London. Vielleicht kreuzen sich unsere Wege irgendwann noch einmal«, fuhr Vance fort. »Du kannst Nuks sagen, dass er nicht mehr gebraucht wird.«

»Moment mal, ich gehe mit dir«, widersprach Sam entschlossen.

»Nein, es ist zu gefährlich. Ich habe dich schon jetzt viel zu oft in Gefahr gebracht.«

»Aber ich muss mitgehen. Ich habe den Greif gesehen,

schon vergessen?«, protestierte Sam. »Er hat mich aus einem ganz bestimmten Grund ausgesucht. Das hat Carl gesagt.«

»Das glaube ich dir ja. Aber wohin ich jetzt gehe, kannst du nicht mitkommen. So einfach ist das.«

Sam hielt Vantanas Blick fest. »Du verstehst mich nicht, Dr. Vantana. Ich muss mitkommen. Ich muss das zu Ende bringen«, bettelte Sam. Seine Stimme brach, so sehr steigerte er sich in die Sache hinein. »Das … Das ist vielleicht meine einzige Chance. Das Einzige, das mich zu etwas Besonderem macht. Ich kann nicht aufgeben. Ich muss es wissen.« Sam spürte, wie ihm die Tränen kamen. Es war, als hinge sein ganzes Leben von diesem Moment ab.

Vance wandte den Blick ab. »Tut mir leid, Kleiner.« Er wandte sich zum Gehen und entzog sich so Sams Enttäuschung.

Sam biss sich auf die Lippe und dachte angestrengt nach. Das konnte nicht das Ende des Abenteuers sein. Er musste wissen, was so einzigartig an ihm war, dass der Greif ausgerechnet ihn ausgewählt hatte.

In seinem Kopf entstand eine Idee. Er griff dabei wieder zu denselben abwegigen Gedanken, die ihn vor ein paar Tagen schon in diesen Bus zum Death Valley einsteigen ließen. Er wusste ganz genau, dass das, was er vorhatte, nicht unbedingt korrekt war, doch sein Wunsch, diese eine besondere Eigenschaft an sich herauszufinden, war einfach zu groß. Er ließ sich nicht ignorieren. Sam war es sich schuldig. Er war es dem Greif schuldig.

»Bist du bereit für eine weitere Fahrt in der Todesfalle der Dvergen?«, fragte Chriscanis lächelnd. Sam sprang aus dem Wagen. »Wohl eher nicht«, hörte er den Hundemenschen hinter sich murmeln.

»Du machst dich auf die Suche nach den Wächtern«, rief Sam Vance nach.

Der Doktor blieb wie angenagelt stehen. »Wer hat dir von ihnen erzählt?«

»Phylassos«, antwortete Sam.

Mit einem Ruck drehte Vance sich um. »Du lügst.«

Sam schüttelte den Kopf. »Er hat mir gesagt, es gäbe eine angesehene Gruppe magischer Wächter, die die Klaue beschützen, und dass ich sie finden muss. Er hat mir aufgetragen, ihnen eine Botschaft zu überbringen. Ich habe Carl nichts davon gesagt, weil ich eigentlich nicht darüber reden darf.«

Vance kam auf Sam zu. »Wie lautet die Botschaft?«

»Ich muss sie überbringen. Persönlich. Ich hab's versprochen.«

»Das ist kein Spiel, Sam. Von dort, wohin ich gehe, kommen die Menschen normalerweise nicht zurück. Du könntest sterben, verstehst du?«

»Ich verstehe.«

Vance gefiel das kein bisschen. Sam sah es an der Art und Weise, wie er das Gesicht verzog und alle paar Sekunden laut stöhnte. Im Doktor schien eine ziemlich heftige Debatte zu toben.

»Wenn du mich anlügst ...«, begann Vance.

Da wusste Sam, dass er ihn überzeugt hatte. »Ich muss mitkommen und das weißt du.«

Vance schwieg einen Augenblick, dann gab er sich geschlagen und murmelte etwas wie »Na, dann komm«.

Als sie zur Smoo-Höhle zurückgingen, hörten sie jemanden »Wartet!« rufen. Chriscanis kam im Laufschritt auf sie zu.

»Oh nein. Zum Teufel, nein. Nicht du auch noch!«, wehrte Vance ab.

»Wenn das Menschenkind mitdarf, komme ich auch mit«, entgegnete Chriscanis trotzig.

Vance war sichtlich genervt. »Ich bin nicht dafür verantwortlich, wenn wir alle sterben. Ist das klar?«, sagte er unverblümt.

»Keine Bange, Kumpel, wenn wir tot sind, können wir dir nicht mehr die Schuld geben«, erwiderte Chriscanis grinsend. Er knuffte Sam in die Seite. »Ich liebe gute Exkursionen. Vor allem solche, die wahrscheinlich tödlich enden.«

Kapitel 10

DIE WÄCHTER

SL001-180-60

FD-11

DATUM: [redacted]

Die Kunstlehrerin und alleinerziehende Mutter Odette London war sich nicht sicher, wer der Junge war, der aus dem Krankenhaus im kalifornischen Bakersfield entlassen wurde. Ihr Sohn, so wie sie ihn kannte, war er jedenfalls nicht. Er war ihr neuer und um Klassen besserer Sohn. Seit dem Fiasko im Death Valley, bei dem etliche Wagen Totalschaden erlitten und eine »Glückstanke« bis auf die Grundmauern abbrannte, hatte Ettie eine deutliche Veränderung in Sams Verhalten festgestellt - eine Veränderung zum Besseren. Das erste und höchst willkommene Beispiel seiner Verwandlung war seine ausgesprochen liebevolle Art. Wenn Ettie Sam vor dem Unfall zur Schule gefahren hatte, hätten eine einfache Umarmung oder – Gott bewahre! – ein Kuss auf die Wange leidenschaftlichen Protest und peinlich berührtes »Mom!«-Geheul ausgelöst. Doch seit seiner Rückkehr aus Bakersfield weigerte Sam sich, ohne ein Küsschen und eine Umarmung aus dem Wagen zu steigen oder auch nur die Tür zu öffnen. Sie konnte ihn sogar im Rückspiegel an der Bordsteinkante stehen und ihr nachwinken sehen, wenn sie davonfuhr.

Es war auch nur schwer zu glauben, dass Ettie Sam früher immer kritisiert hatte, weil er zu lang vor dem Fernseher hockte und zu viele Videospiele spielte. Jetzt hatte Sam grenzenlose Energie und sie sah ihn oft im Garten hinterm Haus im Kreis herumrennen. Außerdem beklagte der »neue Sam«, wie sie ihn gern nannte, sich nicht mehr über ihre Kochkünste. Einmal erwischte sie ihn sogar dabei, wie er im Abfall nach übrig gebliebenem Essen wühlte. Er erklärte ihr, dass er ziemlich hungrig gewesen sei und, nachdem er im Fernsehen einen Spendenaufruf für hungernde Kinder gesehen hatte, ein schlechtes Gewissen bekommen habe, weil sie völlig einwandfreies Essen weggeworfen hatten. Zu den anderen Eigenarten in Zusammenhang mit Essen zählte auch Sams plötzliche Vorliebe für Nüsse und Beeren. Kekse wurden durch Obst ersetzt und Chips durch Kürbiskerne.

Das einzige ausgesprochen schlechte Benehmen, das Sam neuerdings an den Tag legte, war seine ungewohnte Art und Weise, mit gemeinen Mitschülern umzugehen. Sam hatte auch in der Vergangenheit schon mit solchen Typen zu tun gehabt, aber es war ihm immer gelungen, ihre Provokationen an sich abprallen zu lassen und unschöne körperliche Auseinandersetzungen zu vermeiden. Doch sein jüngstes Zusammentreffen mit solchen Rüpeln war vollkommen anders verlaufen. Ettie war nach einem Vorfall zwischen Sam und ein paar Jungs, die ihn gehänselt und »Mamakind« genannt hatten, in die Schule bestellt worden. Die Spötteleien hatte Sam anscheinend ignoriert, doch als einer der Rüpel ihn schubste, reagierte er mit einem Knurren. Auf den ersten Blick erscheint das lächerlich und kaum geeignet, rauflustige Mitschüler in die Flucht zu schlagen. Doch die Jungs schworen, Sam habe beim Knurren eine Reihe spitzer Zähne und Fänge gezeigt. Das hatte gereicht, um sie zum Lehrer rennen zu lassen, dem sie ihre Geschichte beichteten.

Obwohl der Rektor von der schieren Absurdität der Situation überzeugt war, legte er Ettie nahe, mit Sam über sein bizarres Verhalten zu reden. »Jungs sollten nicht knurren wie wilde Tiere«, mahnte der Rektor. »Das ist unzivilisiert.« Ettie nickte und versicherte ihm, dass es nicht wieder vorkommen würde.

Sam war völlig aufgelöst nach dem Termin beim Rektor. Auf der Fahrt nach Hause und während der nächsten Tage entschuldigte er sich immer wieder bei Ettie. Er übernahm sogar freiwillig zusätzliche Arbeiten im Haus. Ettie fand die Sache mit dem Knurren amüsant, wenn auch seltsam. Noch seltsamer aber war, dass Sam glaubte, er müsse als Strafe für sein Verhalten in dieser Nacht draußen schlafen. Als sie ihm ziemlich ungläubig versicherte, dass dem nicht so sei, freute sich ihr Sohn wie ein Schneekönig. Er gab ihr einen Gutenachtkuss, umarmte sie extrafest und ging vergnügt in sein Zimmer. In dieser Nacht beschloss Ettie, für Sam einen Termin beim Psychologen zu vereinbaren.

Dem echten Sam London kamen Zweifel an seiner Entscheidung. Er überlegte und überlegte, und all seine Überlegungen liefen auf dasselbe hinaus: Er hätte Vance auf der Suche nach den geheimnisvollen Wächtern nicht begleiten sollen. Zu behaupten, er hätte eine geheime Botschaft für sie und müsse deshalb unbedingt mitkommen auf diese gefährliche Reise, war, wie sich herausstellte, die schlechteste Idee, die er jemals hatte. Und es sah sogar so aus, als sei es seine letzte gewesen.

Drei Tage waren vergangen, seit Vance, Chriscanis und Sam in eine Dvergen-U-Bahn gestiegen waren, die sie zum Phoksundo-Wasserfall im Shey-Phoksundo-Nationalpark in Nepal brachte. Am Bahnhof dort erwartete sie ein nepalesischer Ranger. Raju war ein streng blickender Kerl mit einem gezwirbelten schwarzen Schnauzbart. Sam sah ihm an, dass er sich durch die Anwesenheit eines Kindes auf dieser Reise gestört fühlte. Raju blickte ihn eindringlich an, als er erklärte, welche Vorkehrungen er getroffen habe und welchen Gefahren sie ausgesetzt sein würden. Die tückischste sei die gnadenlose Kälte. Normalerweise benötigte man bei einer solchen Expedition mehrere Sherpas, Angehörige eines Bergvolkes, das bekannt dafür war, sich im Himalaya-Gebiet bestens auszukennen. Da die Mission jedoch geheim und außerdem riskant war, konnten sie nur einen Sherpa-Führer mitnehmen. Sam war sich sicher, dass Vance froh war, nicht für noch mehr Leben verantwortlich zu sein, falls die Sache den Bach runterging.

Das Wetter war so unfreundlich, wie Raju vorhergesagt hatte. Sam hätte nie gedacht, dass er mal die Gelegenheit hätte, sieben Paar Socken übereinander zu tragen. Doch selbst das reichte gegen die Eiseskälte nicht aus. Außer der Kälte waren da noch die Auswirkungen der großen Höhe. Dem Sherpa, Chriscanis und Vance schien die dünne Luft nicht das Geringste auszumachen. Sam dagegen war übel und schwindelig und er war hundemüde. Obwohl die Yaks, die man ihnen zur Verfügung gestellt hatte, eigentlich ihre Vorräte tragen sollten, durfte Sam auf einem der Tiere reiten, nachdem klar war, dass er für diese Art von Bergwanderung nicht geschaffen war. Sein Yak war ein zotteliges, schweres Tier mit langem, festem Haar, Hörnern, die wie ein Fahrradlenker geformt waren, und einem gutmütigen Temperament.

Was das Essen betraf, so ernährte sich die Gruppe von der Sherpa-Version von Kartoffelpfannkuchen, die in Sams Augen den Namen Pfannkuchen nicht verdient hatten. Pfannkuchen beschworen Bilder von Sirup und Butter herauf. Allein beim Gedanken daran fühlte Sam sich zurückversetzt in Chase' Haus und sah sich wieder ein echtes englisches Frühstück verspeisen. Verdammt, seit er diesen flachgedrückten Kartoffeln ausgesetzt war, hätte er alles für Chase' Kartoffel-Gemüsegratin oder sogar für ein von seiner Mutter gekochtes Abendessen gegeben. Letzteres war das klarste Indiz für seine Verzweiflung. Außer den Kartoffelpfannkuchen gab es jede Menge Gemüse, darunter auch Linsen. Sam hatte noch nie Linsen probiert und beschloss rasch, es auch nie mehr zu tun. Das einzig verfügbare Brot war unwahrscheinlich hart.

»So kompakt wie ein kollabierter Stern«, witzelte Chriscanis. Sam bestrich die klobigen Schnitten mit Butter, bis er erfuhr, dass es Yakbutter war. Da wurde ihm schlecht. Chriscanis bemerkte seine angeekelte Miene und lachte.

Tenzing, der Sherpa, der sie begleitete, kehrte am dritten Tag ihrer Reise um. Er habe es sich anders überlegt, verkündete er. Er habe eine Familie, die er nicht im Stich lassen könne. Trotz Vantanas inständiger Bitten machte er sich auf den Rückweg. Sämtliche Yaks bis auf den, der Sam trug, folgten dem Sherpa. Laut Chriscanis ließ Tenzings Umkehr nichts Gutes erahnen, schließlich war er der fähigste Führer nicht nur in seinem eigenen Dorf, sondern im weiten Umkreis. Ihr Ziel flößte ihm offenbar mehr Angst ein als der Mount Everest.

Das Gelände hatte sich verändert. Aus grün und üppig war weiß und kahl geworden. Außerdem wurde es tückischer. Einfache Hügel wurden zu steinigen Hügeln, aus denen steile, steinige Hügel und schließlich schneebedeckte, steinige, steile Berghänge wurden. Das Trio und der Yak erklommen den eisigen First einer kleinen Bergkette und drangen tiefer in das Himalaja-Tal vor. Der Weg war nicht leicht zu finden, doch Vance schien immer die richtige Richtung zu kennen. Sam schrieb es den legendären Fährtenleser-Fähigkeiten zu, von denen er so viel gehört hatte. Doch am vierten Tag begannen Vantanas Zuversicht – und die Energie aller – nachzulassen. Er zweifelte an sich und schien immer frustrierter. Wenn der Wind den Schnee aufwirbelte, war die Sicht oft gleich null und eine Orientierung fast unmöglich.

Am Ende des vierten Tages erreichten sie einen Aussichtspunkt etwa 300 Meter über der Talsohle. Als die Sonne langsam unterging und Sam bei der Aussicht, wieder eine Nacht in eisiger Kälte zu verbringen, das Gesicht verzog, blieb Vance stehen und zeigte zum Horizont. Der Schneefall hatte etwas nachgelassen, gerade genug, um erkennen zu können, was die Aufmerksamkeit des Doktors erregt hatte. Es war ein Berg. Eine gewaltige Erhebung aus Schnee und Eis im Schatten des Mount Everest.

»Dort ist es!«, verkündete Vance über dem Heulen des Windes.

»Phylassos' Berg? Bist du sicher?« Chriscanis betrachtete die imposante Erhebung durch ein Fernglas.

»Ja, wenn die Legenden wahr sind«, erwiderte Vance.

»Das würde bedeuten, dass die Wächter gleich …«

»Am Fuß des Berges sind. Im Dorf Kustos.«

»Phylassos hat seinen eigenen Berg?«, fragte Sam. Diesen Teil der Legende hatte er noch nicht gehört.

Vance nickte. »Es ist sein Zuhause. Und manche glauben, dass dort auch die echte Klaue ist.«

Chriscanis klopfte Vance anerkennend auf den Rücken. »Es hat nicht viel gefehlt und ich hätte mein Vertrauen in dich verloren, altes Haus.«

»Lass es dir eine Lehre sein«, erwiderte Vance lächelnd. Er führte sie einen steilen Pfad zur Talsohle hinunter. »Hier unten sind wir besser geschützt vor der Kälte und dem Wind«, erklärte er.

Sam blickte zum Berg hinauf. Bis jetzt hatte immer der Mount Everest seine Blicke auf sich gezogen. Der höchste Berg der Erde erreichte eine schwindelerregende Höhe von 8850 Metern über dem Meeresspiegel. Es war ein atemberaubender Anblick – so atemberaubend, dass es schwierig war, irgendetwas anderes darum herum wahrzunehmen. *Vielleicht ist das genau der Punkt*, überlegte Sam.

Wenn jeder so auf den höchsten Gipfel der Welt fixiert ist, achtet niemand groß auf das, was in seinem Schatten liegt. Sam hoffte, dass Phylassos zu Hause war. Es wäre schön, ihn wiederzusehen, außerdem hätte er sich auch gern für die Ereignisse im Death Valley entschuldigt. Sam überlegte noch, was er zu dem Greif sagen wollte, als er ein seltsames Grollen hörte.

Sein Blick fand sofort zur Quelle des Geräuschs. Der Bergkamm stürzte ein. Schnee brach vom Wegrand ab und rutschte hinunter ins Tal. Mit vor Angst geweiteten Augen blickte er zu Chriscanis und Vance auf. Der Boden unter seinem Yak gab nach und im nächsten Moment schlitterten Sam und das Tier den Abhang hinunter. Er grub die Hände ins Fell des Yaks und hielt sich mit aller Kraft fest, als eine dichte Wolke aus Eis und Schnee ihn überrollte.

Während sie dem Talboden entgegenschlitterten, spürte Sam, wie sein Bein an dem gezackten Fels entlangschrammte. Als sie endlich abrupt zum Halten kamen, wurde dies noch durch ein lautes, verstörendes Knacken unterstrichen. Dann wurde Sams Welt schwarz.

Es war fast eine Stunde her, seit Dr. Vance Vantana beobachtet hatte, wie Sam London und sein Yak den Abhang hinunterschlitterten. Genau das hatte der Doktor befürchtet. Eigentlich wollte er den Jungen ja gar nicht mitnehmen auf eine so gefährliche Reise, aber Sam hatte behauptet, eine Botschaft von Phylassos für die Wächter zu haben.

Obwohl Vance von Anfang an vermutet hatte, dass dies ein Trick war – von Sam aus dem einzigen Grund ersonnen, um mitkommen zu dürfen –, wollte er diesen Gedanken nicht weiter verfolgen. Sonst hätte er sich nach dem, was geschehen war, nur noch mehr Vorwürfe gemacht. Tatsache war, dass er gerne mit Sam unterwegs war. Es war eine angenehme Abwechslung zum normalen Tagesablauf eines Guardians im IMW und hatte auch den Ausschlag dafür gegeben, Sams Bitte nachzukommen. Es bedeutete aber auch, dass Vance sich jetzt persönlich für Sams Sicherheit verantwortlich fühlte.

Die Dunkelheit kroch unaufhaltsam über die Talsohle, sodass es immer schwieriger wurde, den Jungen zu finden. Die Zeit lief ihnen davon, falls Sam sich Verletzungen zugezogen hatte, die versorgt werden mussten – wenn er den Sturz wie durch ein Wunder überhaupt überlebt hatte. Der Doktor stieß einen gewaltigen Seufzer der Erleichterung aus, als er das unverkennbare Heulen von Chriscanis hörte, gefolgt von einem »Hierher! Ich hab ihn gefunden!«

Vance rannte zu der Stelle, von der die Stimme des Kynokephalus gekommen war, und fand ihn bei Sam und dem Yak. Sam war noch bewusstlos und der Yak nach dem Sturz orientierungslos. Vance packte sofort an und hievte den konfusen Yak mit Chriscanis' Hilfe vorsichtig auf die Beine. Sobald er aus dem Weg geräumt war, konnte Vance sich Sams Verletzungen anschauen. Seine besorgte Miene verdüsterte sich zusehends, was sogar Sam sofort auffiel, als er zu sich kam.

»Was ist?«, fragte der Junge mühsam. »Was ist los?« Vance sah, wie ihm Tränen in die Augen stiegen und eine Sekunde später über seine Wangen rollten. »Ich spüre mein Bein nicht mehr«, schluchzte Sam verzweifelt.

Chriscanis gab Vance durch ein Zeichen zu verstehen, dass er sich zurückhalten solle. »Lass mich das machen«, flüsterte der Kynokephalus. Dann beugte er sich zu Sam hinunter. »Das liegt daran, weil dein Bein so kalt ist«, erklärte er sachlich. »Aber du hast Schnittwunden und höchstwahrscheinlich ist es auch gebrochen.«

»Es tut nicht weh«, wiederholte Sam ängstlich. »Sollte es nicht wehtun?«

»Dafür ist es hier zu kalt, Kumpel«, meinte auch Vance. Er versuchte, so gefasst zu klingen wie Chriscanis. Das Gefühl, die Situation nicht unter Kontrolle zu haben, war ihm fremd. Er war jemand, der auch bei Stress immer ruhig blieb. Doch der Junge hatte etwas an sich, das ihm seine Gelassenheit raubte. Wenn es um Sam ging, kam Vance sich wie ein besorgter Vater vor.

»Dann ist alles in Ordnung?«, fragte Sam.

»Dafür werde ich sorgen.« Vance bemühte sich um einen zuversichtlichen Ton. Er spürte den prüfenden Blick des Kynokephalus auf sich, wich ihm aber aus. »Du ruhst dich jetzt erst mal aus, Sam«, sagte er. »Wir suchen eine Schiene für dein Bein und bauen ein Nachtlager auf.«

Nachdem Sams Bein geschient und er eingenickt war, wandte Chriscanis sich an Dr. Vantana. »Wir schaffen es nicht, Vance«, stellte er nüchtern fest. »Der Junge hat hohes Fieber. Wenn wir jetzt umkehren, können wir sein Bein vielleicht noch retten.«

»Es ist zu spät«, entgegnete Vance ernst. »Er würde es nicht überleben.«

»Was schlägst du dann vor?«, fragte Chriscanis frustriert.

»Wir gehen auf dem schnellsten Weg weiter nach Kustos. Wenn an den Legenden etwas Wahres dran ist, können die Wächter ihm helfen.«

»Dann verlassen wir uns also auf Legenden und Mutmaßungen?«, konterte Chriscanis erbittert. »Es geht hier um das Leben des Jungen …«

»Glaubst du, ich weiß das nicht? Aber es ist unsere einzige Chance. Wir müssen dort sein, bevor es ihm noch schlechter geht. Selbst ihre Magie hat Grenzen.«

»Und du glaubst, wir schaffen es rechtzeitig durch dieses Tal? Gut möglich, dass es zum nächsten Sherpa-Dorf genauso weit ist.«

»Wir haben keine andere Wahl«, erwiderte Vance resigniert. »Ich werde alles tun, damit wir ihn nicht verlieren.«

Sam erwachte eine halbe Stunde später, hungrig und unruhig. Chriscanis gab sein Bestes, um ihn mit Geschichten aus seinem abenteuerlichen Leben als Magic Guardian im Amt für das Wohlergehen mythischer Tiere abzulenken, während Vance die schnellste Route zum Fuß von Phylassos' Berg ausarbeitete. Er wusste, dass Chriscanis recht hatte – es war gewagt, darauf zu vertrauen, dass sie das Dorf erreichten, bevor es für Sam zu spät war, aber er musste einfach glauben, dass sie eine Chance hatten.

Mitten in einer von Chriscanis' Geschichten über das echte Ungeheuer von Loch Ness sprudelte es aus Sam heraus: »Ich hab gelogen.« Bei diesen Worten waren die beiden Erwachsenen sofort ganz Ohr. »Ich habe keine Botschaft von Phylassos für die Wächter. Das habe ich nur gesagt, damit …«

»Damit ich dich mitnehme«, brachte Vance den Satz zu Ende.

Sam nickte. »Es tut mir leid«, entschuldigte er sich mit einer Aufrichtigkeit, die den Ernst seiner bedrohlichen Lage aufzugreifen schien.

»Ich hab mir schon gedacht, dass du mir einen Bären aufgebunden hast.«

Die gutmütige Antwort überraschte Sam. »Heißt das, du bist nicht wütend auf mich?«

»Ich bin wütend auf mich selbst, weil ich dir den Schwindel abgekauft habe. Ich hätte es besser wissen müssen. Aber man soll schlafende Hun…« – ein Blick von Chriscanis, und Vance korrigierte sich –, »Katzen nicht wecken. Herrje, wäre ich in deinem Alter in einer solchen Situation gewesen, hätte ich wahrscheinlich dasselbe getan.«

Als die Nacht voranschritt und die drei sich in ihrem Zelt zusammenkauerten, gestand Sam noch etwas.

»Ich vermisse meine Mom.«

»Ich meine auch«, gab Chriscanis zu.

Jetzt spitzte Sam überrascht die Ohren. »Du kennst sie?«

»Natürlich«, antwortete Chriscanis. Dann begriff er. »Oh, verstehe. Du hast gehört, wie Kynokephali das mit der Familie handhaben.« Sam nickte. »Ja, was du gehört hast, stimmt. Aber einige von uns, mich eingeschlossen, haben diese alten Traditionen über Bord geworfen.«

»Und was ist mit deinem Vater?«, wollte Vance wissen.

»Den kenne ich nicht. Die männlichen Mitglieder unserer Rasse tun sich schwer damit, alte Gewohnheiten abzulegen.« Chriscanis seufzte. »Ich beneide die Menschen. Ihr schätzt die Familie. Feiert sie. Organisiert sogar Familientreffen. Mir gefällt das.«

»Nicht alle Menschen machen das so«, meinte Sam. »Meine Mom und ich sind allein. Ich habe meinen Dad nie kennengelernt.«

»Vielleicht bist du ihm begegnet und weißt es nur nicht. Das sage ich mir oft. Dass ich meinen Vater auf einer meiner vielen Reisen vielleicht schon getroffen habe.«

»Ich habe Fotos gesehen, deshalb weiß ich, dass ich ihm noch nie begegnet bin, auch nicht zufällig.«

Bald darauf schliefen die drei ein. Doch bevor Vance wegdämmerte, dachte er noch über die Unterhaltung zwischen Sam und Chriscanis nach. Er konnte sich nicht vorstellen, wie es wäre, seinen Vater nicht zu kennen. In Sams Alter waren er und sein Dad in der Wildnis dem Tod schon unzählige Male von der Schippe gesprungen. Bis Vance zehn war, hatten sie mehr Zeit miteinander verbracht, als manch andere Kinder in ihrem ganzen Leben mit ihren Eltern verbringen. Es festigte ihre Beziehung und gab Vance die Gelegenheit, viel von seinem Vater zu lernen. Das Gelernte hatte ihm schon etliche Male die Haut gerettet. Vance ließ diese fast tödlich endenden Ereignisse noch einmal Revue passieren, bis auch er schließlich einschlief.

Der Schlaf des Doktors wurde durch das Heulen des Windes jäh unterbrochen. Mit einem Ruck setzte er sich auf und schaute sich um. Sam schlief tief und fest. Chriscanis fehlte. Vance packte sich warm ein und ging nach draußen, um den Kameraden zu suchen. Als er aus dem Zelt trat, fiel ihm etwas Ungewöhnliches auf. Es war windstill. Kein Lüftchen regte sich. Er wandte sich dem Geräusch zu, das er für das Heulen des Windes gehalten hatte, und entdeckte seinen Freund, der den Mond anheulte. Vance ging rasch zu ihm hinüber, doch als er den Kynokephalus erreichte, zeigte dieser keinerlei Reaktion, sondern heulte einfach weiter.

»Was zum Teufel tust du da?«, rief Vance.

»Sam muss seinen Vater kennenlernen«, antwortete Chriscanis kurz angebunden, bevor er sein Geheul wieder aufnahm.

»Und was soll das hier? Willst du ihn herbeiheulen?«, fragte Vance ungläubig.

»Der Junge kann seinen Vater nicht kennenlernen, wenn er stirbt. Unsere einzige Hoffnung ist, ihn nach Kustos zu bringen. Aber wir beide wissen, dass wir das allein nicht schaffen.«

Dem konnte Vance nicht widersprechen. Trotz all seiner Berechnungen, um auch wirklich die kürzeste Route nach Kustos zu finden, war zu befürchten, dass die Worte des Kynokephalus sich als wahr erweisen würden. Die Erfrierungen an Sams Wunde waren weiter fortgeschritten und hatten eine Infektion ausgelöst. Vance war auf mögliche Verletzungen vorbereitet, doch nicht in diesem Ausmaß. Die Medikamente, die er dabeihatte, schienen nicht zu helfen, sie machten den Jungen nur schläfrig. Hätten sie Sam nur ein bisschen früher gefunden, hätten sie mehr für ihn tun können.

»Ich heule, um sicherzustellen, dass wir ihn rechtzeitig nach Kustos bringen«, erklärte Chriscanis.

»Ich bin mir nicht sicher, ob ich dir folgen kann.«

»Du verlässt dich auf die Legende, dass die Wächter Heiler sind, richtig?«

Vance nickte. »Ich habe festgestellt, dass bei unserer Art von Arbeit Legenden zu den wenigen Dingen gehören, auf die man sich verlassen kann.«

»Ganz meiner Meinung. Deshalb gehe ich davon aus, dass dazu auch die Legende vom Vogel Roch gehört.«

»Die von dem Riesenvogel, den Marco Polo im 13. Jahrhundert gesehen hat? Der irgendwo über dem Südchinesischen Meer lebt?«, fragte der Doktor. Chriscanis nickte, und Vance fügte hinzu: »Ich habe noch nie einen gesehen.«

»Das haben nur sehr wenige. Und diejenigen, die ihn gesehen haben, waren fast alle Kynokephali. Unsere Rasse besitzt als Einzige die Fähigkeit, das Tier herbeizurufen.

Als ich noch sehr klein war, habe ich einmal erlebt, wie es jemand mit einem ganz bestimmten Heulen geschafft hat.«

»Und wenn es funktioniert? Fragen wir ihn dann einfach so, ob wir mitfliegen dürfen?«

»So ähnlich. Aber zuerst müssen wir ihn ködern.«

Der Kynokephalus wies auf den Yak, der an einem in die Erde gerammten Pfosten festgebunden war. »In Anbetracht des tief eingeschnittenen Tals, der Windströmung und der Größe des Rochs wird er, wenn er den Yak in seinen Krallen hat, quer übers Tal fliegen müssen, damit er schnell genug ist, um die Berge überwinden zu können.«

Vance grinste. »Oh, verstehe. Wir warten den richtigen Augenblick ab, und wenn er sich den Yak krallt, hängen wir uns an das Seil, mit dem das Tier festgebunden ist, fliegen mit ihm übers Tal und lassen uns direkt vor der Tür der Wächter fallen.«

»Genau. Und Sam können wir auf meinen Rücken binden«, schlug der Kynokephalus vor.

»Kompliziert und riskant – gefällt mir. Hängt natürlich alles davon ab, ob Big Roch sich blicken lässt.«

»Na ja, das …« Plötzlich standen die beiden im Dunkeln. Sie hatten sich bei Mondlicht unterhalten, das so hell war, dass man keine Taschenlampen brauchte. Vance blickte zu der Stelle hinauf, an der der Mond einen Augenblick zuvor noch sichtbar war. Jetzt war da nur noch ein schwarzer Fleck. Dann bewegte sich der Fleck. Ein riesiger Schatten flog am Vollmond vorbei. Gleichzeitig war ein lautes Rauschen zu hören, gefolgt von einem noch lauteren

Kreischen. Das Rauschen nahm zu. Vance identifizierte es rasch als das Schlagen von Flügeln. Gewaltigen Flügeln.

»Ich hole Sam. Bei all den Medikamenten, die er bekommen hat, wird er die ganze Geschichte wahrscheinlich verschlafen«, vermutete Chriscanis grinsend.

»Ich kümmere mich um die Leine am …« Vance erstarrte. »Wo ist der Yak?« Der Yak war mitsamt dem Pfosten verschwunden.

»Großer Schottischer Terrier!«, rief Chriscanis. Er wies auf das Zelt, in das der Yak gerade hineintrottete.

»Der ist gar nicht so doof, wie er aussieht. Er muss gespürt haben, dass ihm ein Schicksal als Abendessen bevorsteht«, brüllte Vance, während er zum Zelt rannte. Chriscanis folgte ihm dicht auf den Fersen. Und dann setzte der Roch zum Landeanflug an. Der Vogel war riesig, locker so groß wie ein Jumbojet und genauso laut. Er streckte die gewaltigen Krallen aus, um den Yak zu packen, doch dieser war bereits zu weit ins Zelt hineingelaufen. Also schnappte sich der Roch das ganze Zelt. Er schlug immer stärker mit den enormen Flügeln, zog die Zeltpflöcke aus dem Boden und riss die ganze Konstruktion himmelwärts. Vance und Chriscanis wechselten einen entsetzten Blick, sprinteten los und hechteten nach den herunterhängenden Zeltleinen. Vance erwischte sie nicht.

Zum Glück konnte Chriscanis die Leine, nach der er gegriffen hatte, packen. Und da ihm schnell klar war, dass der Doktor seine verfehlen würde, griff er mit der anderen Hand nach unten und packte den Doktor.

»Danke!«, rief Vance.

»Meine schnellen Hundereflexe«, erwiderte Chriscanis grinsend.

»Pass auf!«, brüllte Vance. Der Yak verlor den Halt im Zelt, rutschte zum Ausgang und fiel zwei Meter tief auf den schneebedeckten Boden, wobei er Chriscanis fast mit einem seiner Hörner aufgeschlitzt hätte.

Der Roch flog genau die Route, die Chriscanis vorausgesagt hatte. Alles schien super zu laufen, bis das Zelt in sich zusammenfiel.

Als es unter dem Zug der Roch-Klauen und dem Gewicht der Vorräte riss, rutschte Sams Schlafsack – mitsamt Sam – in Richtung Ausgang. Vance war sofort klar, dass der Junge in wenigen Sekunden dem Yak folgen würde.

»Sam!«, brüllte er Chriscanis zu. Dieser erfasste die bevorstehende Katastrophe sofort. Leider hatte der Hundemensch zu diesem Zeitpunkt schon beide Hände voll.

»Ich stecke in der Zwickmühle, Vance! So kann ich Sam nicht erreichen«, rief der Kynokephalus zum Doktor hinunter. »Aber ich schwinge dich hinüber zu der anderen Klaue. Du packst die Klaue und ich packe Sam.«

»Aber zackig. Mach voran!« Vance ließ Sam, der schon dicht am Zeltausgang war, nicht aus den Augen. Mit jedem Flügelschlag des Rochs rutschte der Schlafsack weiter nach vorn. Chriscanis begann Vance in Richtung der Klaue zu schwingen, während sie über das Tal flogen. Vance zog die Beine an, um nicht in den Bäumen unter ihnen hängen zu bleiben. Wie ein ausschlagendes Pendel kam er immer näher an die Klaue heran. Er streckte den Arm aus, doch es fehlten noch ein paar Zentimeter.

»Lass los«, befahl er Chriscanis. »Lass mich los und rette Sam!«

»Nein. Wir schaffen das!«

In diesem Moment setzte sich Sams Schlafsack wieder in Bewegung und nahm die letzte Etappe auf dem Weg aus dem Zelt in Angriff.

»Lass los!«, flehte Vance.

Chriscanis schwang ihn ein letztes Mal in Richtung Klaue und ließ den Doktor in dem Moment los, als Sams Schlafsack aus dem Zelt rutschte. Der Kynokephalus packte eine Ecke des Schlafsacks, doch das Material war zu glatt und begann ihm aus der Pfote zu rutschen. Doch dann packte eine zweite Hand die andere Ecke. Es war Vance! Der Doktor hatte die Fliehkraft des letzten Schwungs ausgenutzt und mit einer Hand die Klaue des Rochs gepackt. Jetzt hielten die beiden Guardians den Schlafsack so fest sie konnten.

»Wie viel von diesem Medikament hast du ihm gegeben?«, fragte Vance mit Blick auf den schlafenden Sam.

»Genau die richtige Dosis, wie es aussieht«, erwiderte Chriscanis zufrieden. »Der Vogel wird sich, kurz bevor er den Aufstieg an der Westseite beginnt, in möglichst geringer Flughöhe bewegen.« Er wies mit dem Kinn nach vorn. Vance blickte auf und sah, dass sie sich dem Berg rasch näherten.

»Du meinst, er wird dicht über den Boden fliegen, bevor er praktisch senkrecht nach oben steigt?«

Chriscanis nickte. »Ich schlage vor, wir lassen Sam zuerst los, damit wir beim Landen nicht auf ihn fallen.«

»Einverstanden«, erwiderte Vance. »Auf dein Signal hin.«

Der Roch flog in hohem Tempo auf den Berg zu. Sam war ganz in seinen Schlafsack hineingerutscht. Chriscanis beobachtete ihr Vorwärtskommen konzentriert. Als der Vogel in die Waagrechte ging, waren sie keine zwei Meter über dem Boden.

»Jetzt!«, brüllte der Kynokephalus. Die beiden Guardians ließen den Schlafsack los und schauten zu, wie Sam zu Boden fiel und in einer Schneewehe versank. Vance und Chriscanis folgten ihm in kurzem Abstand. Sie ließen die Klauen des Rochs los und segelten hinunter zur Erde.

Unten angekommen fanden sich die beiden rasch wieder und stolperten den Abhang hinunter zu der Stelle, wo Sam gelandet war. Als sie den Schlafsack aus dem Schnee buddelten, kam der Junge langsam zu sich.

»Was ist passiert? Wo bin ich?«, fragte er erschöpft.

»Spar dir deine Kräfte«, riet ihm Vance.

»Steig auf«, sagte Chriscanis zu Sam und wies auf seinen Rücken. Immer noch im Halbschlaf, kletterte Sam auf den Rücken des Hundemenschen, und die drei stiegen den Abhang vollends hinunter. Chriscanis zeigte auf mehrere dunkle Gebäude, die aus dem Schnee ragten. Sie gingen darauf zu und sahen beim Näherkommen, dass es sich scheinbar um die Ruinen eines Dorfes handelte. Als sie unter einem verwitterten hölzernen Torbogen durchgingen, fielen ihnen Straßenlaternen entlang des Hauptweges auf, doch der Ort schien verlassen. Es war die Himalaja-Version einer amerikanischen Geisterstadt.

»Sieht so aus, als seien wir hundert Jahre zu spät gekommen«, bemerkte Chriscanis.

Und dann leuchteten die Straßenlaternen plötzlich in einem feurigen Orange. Eine nach der anderen erstrahlten die Lampen in einem warmen Licht, als wollten sie die Gruppe weiter ins Dorf hineinbegleiten.

Vance war ein paar Schritte vor Chriscanis und Sam, als er abrupt stehen blieb. Der Flug in der extremen Kälte hatte seiner superempfindlichen Nase schwer zugesetzt. Die Schleimhäute waren ausgetrocknet und er roch so gut wie nichts mehr.

Doch die inzwischen rotglühenden Straßenlaternen beleuchteten den Weg nicht nur, sie wärmten auch. Die große Wärme befeuchtete Vantanas Nasengänge. Er atmete tief ein und wusste sofort, dass sie umzingelt waren.

Kapitel 11

Tashi

Sam London wusste, dass seine Prognose ausgesprochen schlecht war. Trotz gegenteiliger Versicherungen von Dr. Vantana hatte er sich mit dem kritischen Zustand seines Beins und jetzt auch seines Lebens abgefunden. Das taube Gefühl war inzwischen auch in sein anderes Bein gezogen und kroch langsam seinen Rücken hinauf. Fühlte es sich so an, wenn das Leben langsam den Körper verließ? Diesen Gedanken fand er furchterregend. Anscheinend war das Dorf Kustos seine einzige Hoffnung. Er hatte ein Gespräch zwischen dem Doktor und Chriscanis mitgehört, als diese dachten, er schliefe. Er hatte nicht alles gehört, aber verstanden, dass er sich in einem bedenklichen Zustand befand und die legendären Wächter ihm eventuell helfen konnten. Leider lag zwischen ihm und seinem möglichen Überleben ein großes Stück vereiste Landschaft. Er war skeptisch, ob sie es rechtzeitig durch das Tal schaffen würden, und aus dem belauschten Gespräch hatte er herausgehört, dass auch Chriscanis es bezweifelte. Aus diesem Grund fand er ihre derzeitige Situation so verwirrend.

»Wie sind wir so schnell über das Tal gekommen?«, fragte er den Hundemenschen, der ihn auf dem Rücken trug. Sie waren Vance inzwischen ins Dorf gefolgt.

»Wir sind geflogen«, antwortete Chriscanis sachlich.

»Nein, im Ernst«, hakte Sam nach, da er glaubte, Chriscanis würde ihn veräppeln. Doch bevor dieser etwas darauf erwidern konnte, schoss die Hand des Doktors wie eine Polizeikelle nach oben, worauf er den Mund wieder zuklappte. Während Vantana sich nervös umschaute, schnupperte Chriscanis, knurrte und nahm sofort eine Verteidigungshaltung ein.

»Was ist?«, fragte Sam leise. Chriscanis antwortete nicht. Sam ließ den Blick über das Dorf schweifen. In seinen Augen war es nichts weiter als eine Ansammlung verlassener Holzhäuser. Sie hatten Türen und Fenster, doch es brannte kein Licht darin. Licht kam nur von den seltsam leuchtenden Straßenlaternen über ihnen. Sie schmolzen den Schnee zu ihren Füßen und Sam schwitzte bald in seinen vielen Kleiderschichten. »Das ist eine Geisterstadt«, stellte er fest.

»Und die Geister haben uns umzingelt«, erwiderte Chriscanis, während er den Blick über ihre Umgebung wandern ließ.

Der Doktor war zu Chriscanis zurückgekommen. Die beiden hatten sich den Rücken zugekehrt und Sam in die Mitte genommen.

»Da«, flüsterte der Doktor und zeigte auf den Eingang des Dorfes. Eine Gestalt kam auf sie zu.

»Und da.« Chriscanis wies in die entgegengesetzte Richtung, wo ebenfalls eine Gestalt aufgetaucht war. Immer mehr von ihnen traten aus der Dunkelheit und kamen aus allen Richtungen auf sie zu.

»Anscheinend überall«, bemerkte Sam.

Die Gestalten hatten es nicht eilig. Vollkommen lautlos schritten sie unaufhaltsam auf die Gruppe zu. Es war alles ausgesprochen nervenaufreibend.

Chriscanis setzte Sam auf den Boden. »Bleib zwischen uns«, befahl er.

»Ich übernehme das Reden«, entschied Vantana. »Macht keine plötzlichen Bewegungen.«

Bald waren sie von zwei oder drei Dutzend Gestalten eingekreist. Sam sah jetzt, dass sie zwar unterschiedlich groß waren, aber alle dicke Yakfelle trugen, hohe, zylindrische Fellmützen und graue Wanderstäbe. Buschige Fellkragen verdeckten ihre Gesichter. Nur die Augen schauten aus dem schmalen Schlitz zwischen Kragen und Mütze heraus.

»Ich bin Dr. Vance Vantana vom Institut für Magische Wesen«, begann der Doktor langsam. »Wir führen nichts Böses im Schild. Wir sind hier wegen …«

»Der Klaue«, meldete sich eine Stimme aus der Menge in ruhigem Ton. »Ihr sucht die Greifenklaue.« Die männliche Stimme gehörte einer der größeren Gestalten. Sie klang schon etwas älter, und als der Mann aus der Gruppe heraustrat, sah Sam, dass er sich schwer auf seinen Stab stützte. Doch beim Näherkommen richtete er sich langsam auf und wurde größer. Ein Trick?

Als der Mann wieder etwas sagte, war sein Ton gebieterisch und ernst. »Wer nach der Klaue sucht, muss sterben.«

»Das nächste Mal übernehme ich das Reden«, flüsterte Chriscanis dem Doktor zu, als die Gestalten näher rückten. Die Stäbe trugen sie jetzt wie Waffen einsatzbereit an der Seite.

»Wartet«, flehte Vantana. »Wir wollen die Klaue nicht. Wir wollen euch nur warnen …«

»Wir brauchen keine Warnungen«, unterbrach der Mann ihn beleidigt. »Wir bewachen die Greifenklaue jetzt schon über 2000 Jahre. Wir schützen sie unter Einsatz unseres Lebens.«

»Und es ist uns eine Ehre, vor den legendären Wächtern zu stehen.« Vantana senkte ehrerbietig den Kopf. *Da hab ich dem Doktor in Cernunnos Höhle doch etwas beigebracht*, schoss es Sam durch den Kopf. »Wir sind hergekommen«, fuhr Vantana fort, »weil wir glauben, dass die Klaue in Gefahr ist.«

»Die Klaue ist immer in Gefahr«, erwiderte der Mann. »Lass mich raten: Du willst einen Blick darauf werfen? Um dich zu vergewissern, dass sie sicher aufgehoben ist?«

»Ja, also …«, begann Vance, wieder optimistisch.

»Ein erbärmlicher Versuch, uns zu betrügen«, bemerkte der Mann. »Tötet sie.«

»Er ist erbärmlich, ja, weil wir nicht versuchen, euch zu betrügen«, rief Sam, als die Gestalten zum Angriff übergingen. Vantana zog sein Messer und Chriscanis knurrte kampfbereit.

»Bitte!«, schrie Sam, »ich habe den Greif gesehen!«

Der Wächter gab den anderen ein Zeichen, stehen zu bleiben. Er kam auf Sam zu und betrachtete ihn aus mandelförmigen Augen, doch der Doktor und Chriscanis versperrten ihm den Weg.

»Keinen Schritt weiter. Wenn du mit jemandem ein Hühnchen zu rupfen hast, dann mit mir«, stellte Vantana mit fester Stimme klar.

»Und mit mir«, ergänzte Chriscanis. »Verschone das Kind.«

»Das Kind.« Offenbar fasziniert wiederholte der Mann die Worte. Aus der Menge kam Gemurmel, als auch die anderen Sam endlich bemerkten. Der Wächter ergriff wieder das Wort. »Du … Du bist der Junge aus unseren Träumen.«

»Ich?«

Der Wächter nickte. Vance und Chriscanis wechselten überraschte Blicke.

»Wir haben gesehen, wie du in einer weiten Wüste auf einem hohen Felsen standst. Du und der mächtige Phylassos.« Der Wächter warf Sam einen schiefen Blick zu. »Du hast ihm Kekse gegeben?«

Dr. Vantana schaute Sam entgeistert an. »Du hast was?«

»Ich hatte nichts anderes«, verteidigte Sam sich zutiefst verlegen. »Ich hab's als Friedensangebot gedacht, damit er mich nicht auffrisst.«

»Wir wissen, wer du bist, Sam London. Ich heiße Yeshe. Ich bin der Dorfälteste und Anführer. Wir werden dir erlauben, zu Phylassos' Höhle zu gehen. Dort kannst du dich vergewissern, dass die Klaue in Sicherheit ist.«

»Dann habt ihr sie gesehen?«, wollte Vantana wissen.

Der Wächter betrachtete ihn einen Moment lang, als wollte er ergründen, was hinter der Frage steckte. »Niemand hat sie gesehen. Seit 2000 Jahren nicht.«

»Woher weißt du dann, dass sie in Sicherheit ist?« Sams Stimme klang gepresst wegen der Schmerzen in seinem Bein.

Der Wächter trat näher an Sam heran, um ihn sich genauer ansehen zu können. Plötzlich kniff er die Augen zusammen, als könnte er spüren, wie Sam litt. »Du bist schwer verletzt«, stellte er überrascht fest.

»Das ist richtig«, bestätigte der Doktor.

»Sein Zustand verschlechtert sich. Er wird die Nacht nicht überleben und zur Höhle braucht man zwei Tage«, erklärte Yeshe sachlich. Sams Blick ging in Panik zu Vantana.

»Beruhige dich, Kleiner, das kriegen wir hin«, versicherte der Doktor ihm. Er wandte sich wieder an Yeshe. »Es ranken sich Legenden um dein Volk. Sie besagen, dass die Wächter der Greifenklaue großartige Heiler sind. Wir hoffen, dass an den Geschichten etwas Wahres dran ist.«

Yeshe nickte. »Dem ist tatsächlich so, Dr. Vantana.« Sam entspannte sich etwas, als er das hörte. Es gab wieder Hoffnung. »Aber unsere Heilkünste haben ihren Preis …«

Sam spürte eine Schmerzwelle durch seinen Körper rollen und konnte einen spitzen Schrei nicht zurückhalten. Vantana legte eine Hand auf seine Stirn. Seine Miene verdüsterte sich.

»Bedeutet dieser Preis, dass es ihm schlechter geht?«, wollte der Doktor wissen.

Yeshe betrachtete Sam besorgt. »Tashi!«, rief er dann. Ein Wächter löste sich aus der Gruppe und kam auf sie zu. Er war nicht viel größer als Sam und gab Chriscanis und Vance durch Zeichen zu verstehen, dass sie ihm Platz machen sollten. Die beiden traten zögernd zur Seite. Tashi kniete sich neben Sam und legte ihm eine Hand auf den Kopf. Sam fing einen Blick aus den smaragdgrünen Augen des Wächters auf. Sie erinnerten ihn an die von Phylassos, nur dass Tashis Augen sanft leuchteten.

»Übergib Tashi deinen Schmerz, Sam«, forderte Yeshe ihn auf. Sam blickte den Anführer verwirrt an. »Schau nicht mich an, schau Tashi an. Stell dir deine Verletzung vor und übergib sie dann. Benutze deine Augen.«

Sam hatte keine Ahnung, wovon Yeshe redete. *Ich soll meinen Schmerz übergeben? Und meine Augen dazu benutzen?* Es ergab zwar keinen Sinn, aber versuchen wollte er es wenigstens.

Er blickte Tashi an, und sobald er sich ganz auf die leuchtenden Augen des Kriegers konzentrierte, spürte er eine Veränderung. Die Welt drehte sich langsamer. Die Geräusche, die er noch Sekunden zuvor gehört hatte, verloren sich in der Ferne. Plötzlich hatte er das Gefühl, ganz allein mit Tashi zu sein. Als seien sie die einzigen Lebewesen auf der ganzen Welt.

Nach Yeshes Anweisung stellte Sam sich seine Verletzung vor. Er tat so, als kommunizierte er auf telepathischem Weg mit Tashi, wie ein Mutant in einem seiner geliebten Comics. Er erlebte seinen Unfall im Geist noch einmal und hätte schwören können, dass er Tashi in seinem Kopf flüstern hörte. *Gut*, sagte die Stimme.

Einen Moment später hörte er Tashis Bein knacken. Genau dasselbe Geräusch hatte er gehört, als der Yak auf ihn gefallen war. Tashis Hand lag immer noch auf Sams Kopf und er hielt den Blick des Jungen mit seinen leuchtend grünen Augen fest. Als der Wächter vor Schmerz das Gesicht verzog, hörte Sam auf, sich seine Verletzung vorzustellen. Tashi griff nach seinem Arm, drückte ihn und flüsterte in seinem Kopf: *Nicht aufhören.* Also stellte Sam sich wieder sein gebrochenes Bein vor und bald begannen seine Füße zu prickeln.

»Meine Füße!«, rief er. »Ich spüre sie wieder!«

»Nicht aufhören«, drängte Yeshe.

Sam tat wie befohlen. Es war ein seltsames, verwirrendes Gefühl. Nicht nur, dass er seine Füße wieder spürte, er spürte auch, wie der gebrochene Knochen in seinem Bein sich bewegte und die beiden Teile sich unter der Haut zusammenfügten. Bald hatte er keine Schmerzen mehr und auch das Taubheitsgefühl war vollkommen verschwunden. Er blickte auf den Verband an seinem Bein und zog ihn zurück. Die Wunde war verschwunden. Er schaute Tashi an. Dessen Augen waren jetzt fest geschlossen. Der Wächter brach neben ihm zusammen. Rasch beugte Sam sich über seinen Heiler. Tashi zitterte und aus dem Zittern wurde ein immer heftigeres Beben.

»Hilfe!«, rief Sam, an die anderen Wächter gewandt. »Tut doch etwas!«

»Hat ein Wächter einmal den Schmerz eines anderen aufgenommen, muss er die Kraft finden, sich selbst zu heilen«, erklärte Yeshe.

»Wird Tashi denn wieder gesund?«, fragte Sam mit Tränen in den Augen.

»Das liegt an Tashi.« Yeshe nickte zwei Wächtern zu, die Tashi aufhoben und mit ihm in der Menge verschwanden.

Der Gedanke, er könnte seinen Heiler verletzt haben, womöglich sogar tödlich, machte Sam fix und fertig. Am liebsten hätte er die Uhr zurückgedreht und die Heilung verweigert. Doch das war unmöglich. Eine tiefe Erschöpfung überkam ihn. Sein Kopf schien hundert Kilo zu wiegen und er konnte die Augen keinen Moment länger offen halten.

»Sam? Alles okay, Kumpel?«, erkundigte sich der Doktor. Seine Worte verklangen und Sam fiel in einen tiefen, erholsamen Schlaf.

Sam London erwachte etliche Stunden später mit Kopfschmerzen und dem Getöse eines mittelalterlichen Kampfes in den Ohren. Das Getöse bestand aus dem Klirren von Schwertern und den dumpfen Schlägen von

Waffen, die auf Holzschilde trafen. Er befand sich in einem großen Raum mit einem Dutzend Betten – vermutlich eine Kaserne. Als er feststellte, dass Vance und Chriscanis nicht bei ihm waren, stand er auf und ging zur Tür. Kaum hatte er sie geöffnet, traf ihn ein eisiger Wind, der durch die Hauptstraße des Ortes fegte. Jetzt war er hellwach. Die Wächter gingen ihren Geschäften nach. Einige eilten mit Essen und Vorräten durchs Dorf, während andere am Fuß des Berges trainierten. Inmitten dieser schneebedeckten Weite kämpften die Krieger mit Schwertern, Holzstangen und bloßen Händen. Er ging näher heran, um sie besser beobachten zu können.

Vance und Chriscanis gesellten sich zu ihm. »Wie sieht es aus, Sam? Meinst du, du könntest es mit einem von denen aufnehmen?«, fragte Vance.

Sam schüttelte den Kopf. »Ich glaube nicht, dass irgendjemand es mit irgendeinem von ihnen aufnehmen könnte.« Er beobachtete zwei Wächter, die ihre Schwerter mit einer solchen Wucht kreuzten, dass Funken in die Luft stoben wie bei einem Vulkanausbruch. Sie schienen Experten in so ziemlich jeder Selbstverteidigungsmethode zu sein, von der Sam jemals gehört hatte. Und sie waren schneller und sprangen höher, als es menschenmöglich war. Sam hatte schon reichlich Actionfilme gesehen, doch nichts war vergleichbar mit der ungestümen Wildheit, die er hier erlebte.

»Hammerhart, diese Wächter«, bemerkte Vantana. Sam nickte. Er konnte es nicht fassen.

Er beobachtete, wie einer der Wächter in einem besonders spannenden Kampf seinen Stab verlor. Er flog durch die Luft und landete zu Chriscanis' Füßen. Der Hundemensch bückte sich und hob die scheinbar harmlose Waffe auf, musste jedoch lernen, dass sie alles andere als harmlos war. Ein blauer Lichtblitz schoss aus dem Boden und trat oben aus der Waffe aus. Das Problem war, dass er Chriscanis' Körper als Leitkanal benutzte. Die Energie pulsierte durch seine Muskeln, die sich sofort verkrampften. Sam sah, wie elektrische Blitze über Chriscanis' Körper schossen, auf der Suche nach dem Stab in seiner Hand. Ein Wächter erschien und entwand ihm den Stab, sodass seine Muskeln sich wieder entspannen konnten. Sein kurzes Fell stand ihm zu Berge.

»Das ist ein Shekchen, die Waffe eines Wächters. Sie kann folglich auch nur von einem Wächter geführt werden«, erklärte Yeshe, als er zu ihnen trat.

»Gut. Zu. Wissen«, stammelte Chriscanis.

»Wie funktioniert sie?«, fragte der Doktor.

»Wie eine Linse, die die Energie aus Gaia zieht und sie bündelt«, antwortete Yeshe.

»Gaia?«, hakte Sam nach.

»Die Erde«, erklärte Vantana.

»Du musst wissen, Sam, dass die Erde ihre eigene Energie besitzt«, sagte Yeshe. »Stell sie dir als elektrischen Strom vor, der durch den gesamten Planeten läuft. Für uns ist es die lebendige Energie von Gaia selbst. Wächter können diese Energie kanalisieren und bei Bedarf nutzen.

Unser Körper ist nicht wie eurer. Deshalb können nur wir uns diese Kraft zunutze machen.«

Nach dieser Erklärung führte Yeshe das Trio in eine Kantine. Obwohl das Essen entschieden appetitlicher aussah als das, wovon sie sich auf der Reise ernährt hatten, sehnte sich Sam nach seinen gewohnten Mahlzeiten. Er fragte nach seinem Heiler und erfuhr, dass Tashis Zustand immer noch besorgniserregend war.

Während des Frühstücks erzählte der Oberste Wächter mehr über sein Volk. Seine Ursprünge gingen zurück bis auf die allererste Begegnung von Alexander dem Großen und Phylassos.

»Du meinst, als die Menschheit mit dem Fluch belegt wurde?«, fragte Sam.

Yeshe nickte. »Ungefähr ein Dutzend Menschen waren Zeuge des Gesprächs und baten Phylassos um Vergebung. In Alexanders Armee waren Sklaven, Soldaten und sogar Ärzte, die erkannten, welches Unrecht geschehen war.«

»An diesen Teil der Geschichte erinnere ich mich«, warf Dr. Vantana ein. »Die ersten Wächter schworen, den Greif bis in alle Ewigkeit zu beschützen und dafür zu sorgen, dass der Fluch nicht gebrochen wird.«

»Wir sind in vielerlei Hinsicht Teil von Phylassos«, verriet Yeshe. »Unser Blut ist nicht ganz und gar menschlich. Der Greif hat uns besondere Fähigkeiten verliehen, um uns bei unserer Mission zu unterstützen.«

Sam beugte sich vor. »Welche Art Fähigkeiten?«

»Nach Knox' Aussage besitzen die Wächter nicht nur

besondere Kräfte, sie sind auch unbesiegbar.« Vantana wandte sich an Yeshe. »Stimmt das?«

»Solange die Klaue unter unserem Schutz steht, sind wir vor tödlichen Verletzungen oder Krankheiten sicher.«

»Das heißt dann also, dass Tashi wieder gesund wird?«, fragte Sam. Er war wieder etwas optimistischer.

»Wie alles auf dieser Welt ist auch das nicht so einfach, Sam London. Unser menschlicher Verstand ist immer noch ziemlich stark und besitzt somit große Macht über unseren Körper. Der Glaube ist es, und allein der Glaube, der die Kraft des Greifen in uns erkennen und sie sich zunutze machen kann.«

»Du meinst, man muss an diese Kraft glauben, damit sie real wird und eingesetzt werden kann?«, fragte Chriscanis.

Yeshe nickte. »Es ist ein Initiationsritus für alle Wächter, wenn wir unserer Sterblichkeit ins Auge blicken und die Kraft finden müssen, unsere eigenen Gedanken zu überwinden. Vor dieser Aufgabe steht Tashi in diesem Moment. Besteht ein Wächter diese Probe, wird er noch stärker und hat bewiesen, dass er ein wahrer Beschützer der Klaue sein kann.«

»Und wenn man es überstanden hat, wird man … unsterblich?«, fragte Dr. Vantana.

»Oh nein. Der Greif hätte uns einen solchen Fluch nie auferlegt«, erwiderte Yeshe lächelnd. »Wir verbringen eine gewisse Zeit hier und eine gewisse Zeit auf der anderen Seite. Wir altern genau wie ihr, und wenn die Zeit für uns gekommen ist, diese Ebene zu verlassen und auf eine andere überzuwechseln, sind wir bereit und treten voller Vorfreude ins nächste Stadium des Daseins ein.«

Chriscanis spann den Gedanken weiter. »Doch wenn die Klaue vernichtet würde oder …«

»Oder einfach gestohlen, wären wir den Legenden nach wieder verwundbar. Die Magie des Greifen könnte uns nicht länger schützen.«

Nachdem sie gegessen hatten, half Sam Dr. Vantana und Chriscanis, ihre Sachen zusammenzupacken und Vorbereitungen für die Reise zu Phylassos' Höhle zu treffen. Die Wächter gaben ihnen noch zusätzliche Vorräte mit und versammelten sich sogar, um sie zu verabschieden.

»Phylassos' Höhle wird streng bewacht. Man kann sie nur in Begleitung eines Wächters betreten«, erklärte Yeshe. »Ich habe deshalb beschlossen, euch einen meiner mutigsten und fähigsten Krieger mitzugeben.« Die Menge teilte sich und Tashi trat vor.

»Tashi!«, rief Sam. »Du bist wieder gesund!«

Yeshe lächelte. »Gerade rechtzeitig, um euch begleiten zu können. Wir wünschen euch viel Glück und eine gute Reise.« Yeshe verbeugte sich vor seinen Besuchern und die Menge folgte seinem Beispiel. Sam, Chriscanis und Vance verneigten sich ihrerseits.

Tashi übernahm die Führung des Trios und begann den Aufstieg. Während Sam den Berg hinaufstapfte, blickte er immer wieder zum Dorf zurück. Die Wächter standen noch dort und sahen ihnen nach. Doch dann wirbelte der

Wind den Schnee auf, die Sicht wurde schlechter und bald konnte Sam sie nicht mehr erkennen.

Die ersten Stunden der Reise verliefen ereignislos. Es ging lediglich über einen schmalen, gewundenen Pfad immer steil bergauf. Dr. Vantana bestand darauf, zwischen Sam und dem Abgrund am Wegrand zu gehen. Auch wenn sie mit einem Heiler unterwegs waren, wollte der gute Doktor kein Risiko eingehen. Tashi ging mit dem Shekchen in der Hand ein paar Schritte voraus.

»Ich kapier's einfach nicht«, sagte der Doktor leise zu Chriscanis. »Die Wächter glauben, dass die Klaue in ihrem Versteck sicher ist. Und wenn ich richtigliege, sehen sie die Tatsache, dass Tashi Sams Heilung überlebt hat, als Beweis dafür.«

»Dennoch macht Phylassos sich solche Sorgen um die Klaue, dass er sie einem vollkommen Fremden gegenüber erwähnt hat«, spann Chriscanis den Gedanken weiter.

»Ich frage mich deshalb, ob der alte Grünspecht wirklich die Wahrheit gesagt hat, als er behauptete, er hätte uns die Gargyle nicht auf den Hals gehetzt«, fuhr Vance fort.

»Wenn Cernunnos es nicht war, wer dann?«, grübelte der Hundemensch laut.

»Genau das frage ich mich auch. Und deshalb bin ich schrecklich neugierig auf die Höhle. Vielleicht droht der Klaue auf eine Art und Weise Gefahr, die wir noch nicht erkennen.«

Bei Einbruch der Dunkelheit schlug die Gruppe ihr Lager auf, und Chriscanis und Vance versuchten, ein Feuer in Gang zu bringen. Die Temperatur, die ohnehin schon unter dem Gefrierpunkt gelegen hatte, fiel noch ein paar Grad weiter. Sam war auf das Wetter vorbereitet. Er hatte wieder mehrere Lagen Kleidung an, dennoch weckte die Aussicht auf ein wärmendes Feuer Vorfreude in ihm. Leider machte der gnadenlose Wind es unmöglich, das gesammelte Holz zu entzünden. Der Doktor und Chriscanis kauerten über den aufgeschichteten Zweigen und versuchten fieberhaft, sie zum Brennen zu bringen. Sie konnten nicht einmal einen Funken erzeugen. Sam fiel auf, dass Tashi sie aus einigen Metern Entfernung still beobachtete. Nach ein paar Minuten zog der Wächter einen runden Gegenstand aus seiner Tasche, ging zu ihnen hinüber und legte ihn auf Chriscanis' aufgeschichtete Äste.

»Entschuldigung, aber wir versuchen hier, ein Feuer in Gang zu bringen«, sagte der Kynokephalus. »Vielleicht könntest du das Ding …«

»Moment«, unterbrach ihn der Doktor. Er wandte sich dem Wächter zu. »Tashi, ist das eine Wärmeglocke?« Tashi nickte. Sam streckte den Hals, um das Teil besser sehen zu können. Es war weiß, fast durchsichtig und oben abgerundet. Unten wurde es weiter wie eine Glocke. Doch es blieb nicht lang weiß. Bald begann es in einem hellen Orange zu leuchten und wurde innerhalb von Sekunden rotglühend.

»Was genau ist eine Wärmeglocke?«, wollte Chriscanis wissen.

»Wir haben sie entlang der Hauptstraße von Kustos gesehen. Ich bin erst jetzt daraufgekommen. Es handelt sich um eine Art Lampe, die nur dann brennt, wenn sie die Nähe von jemandem spürt, der nach der Klaue sucht«, erklärte der Doktor. »Sie fungiert als Warnsystem für die Wächter.«

»Ah, deshalb sind die Straßenlaternen erst angegangen, als wir das Dorf betreten haben.« Chriscanis hielt seine Hand über die Glocke. »Sie ist ziemlich heiß.«

»Dann sind wir diejenigen, die sie zum Leuchten bringen?«, überlegte Sam laut.

»Genau«, bestätigte der Doktor. »Und jetzt komm rüber und wärm dich auf.« Sam folgte der Aufforderung des Doktors nur zu gern. Die Glocke hielt das Lager die ganze Nacht über wohlig warm.

* * *

Am nächsten Morgen wachte die Gruppe früh auf und setzte ihre Reise fort. Der Aufstieg wurde von Stunde zu Stunde steiler, doch zur Freude aller hatten sich die Wolken endlich verzogen und die Sonne kam heraus.

Beim Weitergehen fiel Sam auf, dass immer mal wieder ein Schatten auf den Berg fiel. Auf der Suche nach einer Erklärung dafür schaute er nach oben und stellte verdutzt fest, dass der Himmel völlig klar war. Wenn es also keine Wolken waren, die kurzzeitig Schatten warfen, was war es dann?

Im nächsten Moment erspähte er den Schuldigen, obwohl er kaum glauben konnte, was er da sah. Nämlich den größten Vogel, den er je zu Gesicht bekommen hatte. Verwirrt stieß er Dr. Vantana an und zeigte nach oben. Der Doktor schaute auf und wandte sich dann an Chriscanis.

»Du hast nicht zufällig im Schlaf geheult, oder?«, fragte er und wies auf den kreisenden Vogel.

Chriscanis blickte zum Himmel hinauf und seine Miene verdüsterte sich. »Heiliger Himalaja-Mastiff! Das ist ja der Roch!«

»Der Roch?«, wiederholte Sam. Er hatte den Begriff schon einmal gehört. Wenn ihn sein Gedächtnis nicht täuschte, handelte es sich um einen mythologischen Riesenvogel, den Henry Knox in seinem Buch erwähnt hatte.

»Ich schlage vor, wir legen einen Zahn zu«, drängte Chriscanis besorgt, als der Vogel in den Sinkflug ging.

Der Doktor nahm Sam an der Hand und eilte den Berg hinauf. Das Trio überholte Tashi, den die plötzliche Temposteigerung zu irritieren schien.

»Es ist eine lange Geschichte«, erklärte ihm Vantana, »aber wir haben Gesellschaft.« Tashi entdeckte den Roch, doch anscheinend beunruhigte ihn der Vogel oder das drohende Unheil, das er in den Augen von Vantana und Chriscanis über sie alle bringen würde, nicht.

Als der Doktor merkte, dass der Wächter nicht nachkam, drehte er sich um und rief: »Nicht stehen bleiben! Er sucht etwas zu fressen!« Bei diesen Worten lief es Sam kalt über den Rücken. Irgendwie spürte er das trotz der eisigen Temperaturen. Doch Tashi blieb, wo er war. Der Wächter wandte sich dem herabstoßenden Vogel zu. Vantana zog Sam dicht an die Bergwand und stellte sich schützend vor ihn. Auch Chriscanis schirmte Sam mit seinem Körper ab.

Der Monstervogel stieß einen so durchdringenden Schrei aus, dass der Doktor, Chriscanis und Sam sich reflexartig die Ohren zuhielten. Tashi stand da wie ein Fels. Der Roch landete am Rand des Abgrunds und schlug mit seinen gewaltigen Flügeln, was einen Tornado aus Eis und Schnee auslöste. Der Windstoß blies Tashi den Hut vom Kopf. Langes schwarzes Haar fiel auf seine Schultern und flatterte im Wind.

»Ich werde zum Collie!«, rief Chriscanis.

»Wenn das nicht …«, setzte Vantana an.

»Tashi ist ein Mädchen!«, rief Sam. Nicht nur, dass Tashi ein Mädchen war, sie schien auch ungefähr in Sams Alter zu sein.

Alle drei beobachteten überrascht, wie Tashi ihren Shekchen in den Schnee rammte. Blaue Blitze schossen aus der Erde, züngelten durch den Stab und explodierten als gleißendes Feuerwerk. Es erinnerte Sam an die Plasmalampe im Chemiesaal der Schule. In der durchsichtigen Glaskugel findet eine elektrische Entladung statt, die einem, wenn man die Kugel berührt, die Haare zu Berge stehen lässt. Der Wächter oder besser: die Wächterin stieß einen Schrei in derselben Tonhöhe wie der Roch aus, nur nicht so laut. Der Vogel reagierte sofort und schlug nicht mehr so wild mit den Flügeln.

»Was bei allen Dalmatinern …?«, murmelte Chriscanis ungläubig.

»Kann sie …«, begann Sam.

»Und ob sie kann«, bekräftigte Vance. Tashi war nicht nur eine Heilerin und Kriegerin, sie konnte auch mit Riesenvögeln reden. Das waren drei besondere Fähigkeiten im Gegensatz zu den null von Sam. Er war voller Ehrfurcht.

Tashi ging auf den Roch zu, und Sam hörte, wie sie dabei leise, krächzende Laute ausstieß. Sie streckte die Hand aus und der Vogel reckte den Kopf vor und ließ sich von der Wächterin sacht über den Schnabel streichen. Der Roch schloss die Augen wie ein Welpe, wenn man ihm den Bauch krault. Sie flüsterte dem Tier etwas zu und es antwortete mit leisem Krächzen und einem tiefen Staccato-Ruf. Tashi trat zurück und verneigte sich vor dem Vogel. Der Roch verneigte sich ebenfalls, schlug wieder mit den mächtigen Schwingen und hob ab.

Als er davonflog, schloss Tashi zu Sam, Vantana und Chriscanis auf. Sie betrachtete Vantana und Chriscanis verärgert.

»Er mag euch beide nicht besonders«, sagte sie.

»Uns? Was haben wir ihm denn getan?«, fragte Vance.

»Wenn ihr wolltet, dass er den Jungen, der den Greif gesehen hat, irgendwohin bringt, hättet ihr ihn nur fragen müssen«, schimpfte Tashi. »Ihr hättet ihn nicht ködern sollen. Das ist erniedrigend.« Sie hob ihren Hut auf und ging weiter.

»Woher hätte ich das denn wissen sollen?«, fragte Chriscanis Vance schuldbewusst.

»Man lernt jeden Tag was Neues dazu«, scherzte der Doktor.

»Moment mal!«, rief Sam seinen Reisegefährten zu. »Wir sind mit *dem* da übers Tal geflogen?«

Chriscanis grinste. »Als blinde Passagiere, ja. Wir mussten uns an ihm festklammern, sonst wären wir abgestürzt.«

»Das war das letzte Mal, dass ich vor euch einschlafe«, nahm Sam sich vor. »Das ist ja schlimmer als jeder Streich bei einer Pyjamaparty.«

Vance und Chriscanis lachten über Sams Bemerkung.

Als sie den Berggipfel erreichten, ging die Sonne bereits unter. Der Aufstieg war in den letzten Stunden weniger beschwerlich, allerdings warf Tashi Vance und Chriscanis immer wieder tadelnde Blicke zu. Sam versuchte, ein Gespräch mit ihr zu beginnen, doch sie riet ihm, seine Energie und seinen Atem zu sparen.

»Das mit dem Roch wusste ich nicht«, sagte er dennoch. »Ich wollte nur, dass du das weißt.«

Tashi schaute den Jungen an. In ihren Augen war wieder dieses schwache smaragdgrüne Leuchten. »Ja, das hat er mir gesagt«, antwortete sie mit einem kleinen, beruhigenden Lächeln.

»Kannst du mit allen Tieren reden?«, wollte Sam wissen.

»Mit denen, die zuhören wollen, ja. Aber jetzt müssen wir still sein, sonst hören uns die Schneelöwen.«

Was das wohl wieder zu bedeuten hatte? Die vier erreichten eine Lichtung auf dem Berggipfel. Sie war nur wenige Quadratmeter groß, doch es reichte, um dort eine

Pause machen zu können und sich ein wenig von dem Wind zu erholen. Sam entdeckte eine große Öffnung im Berg. In der Höhle war es pechschwarz, doch als sie sich dem Eingang näherten, begann es darin zu leuchten.

»Wärmeglocken?«, fragte Sam Tashi, und sie nickte.

Die Höhle war nur ungefähr sechs Meter tief. Am hinteren Ende war eine große Flügeltür in den Fels geschnitten. Auf jedem Flügel war das Bild eines Greifen eingeritzt. Die Tiere waren von der Seite dargestellt und standen angriffsbereit auf den Hinterbeinen.

»Ist das …«, begann Sam, doch Tashi brachte ihn mit einem strengen Blick zum Schweigen. Er blickte wieder zu der Tür zurück und sah rechts und links davon zwei Statuen. Sie erinnerten ihn an die dekorativen Löwenfiguren, die er in San Franciscos Chinatown überall gesehen hatte. Die Marmorlöwen hatten gelockte Mähnen, und ihre Mäuler standen weit offen, sodass sie fast fröhlich aussahen. Das mussten die Schneelöwen sein, von denen Tashi gesprochen hatte. Doch wie sollten die etwas hören können? Es waren doch nur Statuen.

Tashi klopfte mit dem unteren Ende des Shekchen auf den Boden. »Keinen Schritt weiter«, flüsterte sie der Gruppe zu, aber der Doktor war bereits einen halben Schritt vor dem Stab. »Halt!«, befahl sie streng. Vantana blieb auf der Stelle stehen. Sam schaute zu Tashi hinüber. Sie wirkte zum ersten Mal nervös. Alle standen einige Augenblicke stocksteif da und beobachteten Tashi besorgt. Als sie sich endlich entspannte, stießen die anderen drei beklommene

Seufzer aus. Sam vermutete, dass sie gerade alle einer unsichtbaren Gefahr entgangen waren, derer sich nur Tashi bewusst war. Doch ihre stumme Freude war von kurzer Dauer.

Die marmornen Schneelöwen-Statuen begannen zu knacken und brachen mit einem Grollen, das den Boden zum Beben brachte, auf. Sam beobachtete mit offenem Mund, wie zwei Tiergestalten aus den Marmorbrocken hervorkamen. Sie waren eine Mischung aus riesigen Lhasa Apso, einer tibetanischen Hunderasse, und afrikanischen Löwen mit türkisfarbener Mähne und leuchtend weißem Fell.

»Das sind die Wachhunde?«, fragte Chriscanis amüsiert.

Im selben Moment entdeckten die Schneelöwen ihre Besucher und öffneten die großen, lächelnden Mäuler.

»Runter!«, befahl Tashi. Sie ließ sich auf den Boden fallen und Sam und Dr. Vantana folgten ihrem Beispiel, doch Chriscanis blieb stehen. Tashi riss ihn in dem Augenblick zu sich herunter, als die Schneelöwen ein fürchterliches Gebrüll anstimmten. Es war das Furchterregendste, was Sam je gehört hatte. Das Kreischen der Gargylen erschien im Vergleich dazu fast angenehm. Das Gebrüll ließ den Berg wie ein Erdbeben erzittern und jagte einen gewaltigen Windstoß auf die Gruppe zu. Sam spürte, wie er langsam vom Wind zurückgeschoben wurde. Der Luftstrom wurde immer stärker und trieb Sam geradewegs auf den Abgrund zu, der kurz vor dem Höhleneingang in die Tiefe führte. Sam versuchte sich irgendwo festzuhalten, doch seine Hände rutschten überall ab. Tashi bemerkte Sams

Kampf. Sie rammte ihren Shekchen in den Boden und griff nach seiner Hand, als die gerade wieder abrutschte. Der Shekchen fungierte als Anker gegen den Sturm. Tashi lag mit ausgestreckten Armen zwischen dem Stab und Sam, der sich verzweifelt an ihr festklammerte.

Auch Dr. Vantana und Chriscanis verloren den Kampf gegen den Wind und schlitterten rasch auf den Abgrund zu. Der Doktor streckte den Arm aus und erwischte Sams Fuß, während Chriscanis sich an Vantanas Bein hängte. Alle vier klammerten sich aneinander fest; ihre Körper waren bis zum Gehtnichtmehr gestreckt. Doch der Wind blies noch stärker und Tashis Shekchen rutschte ab. Die gesamte Gruppe schlitterte weiter auf den Abgrund zu; Chriscanis rutschte über den Rand.

Tashi stieß einen Schrei aus, rammte den Shekchen wieder in den Boden und verhinderte so erneut, dass sie abstürzten. Chriscanis, der sich immer noch an Vantanas Bein festhielt, baumelte über dem Abgrund, gute 300 Meter über dem Tal.

Und obwohl es eigentlich nicht mehr schlimmer kommen konnte, wurden die vier nun auch noch durch die immense Kraft des Windes in die Luft gehoben und hingen einen Meter über dem Boden. Tashi versuchte verzweifelt mit den Fingern die Erde zu berühren. Sams Bein, an dem das Gewicht von Vantana und Chriscanis hing, tat entsetzlich weh und er heulte vor Schmerz.

»Sorry, Kumpel!«, brüllte der Doktor über das ohrenbetäubende Getöse.

Tashi schaffte es endlich, den Boden zu berühren, zwar nur mit den Fingerspitzen, doch das genügte. Eine Welle des blauen Stroms schoss durch ihren Körper und in den Stab. Ein Funkenregen stob nach oben und zeichnete einen Bogen an den Himmel. Das Gebrüll der Schneelöwen hörte abrupt auf. Alle knallten zurück auf den Boden und Chriscanis kletterte über den Rand des Abgrunds in Sicherheit. Tashi rappelte sich rasch auf und wandte sich den Schneelöwen zu.

Sie knurrte und zeigte auf sich. Die Schneelöwen verneigten sich, machten ein paar schnelle Schritte zurück und gaben den Weg zur Tür frei. Tashi drehte sich zu ihren Begleitern um.

»Bleibt dicht bei mir und schaut den Schneelöwen nicht in die Augen. Verstanden?«

»Klar«, antwortete Sam zuversichtlich.

»Dich habe ich nicht gemeint.« Tashi wies auf Dr. Vantana und Chriscanis, denen es gar nicht gefiel, dass sie erneut von einem Kind zurechtgewiesen wurden.

»Selbstverständlich«, erwiderte Chriscanis ärgerlich.

Tashi ging weiter und die anderen folgten dicht hinter ihr. Vor der Tür ließ sie ihren Shekchen herumwirbeln und berührte mit der Spitze den Fels. Ein Poltern war zu hören, dann öffneten sich die Türflügel langsam und knarrend. Tashi aktivierte ihren Shekchen, als sie eintrat. Die dadurch ausgesendeten Energieblitze schossen in mehrere Richtungen und entzündeten Fackeln entlang der Höhlenwände. Die Höhle war riesig. Eine weitläufige

Halle, in schimmernden Rosenquarz geschlagen und voller Gold. Goldene Becher, goldene Münzen – alles war aus Gold. Sam hatte noch nie so viel Gold gesehen, doch trotz all der Schätze, die ihn umgaben, wurde sein Blick sofort zur Mitte des Raums gelenkt. Dort ragte ein Sockel aus Rosenquarz aus dem mit Gold bedeckten Boden. Und auf dem Sockel lag ein einzelner goldener Gegenstand.

»Ist das …?« Sam ging näher heran, um ihn besser sehen zu können. Er schaute kurz zu Tashi zurück, die nickte. Der goldene Gegenstand war die Greifenklaue. Die magische Klaue, die vor über 2000 Jahren einen Fluch auf die Menschheit gelegt hatte. Sam musste daran denken, welch unbeschreibliche Macht da nur wenige Meter vor ihm lag. Würde die Klaue auf irgendeine Weise vernichtet, wären Fabelwesen, die dem menschlichen Auge bisher verborgen waren, plötzlich sichtbar.

»Ich werd nicht mehr«, murmelte Vantana und trat ebenfalls näher. »Schau dir das an, Chris.« Doch Chriscanis interessierte sich mehr für die Mengen von Gold, die überall herumlagen.

»Ich gehe mal davon aus, dass es den sicheren Tod bedeutet, wenn man sich an dem Gold des Greifen vergreift?«, fragte der Hundemensch mit einem schiefen Lächeln, während er einen goldenen Becher betrachtete.

»Nein«, antwortete Tashi lässig, hob eine Goldmünze auf und warf sie aus der Höhle. In dem Moment, in dem die Münze durch die Tür segelte, explodierte sie und zerfiel zu Staub. »Nur ein Greif kann das Gold aus seinem Versteck schaffen.«

»Hey, die Wärmeglocken sind aus«, bemerkte Sam.

»Wir suchen die Klaue ja nicht mehr«, erwiderte der Doktor.

»Oh, stimmt.«

Der Doktor trat näher an das Relikt und betrachtete es. »Sieht für mich so aus, als sei alles in Ordnung damit«, meinte er.

»Wie Yeshe es vorhergesehen hat.« Tashi schlug den Kragen ihrer Jacke nach unten, sodass man ihr Gesicht sehen konnte. Es erinnerte Sam wieder daran, wie jung sie war.

»Und jetzt?«, fragte Chriscanis.

Der Doktor trat von der Klaue zurück und ging in Richtung Ausgang. Er begann auf dem einzigen Stück Boden, das nicht mit Schätzen übersät war, auf und ab zu laufen.

»Warum macht sich der Greif Sorgen, wenn die Klaue völlig intakt in seiner Höhle liegt?«, wunderte sich Vantana laut.

Sam hatte den Blick auf den Doktor gerichtet, doch plötzlich fiel ihm etwas Merkwürdiges hinter Vantana auf. Er wollte die anderen warnen, brachte jedoch nur ein schwaches »Äh …« heraus.

»Keine Ahnung, Kumpel. In meinen Augen ergibt es nicht besonders viel Sinn«, bemerkte Chriscanis.

Sams Augen waren immer größer geworden und Tashi bemerkte es. »Äh … Leute?« Sam versuchte erneut, die Aufmerksamkeit auf sich zu lenken.

»Vielleicht falscher Alarm?«, vermutete Vantana.

»Dr. Vantana«, sagte Sam laut, und endlich schaute der Doktor ihn an.

»Ja, was gibt's, Sam?«

»Die Wärmeglocken … sie brennen wieder.« Sam wies zum Eingang hinter Vantana, wo das orangefarbene Leuchten wieder eingesetzt hatte.

»Nicht jetzt, Sam. Mich interessiert viel mehr, warum …«

»Wir suchen die Klaue nicht mehr«, erinnerte Tashi ihn, packte ihren Shekchen fester und ging in Angriffsstellung.

Vantana erstarrte und schnupperte. Mit einem Schlag verdüsterte sich seine Miene. »Oh, Mi…« Er bekam keine Chance, das Wort zu Ende zu bringen. Ein riesiges weißes Etwas rannte vom Höhleneingang her geradewegs in ihn hinein. Der Doktor torkelte durch die Höhle, krachte in Chriscanis, und die beiden gingen zu Boden. Die Kreatur brüllte, als er aufstand. Sie war ungefähr zweieinhalb Meter groß und von Kopf bis Fuß mit silberweißem Fell bedeckt. Eine gebleichte Version von Carl, aber wütend. Sehr wütend. Sie hatte stahlblaue Augen, sieben oder acht Zentimeter lange Krallen und ein Maul voll rasiermesserscharfer Zähne, die sie momentan voll zur Schau stellte. »Yeti!«, rief Tashi, schwang ihren Shekchen und bereitete sich auf einen Kampf vor. Der Yeti sah den Sockel und steuerte direkt darauf zu. Nur Sam London stand zwischen der magischen Greifenklaue und einem der wildesten Wesen, das je auf der Erde gelebt hat.

Kapitel 12

Schneemenschen sind frostig

SL001-180-70

BETREFF: Tashi aus Kustos (SB)

QUELLE: HR

DATUM: [redacted]

Für Tashi war die Zeit zu sterben gekommen. Die Wächter nannten es die Phase der Sterblichkeit, wenn junge Krieger ihrer größten Angst, dem Tod, gegenüberstanden. Das Ritual, wenn es denn überhaupt so genannt werden konnte, gestaltete sich für jedes Individuum anders. Kein Wächter, nicht einmal die Ältesten unter ihnen, wusste genau, wann ein Krieger geprüft würde und wie die Prüfung aussah. Doch es war für jeden Wächter, der seinen Platz unter den Hütern der Greifenklaue einnehmen wollte, ein entscheidender

Übergangsritus. Tashi fehlten noch ein paar Jahre bis zum Durchschnittsalter, in dem die meisten die Prüfung absolvierten, doch sie war, was ihre Kenntnisse und Fähigkeiten betraf, ihren Altersgenossen weit voraus. Sie hatte die Dorfältesten bedrängt, sie an gefährlichen Trainingsmissionen teilnehmen zu lassen, um die Chance zu erhöhen, ihre Prüfung früher zu »finden«. Doch die Ältesten hatten Tashis Bitte abgelehnt und sie vor Selbstüberschätzung gewarnt.

Zu der Zeit, als die drei Fremden nach Kustos kamen, war Tashi total frustriert. Sie war eine der geschicktesten Kämpferinnen im ganzen Dorf und wurde trotzdem von allen noch wie ein Kind behandelt. Deshalb war es einigermaßen überraschend, als Yeshe, der Dorfälteste, sie nach vorn rief. Der jüngste der drei Fremden war verletzt, allem Anschein nach schwer, und Tashi sollte ihn heilen. Ihr war sofort klar, dass die Heilung dieses Jungen ihre Prüfung werden würde. Daran gab es keinen Zweifel. Sie hatte die Phase der Sterblichkeit erreicht, und Sam London war Tashis Chance, ihr selbst gestecktes Lebensziel zu erreichen. Sie würde ihn von der Schwelle des Todes zurückholen und ihr eigenes Leben dafür riskieren. Sie musste an den alten Spruch denken, den Yeshe oft wiederholte: »Sei vorsichtig in dem, was du dir wünschst.«

Angst war den Wächtern fremd. Tashi hatte noch nie

Angst gehabt, weshalb es schwer für sie war, das Gefühl zu erkennen, als es sich meldete. Es kam als übermächtige Furcht über sie, so als könnte – oder als würde – etwas ganz und gar schiefgehen. Das Leben des Jungen und Tashis Zukunft standen auf dem Spiel, ganz zu schweigen von der Tatsache, dass der Greif sich auf sie verließ. Schließlich hatte er Sam unter so vielen auserwählt und war ihm erschienen. Dies musste bedeuten, dass der Junge für den Schutz der Klaue wichtig war. Und die Klaue zu beschützen, war die Pflicht eines jeden Wächters.

Tashi war sich sehr wohl bewusst, dass ihr Leben und das von Sam nach der Heilung nie mehr dasselbe sein würden. Es gab einen Grund, weshalb Wächter, die die Phase der Sterblichkeit erreichten, normalerweise nicht über eine Heilung geprüft wurden. Die Heilung schuf ein unzerreißbares Band zwischen Heiler und Geheiltem, es entstand eine unglaublich starke Verbindung, die von diesem Tag an aus dem Leben des Heilers nicht mehr wegzudenken war. Wenn Wächter dem Tod ins Auge sahen und ihn besiegten, während sie die Greifenklaue beschützten, war ihre Verbindung mit dem Greif vollkommen. Ihre Instinkte veränderten sich augenblicklich und sie widmeten fortan ihr ganzes Leben dem Schutz der Klaue.

Doch das hier war anders. Sams Rettung hatte eine dauerhafte Verbindung nicht nur zum Greif, sondern auch zu Sam hergestellt. Es bedeutete, dass zusätzlich zu Tashis Mission, die Klaue zu beschützen, nun auch noch Sams Leben unter ihrem Schutz stand. Sobald er geheilt und die

Bindung hergestellt war, konnte sie nicht anders, als Sam instinktiv zu beschützen. Das war bis zu ihrem Tod Teil ihres und seines Lebens. Da er kein Wächter war und nicht in Kustos wohnte, fragte sie sich, wie das funktionieren sollte. Doch solche Überlegungen konnte sie sich für später aufheben; zuerst musste sie ihn retten.

Schmerzen, wie sie sie bei Sams Heilung empfand, hatte Tashi bisher nicht gekannt. Natürlich hatte sie sich wie viele junge Wächter beim Training schon verletzt, doch wirklich schwere Wunden hatte sie nie davongetragen. Deshalb war das, was sie empfand, etwas ganz Neues für sie. Als sie Sams Verletzung auf sich übertrug, spürte sie, wie ihre Lebensenergie aus ihr herausfloss. Gerade noch hatte sie ihm in die Augen geschaut und die Übertragung abgeschlossen, als ihre Welt plötzlich pechschwarz wurde.

Im Grunde war die Prüfung, die die Wächter zu bestehen hatten, ein mentaler Kampf, ein Krieg zwischen ihrer wahrgenommenen Wirklichkeit und dem, was sie glaubten. Es war kein Geheimnis, dass Greifenblut durch die Adern der Wächter floss und sie vor Tod und Krankheit bewahrt wurden, solange die Klaue unter ihrem Schutz stand. Das war Teil der Magie des Greifen. Das Einzige, was dieser Magie im Weg stand, war der allzu menschliche Verstand der Wächter. Wenn sie nicht zu hundert Prozent an die Macht, die der Greif ihnen vor Jahrhunderten übertragen hatte, glaubten und sie akzeptierten, wurde das Bewusstsein für ihre Sterblichkeit immer größer, vernebelte ihre Gedanken und brachte sie so in Lebensgefahr.

Tashi gab sich alle Mühe, auf die Macht des Greifen zu vertrauen, als sie aus einer tödlichen Wunde blutete. Eine Stimme in ihrem Hinterkopf flüsterte: *Was wäre, wenn …?* Diese drei einfachen Wörter waren schlimmer als jede Verletzung, bedeuteten sie doch, dass ihr Vertrauen schwand. In diesem Moment wurde Tashis Körper von einer Welle unerträglicher Schmerzen geschüttelt. Gleichzeitig überkam sie ein Gefühl von Verzweiflung und Hoffnungslosigkeit. Ihr Körper wurde taub und sie sah alles wie durch einen Nebel. Ihre Ohren wurden von einem schrillen Klingelton gequält, der immer lauter wurde, bis er abrupt abbrach und sie nur noch das laute, gleichmäßige Pochen ihres Herzschlags hörte. Doch der Herzschlag wurde immer schwächer. Tashis Puls wurde langsamer und langsamer. Der zuvor so kraftvolle Trommelwirbel, der ihr Leben ausmachte, wurde leiser, als entfernte sich der Trommler immer weiter von ihr. Dann war er gar nicht mehr zu hören. Tashi aus Kustos war ihren Verletzungen erlegen.

Die darauf folgende Dunkelheit war entsetzlich, aber kurz. Ein hell leuchtender Blitz und aus der schwarzen Leere wurde ein strahlendes Weiß. Als die gleißende Helligkeit schwand, sah sich Tashi auf einer Felsformation mitten in einer weiten Wüste stehen. Sie kannte die Umgebung aus einem Traum, den sie gehabt hatte – der Traum, in dem Sam London Phylassos begegnet war. Was sie jedoch noch mehr überraschte, als an diesem Ort zu sein, war die Tatsache, dass der Greif nur wenige Meter vor ihr stand. Tashi fiel voll Ehrfurcht vor dem König aller magischen Wesen auf die Knie.

»Steh auf, junge Kriegerin«, sagte der Greif mit einem leisen Grollen. Tashi erhob sich langsam wieder; den Kopf hielt sie weiter gesenkt. »Sieh mich an, Tashi aus Kustos.« Da hob die Kriegerin den Kopf und blickte Phylassos in die Augen. »Hast du Angst?«, fragte er. Tashi schüttelte entschieden den Kopf. »Und dennoch bist du hier. Vertraust du mir nicht? Meiner Macht?« Jetzt nickte sie. *Doch, ich vertraue dir!* »Und dennoch bist du hier«, wiederholte der Greif trocken. Auf Tashis Gesicht spiegelte sich eine plötzliche Erkenntnis wider.

»Moment …«, erwiderte sie verwirrt. »Bin ich …?« Der Greif nickte. Sofort wurde Tashi unruhig. Sie zog die Stirn in Falten und sämtliche Muskeln in ihrem Körper spannten sich unwillkürlich an. »Nein!«, rief sie. »Nein, das kann nicht sein!« Trotzig hämmerte sie mit einer Faust auf ihren Brustkorb. »Dieses Herz wird wieder schlagen«, erklärte sie. »Es muss!«

»Warum muss es das?«, fragte der Greif.

»Weil Wächter unsterblich sind. Du hast es so bestimmt.«

»Ach ja?« Tashi nickte. »Aber der Tod ist mächtig, oder?«

»Nicht so mächtig wie du«, erwiderte sie.

»Bist du sicher? Muss nicht jeder von uns sich dem König der Schrecken stellen? Dem endgültigen Feind allen Fleisches?«, fragte der Greif mit einem Glitzern in seinen grünen Augen.

Tashi straffte die Schultern und wiederholte die Worte, die sie sich jeden Tag ihres jungen Lebens vorgesagt hatte: »Ich bin eine Wächterin der Greifenklaue. Seit dem Tag von Alexanders Torheit haben wir geschworen, dem mächtigen Phylassos zu dienen, dem Vater aller Greifen und Beschützer der magischen Wesen. Das Blut des Greifen fließt durch unsere Körper und lässt unsere Krieger-Herzen schlagen. Es verleiht uns Macht über den Tod und Kraft zu entscheiden, wann wir unseren letzten Kampf bestreiten. *Und heute ist nicht mein Tag.*« Tashi sprach diesen letzten Satz mit großem Nachdruck. Der Greif lächelte, nachdem sie geendet hatte, und im selben Moment spürte die junge Kriegerin ein Pochen in ihrer Brust. Es war so stark, dass der Boden unter ihren Füßen bebte. Dem ersten Pochen folgte ein zweites und noch eines, bis ihr Herz wieder gleichmäßig schlug.

»Ich werde leben, um die Greifenklaue zu beschützen«, schwor Tashi furchtlos und entschlossen.

Der Greif beugte sich vor und wisperte laut: »Aber das, Tashi aus Kustos, ist nicht dein einziger Lebenszweck.«

Tashi dachte kurz über Phylassos' Worte nach. »Sam«, sagte sie dann. »Sam London.«

Der Greif nickte. »Es kommt eine Zeit, in der du dich entscheiden musst zwischen der Sicherheit des Jungen und meiner eigenen.« Tashis Augen weiteten sich besorgt. »Wenn dieser Augenblick gekommen ist, wirst du wissen, für wen du dich entscheiden musst«, fügte er hinzu.

»Aber ...« Tashi brauchte mehr als das. Sie hatte geschworen, beide zu beschützen. Wie konnte sie da jemals zwischen den beiden wählen? Sie fuhr aus dem Schlaf hoch und stellte fest, dass sie in der Kaserne war. Ihre besorgten Eltern hielten an ihrem Bett Wache. Sie sprangen voller Freude auf. Ihre Tochter hatte es geschafft! Die Prüfung war vorbei und sie hatte sie bestanden. Tashi hatte den Tod überwunden und konnte den ihr zustehenden Platz als eine Wächterin der Greifenklaue einnehmen. Sie wollten mit ihr feiern und brachten ihre Lieblingsspeisen und -getränke, doch Tashi war zu sehr abgelenkt. Sie musste ständig an ihre Vision und die prophetischen Worte des Greifen denken. Sie dachte an die Entscheidung, zu der sie gezwungen sein würde, und betete um Weisheit. Eines stand fest: Sie und Sam London waren nun bis in alle Ewigkeit miteinander verbunden – eine Tatsache mit Konsequenzen, deren volle Tragweite sie noch nicht absehen konnte.

Sam kannte natürlich den Ausdruck »wie ein Reh im Scheinwerferlicht«. Und woher dieser Ausdruck stammte, hatte er sogar selbst schon erlebt, als er und seine Mom eines Abends vom Kino nach Hause fuhren. Die Straße lag in dichtem, suppigem Nebel. Sie fuhren um eine Kurve und da stand mitten auf der Straße ein Reh. Ettie trat auf die Bremse und brachte den Wagen nur wenige Meter vor dem erschrockenen Tier mit einem Ruck zum Stehen. Reglos wie eine Statue, starrte es in die Scheinwerfer. Irgendwann hupte Ettie und es verschwand im Wald.

Sam stellte fest, dass im Moment er die Rolle des Rehs spielte. Das Auto war ein Yeti, auch bekannt unter dem Begriff Schneemensch. Sams Muskeln verkrampften sich und sein Herz raste. Er hatte in den Kampf-oder-Flucht-Modus geschaltet und musste sich nun entscheiden. Zum Glück wurde ihm die Entscheidung abgenommen. Ein Blitz zischte über die Höhlendecke. Im nächsten Augenblick stand Tashi in gebückter Verteidigungshaltung vor Sam. Sie ließ ihren Shekchen herumwirbeln und stieß dem Yeti die Spitze gegen die Brust. Elektrischer Strom floss durch den Stab und in den Schneemenschen. Er hob zuckend vom Boden ab und wurde dann sechs Meter nach hinten katapultiert. Tashi wirbelte zu Sam herum, dessen Mund immer noch weit offen stand.

»Das war der Hammer!«, rief er. Seine Bewunderung für Tashi wuchs von Stunde zu Stunde. Doch sie wollte keine Komplimente, sie war ganz Kämpferin.

»Lauf!«, befahl sie.

Sam hatte nicht vor, mit ihr zu streiten. Er drehte sich um und wollte die Flucht ergreifen, als ihm plötzlich etwas bewusst wurde. Alle trugen ihren Teil dazu bei, die Klaue zu beschützen – Dr. Vantana und Chris kämpften beim Höhleneingang hitzig gegen zwei weitere Yetis und Tashi hatte ihn gerade vor dem sicheren Tod bewahrt. Doch was trug Sam zu der ganzen Sache bei? Die Antwort lautete: Nichts. Ob bei der Geschichte mit den Gargylen, den Rotkappen oder dem jüngsten Debakel mit dem Yak, Sam London musste anscheinend immer gerettet werden.

Höchste Zeit, dass ich auch mal etwas Heldenhaftes tue, dachte er. Ohne einen weiteren Moment zu verlieren, schnappte Sam sich die Greifenklaue von ihrer Kristallsäule und rannte damit ganz nach hinten in die Höhle.

Während Sam über die auf dem Boden verstreuten Schätze sprang, blickte er über die Schulter zu den anderen zurück. Es war plötzlich gespenstisch still geworden, und er wollte wissen, ob sie den Kampf gewonnen hatten. Doch das war nicht der Fall. Die Yetis hatten schlicht aufgehört zu kämpfen und standen einfach nur reglos da. Tashi, Vantana und Chriscanis wussten nicht, was sie davon halten sollten.

»Sieht so aus, als hätten sie genug«, meinte der Kynokephalus.

Die drei Yetis wandten sich zu Sam um. Dieser blickte auf die goldene Klaue in seinen Händen und kam zu einer erschreckenden Erkenntnis.

»Oh-oh«, murmelte er.

Die Schneemenschen gingen zum Angriff über. Es gab kein Entkommen. Er hatte sich selbst in diese ausweglose Situation gebracht und die Yetis kamen mit langen Sprüngen rasch näher. Sam sah, dass der Doktor hinter den Ungeheuern herrannte.

»Wirf sie rüber, Sam!«, rief er. »Wirf sie rüber!«

Sam hob den Arm und warf dem Doktor die Klaue zu. Sie segelte durch die Luft, erreichte ihr Ziel jedoch nicht, sondern traf einen der Yetis am Kopf. Zum Glück setzte ihn der Aufprall lange genug außer Gefecht, dass Vantana das kostbare Relikt aufheben und es Chriscanis zuwerfen konnte.

»Sorry!«, brüllte Sam.

»Erinnere mich, dass ich dir das Werfen beibringe, wenn wir das hier überleben«, keuchte der Doktor und beeilte sich, Abstand zwischen sich und die Yetis zu bringen.

Die Monster wirbelten herum und steuerten auf den neuen Besitzer der Klaue zu. Chriscanis wartete, bis sie fast bei ihm waren, dann warf er sie Tashi zu. Sie fing die Klaue in einem Sprung auf, der jedem Profi-Baseballspieler Ehre gemacht hätte, und nahm danach wieder ihre gebückte Kampfstellung ein.

Der Doktor wedelte mit den Händen. »Ich bin frei!«

Geraden als die Yetis sich auf die Wächterin stürzen wollten, warf sie die Klaue dem Doktor zu und zog den Monstern mit einem Schwung ihres Shekchen die Beine weg, als diese erneut auf Vantana losstürmen wollten. Sie kamen rasch wieder auf die Füße und nahmen die Verfolgung erneut auf. Der Kampf entwickelte sich bald zu einem riskanten Esel-in-der-Mitte-Spiel, bei dem der Esel ein blutrünstiger Yeti war. Doch es dauerte nicht lang, bis die Schneemenschen dazulernten.

Der Yeti in der Mitte – er hatte einen schwarzen Fellstreifen auf seinem ansonsten weißen Kopf – rief seinen beiden Kumpels mit rauer Stimme etwas zu. Sie stapften zu ihm hinüber, alle drei steckten die Köpfe zusammen und bellten sich an.

»Besprechen sie etwa den nächsten Spielzug?«, fragte der Doktor.

»Sie sind eine sehr gemeinschaftsorientierte Spezies«, erklärte Tashi. »Alles, was sie tun, wird in der Gruppe beschlossen.« Tashi räusperte sich und stieß ein paar Laute aus, die denen der Yetis ähnelten. Das gestreifte Monster wandte sich ihr zu und antwortete mit denselben Geräuschen.

»Redest du mit ihnen?«, wollte Chriscanis verblüfft wissen. Tashi nickte und führte ihren Dialog mit dem Yeti fort.

»Warum hast du nicht schon vorher mit ihnen geredet?«, fragte der Doktor leicht genervt.

»Sie hören nicht zu, wenn sie wütend sind«, antwortete Tashi sachlich. »Sie sagen, sie haben keine Lust mehr zum Spielen. Sie wollen die Klaue.«

»Was für eine Überraschung. Sag ihnen, dass sie sie nicht bekommen«, meinte der Doktor.

Tashi stieß noch ein paar von diesen Lauten aus, doch der Streifen-Yeti schien das Interesse zu verlieren. Er wandte sich wieder seinen Kollegen zu und sie steckten erneut die Köpfe zusammen. Einen Augenblick später drehten sie sich um und trabten auf Sam zu.

»Warum kommen sie zu mir?«, fragte Sam in panischer Angst. »Ich habe die Klaue nicht!«

»Sie wollen dich als Druckmittel einsetzen«, erwiderte Tashi, als sei das ganz offensichtlich.

»Lauf, Sam, bevor sie dich in die Enge treiben können!«, befahlt Dr. Vantana.

Sam betrachtete die näher kommenden Yetis und sah seine Chance. Er lief volle Pulle auf die Monster zu.

»Gütiger Himmel! Du sollst von ihnen *weg*rennen!«, rief Chriscanis.

Doch Sam lief einfach weiter. Auch die Yetis schien sein Verhalten zu irritieren. Sam holte tief Luft und schlüpfte zwischen den Beinen des Streifen-Yetis hindurch. Die Monster waren auf diese Überraschung nicht gefasst und brauchten einen Moment, bis sie reagieren konnten. Für Sam reichte das. Er sprintete durch die Höhle, sprang über juwelenbesetzte Becher und Schatzkisten voller Gold und hielt direkt auf Tashi, Vantana und Chriscanis zu. Die drei jubelten, erstaunt und begeistert von seinem Wagemut.

»Und jetzt?«, wollte Sam von Tashi wissen, als er den Höhleneingang endlich erreichte.

»Die Greifenklaue ist hier nicht mehr sicher. Wir nehmen sie mit nach Kustos. Yeshe wird wissen, was zu tun ist.«

Die Yetis hatten sich umorientiert und stapften nun ebenfalls auf den Ausgang zu. Sam und seine drei Begleiter stürmten nach draußen. Beim Hinauslaufen hielt Tashi kurz inne und berührte die Tür mit der Spitze ihres Shekchen. Ein elektrischer Impuls lief über den Stein und die Türflügel begannen sich zu schließen. Die Yetis waren nicht schnell genug; sie erreichten den Ausgang nicht rechtzeitig. Die schweren Türen schlossen sich und die Monster saßen in der Falle.

Erschöpft gönnte die Gruppe sich einen Moment Zeit, um zu verschnaufen.

»Um des Pudels willen«, entfuhr es Chriscanis.

Sie drehten sich um und sahen, was er gesehen hatte. Die Höhle lag hinter ihnen, doch zwei Dutzend Schneemenschen standen vor ihnen. Die Yetis hatten Freunde, und diese hatten sich mit gefletschten Zähnen Seite an Seite vor ihnen aufgebaut, bereit zum Kampf.

Für Dr. Vance Vantana war die Sache klar: Das Quartett war bei Weitem in der Unterzahl und somit eindeutig unterlegen. Zeit, sich zu ergeben. Er sah Tashi sofort an, dass sie seine Entscheidung nicht gut fand. Die Kriegerin hatte sich noch nie vor einem Kampf gedrückt; ihrem Volk war so etwas vollkommen fremd. Doch Vance erinnerte sie daran, dass sie nicht als Einzige in diesen Kampf verwickelt war.

»Wir haben die Verantwortung für den Kleinen«, flüsterte Vance ihr zu, als sie ihren Shekchen fester packte, um es, falls nötig, auch allein mit den Bestien aufzunehmen. »Und wir können die Greifenklaue nicht mehr beschützen, wenn wir alle tot sind.« Tashi beäugte ihn argwöhnisch und gab dann mit einem Nicken widerwillig ihre Zustimmung. Vance zwinkerte ihr zu. »Keine Bange. Ich habe immer noch ein paar Tricks im Ärmel. Wollen mal sehen, wie das hier weitergeht.«

* * *

Der Marsch zum Yeti-Dorf war ein frostiger Kampf durch Eis und Schnee. Es ging über einen schmalen, gewundenen

Pfad den Berg hinunter, sodass die ganze Zeit über die Gefahr bestand, auszurutschen und in den Tod zu stürzen. Vance hoffte, jemand würde ihn und seine Begleiter suchen und ihre Spuren entdecken, bis er sah, dass die Schneemenschen sie hinter ihnen verwischten. Es war faszinierend. Die beiden Yetis, die das Schlusslicht bildeten, bliesen die Spuren einfach weg. Ihr Atem war wie ein Windstoß, der die Landschaft in ihren unberührten Zustand zurückversetzte.

»Was machen sie wohl mit uns?«, fragte Sam nervös.

»Keine Ahnung«, gab Vance zu. »Aber wir sind noch am Leben und für mich ist das immer ein gutes Zeichen.«

»Bis wir es nicht mehr sind«, meldete sich Chriscanis trocken. »Ich hoffe, sie sind Vegetarier. Aber mit diesen Reißzähnen und so einem Aggressionsbewältigungs-Problem …«

Vance sah Sams entsetzte Miene und warf dem Kynokephalus einen warnenden Blick zu. Chriscanis hörte sofort auf. »Sorry, Kumpel«, entschuldigte er sich flüsternd.

Ein Teil von Vance fand den Marsch trotz der ungünstigen Umstände aufregend. Er war schließlich Wissenschaftler durch und durch und kein Mensch hatte je zuvor ein Yeti-Dorf zu Gesicht bekommen. Manche glaubten, die Schneemenschen lebten in einer Wolke, andere hatten die Theorie aufgestellt, dass ihre Dörfer unsichtbar seien. Vance sollte bald erfahren, dass an beiden Behauptungen etwas Wahres dran war.

Als die Yetis die Gruppe durch eine schmale Passage

zwischen zwei Bergen führten, umwaberte sie ein so dichter Nebel, dass Vance die Hand nicht vor Augen sehen konnte.

»Es ist, als würde man durch eine Champignoncremesuppe laufen«, bemerkte Chriscanis.

»Vance?«, meldete Sam sich nervös.

»Nimm meine Hand, Sam«, sagte der Doktor. »Es wird alles gut.« Sofort schob sich Sams Hand in seine.

Als die Gruppe endlich aus dem Nebel heraustrat, schaute sie auf ein verborgenes Tal hinunter. Das Yeti-Dorf war weder unsichtbar noch lag es in einer Wolke, aber es war unter einem Wolkendach verborgen und auf allen Seiten von Bergen umgeben. Aus dieser Höhe sah Vance, dass es in konzentrischen Kreisen angelegt war. Es erinnerte ihn an die Bigfoot-Siedlung im Redwood-Nationalpark. Schneemenschen und Bigfeet waren entfernt miteinander verwandt, weshalb die Ähnlichkeit nicht überraschte. In der Mitte des Dorfes erhob sich eine gewaltige Eiskuppel wie ein riesiger Iglu.

Als sie das Tal erreichten und Vance das Dorf genauer in Augenschein nehmen konnte, kombinierte er, dass die Kreise unterschiedliche Ebenen der Yeti-Kultur repräsentierten. Die am unteren Ende der Hierarchie wohnten in den äußeren Ringen. Sie waren Arbeiter und hausten in dicht beieinanderstehenden Ein-Zimmer-Iglus. Sie knurrten und fauchten die Fremden an, als sie vorbeigeführt wurden. Die Yetis in den inneren Ringen machten einen gebildeteren Eindruck und wohnten in stilvollen Eisbauten mit mehreren Räumen. Sie hielten sich aufrechter und fletschten nicht wie die anderen aggressiv die Zähne. Im Gegenteil, sie beobachteten die Neuankömmlinge nachdenklich und neugierig.

Die Gruppe wurde am Dorfzentrum vorbei hinter die Kuppel geführt. Vance konnte einen Blick hineinwerfen und sah Dutzende von Yetis, die dort mit Waren handelten und Meetings abhielten, während die Yeti-Jugend offenbar Unterricht hatte. Die vier mussten eine Böschung hinuntergehen und standen bald vor einer dunklen Höhle mit einer großen Tür aus Eis und senkrechten Stäben aus Stalaktiten und Stalagmiten. Die Tür wurde geöffnet und man schob die vier hinein. Hinter ihnen schloss sich die Tür wieder, und zwei Yetis blieben davor stehen, um die neuen Gefangenen zu bewachen.

»Wir wurden von Schneemenschen festgenommen«, stellte Chriscanis ungläubig fest. »Falls wir hier je wieder rauskommen, gibt das die Hammer-Stammtischgeschichte.«

»Auch wenn's vielleicht nicht so aussieht, ist diese Entwicklung gar nicht so schlecht. Wir können uns ausruhen und überlegen, welche Optionen wir haben. Uns einen Fluchtplan zurechtlegen«, erklärte Vance. Er blickte zu Sam, der sich erschöpft auf den Höhlenboden hatte fallen lassen. »Wir kommen hier wieder raus«, versicherte er dem Jungen.

In diesem Moment hörten sie eine Stimme aus der dunklen Tiefe der Höhle. Sie klang schon älter und der Ton war Vance vertraut. »Ich hatte gehofft, die Kavallerie käme, um mich zu retten, und nicht, um mir Gesellschaft zu leisten.«

Vance schaute sofort in die Richtung, aus der die Stimme gekommen war. »Wer ist da? Komm ins Licht, wo wir dich sehen können«, verlangte er. Eine Sekunde verstrich, dann tauchte eine Gestalt aus der Dunkelheit auf. Es war ein älterer Herr, über siebzig, mit grauem Bart und Schnauzer, freundlichen Augen und einem warmen Lächeln. Vantanas Augen weiteten sich ungläubig. »Henry?«, fragte er verdutzt.

Dr. Henry Knox, Chef des Instituts für Magische Wesen, Autor zahlloser Bücher über Fabeltiere und der Mann, der seit drei Monaten verschwunden war, nickte.

»Hast du mich vermisst?«

Kapitel 13

Wiedersehen mit Knox

Dr. Vance Vantana hatte seinen Mentor, Dr. Henry Knox, seit fast drei Monaten nicht mehr gesehen. In dieser Zeit war ihm klar geworden, wie sehr er beruflich auf den legendären Wissenschaftler angewiesen war und wie sehr er ihn als Freund vermisst hatte. Sie hatten sich kennengelernt, als Vance noch ein Kind war. Knox hatte ihn unter seine Fittiche genommen und ihm eine Welt gezeigt, von deren Existenz Vance nichts wusste und die er sich nie hätte vorstellen können. Knox war nicht nur Lehrer, sondern fast schon ein Familienmitglied – Letzteres wurde im Lauf der Jahre umso wichtiger, da Vance sich ganz seiner Arbeit hingab und kaum Zeit hatte, Sozialkontakte zu pflegen. Aus diesem Grund war Knox' Verschwinden so niederschmetternd gewesen. Aber es hatte Vance auch geholfen, daran zu glauben, dass Knox noch am Leben war, irgendwo da draußen, und dass er irgendwann zurückkehren oder gefunden werden würde. Selbstverständlich hatte er nicht damit gerechnet, ihn in einem Yeti-Gefängnis wiederzusehen. Doch genau da war der alte Herr, müde und ungepflegt, aber bei guter Gesundheit. Vance konnte nicht anders – seine Gefühle überwältigten ihn. Er lief zu seinem Mentor und umarmte ihn.

»Nach dieser Begrüßung gehe ich davon aus, dass du gedacht hast, ich sei tot«, meinte Knox.

Vance löste sich von ihm. Er schaute etwas belämmert drein und versuchte seine Verlegenheit hinter Ärger zu verbergen. »Wo zum Teufel warst du?«, fragte er Knox im Ton einer Mutter, deren Kind zu spät nach Hause gekommen war. »Gerade warst du noch da, und am nächsten Tag« – er schnippte mit den Fingern –, »puff! Weg!«

»Ich erkläre dir alles später, wenn wir hier lebendig rauskommen. Vielleicht könntest du mich erst mal deinen Freunden vorstellen?«

»Okay, okay, natürlich. Chriscanis kennst du ja schon, glaube ich. Er ist Chase' Nachfolger.«

Knox ging auf den Kynokephalus zu. »Ja, ich erinnere mich, dass wir uns schon einmal begegnet sind, wenn auch nur kurz. Herzlichen Glückwunsch zu Ihrer neuen Position.«

»Danke, Doktor. Ich hoffe, dass ich mein erstes Jahr überlebe«, erwiderte Chriscanis trocken.

Als Nächstes wandte Knox sich Tashi zu. »Eine perfekte Haltung, Wildheit im Blick und eine außergewöhnlich starke Präsenz. Du musst ein Wächter sein.«

Tashi nickte.

Sam London war einfach zu aufgeregt, um darauf zu warten, dass ihn jemand vorstellte. Er trat vor und streckte die Hand aus. »Ich bin Sam. Sam London. Ich bin ein ganz großer Fan von Ihnen, Dr. Knox. Es ist mir eine Ehre.«

Knox schüttelte Sam die Hand und betrachtete ihn. Dann schaute er Vance an. »Du hast einen Jungen auf die gefährlichste Reise der Welt mitgenommen?«

»Er ist sehr hartnäckig«, erklärte Vance mit einem schuldbewussten Schulterzucken.

»Das bin ich«, bestätigte Sam.

Knox lächelte. »Muss wohl so sein.«

»Er hat Phylassos gesehen«, berichtete Vance. Knox schaute Sam überrascht an und dieser nickte bekräftigend.

»Nun, dann freue ich mich, mehr über dich zu erfahren, Sam London«, erwiderte Knox beeindruckt. »Aber was macht ihr alle hier?«

Vance berichtete von den Ereignissen der letzten Tage und dem Kampf in Phylassos' Höhle. Knox war wenig erfreut, als er hörte, dass die Yetis die Greifenklaue an sich genommen hatten. Er fand die ganze Sache höchst verwirrend.

»Die Yetis sind nicht als ehrgeizige Spezies bekannt. Ihr Territorium ist ihnen wichtig, das ist fast schon eine Obsession. Aber machthungrig sind sie ganz bestimmt nicht«, überlegte Knox laut.

»Ich gehe davon aus, dass sie manipuliert wurden so wie die Gargylen, die uns vor Bakersfield angegriffen haben«, mutmaßte Vance.

»Sieht so aus. Doch von wem?«, fragte Knox.

»Wer immer es war, er wusste, dass er sich über uns Zugang zur Höhle verschaffen konnte. Wir waren nur ein Mittel zum Zweck«, meinte Chriscanis.

»Das wart ihr tatsächlich«, bestätigte Knox. Dann wandte er sich Tashi zu. »Hast du noch eine Ladung Energie in deinem Shekchen?« Tashi nickte. »Gut. Wir werden sie brauchen. Und wir müssen hoffen, dass deine Brüder alarmiert worden sind.«

»Du meinst die anderen Wächter?«, fragte Vance. »Von wem sollten sie etwas erfahren haben?«

»Die Klaue wurde gestohlen. Sie werden es spüren«, erklärte Tashi und wandte sich dann wieder Knox zu. »Aber es kann dennoch sein, dass sie uns nicht finden.«

»Sie werden uns finden. Wir müssen nur …« Bevor Knox seinen Satz zu Ende bringen konnte, öffneten zwei Yetis die Gefängnistür. Einer zeigte auf Sam und bedeutete ihm vorzutreten. Sofort blickte Sam hilfesuchend zu Vance. Tashi, Vance und Chriscanis bauten sich vor Sam auf, während Knox alles von der Seite beobachtete.

»Tashi, frag sie, was sie mit ihm vorhaben«, bat er.

Tashi stieß ein paar kehlige Laute aus und wies dabei auf Sam. Ein Yeti antwortete mit einer Reihe Stakkato-Beller. Tashi erwiderte etwas und der Yeti antwortete darauf. Dann wandte sie sich an Sam. »Sie wollen dem Jungen, der den Greif gesehen hat, ein paar Fragen stellen.«

»Das kann nicht ihr Ernst sein. Ich lasse ihn doch nicht

mit diesen Schneebällen allein«, entgegnete Vance. »Ich bin für ihn verantwortlich.«

Der Yeti knurrte ihn an.

»Du bist nicht eingeladen«, übersetzte Tashi die höchstwahrscheinlich um einiges unhöflichere Erwiderung des Schneemenschen.

»Wir müssen darauf eingehen, Vance. Mit einem ganzen Yeti-Dorf können wir es nicht aufnehmen«, meinte Knox. »Sam, traust du dir das zu?«

Sam nickte. »Ich glaube schon. Was soll ich tun?«

»Halte sie so lang wie möglich hin. Und wenn du das Signal siehst …«

»Woher weiß ich …«, begann Sam.

»Du wirst es wissen. Wenn du es siehst, nimmst du das hier …« Knox steckte Sam einen kleinen Gegenstand aus Metall zu. Er war kapselförmig und hatte an einem Ende einen Knopf.

Vance hob eine Augenbraue. »Ist das …?«, fing er an, doch Knox brachte ihn mit einer Kopfbewegung zum Schweigen.

»… und drückst auf den Knopf und dann rennst du los, Junge. Du rennst wie der Teufel, versteckst dich irgendwo und bleibst dort, bis du uns rufen hörst. Hast du verstanden?«

»Ich glaube schon.« Bevor Sam die Anweisungen richtig abgespeichert hatte, betraten die Yetis die Höhle und packten ihn. Tashi zog Vance zurück, um zu vermeiden, dass es zu Handgreiflichkeiten kam.

»Tot nützt du uns nichts«, erinnerte sie ihn.

»Darin stimme ich ihr zu, alter Junge«, meinte Chriscanis. »Das Beste wird sein, wenn wir den Ball flach halten und die Sache ihren Lauf nehmen lassen.«

Vance versuchte sich zu entspannen, was angesichts der Tatsache, dass Sam von den Yetis hinausgeschleift wurde, nicht einfach war. Er musste sich immer wieder bewusst machen, dass Knox ihn noch nie im Stich gelassen hatte. Unzählige Male schon hatte Knox ihn aus gefährlichen Situationen gerettet. Er fragte sich, weshalb es ihm jetzt so schwerfiel, seinem Mentor zu vertrauen. Vielleicht lag es daran, dass er mit Sam schon so viel durchgemacht hatte. Er brauchte seine ganze Kraft, um dem Jungen ein »Du schaffst das!« nachzurufen. Doch er konnte die Unsicherheit nicht aus seiner Stimme heraushalten.

Es wird niemanden überraschen zu hören, dass es eine unangenehme Erfahrung war, von zwei Schneemenschen einen vereisten Hang hinaufgeschleift zu werden. Schneemenschen sind nicht unbedingt für ihre Sanftheit bekannt. Doch Sam London wurde den Gedanken nicht los, dass das Schlimmste erst noch kam. Falls sie die Sprachbarriere ohne Tashis Hilfe irgendwie überwinden konnten, würden sie ihm wahrscheinlich Fragen stellen, auf die er keine Antwort hatte. Und was dann? Was würden sie mit ihm machen? Der Tag war sowieso schon turbulent gewesen mit Highlights wie dem Eingesperrtwerden in einem Höhlengefängnis der Yetis und der Begegnung mit Dr. Henry

Knox. Hätten die Yetis ihm seinen Rucksack nicht abgenommen, hätte er sich das Buch über Greife zu gern von Knox signieren lassen. Doch anstatt das Treffen mit dem berühmten Autor genießen zu können, wurde er von diesem weggeschickt, um die Yetis abzulenken und ihnen allen zu einer Chance zur Flucht zu verhelfen. Was war das wohl für ein Gegenstand, der jetzt in seiner Tasche lag? Was konnte er zu ihrer Rettung beitragen, und wie sah das Signal aus, auf das er warten sollte, bevor er ihn aktivierte?

Die Schneemenschen führten Sam zu dem Gebäude im Zentrum des Dorfes. Wo es eben noch von Yetis gewimmelt hatte, herrschte jetzt gähnende Leere. Im Dorf war es gespenstisch still, bis auf das schaurige Pfeifen des Windes zwischen den Häusern aus Eis. Als sie um den gewaltigen Kuppelbau herumgingen, konnte Sam endlich sehen, wohin er gebracht wurde – oder besser: zu wem. Das Wesen, das ihn erwartete, war über einen Meter und achtzig groß und hatte eine ekelhaft dunkelblaue Haut, struppige schwarze Haare, die ihm bis über die Schultern fielen, und blutunterlaufene Augen. Die Kreatur trug einen schmutzigen schwarzen Umhang, der ihren Körper locker umspielte. Am Rücken hatte er zwei Schlitze für die Flügel. Diese waren tiefschwarz, kürzer als die eines Gargyls und schlugen sacht und gleichmäßig, fast hypnotisch, doch ohne die Kreatur in die Luft zu ziehen. Als sie sprach, klang ihre Stimme belegt und rau, aber hoch. Dieser lebendige Albtraum war offenbar weiblich.

»Bringt den Jungen näher zu mir«, befahl die Kreatur

und wies mit krallenartigen Fingern auf Sam. Er sah rasiermesserscharfe Reißzähne in ihrem Mund. Die lange Nase zeigte beim Sprechen in Richtung Kinn. Einer der Yetis stieß Sam näher zu dem hässlichen Wesen hin, das sich vorbeugte, um ihn genauer betrachten zu können. Es strich ihm mit einer Kralle über die Wange und schenkte ihm dann ein furchterregendes Lächeln.

»Weißt du, wer ich bin?«, fragte sie in einem verächtlichen Flüsterton. Sam betrachtete ihr Gesicht ganz genau. Es kam ihm bekannt vor. Er durchforstete sein Gedächtnis – und dann fiel es ihm ein.

»Du bist das Wesen, von dem meine Lehrerin mir erzählt hat. Eine Aswang.«

»Und du bist der Junge, der den Greif gesehen hat. Sag, macht sich Phylassos Sorgen um seine kostbare Klaue?«, fragte die Aswang mit überheblicher Miene.

»Klaue?« Sam spielte den Unwissenden.

Die Aswang zog die goldene Greifenklaue aus ihrem Umhang.

»Diese Klaue, die den ungerechten Fluch all die Jahrhunderte über aufrechterhalten hat«, antwortete sie voller Wut. »Die Klaue, die unsereinen gezwungen hat, im Verborgenen zu leben, wo doch wir über einfältige Kreaturen wie euch Menschen herrschen sollten.«

Sam blickte zum Gefängnis zurück. Immer noch kein Signal.

»Sie können dir jetzt nicht helfen, Junge«, fauchte die Aswang.

Sie hatte recht. Er war auf sich allein gestellt. Er schluckte seine Nervosität hinunter und verließ sich auf die eine Fähigkeit, die ihn bis hierher gebracht hatte.

»Du sprichst von dieser Klaue, als sei sie die echte. Aber mir kannst du nichts vormachen«, sagte er selbstbewusst.

Die Aswang beäugte ihn. »Ich rieche die Magie daran aus hundert Meilen Entfernung. Spar dir deine lahmen Versuche, mir …«

»Ich bin auch drauf reingefallen«, bluffte Sam. »Bis ich dahintergekommen bin, wo die echte ist. Aber du musst dich jetzt nicht allzu schlecht fühlen deshalb. Jeder weiß doch, wie gerissen der Greif ist. Ganz ehrlich, ich ärgere mich über mich selbst, weil ich es nicht früher gemerkt habe. Es ist so offensichtlich. Ich meine, weshalb sollte er sie ausgerechnet hier verstecken? Vor allem wenn er dachte, sie sei in Gefahr. Es ist doch vollkommen logisch, dass er das Versteck in …« Sam hielt inne und schlug sich schnell die Hand vor den Mund. »Ich kann's nicht glauben, dass ich es fast verraten hätte. Mann, hätte das Ärger gegeben«, sagte er, als er die Hand wieder wegnahm.

Die Aswang hörte Sam mit steigendem Interesse und wachsendem Frust zu. Sie betrachtete zuerst ihn, dann die Klaue in ihren Krallen. »Du lügst, Junge. Das ist die echte Klaue.« Ihr Ton verriet deutlich ihre Zweifel. Sam verkniff sich ein Grinsen. Es war Zeit, seinen Bluff auszureizen.

»Nö, ist sie nicht. Der Wächter hat mir bewiesen, dass es eine Fälschung ist. Aber du brauchst mir nicht zu glauben. Zerbrich sie. Dann wirst du ja sehen, dass sie keinen Fluch beendet.«

»Wo ist dieser Beweis?«, fauchte die Aswang.

Sam streckte die Hand aus. »Hier, ich zeig ihn dir.«

Die Aswang zögerte. »Wenn das ein Trick ist, fress ich dich bei lebendigem Leib.«

»Es ist keiner. Gib sie her. Ich bin von Schneemenschen umzingelt, was kann ich schon tun?« Die Aswang beäugte ihn noch einmal argwöhnisch, bevor sie ihm die Klaue zögernd übergab. Sam tat, als untersuchte er sie eingehend, und warf dabei auch einen Blick aufs Gefängnis. *Los, Leute, beeilt euch*, dachte er.

»Was ist?«, drängte die Aswang. »Zeig mir den Beweis, oder …«

»… du frisst mich bei lebendigem Leib. Hab schon verstanden. Eine Sekunde noch. Es ist nicht so einfach zu erkennen. Deshalb ist es ja eine echt gute Fälschung.« Ihm lief die Zeit davon. Immer noch kein Signal und die Aswang begann seinen Trick zu durchschauen.

»Genug jetzt. Gib mir die Klaue. Falls sie eine Fälschung ist, finden wir das noch früh genug heraus.«

»Wir?«, hakte Sam nach. »Meinst du die Yetis oder gibt es noch jemand anderen? Jemanden, der über dir steht? Ich hab's mir fast gedacht. Nichts für ungut, aber du siehst nicht aus wie der Obermacker.«

»Gib sie her!«, verlangte die Aswang gereizt.

Der Augenblick der Wahrheit. Sam hatte seine Karten ausgespielt und verloren. Er wollte die Klaue gerade zurückgeben, als es passierte. Elektrische Energie schoss in den Himmel und erleuchtete das Tal. Sams Blick huschte zu ihrem Ausgangspunkt – das Gefängnis! Dies war das Signal. Und es reichte, um die Aswang und die Yetis kurz abzulenken, damit Sam das tun konnte, was Knox ihm aufgetragen hatte: rennen wie der Teufel. Die Aswang begriff schnell, dass Sam sich mit der Klaue davonmachen wollte. Sie brüllte den Yetis etwas zu, und diese nahmen, mit der Aswang vorneweg, sofort die Verfolgung auf.

Sam presste die Klaue fest an seine Brust, als er mit Hochgeschwindigkeit durchs Dorf flitzte. Sein Ziel war der schmale Durchgang zwischen den Bergen, über den sie ins Tal gekommen waren. Er zog den zylindrischen Gegenstand, den Knox ihm gegeben hatte, aus der Tasche, drückte mit dem Daumen auf den Knopf und ließ ihn dann fallen. Als er einige hölzerne Karren entdeckte, mit denen die Yetis Lebensmittel transportierten, hechtete er rasch zu dem am nächsten stehenden, schlüpfte darunter und versteckte sich zwischen dem Karren und einer niedrigen Eismauer. Er blickte zu der Stelle zurück, an der er den Gegenstand fallen gelassen hatte, und sah, dass er sich jetzt drehte. Und zwar so schnell, dass er vom Boden abhob wie ein Mini-Helikopter und dabei ein helles, flackerndes Licht aussandte. Und dann geschah etwas Unglaubliches: Das Yeti-Dorf wurde mit einem Mal von Wächtern in voller Kriegerausrüstung überrannt! Die Yetis blieben abrupt stehen. Was dann folgte, war das totale Chaos.

Während die Yetis sich hektisch ihren neuen Gegnern

zuwandten, fiel Sam auf, dass mit diesen Wächtern etwas nicht stimmte. Sam konzentrierte sich auf den, der ihm am nächsten stand, und sah, dass er flimmerte. Das konnten keine echten Wächter sein. Sein Verdacht bestätigte sich, als die Aswang mitten durch den Wächter hindurchlief, den er im Blick hatte. Diese Wächter waren Hologramme. Die Aswang schnappte sich den Gegenstand, der die Bilder projizierte, und zerquetschte ihn zwischen ihren Krallen. Im selben Augenblick verschwanden sämtliche Wächter. Sam schaute hinüber zu der Truppe von Yetis, die sich auf den Kampf mit ihren vermeintlichen Gegnern vorbereitet hatten und jetzt verwirrt innehielten.

Plötzlich wurde Sam an den Füßen unter dem Karren hervorgezogen. Bäuchlings holperte er über das unebene Eis und aus seinem Versteck heraus, bis er sich auf den Rücken drehen konnte und sah, dass die Aswang ihn mit ihren Krallen zu sich herzog.

»Du gibst mir jetzt die Klaue, Junge!«, kreischte sie. »Und dann gibt's dich zum Abendessen!«

Sam trat nach ihr und erwischte sie am Kinn, was sie kurz außer Gefecht setzte. Er konnte sich aus ihrem Griff befreien, rappelte sich auf und rannte los. Die Aswang kam wieder zu sich und nahm die Verfolgung auf. Jetzt setzte sie allerdings ihre Flügel ein und flog dicht über dem Boden, sodass sich der Abstand zwischen ihnen rasch verringerte. Sie bellte den Yetis Befehle zu, worauf diese ebenfalls die Jagd aufnahmen.

Sam warf einen Blick über die Schulter und sah, dass

jetzt nicht nur die Aswang, sondern sämtliche Schneemenschen aus dem Dorf hinter ihm her waren. Ausgeschlossen, dass er es rechtzeitig zu dem schmalen Durchgang zwischen den Bergen schaffen würde. Langstreckenlauf gehörte auch zu den Sportarten, in denen er nicht besonders gut war. Die Aswang hatte Sam eingeholt, stieß auf ihn herab und schlug mit den Krallen nach ihm. Sie riss ihm das Rückenteil seiner Jacke auf und er rutschte auf dem vereisten Weg aus. Er versuchte vergeblich, sich auf den Beinen zu halten, stürzte und schlitterte noch ein ganzes Stück weiter. Dann hörte er, wie die Aswang hinter ihm landete und sich an ihn heranpirschte, als sei er ein Beutetier.

»Jetzt gibt's kein Entkommen mehr!«, jubelte sie.

Sam war müde, er atmete schnell und schwer. Ein Gefühl der Resignation überkam ihn – ähnlich dem, das ihn während seiner beinahe tödlichen Verletzung im Himalaja übermannt hatte. Der Unterschied bestand darin, dass er statt Schmerz nun lähmende Furcht empfand. Und ein Geräusch in seinen Ohren schien die beängstigende Situation noch zu verschlimmern. Es war ein dumpfes Brüllen, das von Sekunde zu Sekunde lauter wurde. Der Boden unter ihm vibrierte. Zunächst dachte er, es sei eine Art Kriegsgeschrei, das die Yetis ausstießen, bevor sie sich auf ihn stürzten. Doch als er sah, dass die Aswang stehen blieb und sich misstrauisch umschaute, wusste er, dass das Geräusch nicht von den Yetis kam. Die Aswang hatte sich der schmalen Schlucht zugewandt, die von niedrig hängenden Wolken verdeckt war. Sam folgte ihrem Blick. Und dann gab sich aus der dichten weißen Masse heraus die Quelle des Gebrülls zu erkennen.

Hunderte Wächter tauchten aus den Wolken auf und stürmten in Richtung Dorf. Sie stießen ein furchterregendes Kriegsgeschrei aus und schwangen kampfbereit ihre Shekchen. Es war ein beeindruckender Anblick. Die unglückseligen Yetis hielten auch sie für Hologramme und gaben ihnen so Gelegenheit, näher heranzukommen.

»Sie sind echt!«, versuchte die Aswang sie zu warnen, doch ihre Stimme ging im Getrommel der vielen Stiefel auf Eis unter.

Das kurze Zögern der Yetis genügte den Wächtern, um ihre Feinde zu besiegen und das Dorf einzunehmen. Die Aswang ignorierte die Armee und setzte Sam nach. Sie packte ihn an seiner Jacke und schlug mit den Flügeln. Die beiden befanden sich bereits einige Meter über dem Boden, als die Aswang eine elektrische Ladung traf. Sie fiel auf die Erde zurück und musste Sam loslassen, sodass er sich wegrollen konnte.

»Alles in Ordnung?«, fragte Tashi, die mit Dr. Vantana und Chriscanis zu ihm gelaufen kam. Sam nickte und Vance half ihm auf die Füße.

»Ich glaube schon«, meinte Sam, als er sich wieder gesammelt hatte. »Warum habt ihr so lang gebraucht?«

»Du hast ja keine Ahnung, wie schwer es ist, aus einem Eisgefängnis auszubrechen«, antwortete Vantana. »Du hast deine Sache gut gemacht, Kleiner. Richtig gut.«

»Stimmt«, bestätigte Chriscanis. »Du hast uns alle gerettet.«

»Ich dachte, ich wäre erledigt, als die Aswang …« Sam wollte sich zu ihr umdrehen, doch sie war bereits verschwunden.

»Da fliegt sie.« Vance wies zum Himmel hinauf. Die Aswang hatte abgehoben und verschwand in der Wolkendecke.

»Und mit ihr die Antworten, die wir brauchen«, ärgerte sich Chriscanis. Tashi feuerte ein paar Blitze aus ihrem Shekchen ab, doch es war zu spät. Die Aswang war entwischt.

»Konntest du irgendwelche brauchbaren Informationen aus ihr herauskitzeln?«, fragte der Doktor Sam. »Etwas, das uns helfen könnte herauszufinden, wer hinter dem ganzen Schlamassel steckt?«

»Nicht viel, aber sie arbeitet definitiv nicht allein. Sie hat immer wieder von ›wir‹ gesprochen, und sie wusste, wer ich bin«, berichtete Sam. »Ich glaube, es gibt noch jemanden über ihr, einen, der das Sagen hat.«

»Mit den Aswang hat es schon immer Ärger gegeben«, bemerkte Chriscanis. »Aber meines Wissens nach lassen sie sich nicht gern herumkommandieren.«

»Die Yetis auch nicht«, meldete sich Tashi.

»Sehr richtig.« Vance schürzte nachdenklich die Lippen. Sam schaute ihn an und zuckte mit den Schultern. Der Doktor lächelte. »Ich glaube, das gehört dir.« Damit reichte er Sam seinen Rucksack. »Ich bin mir ziemlich sicher, dass dieser Rucksack schon an Orten war, die noch kein anderer je gesehen hat.«

»Darauf kannst du Gift nehmen.«

Dr. Knox und Yeshe gesellten sich zu ihnen. Sam sah, dass die Yetis hinter ihnen aufgehört hatten zu kämpfen und stoisch dastanden, umzingelt von Wächtern.

»Die Yetis haben sich ergeben!«, verkündete Dr. Knox. »Über die Aswang konnten sie kaum etwas sagen. Sie hat vor wenigen Monaten Kontakt mit ihnen aufgenommen und auf die Eifersucht der Yetis auf die Wächter gesetzt, um sie dazu zu bringen, ihr beim Diebstahl der Klaue zu helfen.«

Sam blickte Tashi neugierig an. »Weshalb sind die Yetis eifersüchtig auf euch?«

»Sie waren die offiziellen Beschützer des Greifen, bevor Phylassos den Fluch über die Menschheit legte. Doch als der Fluch wirkte, befand der Greif, dass die Klaue am besten von solchen Wesen geschützt werden könnte, die von dem Fluch nicht betroffen waren. Aus diesem Grund wurden wir erschaffen. Niemand würde unsere Loyalität je infrage stellen«, erklärte Tashi.

Und Yeshe ergänzte: »Aber die Yetis rebellierten, und Phylassos bestrafte sie und verbot ihnen, dieses Tal jemals wieder zu verlassen.«

»Dann hat die Aswang ihnen unter anderem offenbar ihre Freiheit versprochen«, schlussfolgerte Knox. Der alte Herr trat zu Sam und legte ihm eine Hand auf die Schulter. Er lächelte freundlich. »Wir stehen in deiner Schuld,

Sam London. Du bist der Held des Tages, wenn nicht sogar des Jahrhunderts. Es ist mir eine Ehre, dich kennengelernt zu haben, und ich danke dir dafür, dass du uns und die Klaue gerettet hast.«

Sams Grinsen machte jedem Honigkuchenpferd Konkurrenz. »Danke … Oh, und hier.« Er reichte Knox die Klaue, die dieser an Yeshe weitergab. »Hm, Dr. Knox?«

»Ja, Sam?«

»Darf ich Sie um einen Gefallen bitten?«

»Jetzt ist die Zeit günstig. Es würde mir schwerfallen, meinem Retter eine Bitte abzuschlagen.«

Sam zog das Buch über Greife aus seinem Rucksack. »Würden Sie mir das bitte signieren?«

»Ich glaube, das schaffe ich«, erwiderte Knox augenzwinkernd.

* * *

Die Rückreise nach Kustos war Dr. Vantanas Chance, seinen Mentor auszufragen und ihn über die jüngsten Ereignisse aufzuklären. Knox interessierte sich besonders für den Gargylen-Angriff und die Begegnung mit Cernunnos, der Henry noch nie leiden konnte. Offenbar ging sein Groll etliche Jahre zurück. Penelopes plötzlicher Gedächtnisverlust schien Knox weniger zu beunruhigen, als Vance dachte. Er fragte ihn, wann er Penelope das letzte Mal gesehen habe, und Knox erzählte, dass er sich, kurz bevor er »auf stumm geschaltet hatte«, wie er sein Verschwinden nannte, mit ihr getroffen habe. Vance erinnerte sich, dass Penelope, als er sie vor Kurzem in ihrem Labor besuchte, über das Hologramm-Gerät gesprochen hatte. Sie hatte in ihren Unterlagen die technischen Daten dafür gefunden und Beweise, dass es fertiggestellt worden war, doch das Teil selbst war nicht mehr da. Jetzt wusste Vance, dass Knox es an sich genommen hatte. Doch er fragte sich noch immer, warum dies nirgendwo vermerkt war und warum Knox' Verschwinden haargenau mit Penelopes Amnesie zusammenfiel. Knox tat es als reinen Zufall ab.

Er erzählte, er habe Nachricht von Phylassos erhalten, dass der Fluch in Gefahr sei und es Bestrebungen gäbe, die Klaue zu stehlen. Von seinen Informanten erfuhr er, dass Klauen-Relikte auf der ganzen Welt verschwunden waren. Doch weil diesbezügliche Nachforschungen sensibel waren und geheim gehalten werden mussten, beschloss Henry, das Rätsel selbst zu lösen, damit wer immer dahintersteckte nicht versehentlich Wind davon bekam. Seine Suche führte ihn nach Tibet, wo er auf dem Weg nach Kustos von einer Gruppe Yetis gefangen genommen wurde. Jetzt, da er wusste, dass die Aswang mit drinsteckte, würde der Fall ihn und Vance auf die Philippinen führen. Die Zeit drängte, da die Kreaturen, die hinter der Verschwörung steckten, ihre Pläne möglicherweise als Reaktion auf die Nachforschungen des IMW bereits neu ausrichteten.

Da Vance und Henry also nach Südostasien gingen, würde Sam die Heimreise antreten müssen, obwohl Henry nicht sicher sein konnte, dass er seinen Zweck bereits erfüllt hatte, weder was Phylassos betraf noch die Untersuchungen. Doch es sah so aus, als hätte er seinen Part erledigt, und sie fürchteten, ihn einer zu großen Gefahr auszusetzen, wenn sie ihn weiter mit einbezogen.

Dr. Knox entschied, dass es das Beste sei, es dem Jungen erst in Kustos zu sagen. Wie erwartet war Sam ziemlich wütend, was wiederum Vance wütend machte. Zu allem Übel wies Knox Vance an, ihm ein Gegenmittel zu der Injektion, die er ihm vor ein paar Tagen verabreicht hatte, zu spritzen. Es würde das Bigfoot-Blut in Sams Körper verdünnen und ihn wieder normal werden lassen. Dass ihm »der Blick« genommen werden sollte, war ein harter Schlag für Sam. Vance fühlte sich ausgesprochen schlecht, doch Henry hatte recht. Sam musste, bis er volljährig war, in sein Leben außerhalb dieser seltsamen neuen Welt zurückkehren. Doch das war unmöglich, wenn er ständig Fabelwesen herumflitzen sah.

Zum Glück konnte Yeshe ihn für die schlechte Nachricht entschädigen, indem er Sam eine Medaille für sein heldenhaftes Auftreten verlieh und ihn zum Ehrenwächter der Greifenklaue ernannte. Yeshe wies darauf hin, dass die Medaille aus demselben Gold geprägt sei, mit dem Alexander der Große die Klaue überzogen hatte. Chriscanis bot an, Sam nach Hause zu begleiten, während Vance und Henry sich auf die nächste Etappe ihrer Untersuchungen vorbereiteten. Als Vance sich von Sam verabschiedete, stellte er fest, dass seine Bindung zu diesem Jungen stärker war als gedacht. Er war immer ein einsamer Wolf gewesen, doch Sam London brachte ihn dazu, sein Leben und seine Einsamkeit zu überdenken. Vance würde ihn ganz gewiss vermissen. Allerdings war er sich nicht sicher, ob Sams Rolle in diesem Rätsel schon zu Ende war. Er tröstete sich mit dem leisen Verdacht, dass sie sich nicht das letzte Mal gesehen hatten.

Vance hatte noch so viele Fragen bezüglich Sam und seiner Begegnung mit Phylassos. Jetzt waren in Zusammenhang mit seinem Mentor Henry Knox und dessen ungewöhnlichem Verschwinden noch viele weitere dazugekommen. Doch die Frage, die Vance am meisten beschäftigte, war einfach: Wo steckte bei alldem der Greif? Warum hatte er nach allem, was geschehen war, nicht beschlossen, sich noch einmal zu zeigen?

Vance hatte das ganz merkwürdige Gefühl, dass Henry ihm etwas verschwieg. Was wusste sein Freund und Mentor über Phylassos? Und wann würde er mit der Sprache herausrücken?

Kapitel 14

DAHEIM IST DAHEIM

Für Sam London, den Jungen, der den Greif gesehen und uns alle gerettet hat. Dein Freund und größter Fan, Dr. Henry Knox. Diese Widmung von Dr. Knox in *Der großmächtige Greif* war eine der wenigen sichtbaren Erinnerungen, die Sam an sein außergewöhnliches Abenteuer hatte. Er hatte sie bereits mehrere Male gelesen und liebevoll betrachtet, seit er wieder zu Hause war. Verständlicherweise weckte sie Wehmut in ihm. Da gab es eine Welt, von deren Existenz er nichts gewusst hatte. Eine Welt, die ihm endlich das Gefühl gab dazuzugehören, in der Sam London etwas Besonderes war. Alle hatten von ihm gehört, alle wollten ihn kennenlernen – ob nun mit guten oder bösen Absichten. Das konnte man von dem Sam London aus Benicia in Kalifornien gewiss nicht behaupten. Hier war er sofort wieder Durchschnitt.

Zwei Abende zuvor war Sam nach Benicia zurückgekehrt. Er war nicht besonders erfreut gewesen, als

Dr. Vantana ihn informiert hatte, dass er Kustos verlassen und nach Hause zurückkehren müsse. Und auch wenn er sich riesig über die Medaille freute, die man ihm bei seiner Ernennung zum Ehrenwächter überreicht hatte, fühlte es sich an wie der wohlüberlegte Versuch, ihm das Zurückgeschicktwerden zu versüßen. Doch am schlimmsten war es für ihn, dass man ihm den »Blick« genommen hatte. Er hatte leidenschaftlich dagegen protestiert, doch Dr. Knox ließ sich nicht erweichen. Er war der Ansicht, dass es Sam und seine Mutter in zu große Gefahr bringen würde, wenn er weiterhin den Blick für die magische Welt hätte. Sollte das IMW seine Dienste irgendwann wieder benötigen, würden sie ihm den »Blick« zurückgeben. Doch für den Moment war es wichtig, dass Sam genau so zu seiner Mutter zurückkehrte, wie er sie verlassen hatte. Vance tröstete ihn damit, dass der Verlust der magischen Sehkraft nicht sofort eintreten würde, sondern erst nach ein paar Stunden. Bis dahin wäre er schon zu Hause und würde den Unterschied gar nicht merken. Doch Sam bezweifelte das stark.

Er verabschiedete sich von Tashi und dankte ihr noch einmal, dass sie ihm mehrfach das Leben gerettet hatte. Sie verneigte sich mit den Worten: »Es war mir eine Ehre und meine Pflicht, Sam London.«

Sam war sich nicht sicher, was sie mit »meine Pflicht« meinte. Doch etwas fiel ihm an der jungen Wächterin auf, ein Detail, das er in all dem Trubel noch gar nicht bemerkt hatte: Sie war richtig süß.

Sich von Dr. Vantana zu verabschieden, stellte sich als sehr viel schwieriger heraus. Sie waren seit der Nacht in Bakersfield ununterbrochen zusammen gewesen. Der Doktor hatte ihm diese unglaubliche Welt eröffnet. Der Doktor war bei allem, was Sam in den letzten Tagen erlebt hatte, immer an seiner Seite gewesen. Vantana hatte ihn gerettet, sich um ihn gekümmert und sich Sorgen um ihn gemacht. Sam wusste nicht, ob er seinen richtigen Vater je kennenlernen würde, doch falls ja, hoffte er, dass er Vance Vantana in vielem ähnlich war.

Der Kynokephalus Chriscanis begleitete Sam nach Hause, bevor er nach England zurückkehrte. Zum Glück kannten die Wächter eine U-Bahn-Station der Dvergen-Bahn, die keinen Tagesmarsch von Kustos entfernt war. So langsam genoss Sam die rasanten Fahrten in dieser Bahn, auch wenn die Tatsache, dass sie schon so alt war, ihn immer noch etwas nervös machte. Chriscanis erinnerte ihn daran, welch ausgebuffte Profis die Zwerge waren, wenn es um solche Mechanismen ging, und versicherte ihm, dass es wirklich keinen Grund zur Sorge gab. Sie fuhren bis zum Wasserfall bei Castle Crags. Penelope hatte dafür gesorgt, dass dort ein Wagen auf sie wartete, mit dem Chriscanis Sam zurück nach Benicia fuhr. Auf der Fahrt unterhielten sie sich über das Leben als Kynokephalus.

»Zu viele meiner Art glauben, dass unsere Kultur uns irgendwie stärker macht«, erzählte Chriscanis. »Doch ich weiß, was wirklich zählt. Ich habe es selbst erlebt. Die Familie macht einen stärker.« Dann gestand er Sam seinen geheimen Wunsch, ein Mensch zu sein, zu sehen, was alle anderen sahen, wenn sie in den Spiegel schauten.

»Bist du denn nicht gern ein Kynokephalus?«, fragte Sam.

»Wenn du unter Menschen lebst und arbeitest und du ihre … Menschlichkeit zu schätzen lernst, fällt es schwer, dich zugehörig zu fühlen.«

Das konnte Sam nachempfinden. Er gab zu, dass auch er sich nicht zugehörig fühlte und sich für »unbesonders« hielt. Chriscanis grinste, als Sam ihm von all den Bemühungen erzählte, die er auf der Suche nach dieser einen besonderen Fähigkeit unternommen hatte.

Sie erreichten Sams Haus am späten Abend. Als Chriscanis Sam zur Tür begleitete, bewunderte er die ruhige Nachbarschaft. Da sie Nuks' Aufmerksamkeit auf sich lenken mussten, ohne Ettie zu wecken, bellte Chriscanis zu Sams Fenster im zweiten Stock hinauf.

Nuks spähte heraus, entdeckte die beiden und war innerhalb von Sekunden an der Haustür. Er öffnete sie vorsichtig. Noch sah er aus und hörte sich an wie Sam, und er war schrecklich aufgeregt, seinen Zwilling zu sehen.

»Sam!«, rief er in einem leisen Flüsterton. »Du bist zurück!«

»Ich freue mich auch, dich zu sehen, Nuks«, erwiderte Sam lächelnd.

»Und das ist mein Stichwort. Auf Wiedersehen, Sam London«, sagte Chriscanis mit einer theatralischen Verbeugung. »Wir hatten eine super Zeit miteinander.«

Sam schüttelte dem Hundemenschen die Hand. »Das kannst du laut sagen. Und nur damit du's weißt: Du gehörst für mich jetzt zur Familie. Dass wir nicht miteinander verwandt sind, spielt keine Rolle.«

»Danke, Sam. Vielen Dank.« Sam merkte, wie gerührt Chriscanis von seinen Worten war. Er winkte ihm noch ein letztes Mal zu, als er davonfuhr.

Als Sam mit Nuks ins Haus ging und die Tür hinter sich schloss, weckte er ungewollt seine Mutter, die auf der Couch eingenickt war. Verschlafen setzte sie sich auf. Als sie zur Wohnungstür blickte, sah sie zwei Sams da stehen. Erschrocken riss sie den Kopf zurück. Während sie sich ungläubig die Augen rieb, gab Sam Nuks Zeichen, sich zu verstecken. Als Ettie wieder zur Tür schaute, sah sie nur noch einen Sam.

»Das war gerade ganz schön gruselig«, sagte sie. »Ich habe dich doppelt gesehen.«

Sam grinste. »Das hättest du wohl gern.« Er ging zur Couch und setzte sich auf den Rand der Polster. Sosehr ihm die Abenteuer auch fehlen würden, so sehr freute er sich, seine Mom wieder zu sehen. Offenbar sah sie ihm die Freude an.

»Alles okay, Kleiner?«, fragte sie besorgt.

Sam nickte und nahm seine Mom lang und fest in den Arm. »Ich bin einfach nur glücklich, dich zu sehen.«

»Du bist ein seltsamer Junge, Sam London. Aber ich beklage mich nicht. Nicht im Geringsten.«

In Sams Zimmer verwandelte Nuks sich in seine

Tanuki-Gestalt zurück und fragte, ob er bleiben könne. Er versprach, der beste Kamerad zu sein, den Sam sich nur wünschen konnte. Er wolle treu und gehorsam sein und keine Unordnung machen. Er bot sogar an, Sam beim Aufräumen seines Zimmers zu helfen. Sam hätte nichts dagegen gehabt, wenn Nuks geblieben wäre, seine Mutter allerdings schon, dessen war er sich sicher. Nuks bat Sam, Ettie wenigstens zu fragen, und Sam gab nach.

Noch während er ihr von diesem ausgesprochen süßen Hund aus dem Tierheim erzählte, der ein neues Zuhause suchte, wappnete er sich gegen das Unvermeidliche – ein dickes, fettes Nein – und war entsprechend überrascht von Etties Antwort.

»Noch vor einem Monat hätte ich auf jeden Fall abgelehnt. Aber du warst in letzter Zeit so unwahrscheinlich brav – hast mir immer geholfen, hast deine Schularbeiten gemacht –, wie kann ich da Nein sagen? Du hast eine Belohnung verdient, und wenn das dein Wunsch ist, soll es so sein.« Danach stellte sie eine lange Liste mit Regeln im Hinblick auf den neuen Mitbewohner auf und machte eine Probezeit zur Bedingung. Sam stimmte gern allem zu, doch Etties Antwort machte ihn auch nachdenklich. Was hatte Nuks angestellt, während er weg war? Es hatte sich angehört, als hätte der Tanuki einen gefährlichen Präzedenzfall geschaffen. Wie genau der aussah, zeigte sich in den folgenden Tagen.

* * *

Zurück in der Schule, wurde Sam gleich am ersten Tag wieder deutlich bewusst, wie viel lieber er doch auf seinem Abenteuertrip wäre. Nuks hatte versucht, ihm im Schnelldurchlauf zu erklären, was er während Sams Abwesenheit gelernt hatte, doch Sam hatte Probleme, sich zu konzentrieren. Er wachte früh auf und duschte vor seiner Mutter – ein Trick, den Nuks noch nicht beherrschte. Aber dem Tanuki schien kaltes Wasser nichts auszumachen. Seit er ins Death Valley aufgebrochen war, hatte Sam sich nicht mehr so ausgeruht und sauber gefühlt. Er ging in die Küche, um zu frühstücken. Endlich wieder normales Essen! Leider musste er feststellen, dass Nuks' Geschmack das Einkaufsverhalten der Mutter stark beeinflusst hatte. Sams Lieblings-Cornflakes waren durch Vollkornmüsli ersetzt worden und seine Snacks bestanden jetzt aus Trockenfrüchten und Nüssen. Zum Glück hatte Sam noch zwei von Chase' britischen Keksen. Er aß einen und hob den anderen für eine besondere Gelegenheit auf.

Sam erlebte noch weitere Auswirkungen von Nuks' Taten, als seine Mutter ihn an der Schule absetzte. Sie zog ihn in eine feste Umarmung und küsste ihn! Sam reagierte, wie er immer darauf reagiert hatte.

»Mom! Ich dachte, wir hätte das durchdiskutiert!«

Ettie betrachtete ihren Sohn verwirrt. »Was?« Dann schien ihr etwas einzufallen. »Oh, stimmt. Wir haben es auf zwei Küsschen und eine extralange Umarmung hochgeschraubt. Okay, ich bin dabei.« Ettie küsste den entsetzten Sam zwei Mal auf die Wange und umarmte ihn dann gefühlte zwei Stunden lang. Als Sam sich endlich aus ihrer Umarmung und dem Wagen befreite, erwartete er, sofort von ein paar Jungs, die in der Nähe standen, deswegen aufgezogen zu werden. Stattdessen liefen sie davon, sobald sie ihn sahen, fast als hätten sie Angst vor ihm. Nuks hatte Sam über seine Auseinandersetzung mit ein paar Schlägertypen an der Schule informiert, und anscheinend hatte es sich herumgesprochen, dass man sich besser nicht mit ihm anlegte. Doch das Ganze wurde noch seltsamer, als er das Schulhaus betrat. Er wurde von Mitschülern, mit denen er noch nie ein Wort gewechselt hatte, herzlich begrüßt. »Hey, Sam!« und »Wie geht's, Sam?«, schallte es durch die Gänge, als er zu seinem Schließfach ging. Er winkte und nickte seinen offenbar neuen Bekannten zu.

»Guten Morgen, Sam«, rief eine weibliche Stimme. Sam schaute über seine Schließfachtür und da stand die sehr blonde und blauäugige Nerida Nyx. Sam und Nerida kannten sich schon seit ewigen Zeiten. Als sie klein waren, hatten sie oft zusammen gespielt, da ihre Mütter eng befreundet waren. Obwohl sie sich in den letzten Jahren auseinanderentwickelt hatten, gingen sie weiter freundschaftlich miteinander um, winkten sich auf den Fluren zu oder diskutierten die jüngsten Vorhaben ihrer Mütter. Tianna, Neridas Mom, und Ettie besuchten denselben Yogakurs und verbrachten gelegentlich auch mal einen Abend zusammen. Mit seiner Mom redete Sam selten über Nerida, da dies immer zu jeder Menge Neckereien führte. Ettie war überzeugt, dass Sam in Nerida verknallt war, und begann Sätze oft mit »Wenn du Nerida heiratest« oder »Wenn du und Nerida mal Kinder habt …« Diese Einleitung kam, wenn Sam sich kritisch über die erzieherischen Fähigkeit seiner Mutter äußerte. Aber Sam müsste lügen, würde er behaupten, dass er nicht in seine Kindergartenfreundin verknallt war. Sie war locker, clever, hübsch und redete gern über Fabelwesen.

»Guten Morgen, Nerida«, grüßte Sam mit seinem gewinnendsten Lächeln zurück.

»Schön, dich zu sehen.« Sam interpretierte fast ein wenig zu viel in diesen Satz hinein, doch Nerida redete bereits weiter. »Steht unsere Verabredung nach der Schule noch?«

Sam war ratlos. Was hatte Nuks mit ihr ausgemacht? Und wie konnte er vergessen, es ihm zu sagen? Sam überlegte, wie er darauf antworten könnte, ohne den Anschein zu erwecken, als hätte er keine Ahnung. »Oh, richtig … Nach der Schule. War das heute?« Er hoffte, ihr damit weitere Informationen zu entlocken.

»Du hast definitiv heute gesagt, weil du meintest, dass es immer besser ist, Anfang der Woche Beeren zu sammeln, bevor die anderen Tiere sie sich holen. Wenn ich es mir recht überlege, klingt das so, als würdest du uns als Tiere bezeichnen. Aber technisch gesehen stimmt das ja eigentlich auch …«

»Ja, natürlich, Beeren sammeln … weil du …« Sam versuchte herauszufinden, wie es zu dieser Verabredung gekommen war.

»Ich wollte wissen, wie du das machst. Nachdem du

neulich die ganzen leckeren Beeren mitgebracht hast, musste ich dich einfach bitten, es mir zu zeigen.«

Es tat Sam in der Seele weh, den nächsten Satz auszusprechen, doch er hatte keine andere Wahl. »Es tut mir leid, Nerida, aber es ist etwas dazwischengekommen. Können wir es an einem anderen Tag machen?«

»Oh. Klar.« Nerida versuchte offensichtlich ihre Enttäuschung zu verbergen. »Dann machen wir es *morgen*«, entschied sie mit Nachdruck. Bevor Sam protestieren konnte, kam der Sportlehrer vorbei.

»Hi, Sam. Vergiss das Probetraining heute Mittag nicht. Ich zähle auf dich!«, sagte er im Vorbeigehen mit einem breiten Lächeln.

Sam schaute ihm nach. »Probetraining?«, wiederholte er ratlos.

»In Leichtathletik«, erklärte Nerida.

»I-ich?«, fragte Sam ungläubig. Er war ganz gewiss kein Läufer.

»Wer denn sonst? Der Coach hat dich in der Mittagspause auf der Bahn gesehen, wie du Kurzstrecken und Hürdenlauf geübt hast. Er hat gemeint, du seist der schnellste Junge, den er je gesehen hat. Ich hab's selbst nicht gesehen, aber alle haben darüber gesprochen.« Sam nickte wie betäubt. Er schloss seine Schließfachtür und machte sich auf den Weg in sein Klassenzimmer.

»Bis morgen dann«, rief Nerida ihm nach.

Sam nickte noch einmal, fix und alle von dieser Wende der Ereignisse. Der als Sam London verkleidete Marderhund war beliebter als der echte Sam. Eine niederschmetternde Erkenntnis.

Als Sam in Miss Capiz' Klasse ging, erfuhr er, dass sie krank war und eine Ersatzlehrerin an ihrer Stelle den Unterricht gab. Auch wenn Nuks Sams Schulleben ganz schön auf den Kopf gestellt hatte, wenigstens im Unterricht hatte er gut aufgepasst. Er hatte während Sams Abwesenheit dessen guten Notenschnitt gehalten und ihn in einigen Fächern sogar verbessert.

Als die Lehrerin über ein Thema sprach, das ihn nicht interessierte, schaute er aus dem Fenster und ließ seine Gedanken wandern. Wie viele Fabelwesen lebten wohl um Benicia herum? Wesen, die er nun nicht mehr sehen konnte. Nach allem, was er wusste, konnte die Aushilfslehrerin eine Kynokephala oder vielleicht sogar eine Zwergin sein. Es floss kein Bigfoot-Blut mehr durch seine Adern und das deprimierte ihn. Er wusste etwas, das außer ihm fast niemand wusste, ein Geheimnis, in das er niemanden einweihen konnte – und wenn er es doch tat, würde ihm sowieso niemand glauben.

Sam ließ den Blick über die Außenanlagen schweifen, bis plötzlich etwas seine Aufmerksamkeit erregte. Er hätte schwören können, für einen winzigen Augenblick lang Tashi gesehen zu haben; wie sie in ihrer Wächter-Kleidung und mit ihrem Shekchen auf dem Rasen vor der Schule stand. Blitzschnell schaute er noch einmal hin, doch sie war verschwunden. Spielte ihm sein Gehirn einen Streich?

Er stand rasch auf und bat, zur Toilette gehen zu dürfen. Natürlich hatte er nicht die Absicht, dort auch wirklich hinzugehen – er wollte nach draußen, um sich zu vergewissern, dass er sich Tashi nur eingebildet hatte.

Da er nicht viel Zeit hatte, rannte er zu der Stelle, an der er Tashi gesehen hatte, doch da war keine Spur von ihr. Er trottete zurück ins Schulgebäude und schimpfte mit sich selbst, weil er sich solche Sachen einbildete. Das hatte Hoffnung in ihm aufwallen lassen. Für ein paar Sekunden hatte er geglaubt, Tashi sei gekommen, um ihn zu holen – um ihm zu sagen, dass er wieder gebraucht wurde. Doch als er sich, zurück im Klassenzimmer, auf seinen Platz setzte, ermahnte er sich, dass es an der Zeit sei, die Vergangenheit loszulassen und sich wieder der Wirklichkeit in Benicia zuzuwenden. Er hatte schon genug mit den Nachwirkungen vom Rollentausch mit Nuks zu tun. Mit offenen Augen von Tashi zu träumen, half ihm da nicht weiter.

Sam täuschte eine Verletzung vor, um aus dem Leichtathletik-Training aussteigen zu können, und machte sich auf den Weg in die Bücherei, um während der restlichen Mittagspause den versäumten Unterrichtsstoff nachzuholen. Nach der Schule holte Ettie ihn ab und brachte ihn nach Hause, bevor sie sich zu ihrem Abendunterricht aufmachte. Kurz darauf schwang Sam sich auf sein Fahrrad und radelte zum Supermarkt, um sich mit normalem Essen einzudecken. Nuks kam mit. Er entschuldigte sich unterwegs, weil er Sam nicht über alle Veränderungen in der Schule informiert hatte. Der Marderhund wartete draußen beim Fahrrad, während Sam in den Laden ging. Gerade als er im Gang mit Tiefkühlkost die Tür des Gefrierschranks voll Eis geschlossen hatte, passierte es erneut. In der Tür spiegelte sich Tashi. Sie stand draußen und spähte durch ein Schaufenster in den Laden. Sam wirbelte herum, doch wie erwartet war sie verschwunden. Wieder draußen fragte er Nuks, ob er einen Wächter gesehen hätte. Der Marderhund schüttelte den Kopf und fragte dann leise: »Wie sieht so ein Wächter denn aus?«

Sam machte sich nicht die Mühe, ins Detail zu gehen. Zu Hause entspannte er sich mit einer Packung Kekse auf der Couch und schaltete den Fernseher ein. Bald döste er ein, doch ein Klopfen an der Haustür weckte ihn wieder. Es war inzwischen dunkel draußen, und Sam hatte die strikte Anweisung, niemandem die Tür zu öffnen, während Ettie bei der Arbeit war. Wer klopfte denn um diese Zeit noch? Er stand auf und ging zum Fenster, um nachzusehen. Dabei fiel ihm auf, dass Nuks nicht da war, und er erinnerte sich, dass der Marderhund noch einmal rauswollte, um sich ein wenig Bewegung zu verschaffen. Vielleicht hatte er ja geklopft.

Als Sam den Vorhang am Wohnzimmerfenster zurückzog, stellte er überrascht fest, dass Miss Capiz vor der Tür stand. Sie wirkte nervös, blickte sich ständig um, als hätte sie Angst, gesehen zu werden. Sam ging zur Tür und streckte die Hand nach dem Griff aus. Dann zögerte er. Miss Capiz klopfte erneut.

»Sam?«, rief sie leise. »Bist du zu Hause? Wir müssen dringend reden. Es ist sehr wichtig.«

Sam wusste nicht, was er tun sollte. Die Regel war eindeutig – egal wie gut er die Leute kannte, er durfte niemanden ins Haus lassen, solange er allein war. Doch Miss Capiz war seine Lehrerin und sie klang verzweifelt.

»Ich weiß von dem Greif«, hörte er sie vor der Tür flüstern. Sam erstarrte bei dem Wort »Greif«. Miss Capiz wusste Bescheid? Wie war das möglich? »Wir müssen reden«, wiederholte sie. »Du bist in größter Gefahr.«

»Was wissen Sie über den Greif?«, fragte Sam.

»Alles. Du musst mir vertrauen. Bitte, Sam, lass mich rein. Ich bin hier draußen nicht sicher.«

Sam war ratlos. Dies war das Allerletzte, womit er gerechnet hätte. »Woher weiß ich, dass Sie wirklich die sind, für die Sie sich ausgeben?«, fragte er. »Sie könnten eine Art Gestaltwandler sein, der mich austricksen will.«

»Das stimmt, Sam, und du verhältst dich klug. Vorsicht ist immer gut, das darfst du nie vergessen. Zu der Frage, ob ich wirklich Ina Capiz bin, deine Lehrerin, kann ich dir sagen, dass du am Tag, bevor du den Greif gesehen hast, während meines Unterrichts eingeschlafen bist. Und auf den Tisch gesabbert hast, wenn ich mich richtig erinnere.« Miss Capiz lachte nervös. Sam ließ sich ihre Worte durch den Kopf gehen, atmete tief durch, schloss dann die Tür auf und öffnete sie. »Darf ich?« Sie wies in die Wohnung und Sam trat zur Seite. Miss Capiz ging ins Wohnzimmer, während Sam die Haustür wieder schloss und absperrte. Sie setzte sich auf die Couch und Sam nahm den großen Sessel ihr gegenüber.

»Sie sagten, ich sei in Gefahr?«, fragte er. »Wie meinten Sie das?«

»Es gibt Kräfte, die nach dir suchen. Aber ich kann für deine Sicherheit sorgen.«

»Wie?«

»Wir müssen dich hier rausbringen, doch zuerst müssen wir herausfinden, wie sie dich verfolgen können.«

»Sie verfolgen mich? Wer? Woher wissen Sie das?« Der Gedanke, dass irgendwelche Kreaturen ihm auf Schritt und Tritt folgten, machte Sam nervös.

»Ich erkläre dir alles später. Wir müssen uns beeilen. Hast du irgendetwas von deiner Reise mitgebracht?«

»Nur meinen Rucksack, mein Buch über Greife und eine Medaille von den Wächtern«, antwortete Sam.

»Ich muss diesen Rucksack sehen. Er könnte der Schlüssel sein«, meinte Miss Capiz besorgt.

»Okay … ich hole ihn.« Sam lief die Treppe hinauf, schnappte sich den Rucksack aus seinem Zimmer und ging wieder nach unten. Er hatte den Rucksack an diesem Tag nicht mit in die Schule genommen, aus Angst, jemand könnte sich damit aus dem Staub machen. An ihm hingen zu viele Erinnerungen; das Risiko, ihn zu verlieren, wollte er nicht eingehen. Sam stellte den Rucksack auf den Couchtisch und öffnete den Reißverschluss. »Hier ist das Buch.« Er zog es heraus und legte es auf den Tisch. »Die Medaille. Und ein Keks«, schloss er, als er den letzten Keks herausholte. Doch nachdem er den Rucksack geleert hatte, fiel ihm etwas Merkwürdiges auf. »Warum ist er immer noch so schwer? Es ist doch nichts mehr drin.«

Miss Capiz stand auf und streckte die Hand nach dem Rucksack aus. »Lass mich mal sehen«, sagte sie und griff danach. Sie steckte ihre Hand in das größte Reißverschlussfach und tastete darin herum. Sam hörte etwas leise reißen – Stoff, der an der Naht aufgerissen wurde. Als Miss Capiz ihre Hand wieder herauszog, umschlossen ihre Finger die Greifenklaue. Sam war sprachlos. Er hatte die Klaue im Yeti-Dorf Dr. Knox gegeben. Wer hatte sie in seinen Rucksack gesteckt? Und weshalb?

Nuks schlüpfte durch die Hundetür am Hintereingang, blieb aber zwischen Küche und Wohnzimmer wie angenagelt stehen, als er die Klaue und Miss Capiz sah. Sein Rückenfell sträubte sich und er knurrte Sams Gast böse an.

»Entspann dich, Nuks«, rief Sam dem Tanuki zu. »Das ist Miss Capiz, meine Lehrerin. Sie hilft uns.«

»Nein, Sam«, warnte Nuks mit einem tiefen Grollen. »Geh weg von ihr!«

»Mach dich nicht lächerlich … Sie ist meine Lehrerin«, wiederholte Sam. Er wandte sich an Miss Capiz, die Nuks nervös beäugte. »Sagen Sie es ihm, Miss Capiz.«

Nuks kam näher. Sein Knurren wurde lauter. Im Näherkommen sagte er betont langsam: »Sie ist kein Mensch.«

Während diese Worte Sam noch durch den Kopf gingen, drehte er sich zu seiner Lehrerin um und erkannte rasch, dass er einen schrecklichen Fehler gemacht hatte.

Miss Capiz stieß einen furchterregenden Schrei aus, bog den Rücken durch und verwandelte sich. Ihre Finger wuchsen in die Länge und wurden zu scharfen Krallen. Durch das Rückenteil ihres Pullovers bohrten sich pechschwarze Flügel. Ihre Haut wurde blass, ihre Zähne wurden schmal und spitz und ihre Augen blutrot. Sam wich zurück, stolperte über seine eigenen Füße und stürzte.

Nuks griff an, doch Miss Capiz schleuderte ihn weg. Der Marderhund krachte gegen die Wand und nahm ein paar gerahmte Fotos mit, als er bewusstlos auf den Boden rutschte. Sam versuchte immer noch, diese schreckliche Information zu verarbeiten. Seine Lehrerin war eine Aswang … und nicht nur irgendeine Aswang, sondern die Aswang, deren Bekanntschaft Sam schon im Yeti-Dorf gemacht hatte. Genau die, die ihn fast getötet hätte.

Kapitel 15

Schutzlos

Als Tashi aus Kustos beobachtete, wie Sam sich verabschiedete, war sie hin und her gerissen. Es bestand eine Verbindung zwischen ihr und Sam. Sie hatte ihn geheilt, und das bedeutete, dass sie sich der größten Angst eines jeden Wächters gestellt hatte und siegreich daraus hervorgegangen war. Diese Wunderheilung, gefolgt vom Übergangsritus der Wächter, hatte ein unzertrennbares Band zwischen den beiden geknüpft. Doch jetzt stellten die Umstände dieses Band vor eine Zerreißprobe. Als Wächterin war es Tashis oberste Pflicht, die Greifenklaue zu bewachen. Ihre Verbindung zu Sam bedeutete aber, dass sie auch ihn beschützen musste. Wie konnte sie beides tun, wenn Sam Tausende Meilen entfernt lebte? Bis jetzt hatte noch kein Wächter in einer solchen Zwickmühle gesteckt. Ins Dorf Kustos kamen schließlich kaum Besucher, und selbst wenn welche kamen, heilten die Wächter sie nicht. Dieser Fall war einzigartig und Tashi hoffte auf einen weisen Rat und eine Erklärung von Yeshe.

Zum Glück hatte Yeshe ein Treffen mit Tashi erbeten, um die jüngsten Ereignisse zu besprechen. Doch als sie zu ihm kam, stellte sie überrascht fest, dass er nicht allein war. Dr. Henry Knox war ebenfalls anwesend. Sie verbeugte sich vor den beiden Männern, und Yeshe bat sie mit einer einladenden Geste, sich zu setzen.

»Bitte, Tashi, es gibt viel zu besprechen«, sagte er mit einem Lächeln.

Tashi setzte sich und blickte ihren Anführer an, doch es war Dr. Knox, der das Wort ergriff.

»Yeshe und ich haben beschlossen, dass du nach Benicia fährst, um in der Nähe von Sam London zu sein.«

Damit hatte Tashi nicht gerechnet, was sich in ihrer ratlosen Miene zeigte.

»Dieser Befehl muss dich verwirren, ich weiß. Doch ich weiß auch, dass du wie jeder andere Wächter, der in eine ungewöhnliche Situation gebracht wird, mit deiner Bestimmung ringst«, sagte Yeshe. »Du bist eine Wächterin der Greifenklaue, daran gibt es keinen Zweifel. Aber du bist auch die Beschützerin des Jungen.«

»Aber ich kann diesen Ort nicht verlassen«, wandte Tashi ein.

»Natürlich kannst du das. Deine Kameradinnen und Kameraden werden ihre Mission ohne dich erfüllen. Und du wirst deine Mission über diese Berge hinaustragen und die Klaue auf eine neue Art und Weise bewachen.«

Jetzt meldete sich Dr. Knox wieder: »Wenn du nicht gehst, Tashi, ist Sam London ohne Schutz. Das Universum hat den Greif und Sam London aus einem bestimmten Grund zusammengebracht. Ein Grund, den wir noch nicht in seinem vollem Umfang verstehen.«

»Vielleicht ist es geschehen, damit wir in dem Yeti-Dorf gerettet werden, oder um den geplanten Diebstahl der Klaue aufzudecken«, vermutete Tashi.

»Vielleicht. Aber was ist, wenn es noch mehr für ihn zu tun gibt?«, fragte Knox. »Wir glauben, dass Phylassos dies so wollte.«

»Können wir ihn nicht fragen? Den Greif, meine ich.«

»Tashi!«, schimpfte Yeshe.

»Ich dachte ja nur, falls es eine Möglichkeit gibt, mit ihm in Kontakt zu treten. Damit wir es genau wissen und sicher sein können«, erklärte Tashi zu ihrer Verteidigung so respektvoll wie möglich.

»Es gibt vieles, das du über Phylassos nicht weißt«, erwiderte der Doktor. »Aber du wirst es erfahren. Alles zu seiner Zeit. Im Augenblick musst du uns einfach vertrauen.«

Tashi nickte. »Dann werde ich gehen. Ich werde Sam Londons Leben mit meinem eigenen beschützen, wenn es sein muss. Bitte verzeiht, dass ich für einen Moment respektlos war. Du hattest recht, Yeshe, ich habe mit meiner Bestimmung gehadert. Doch jetzt sehe ich, wie ich beides sein kann, Wächterin der Greifenklaue und Beschützerin von Sam London.«

»Gut, Tashi«, sagte Yeshe. »Sehr gut. Du wirst unverzüglich abreisen.«

Tashi erhob sich und ging zur Tür. Dort hielt sie inne

und drehte sich noch einmal um. »Werde ich für immer von hier fortgehen?« Das Zittern in ihrer Stimme verriet ihre Gefühle.

»Aber nein«, antwortete Yeshe freundlich. »Nur solange es nötig ist.«

»Und, Tashi … lass Sam nicht wissen, dass du da bist. Es sei denn, es lässt sich nicht mehr vermeiden«, fügte Dr. Knox noch hinzu.

Tashi nickte und ging hinaus.

Die Kunde von Tashis neuer Aufgabe verbreitete sich schnell in Kustos und wurde mit Überraschung aufgenommen. Die Konsequenzen von Yeshes Befehl waren der Wächter-Kultur vollkommen fremd. Wächter verließen ihren Posten nicht, doch jetzt wurde eine ihrer besten Kriegerinnen von ihrem Anführer fortgeschickt. Viele wussten nicht, wie sie damit umgehen sollten. Wächter wurden in Kustos geboren und starben in Kustos. Sie verabschiedeten sich von einem anderen Wächter nur, wenn ihre Zeit zu sterben gekommen war, und diesen Zeitpunkt bestimmten sie selbst. Tashis Eltern waren von dieser Wendung der Ereignisse besonders betroffen. Sie verabschiedeten sich von ihrer einzigen Tochter, doch wenigstens war es nicht für immer. Sie war zur jüngsten Wächterin der Greifenklaue geworden, und jetzt machte sie sich auf den Weg zu einem Ziel, das Tausende von Meilen von dem entfernt lag, wofür sie so hart gearbeitet hatte. Es half ihren Eltern zu sehen, dass sie mit dieser Entscheidung im Reinen war und dass sie versprach, sie in ihren Träumen zu besuchen – eine Fähigkeit, die die Wächter vom Greif geerbt hatten.

Bevor Tashi abreiste, nahm Dr. Vance Vantana sie beiseite, um ihr zu danken, dass sie Sam beschützte. Außerdem gab er ihr die Kontaktdaten von Rangerin Penelope Naughton.

»Falls du Schwierigkeiten bekommst oder etwas brauchst, meldest du dich bei Rangerin Naughton. Sie weiß, was zu tun ist.«

Als Tashi zum Dorfeingang ging, stellte sie fest, dass sich alle Wächter versammelt hatten, um ihr Lebewohl zu sagen. Hunderte Dorfbewohner drückten ihre Shekchen auf den Boden und ließen einen gewaltigen Lichtbogen in den Himmel aufsteigen, der das ganze Tal silbrig blau erstrahlen ließ. Es war eine besondere Geste, mit der normalerweise nur diejenigen Wächter geehrt wurden, die beschlossen hatten, auf die nächste Daseinsebene hinüberzuwechseln. Aber es war auch die einzige Art und Weise, in der Wächter das Gefühl von Verlust ausdrücken konnten. Tashi war noch nie sehr emotional gewesen – starke Gefühle gehörten nicht zu den Attributen eines Wächters –, doch angesichts dieser Geste ihrer Kameraden und Familie war auch sie gerührt. Sie schaute kurz zurück, als sie zur Dvergen-U-Bahn ging, und bewunderte das Dorf Kustos, ihre Heimat von Geburt an, noch einmal von Weitem. Würde sie es je wiedersehen?

* * *

Während ihrer Ausbildung lernten die angehenden Wächter, auch im rauesten Klima zu überleben. Für Tashi war das Überleben in Benicia deswegen der reinste Spaziergang, und das im wahrsten Sinn des Wortes. Sie entdeckte einen ruhigen Park in der Nähe des Wassers, in dem sie sich niederließ. Sie schlief in einem Baum und suchte sich ihr Essen im Park. Einige einheimische Tiere sammelten sogar Essen für sie und legten es am Fuß ihres Baums ab. Nachts beobachtete sie Sams Haus und tagsüber schlief sie oft in der Nähe seiner Schule. Sie war beeindruckt von dem großen Gebäude, das der Bildung menschlicher Kinder gewidmet war, vor allem wenn sie es mit den kleinen Holzhäusern verglich, in denen in Kustos Unterricht abgehalten wurde. Tashi entwickelte ein Gespür dafür, wenn noch andere magische Wesen in Sams Umgebung waren, sowohl in der Schule als auch bei ihm zu Hause. Doch dieses Gespür sagte ihr auch, dass sie alle harmlos waren.

Zumindest bis sie eine bösartige Kraft wahrnahm. Sie wusste nicht, worum es sich handelte, nur dass etwas in der Nähe war und dass es böse war. Da sie annahm, Sam könnte in Gefahr sein, verschärfte sie ihre Überwachung.

Das Problem war nur, dass die Gefahr bestand, entdeckt zu werden, wenn sie den Abstand zu Sam verringerte – und genau vor dieser Situation stand sie, als Sam sie in der Schule entdeckte.

Zum Glück konnte sie sich rechtzeitig verstecken, als er herauskam, um nachzusehen. Später, als Sam in einen Supermarkt ging, machte Tashi sich unter so vielen Fremden Sorgen um seine Sicherheit – vor allem da sie immer noch diese drohende Gefahr spürte. Als sie ans Schaufenster trat, um Sam besser im Auge behalten zu können, hatte sie selbst das Gefühl, beobachtet zu werden. Sie schaute sich um und sah einen Tanuki, der sie aus ein paar Metern Entfernung betrachtete. Tashi erinnerte sich, dass Sam durch einen Tanuki ersetzt worden war … und das war auch der Marderhund, mit dem sie ihn vorher gesehen hatte. Sie ging davon aus, dass er zu den harmlosen magischen Kreaturen gehörte, die sie in Sams Umgebung wahrnahm.

»Du bist der Tanuki, der Sams Platz eingenommen hat?«, fragte sie in der Muttersprache der Kreatur. Es klang wie eine Reihe von Quiek-, Bell- und Knurrlauten.

Der Tanuki nickte. »Ich bin Nuks, und du … Du bist ein Wächter«, erwiderte er ehrfurchtsvoll. »Du bist Tashi. Sam hat mir von dir erzählt.«

»Ja«, bestätigte Tashi. Sie wandte sich wieder dem Schaufenster zu und sah, dass Sam sie entdeckt hatte. Sie duckte sich. »Er darf nicht wissen, dass ich hier bin.«

Nuks nickte zum Zeichen, dass er verstanden hatte. »Ich glaube, wir sollten reden«, flüsterte er. »Ich mache mir Sorgen und weiß nicht, weshalb.«

»Genau wie ich. Wir treffen uns bei Einbruch der Dunkelheit hinter Sams Haus.«

* * *

Bei Sonnenuntergang machte sich Tashi auf den Weg zu Sams Garten hinter dem Haus, um sich dort mit Nuks zu treffen. Im Allgemeinen besaßen magische Kreaturen ein untrügliches Bewusstsein oder Gespür für mögliche Gefahren. Wenn auch Nuks sich Sorgen machte, täuschten Tashi ihre Instinkte nicht, und es war nur eine Frage der Zeit, bevor das lauernde Böse sich zu erkennen gab.

Nuks schlüpfte aus der Hundetür und sah Tashi am hinteren Ende des Gartens stehen.

Er ging zu ihr hinüber. »Hallo.«

Tashi neigte leicht den Kopf. »Wo ist Sam?«, fragte sie.

»Er schläft auf der Couch. Er ist in Sicherheit«, fügte Nuks hinzu.« Tashi nickte, und er fuhr fort: »Du bist weit von zu Hause weg, Wächterin.«

»Das stimmt. Ich wurde hergeschickt, um ein Auge auf Sam zu haben. Sag, Tanuki, weshalb machst du dir solche Sorgen?«

Nuks schüttelte sich. »Ich kann es nicht genau sagen. Es ist nur so ein Gefühl. Wäre ich kein magisches Wesen, würde ich sagen, es fühlt sich so an, als wäre ein Jäger in der Nähe. Ja, das ist es. Als würde etwas in der Dunkelheit lauern, bereit zuzuschlagen. Spürst du es auch?«

»Ich glaube, ja. Wir müssen wachsam bleiben, Tanuki ...«

»Nuks«, verbesserte er sie.

»Ich werde die Augen offen halten, aber wenn du etwas Neues spürst, informierst du mich sofort.« Nuks nickte, doch genau in diesem Moment spürte Tashi selbst etwas. Das Gefühl war stärker als je zuvor, als stünde das Böse direkt neben ihnen. Nuks schien es auch so zu merken. Der Tanuki blickte sich um, als versuchte er, die Quelle zu finden. Tashi tat dasselbe. Sie suchten die Umgebung ab, doch da war nichts. »Du schaust nach Sam«, befahl Tashi. »Ich sehe mich hier draußen um.«

Die Nacht wurde totenstill, als Nuks ins Haus ging, um nach Sam zu schauen. Kein Wind raschelte durch die Bäume, keine Grillen zirpten. Tashi wusste, dass dies ein weiteres schlechtes Omen war. Das Böse, das sich im Dunkeln versteckte, würde sich bald zeigen. Sie machte sich für sein Erscheinen bereit.

Im Haus war Sam London schutzlos. Er hatte weder Dr. Vantana noch Knox, Chriscanis oder Tashi an seiner Seite. Er hatte den Hologrammerzeuger nicht und keinerlei Waffen. Und Nuks lag bewusstlos auf dem Boden. Die Aswang, die sich als seine Lehrerin ausgab, hatte eindeutig die Oberhand. Und sie hatte die Klaue.

»Es wird Zeit, dass wir zu Ende bringen, was wir im Yeti-Dorf begonnen haben«, fauchte sie. »Jetzt ist niemand da, um dich zu beschützen, Sam London, und ich bin sehr hungrig.«

Sam drehte sich um und rannte los, doch er kam nicht weit. Die Aswang packte ihn am Knöchel. Sie zog ihn zu sich heran und zwang ihn dabei, sich auf den Rücken zu drehen. Sie umklammerte mit ihren langen, knochigen Fingern seinen Hals und hob ihn vom Boden hoch. Sam schlug und trat um sich und versuchte, die Kreatur mit einem Arm oder Bein zu treffen, doch sie hielt ihn auf Abstand. Sie fand seinen Kampf offenbar amüsant und keckerte boshaft. Aus dem Augenwinkel sah Sam, dass Nuks langsam wieder zu sich kam.

»Sam«, murmelte der Tanuki.

Die Aswang blickte zuerst Nuks, dann Sam finster an. Sie kniff die blutunterlaufenen Augen zusammen. »Keine Bange, Sam, ihn esse ich zum Nachtisch.«

Nuks begann zu winseln, zuerst nur leise, doch dann immer lauter und nachdrücklicher.

»Es klingt, als hätte er Angst. Hast du auch Angst, Sam?«, fragte die Aswang. Sam konnte nicht antworten, ihre Klauen um seinen Hals machten das Sprechen unmöglich. Er hatte entsetzliche Angst und war vollkommen hilflos. »Ich sehe es in deinen Augen.« Die Aswang grinste bedrohlich.

»Und was siehst du in meinen?«, rief eine Stimme. Die Aswang wirbelte herum, um zu sehen, wer da so plötzlich aufgetaucht war. Doch da traf sie eine Wolke aus kristallweißem Pulver. Sie kreischte, als die Partikel auf ihren bloßen Armen und dem Nacken landeten. Offenbar verbrannten sie ihre Haut, sobald sie sie berührten. Ihre Hände warfen Blasen und die Schmerzen ließen sie zurückweichen. Dabei ließ sie Sam und die Klaue los. Sam plumpste auf den Boden, schnappte sich die Klaue und kroch so schnell er konnte weg.

»Hierher, Sam!«, rief die Stimme, und da erkannte Sam sie endlich. Er schaute auf und sah Tashi im Flur stehen und ihren Shekchen schwenken. In seinem Haus war ein Wächter! Nichts hätte größere Begeisterung bei Sam auslösen können. Tashi war gerade rechtzeitig gekommen. Sam lief zu ihr. »Stell dich hinter mich«, befahl sie. »Du auch, Tanuki.« Nuks hoppelte herüber. Er spürte immer noch die Nachwirkungen seines Aufpralls auf die Wand.

»Was ist das für ein Zeug? Eine Art Säure?«, fragte Sam. Seine Frage bezog sich auf das weiße Pulver, mit dem Tashi die Aswang beworfen hatte.

Tashi schüttelte den Kopf. »Salz. Alle Aswang reagieren allergisch darauf.«

Die Aswang schlug mit den Flügeln, hob vom Boden ab, schüttelte das Salz von ihrem Körper und zischte Tashi an. Diese warf noch eine Handvoll Salz nach ihr, doch dieses Mal war die Aswang darauf vorbereitet. Sie wich aus, indem sie zur Tür flog.

»Gib mir die Klaue«, verlangte sie, dann lassen wir deine Freunde möglicherweise am Leben.«

»Du stellst keine Gefahr mehr für uns dar, elende Kreatur«, erwiderte Tashi selbstbewusst, lud ihren Shekchen auf und zielte.

»Ich rede nicht von euch dreien. Ich rede von dem armseligen Guardian und dem alten Mann, die das Pech hatten, auf den Philippinen ein paar meiner Verwandten zu treffen.«

Sam rutschte das Herz in die Hose. Dr. Vantana und Knox waren in Gefahr? Tashi sah Sam an, was er befürchtete.

»Sie lügt, Sam«, versicherte sie ihm. »Sie will uns ködern.«

»Genau das will ich. Und der Köder ist in Hérault. Dort werden eure Freunde für ihr Verbrechen zur Verantwortung gezogen.«

»Ich glaube dir nicht«, sagte Sam trotzig.

»Dann geh und sieh selbst. Aber vergiss die Klaue nicht. Sie ist das Einzige, gegen das wir das Leben deiner Freunde eintauschen. Das heißt, falls du sie bis dahin noch hast. Denn wir kommen wieder«, warnte die Aswang, schlug mit den Flügeln und verschwand durch die Haustür in die Nacht.

* * *

Ein paar Stunden später saßen Sam und Tashi in einem Bus, der sie zum Redwood-Nationalpark brachte. Tashi hatte Sam die Kontaktdaten von Rangerin Naughton gegeben, und er rief sie an und informierte sie über ihre bevorstehende Ankunft. Sam ging nicht ins Detail. Er sagte ihr nur, dass sie sich dringend treffen müssten. Rangerin Naughton wollte sie an der Bushaltestelle abholen und zu ihrer Hütte bringen. Nach dem Angriff der Aswang, der Entdeckung, dass er jetzt im Besitz der Klaue war, und nach dem, was die Aswang ihm über das Schicksal von Dr. Vantana und Knox verraten hatte, konnte Sam nur eines denken: *Carl kann helfen.* Doch um Kontakt mit Carl aufzunehmen, mussten sie Rangerin Naughton treffen und sie über die Sachlage informieren.

Nuks willigte ein, noch einmal Sams Gestalt anzunehmen und das Täuschungsmanöver fortzusetzen, während

Sam und Tashi nach Antworten suchten. Sam hatte ein schlechtes Gewissen, weil Nuks erneut seinen Platz einnehmen musste, vor allem in Anbetracht des Zustandes, in dem das Haus nach dem Angriff der Aswang war. Doch Nuks beruhigte ihn. Er versprach, so gut es ging aufzuräumen, bevor Ettie nach Hause kam, und sich falls nötig eine gute Ausrede für das Durcheinander einfallen zu lassen.

Im Bus diskutierten Tashi und Sam die Ereignisse des Tages und was sie bedeuten könnten. Die Wächterin hatte immer noch mit der Tatsache zu kämpfen, dass die Klaue in Sams Rucksack versteckt war.

»Es muss Dr. Knox gewesen sein, der die Klaue mit Yeshes Hilfe in deinen Rucksack gepackt hat«, vermutete sie. »Als sie mir verkündeten, dass ich hierher reisen müsse, um dich zu beschützen, sagten sie, dass ich auch die Klaue auf eine neue Art beschützen würde. Sie müssen es gewusst haben.«

»Aber warum haben sie sie in meinem Rucksack versteckt? Wäre sie in Phylassos' Höhle nicht viel sicherer gewesen?«

»Sollte man annehmen. Aber die Höhle wurde schon einmal von den Yetis gestürmt … und wir haben noch immer nichts von dem Greif gehört. Es ist alles ziemlich rätselhaft. Vielleicht fehlen uns Informationen.«

Sam überlegte, welche Information es rechtfertigen könnte, einem zwölfjährigen Jungen ein Relikt anzuvertrauen, das die Welt verändern konnte. Er bekam Gänsehaut bei dem Gedanken, dass das größte Geheimnis der Menschheit in seinem Zwanzig-Dollar-Rucksack lag. Es war, als hätte er ein Lotterielos mit dem Hauptgewinn und wartete darauf, es endlich einlösen zu können. Die ganze Warterei war eine von Angst beherrschte Angelegenheit, die noch dadurch verschlimmert wurde, dass er sich seiner Umgebung plötzlich mehr als bewusst war. Er betrachtete die anderen Gesichter im Bus voller Angst, jemand könnte wissen, was er bei sich hatte, und nur auf den richtigen Moment warten, um anzugreifen. Zu seiner Nervosität trug auch der Gedanke bei, dass Dr. Vantana und Dr. Knox in Gefahr waren. Er war sofort bereit, die Klaue gegen ihr Leben einzutauschen, sollte es dazu kommen.

»Wo liegt Hérault?«, fragte er die Wächterin.

»Keine Ahnung.«

»Ich kann's immer noch nicht fassen, dass meine Lehrerin eine Aswang ist«, bekannte Sam verlegen. »Fast hätte ich alles kaputt gemacht.«

»Sie hat Phylassos' Gesetz gebrochen«, bemerkte Tashi. »Die Aswang sind von Grund auf böse, weshalb es ihnen verboten wurde, ihr Herkunftsland zu verlassen.«

»Sie war das ganze Jahr über meine Lehrerin. Glaubst du, es war reiner Zufall, dass ich in ihrer Klasse war?«

»Das halte ich für unwahrscheinlich«, erwiderte Tashi.

»Willst du damit sagen, dass sie aus einem bestimmten Grund meine Lehrerin war?«

»Vielleicht.«

»Aber weshalb? Woher konnte sie wissen, dass ich derjenige sein würde, der den Greif sieht? Das ergibt doch überhaupt keinen Sinn.«

Tashi zuckte nur mit den Schultern. »Nein, überhaupt keinen.«

* * *

Der Bus würde etliche Stunden bis zum Arcata Transit Center im kalifornischen Arcata brauchen. Dort würde Rangerin Naughton auf sie warten und sie mit ihrem Wagen zum Park bringen. Gegen Morgen würden sie ankommen. Nach drei Stunden hielt der Bus in einer Stadt namens Willet für eine halbstündige Pause. Tashi und Sam stiegen aus, um die Toilette aufzusuchen und sich aus dem Schnellrestaurant etwas zu essen mitzunehmen.

Auf dem Weg zurück zum Bus ging Tashi ein paar Schritte vor Sam. Es war ungewöhnlich dunkel. Der wolkenverhangene Himmel dimmte das Mondlicht, und auf dem Parkplatz des Restaurants brannte nur die Hälfte der Lampen, weshalb ein großer Teil des Platzes im Dunkeln lag. Leider mussten die beiden genau diesen unbeleuchteten Bereich durchqueren, um zum Bus zu gelangen. Sam dachte sich nichts dabei, doch plötzlich wurde er gepackt und tiefer in die Dunkelheit hineingezogen. Was immer ihn geschnappt hatte, es zerrte mit solcher Kraft an seinem Rucksack, dass ihm die Luft wegblieb. Ein Gurt wurde ihm von der Schulter gerissen und er fiel auf den Rücken. Der Rucksack landete neben ihm – er hatte nur noch einen Arm im anderen Gurt – und die Kälte des nassen Asphalts drang durch seine Kleider. Er spürte die Anwesenheit mehrerer Kreaturen, von denen eine jetzt auf seinem Brustkorb hockte und ihm seinen Rucksack entreißen wollte. Sam zog ihn dicht zu sich heran und hielt ihn fest. Er hörte die Kreaturen kreischen und roch ihren fauligen Atem, doch sehen konnte er sie nicht. Schwefelgestank brannte in seinen Nasenlöchern und trieb ihm Tränen in die Augen. Bei den markerschütternden Schreien lief es ihm eiskalt über den Rücken.

»Sam!«, rief Tashi. Bevor er antworten konnte, legte sich eine ledrige Klaue auf seinen Mund.

Die Scheinwerfer eines vorbeifahrenden Wagens tauchten den Bereich in helles weißes Licht, doch Sam sah immer noch nichts. Sein Herz raste und ihm wurde übel. Und dann geschah etwas Seltsames. Eine Welle warmer Energie lief durch seinen Körper, kroch über seine Haut bis hinauf zu seinem Kopf. Sofort begannen seine Augen zu brennen, doch als der Schmerz verging, konnte er seine Angreifer plötzlich sehen. Und sie waren potthässlich. Einen knappen Meter groß mit reptilienähnlichen Körpern. Ihre Hinterbeine waren lang wie bei einem Känguru und aus dem Rücken ragte eine Reihe spitzer Stacheln. Sie hatten rote, leuchtende Augen, ein vorstehendes Kinn, lange Reißzähne und eine gespaltene Zunge. Die kleinen Monster hüpften auf ihren Hinterbeinen auf und ab und kreischten, als wollten sie ihren Kollegen, der auf Sams Brustkorb saß, anspornen. Die Kreatur bleckte die Zähne und beugte sich zu Sam herunter.

Die Lage schien düster, bis eines der herumhüpfenden Monster von einem schimmernden blauen Lichtblitz erfasst wurde. Es zuckte und krampfte und kippte mit einem deutlichen *Plopp* auf den Asphalt. Die anderen Monster horchten auf, einschließlich dem, das auf Sam hockte. Es wurde als Nächstes getroffen. Ein blauer Energieblitz fuhr ihm in den Rücken und zuckte durch seinen Körper. Es erstarrte. Sam schubste es von seinem Brustkorb und rappelte sich auf. Im nächsten Moment war Tashi an seiner Seite und half ihm, von den verbliebenen Monstern wegzukommen. Mit ein paar Blitzen aus ihrem Shekchen hielt sie sie auf Abstand, während sie mit Sam zum Bus lief.

»Bist du okay?«, erkundigte sie sich, doch ihre Aufmerksamkeit galt immer noch den Monstern.

»Ich glaube ja. Was waren das für Dinger?«

»Man nennt sie Chupacabras. Das ist spanisch und bedeutet ›Ziegenlutscher‹. Hat dich einer gebissen?«

»Nein. Er hat's versucht, aber du hast mich gerade noch rechtzeitig gerettet.« *Natürlich*, dachte Sam. *Chupacabras.* Er hatte verschiedene Berichte über diese aus Lateinamerika stammenden Biester gelesen. Sie sahen genauso aus, wie sie in den Berichten beschrieben wurden, nur wirkten sie aus der Nähe noch um einiges furchterregender. Sam und Tashi stiegen rasch wieder in den Bus und gingen nach hinten durch.

»Die Aswang hat uns gewarnt … Sie sagte, sie würden immer wieder angreifen«, erinnerte sich Sam.

»Das sind fiese Biester, diese Chupacabras. Wir können von Glück sagen, dass du noch am Leben bist.«

»Tashi«, fuhr Sam leise fort, »ich konnte sie sehen.« Die Wächterin wandte sich ihm zu. »Zuerst konnte ich es nicht, doch dann ist irgendetwas passiert. Ich habe etwas Merkwürdiges gespürt und dann konnte ich sie sehen.«

Tashi hob fasziniert eine Augenbraue. »Die Chupacabras gehören zu den Verfluchten. Sie sind keine Gestaltwandler, deshalb können Menschen sie nicht sehen.«

»Aber ich hab sie gesehen«, rief Sam. »Ich schwör's!«

»Man hat dir doch den Blick für magische Wesen genommen, richtig?«

Sam nickte. »Bevor ich Kustos verlassen habe. Dr. Knox hat darauf bestanden. Er hat mir eine Spritze gegeben, die mir den ›Blick‹ genommen hat. Und sie muss gewirkt haben, denn anfangs konnte ich sie ja nicht sehen.«

»Die Sache wird immer merkwürdiger«, stellte Tashi fest.

Der Bus verließ Willet und fuhr weiter in Richtung Arcata. Sams unbeantwortete Fragen häuften sich. Er konnte nicht schnell genug in den Redwood-Nationalpark kommen.

Kapitel 16

ES WIRD ERNST

Penelope wusste, dass ihre Amnesie nicht durch einen Unfall verursacht worden war. Sie war weder gestürzt und hatte sich den Kopf angeschlagen, noch hatte sie sich selbst ausgeknockt, indem sie gegen einen Baum gelaufen war. Ihr Arzt fand keinen Hinweis auf ein Schädeltrauma. Als sie nicht lockerließ, erklärte er ihr lediglich, dass die Gründe für Funktionsstörungen des Gehirns oft ein Rätsel blieben. Man könne nie wissen, was genau Veränderungen in der Gehirnchemie hervorriefe. Doch diese Antwort genügte Penelope nicht. Dieses Rätsel betraf sie persönlich und war einfach zu wichtig. Da es keine eindeutige wissenschaftliche Erklärung gab, schlussfolgerte die Rangerin, dass ihr Gedächtnisverlust nichts mit Gehirnchemie zu tun hatte, sondern mit Magie.

Sie lernte immer noch jeden Tag etwas Neues über die Welt, in der sie sich bewegte, und die Fabelwesen, die sie bevölkerten. Sie war sich bewusst, dass es Magie gab und dass einige Wesen die Fähigkeit besaßen, Magie zu wirken. Da ihr analytischer Verstand das Wort »Magie« jedoch nicht akzeptierten wollte, nannte sie es »fremde Wissenschaft«. Sie war entschlossen herauszufinden, wer die Möglichkeit und einen Grund hatte, ihr Gedächtnis auszulöschen. Das war leichter gesagt als getan. Selbst wenn sie von einem solchen Plan gewusst und Hinweise hinterlassen hätte, erinnerte sie sich nicht mehr, wo sie die Beweise versteckt hatte. Zum Glück stolperte sie beim Saubermachen darüber. Beim Verrücken eines Kühlschranks im Labor hörte sie, dass etwas auf den Boden fiel. Sie spähte hinter das Gerät und entdeckte ein Notizbuch. Es sah genauso aus wie die Hefte, in die sie die Ergebnisse ihrer Experimente eintrug – schwarz mit einem weißen, nummerierten Etikett –, doch die Stelle, an der normalerweise die Zahl stand, war hier leer. Außerdem war ein breites Gummiband um das Notizbuch geschlungen. Dies erinnerte Penelope an das Tagebuch, das sie als Kind geführt hatte. Sie hatte ein breites Gummiband darum gespannt, als könnte dies einen Schutz darstellen für ihre intimen Gedanken. Beim Wegziehen des Gummibands fielen ihr Kratzer auf dem Umschlag auf – deutliche Zeichen dafür, dass es oft benutzt worden war. Als sie es öffnete, wusste sie, weshalb: Es war tatsächlich eine Art Tagebuch.

Die Eintragungen begannen drei Jahre zuvor, als Penelope ihren Job im Redwood-Nationalpark antrat. Sie hatte nicht zu jedem Tag etwas vermerkt, nur wenn es etwas Wichtiges zu berichten gab. Sie zog sich einen der Laborstühle heran, setzte sich und blätterte durch die Seiten bis zu den letzten Einträgen vor ihrer Amnesie. Der erste, den sie las und der zwei Wochen vor dem Vorfall datiert war, schien relativ harmlos. Sie beschrieb darin die jüngsten Experimente mit Gus' Blut und deren Auswirkungen auf ihre Freundschaft. Außerdem berichtete sie von einem Problem mit einer Kolonie Hasenböcke, die von den Zeltplätzen der menschlichen Parkbesucher Essen stahlen. Gegen Ende des Eintrags stieß sie auf eine interessante Bemerkung. Sie war auf dem Weg zu den Hasenböcken, um sie wegen ihres regelwidrigen Verhaltens zu verwarnen, als sie große Fußabdrücke entdeckte, die zu einem abgelegenen Bereich des Parks führten. Sie hatte vermutet, dass es Bigfoot-Abdrücke waren, und geschrieben, dass sie sich mit Carl besprechen wollte. Im nächsten Eintrag stand nichts über die Fußabdrücke oder eine Besprechung mit Carl. Er handelte nur von dem Überraschungsbesuch von Dr. Henry Knox, Penelopes Vorgesetztem. Folgendes hatte sie geschrieben:

Heute war ein ungewöhnlicher Tag. Als ich von meinem morgendlichen Rundgang zurückkam, wartete Dr. Knox bei meiner Hütte auf mich. Ich glaube, es war das erste Mal, dass ich ihn ohne Dr. Vantana an seiner Seite gesehen habe. Ich liebe es, über meine Arbeit zu reden, wenn sich die Gelegenheit dazu bietet, und bei Dr. Knox kann ich immer sicher sein, dass er sich dafür begeistert. Er hat sich besonders für den neuen hologra-

fischen Projektor interessiert, den ich entwickelt habe. Er ist dafür gedacht, Magic Guardians in Situationen zu helfen, wenn sie in der Unterzahl sind und es aussehen muss, als hätten sie Verstärkung. Der Doktor hatte viele Fragen zur Funktionsweise des Geräts und wie man die Illusionen erzeugt, die es projiziert. Er fragte auch, ob er es sich ausleihen könne, doch ich habe ihm erklärt, dass es ein Prototyp sei und noch ein bisschen daran herumgebastelt werden müsse, bevor es das Labor verlassen könne.

Über das Folgende berichte ich hier, weil es so merkwürdig war. Dr. Knox erkundigte sich nach »irgendwelchen seltsamen Geschehnissen« im Park. Er fragte nach den Ziegen im nördlichen Sektor und ob ich in letzter Zeit nach ihnen geschaut hätte. Als ich fragte, ob das bedeutete, dass ich nach Chupacabras Ausschau halten sollte, meinte er, ich sollte nach Ungewöhnlichem jeder Art Ausschau halten. Der Doktor ging vor Sonnenuntergang, weil er sich noch umsehen wollte, wie er sagte. Ich habe ihn noch nie so nachdenklich gesehen. Es macht mich nervös.

Penelopes Neugier war geweckt und so las sie weiter. Der nächste Eintrag handelte von ihrer Besprechung mit Carl, die eine verblüffende Wendung genommen hatte. Als sie zu Carl ging, sah sie, wie er allein im Wald verschwand. Penelope folgte ihm und stellte fest, dass er genau zu der Stelle ging, wo sie die Bigfoot-Abdrücke gesehen hatte.

Leider war Carls Geruchssinn viel zu gut, als dass sie ihm lange unentdeckt hätte folgen können. Er bemerkte ihre Anwesenheit und kehrte um. Sie stellte sich dumm und fragte, ob er in diesem Bereich irgendwelche Hasenböcke gesehen hätte. Er verneinte und sie ging zurück an die Arbeit, kehrte jedoch später am Nachmittag noch einmal zurück und folgte Carls Spur. Dabei stellte sie fest, dass sich weitere Fußabdrücke zu seinen gesellten. Das erste Paar schien von einem Menschen zu stammen, doch sie verschwanden nach ein paar Metern wieder. Dafür tauchten andere, tierähnliche Abdrücke auf, die Penelope nicht identifizieren konnte. Sie nahm einige Gipsabdrücke und kehrte zurück ins Labor, um festzustellen, wen oder was Carl getroffen hatte.

Der letzte Eintrag in Penelopes Tagebuch, bevor sie ihre Amnesie erlitt, erwies sich als besonders aufschlussreich. Sie las:

Ich habe ein großes Geheimnis gelüftet, eines, das ich diesem Tagebuch nicht anvertrauen kann. Ich habe vor, meine Theorie noch heute zu beweisen, wenn ich dem Bigfoot Carl durch die nördliche Sektion des Parks folge. Ich werde ein Spray benutzen, das ich aus Haaren aus Carls Fell künstlich hergestellt habe und das seinen Geruch dupliziert. Wenn ich so rieche wie er, kann er mich nicht wittern, und ich sollte ihm unentdeckt folgen können. Falls meine Theorie stimmt und diese Treffen mit Carl stattfinden, frage ich mich, was das für das

Institut und den Fluch bedeutet. Mir drängt sich die Vermutung auf, dass wir alle auf irgendeine Art in Gefahr sind.

Penelope schloss das Tagebuch und legte es in sein Versteck zwischen Wand und Kühlschrank zurück. Sie ließ sich auf ihren Hocker fallen; die Entdeckungen wogen schwer. Sie rief sich das Gelesene und seine mögliche Bedeutung noch einmal ins Gedächtnis zurück. Was hatte Carl vor? Und weshalb hatte sie in dem Eintrag, in dem sie den Fluch erwähnte, so besorgt geklungen? Doch das Allerwichtigste: Worum handelte es sich bei dem großen Geheimnis, das sie nicht einmal ihrem Tagebuch anvertrauen konnte? Es war alles ziemlich verstörend, vor allem, wenn sie es im Zusammenhang mit den vorausgegangenen Einträgen betrachtete, insbesondere dem über Dr. Knox. War er sich der drohenden Gefahr bewusst? Vielleicht war er aus diesem Grund etwa zur gleichen Zeit verschwunden, als Penelope ihre Amnesie erlitt. Das konnte kein Zufall sein. Da Dr. Knox immer noch nicht wieder aufgetaucht war, gab es nur eine Person, mit der sie über die Ereignisse aus dieser Zeit sprechen konnte: Bigfoot Carl. Er musste etwas wissen; schließlich stand in ihrem Tagebuch, dass sie ihm an dem Tag, an dem sie ihr Gedächtnis verloren hatte, gefolgt war.

Seit ihrer Rückkehr hatte Penelope immer wieder versucht, ein Treffen mit Carl zu vereinbaren, doch er hatte nie Zeit gehabt. Trevor der Troll sah den Grund allein darin, dass er sehr beschäftigt war. In Anbetracht der Information aus ihrem Tagebuch glaubte Penelope jedoch so langsam, dass er sie ganz bewusst mied. Bei dem Gedanken an ein Treffen mit Carl wurde ihr mulmig. Wer sagte ihr, dass er keine Gefahr darstellte? Nachdem er sich so viele Jahre für die Sache eingesetzt hatte, wäre eine solche Entwicklung verheerend.

Als Penelope sich fertig machte, um den Bigfoot zu besuchen, erhielt sie einen Anruf von einem sehr nervösen Sam London. Er redete schnell und erzählte, dass er von einer Aswang angegriffen worden war und zusammen mit einem Wächter auf dem Weg zu ihr sei. Mit einem Wächter? Hatte sie das richtig verstanden? Sam meinte doch bestimmt keinen der Wächter aus dem Dorf Kustos. Er musste durcheinander sein. Zum letzten Mal hatte sie von Sam London gehört, als Vance angerufen und sie gebeten hatte, für Chriscanis einen Wagen bereitzuhalten, damit er den Jungen nach Hause bringen konnte. Viel mehr hatte Vance bei diesem Anruf nicht gesagt, was Penelope seltsam vorgekommen war. All diese Ereignisse der jüngsten Zeit plus die Tagebucheinträge führten Penelope zu dem Schluss, dass Knox sich der drohenden Gefahr durchaus bewusst war und dass diese Gefahr praktisch schon vor der Tür stand.

Penelope verließ ihr Labor und sah Trevor auf der Couch in ihrem Wohnzimmer schlafen. Sie ließ das Gemälde, das als Geheimtür zum Labor diente, extra laut zurück gegen die Wand krachen. Trevor erwachte und stellte fest, dass er nicht mehr allein war. Mit großen Augen setzte er sich auf.

»Hast du das von Sam London gehört?«, fragte er voller Sorge.

»Wer hat dir …«, begann Penelope, doch dann war es ihr klar. »Lass mich raten: Ein Freund von einem Freund von einem Freund.«

»Ein Freund von einem Tanuki, der mit Nuks auf Futtersuche war. Nuks ist der Tanuki, der Sams Platz eingenommen hat«, erklärte Trevor. »Viel hat er nicht gesagt, nur dass Sam von einer Aswang angegriffen wurde.«

»Ja. Sam hat mich angerufen. Er sitzt jetzt in einem Bus hierher. Was tust du eigentlich hier?«

»Ich wollte dir die Neuigkeit überbringen, aber als ich gesehen habe, dass du im Labor bist, dachte ich mir, ich warte lieber, bis du rauskommst. Ich weiß doch, dass du nicht gern gestört wirst, wenn du da drin bist. Aswang sind fiese Kreaturen, Rangerin Naughton. Warum greift so eine Sam an?«

»Ich weiß es nicht, Trevor. Aber wir werden es sicher bald erfahren.«

Trevor erhob sich von der Couch und trat dicht an Penelope heran. Er schaute sich um, als wollte er sich vergewissern, dass auch niemand in Hörweite war, bevor er flüsterte: »Ich habe noch etwas gehört, bin mir aber nicht sicher, ob ich es glauben soll.«

»Dass Sam mit einem Wächter unterwegs ist?«, riet Penelope.

Trevor klappte der Unterkiefer herunter. »Dann stimmt es also? Wow! Ob Wächter Freunde haben? Ich bin ein guter Freund. Jede Wette, dass ich sein erster Troll-Freund wäre.«

»Nur nichts überstürzen«, ermahnte Penelope ihn. »Ich bin sicher, der Wächter ist nicht hier, um Freundschaften zu schließen.«

»Selbstverständlich«, erwiderte Trevor. »Ich tue, was ich kann, um zu helfen. Man kann ein sehr guter Freund von jemandem werden, wenn man mit ihm durch gefährliche Zeiten geht.«

Penelope verdrehte die Augen. Trolle waren geradezu besessen davon, Freunde zu sammeln – es war irritierend.

»Würde es dir etwas ausmachen, wenn ich heute Nacht hier schlafe?«, fragte Trevor. »Es ist schrecklich spät, und ich wäre gern hier, wenn Sam kommt. Nur falls er mich braucht. Er ist mein …«

»Freund, ich weiß«, unterbrach ihn Penelope genervt. Normalerweise war sie nicht so gereizt, doch in Gedanken war sie immer noch bei ihrem Tagebuch. Sie konzentrierte sich wieder und versuchte ein Lächeln. »Klar kannst du hierbleiben.«

»Danke!« Trevor ließ sich wieder auf die Couch fallen, die eindeutig nicht für jemanden von seiner Größe gedacht war.

»Ich muss noch mal weg«, verkündete Penelope.

»Jetzt? Aber es ist stockfinster draußen. Was ist so wichtig, dass du jetzt noch rausmusst?«

»Ich muss mit Carl reden.«

»Ich glaube, damit solltest du bis morgen warten. Sein Schlaf ist ihm wichtig.«

»Ich kann leider nicht warten. Er ist mir schon zu lang aus dem Weg gegangen. Ist dir das nicht aufgefallen?«

»Es ist schon seltsam, dass er Zeit hatte, sich mit Sam zu treffen, bei dir aber immer noch nicht vorbeigeschaut hat«, gab Trevor zu. »Vor allem, da ihr zwei ja befreundet seid.«

»Ich muss endlich herausfinden, warum das so ist. Mach es dir bequem. Bis später dann.« Mit diesen Worten ging Penelope zur Haustür. Als sie sie öffnete, stand ein Hundemensch vor ihr.

»Rangerin Penelope Naughton, wie ich annehme?«, grüßte er mit britischem Akzent.

»Sie sind ein Kynokephalus«, erwiderte Penelope. So plötzlich einem persönlich gegenüberzustehen, war ein Schock für sie.

»Das bin ich tatsächlich.« Der Hundemensch streckte ihr eine Pfote hin. »Ich bin Chase, ehemaliger Mitarbeiter des Amts für das Wohlergehen mythischer Tiere, jetzt im Ruhestand.«

Penelope ergriff Chase' Pfote und schüttelte sie. »Freut mich, Sie kennenzulernen.«

Trevor war auf den Beinen und kam zur Tür. »Ich weiß genau, wer Sie sind, Mr Chase. Ich wollte schon immer befreundet sein mit …«

»Trevor«, unterbrach Penelope streng, »das ist höchstwahrscheinlich kein Besuch aus reiner Geselligkeit.«

Chase nickte. »Sie haben recht. Ich habe ziemlich verstörende Nachrichten bezüglich Vance Vantana und Henry Knox erhalten. Ich hoffe, es handelt sich lediglich um Gerüchte.«

Penelope wurde klar, dass ein Besuch bei Carl an diesem Abend nicht mehr drin war. »Kommen Sie rein und berichten Sie, was Sie gehört haben.«

* * *

Die Sonne schob sich gerade über den Horizont, als der Bus im Arcata Transit Center hielt. Sam und Tashi hatten sich beim Schlafen abgewechselt, doch Sam war ziemlich sicher, dass Tashi keine Sekunde wirklich tief geschlafen hatte. Die leiseste Erschütterung und jedes vom gleichmäßigen Schnurren des Motors abweichende Geräusch weckten die aufmerksame Wächterin. Sam konnte trotz seiner Sorge um Vantana und Knox und der Tatsache, dass er die Klaue bei sich hatte, ein wenig dringend benötigten Schlaf nachholen. Als die ersten Sonnenstrahlen auf sein müdes Gesicht fielen, waren die Aufregung und Vorfreude darauf, Carl zu sehen und ein paar Antworten zu erhalten, schon groß. Jetzt konnte es nicht mehr lang dauern.

Nach dem Chupacabra-Angriff in Willet bestand Tashi darauf, hinter Sam zu gehen, als sie auf dem Parkplatz nach der Rangerin Ausschau hielten. Doch als Sam Penelope neben ihrem institutseigenen SUV entdeckte, rannte er auf sie zu. Das brachte Tashi ins Schleudern. Die Wächterin sprintete hinter ihm her, konnte jedoch nicht verhindern, dass er Penelope vor ihr erreichte und sie zur Begrüßung umarmte. Tashi war eine Sekunde später beim Wagen und riss Sam an den Schultern zurück.

»Sam London«, schimpfte sie wütend, »ich bin verpflichtet, dich zu beschützen. Ich kann nicht zulassen, dass du so leichtsinnig bist und dich in Gefahr bringst.«

»In Gefahr? Das ist Rangerin Naughton«, erwiderte Sam. »Ihr können wir vertrauen.«

»Das hast du auch von Miss Capiz geglaubt«, konterte Tashi.

»Es hat sich herausgestellt, dass meine Lehrerin eine Aswang ist«, erklärte Sam der Rangerin. »Woher hätte ich das wissen sollen?«

»Deine Freundin hat recht«, meinte Penelope, »du musst jetzt vorsichtiger sein, Sam.« Die Rangerin wandte sich an Tashi. »Ich bin Rangerin Penelope Naughton. Ich bin ein Mensch.«

Tashi betrachtete sie eingehend, dann nickte sie. »Ich bin Tashi aus Kustos.«

»Es ist mir eine Ehre, dich kennenzulernen, Tashi. Aber jetzt erzählt mir, was es mit diesem Aswang-Angriff auf sich hat. Was will so ein Wesen von dir, Sam?«

Sam bat Penelope durch Zeichen, sich zu ihm herunterzubeugen. Neugierig tat sie es.

»Ich habe die Greifenklaue«, flüsterte er. Er bemerkte ihre skeptische Miene, zog seinen Rucksack nach vorn und öffnete den Reißverschluss gerade so weit, dass sie die glänzende Spitze der goldenen Klaue sehen konnte. Sie glitzerte im Licht, und die Reflexion blendete Penelope so, dass sie ihre Augen mit einer Hand schützen musste. Die andere schlug sie ungläubig vor den Mund.

Tashi blickte sich nervös um. »Ich glaub, es wäre besser, wir gehen. Wir dürfen keine Aufmerksamkeit auf uns lenken.«

»Oh ja, richtig«, bestätigte Penelope. »Steigt ein.«

Die drei stiegen in den SUV und Penelope fuhr vom Bahnhofsparkplatz und auf den Highway.

»Ich kann's nicht glauben, dass du die Klaue hast.« Die Rangerin versuchte immer noch zu verarbeiten, was sie gerade gesehen hatte.

»Ich auch nicht«, bekannte Sam. »Deshalb muss ich sofort mit Carl reden.«

Penelope schürzte die Lippen. »Ich bin mir nicht sicher, ob das eine gute Idee ist.« Sam betrachtete sie neugierig. »Es ist eine lange Geschichte«, fügte sie hinzu.

»Aber er ist womöglich der Einzige, der uns helfen kann. Die Aswang sagte, sie hätten Dr. Knox und Dr. Vantana in ihrer Gewalt.«

»Das hat man mir auch berichtet«, erwiderte Penelope. Sam war überrascht, dass sie Bescheid wusste. »Ich hatte gestern Abend unerwarteten Besuch von Chase«, erklärte sie.

»Dem Kynokephalus?«

Penelope nickte. »Er hat auch gehört, dass die beiden in Gefahr sind. Er macht sich Sorgen und will uns helfen.«

»Weiß er sonst noch etwas?«

»Nur, wo sie gefangen gehalten werden. Irgendwo in Südfrankreich. Ich glaube, das Gebiet heißt Hérault.«

Sam setzte sich aufrechter hin. »Hérault? Den Namen hat die Aswang auch genannt. Und sie hat auch gesagt, ich müsste die Klaue gegen ihr Leben eintauschen. Ich hoffe, Carl weiß, was zu tun ist.«

»Wir können Carl nicht vertrauen«, warnte Penelope widerstrebend.

»Warum nicht?«

Die Rangerin berichtete von den Eintragungen in ihrem Tagebuch, von dem großen Geheimnis und dass Carl irgendetwas damit zu tun hatte. Sie schlug vor, die Sache mit Chase zu besprechen und vielleicht Kontakt mit Chriscanis aufzunehmen, um die beste Vorgehensweise festzulegen. Carl durfte nichts von alldem mitbekommen, bevor sie nicht sicher wussten, auf welcher Seite er stand.

Auf der Weiterfahrt zum Park brachte Sam Penelope auf den neuesten Stand der Ereignisse der letzten Tage. Als Sam zu der Geschichte mit dem holografischen Gerät kam, reagierte Penelope erschüttert und schockiert.

»Was hast du gesagt?«, rief sie, als glaubte sie, sich verhört zu haben.

»Ich weiß nicht, wie es heißt. Es war einfach ein echt cooles Teil, das Hologramme projiziert hat«, erklärte Sam.

»Oh, *ich* weiß, was es tut … Es ist mein Gerät, ich habe es gebaut.« Penelope konnte den Ärger in ihrer Stimme nicht verbergen. »Knox hatte es bei sich? Und er hat es dir gegeben?«

Sam nickte. »Habe ich etwas falsch gemacht?«

Sie schüttelte den Kopf. »Nein, nein, alles okay«, beruhigte sie ihn freundlich. »Erzähl weiter.«

»Dazu gibt es nicht viel mehr zu sagen. Dr. Knox wies mich an, auf den Knopf zu drücken und dann loszurennen. Es war der Hammer!«

»Wirklich?« Die letzten Spuren von Penelopes Ärger verflogen. Sie war vor Aufregung ganz aus dem Häuschen.

»Es hat Hunderte Wächter projiziert«, berichtete Sam. »Die Yetis sind total ausgeflippt.«

»Dann hat es also funktioniert?«

»Und wie! Wenn es nicht funktioniert hätte, wären jetzt nur noch Reste auf den Tellern der Yetis von uns übrig.«

»Und wie ging es dann weiter?«

»Die Aswang hat gemerkt, was Sache war, und hat das Gerät kaputt gemacht.«

»Kaputt gemacht?«, fragte Penelope enttäuscht. »So richtig …«

Sam nickte. »Ja. Tut mir leid«, fügte er hinzu, als er Penelopes ernste Miene sah.

»Es war mein einziger Prototyp, und ich weiß nicht mehr genau, wie ich ihn gebaut habe.« Sie seufzte.

»Oh, ich wusste nicht …«, begann Sam, doch Penelope wedelte mit der Hand.

»Mach dir keine Gedanken, es war nicht deine Schuld. Ich bin einfach nur froh, dass es euch im richtigen Moment geholfen hat. Alles andere kläre ich mit Dr. Knox, wenn ich ihn wieder sehe.«

»*Falls* du ihn wieder siehst«, erinnerte Sam sie.

»Das werde ich ganz bestimmt«, versicherte sie ihm.

Als Sam ihr von dem Angriff der Chupacabras berichtete und dass er plötzlich wieder magische Wesen sehen konnte, bestand Penelope darauf, ihm im Labor Blut abzunehmen. Sie vermutete, dass, was immer ihm jetzt zum magischen Sehen verholfen hatte, auch dafür verantwortlich war, dass das Magnapedaxin 13 richtig gewirkt hatte.

Nachdem Penelope alles über Sams Abenteuer gehört hatte, blickte sie im Rückspiegel zu Tashi, die still auf dem Rücksitz saß.

»Wie geht es dir dahinten?«, fragte sie die Wächterin. Tashi antwortete nicht. »Ist sie immer so schweigsam?«, wollte Penelope von Sam wissen.

»Kommt drauf an. Mich schreit sie auch oft an.«

»Ich schreie dich nicht an«, widersprach Tashi. »Wenn ich meine Stimme erhebe, dann nur aus Sorge um deine Sicherheit.«

»Ihre Sorge klingt ziemlich wie anschreien«, flüsterte Sam Penelope zu.

Als sie das Holzhaus erreichten, wartete davor schon Trevor auf sie, um sie zu begrüßen. Sam kam in den Genuss einer dicken Troll-Umarmung.

»Sam! Ich will alles über deine Abenteuer hören!«, rief Trevor. Dann bemerkte er Tashi und wurde noch aufgeregter. »Du musst ein Wächter sein«, stellte er mit kindlicher Bewunderung fest. Tashi nickte und Trevor verneigte sich.

»Du brauchst dich vor mir nicht zu verbeugen, Troll«, wehrte Tashi ab. »Ich bin nicht der Greif.«

»Oh, richtig«, erwiderte Trevor etwas verlegen. Er streckte ihr die Hand hin. »Ich bin Trevor. Freut mich, dich kennenzulernen.« Tashi schüttelte dem Troll die Hand. »Ich kann ein sehr guter Freund sein«, fügte er hinzu.

»Das stimmt«, bestätigte Sam lächelnd.

»Okay, es reicht«, verkündete Penelope. »Ins Haus mit euch.« Das Grüppchen betrat die Hütte und Sam entdeckte Chase in der Küche.

»Chase!«, rief er aufgeregt.

»Sam London. Gehe ich richtig in der Annahme, dass viel passiert ist, seit wir uns das letzte Mal gesehen haben?« Chase grinste vielsagend.

»Das ist die Untertreibung des Jahres«, erwiderte Sam, nahm seinen Rucksack ab und zog den Reißverschluss auf. Er wollte den Rucksack gerade öffnen, als Tashi einschritt.

»Sam!«, mahnte sie mit finsterer Miene.

»Was ist?«, fragte Sam, überrascht von Tashis Reaktion. »Du liebe Zeit, es ist doch nur Chase!« Er zog das offene Rucksackfach etwas auseinander, damit man die Klaue sehen konnte. Trevor keuchte bei dem Anblick und machte einen Satz nach hinten. Er krachte in die Wand hinter ihm, worauf das Gemälde, das auch als Tür ins Labor diente, aufsprang.

»Du hast die Klaue!«, rief er ungläubig. »Die Greifenklaue!«

Chase stellte die Ohren auf. »Darf ich?«, fragte der

Kynokephalus und wollte nach dem Relikt greifen. Tashi schritt ein und legte die Hand schützend auf den Rucksack. Chase verstand und trat zurück. »Ich schaue sie mir nur aus der Ferne an.«

»Das wäre wohl das Beste«, meinte Tashi.

Sam informierte Chase und Trevor über das Angebot der Aswang: die Greifenklaue im Tausch gegen das Leben von Dr. Knox und Dr. Vantana.

»Dann musst du sie ihnen geben!«, verlangte Trevor. »Unbedingt!«

»Wir sollten vorsichtig sein«, warnte Chase. »Wer garantiert uns denn, dass sie ihren Teil der Abmachung einhalten? Vielleicht gibt es ja noch einen anderen Weg.«

»Welchen anderen Weg?«, wolltc Sam wissen.

»Wir könnten nach Hérault fahren, herausfinden, wo sie gefangen gehalten werden, und versuchen, sie zu befreien«, schlug Chase vor. »Wenn das nicht möglich ist, können wir ihnen die Klaue immer noch geben, aber nur wenn es gar nicht anders geht. Ich glaube allerdings, dass Dr. Knox unter gar keinen Umständen wollte, dass wir die Klaue herausgeben.«

»Aber sie könnten …«, begann Sam.

Chase nickte ernst. »Das ist Teil unserer Verpflichtung für die Sache. Wir müssen bereit sein, für den Schutz aller magischen Wesen unser eigenes Leben zu geben. Im Gegensatz zu den Wächtern sind wir leider verwundbar.«

»Das stimmt«, meldete sich Tashi. »Und genau das ist der Grund, weshalb ich gehen und die beiden retten muss.

Ich werde meine Wächter-Kollegen zu Hilfe rufen, falls nötig. Es ist der Sinn unseres Lebens.« Sie blickte Penelope, Trevor und Chase an. »Kann ich mich darauf verlassen, dass ihr drei Sam beschützt, während ich weg bin?«

Trevor nickte. »Klar.«

»Moment mal«, wandte Sam ein. »Wenn du gehst, gehe ich auch.«

»Das ist viel zu gefährlich«, protestierte Tashi.

»Kustos zu finden war auch gefährlich«, erinnerte Sam sie. »Außerdem hat man mir die Klaue gegeben. Ich lasse sie nicht aus den Augen.«

»Ich komme auch mit«, erbot sich Chase. »Ihr werdet Hilfe brauchen und ich kenne mich in der Gegend aus.«

»Für mich ist das okay«, meinte Sam.

»Für mich ist nichts von alldem okay«, widersprach Tashi.

»Wir sollten uns die Gegend genauer ansehen«, schlug Penelope vor. »Vielleicht finden wir ja heraus, wo sie gefangen gehalten werden.« Sie gab allen ein Zeichen, ihr durch die Geheimtür ins Labor zu folgen. Die Gruppe ging eine schmale Metalltreppe hinunter in einen großen sterilen Raum – ein vollkommener Gegensatz zu der heimeligen Holzhütte darüber. Sam betrachtete alles sehr genau. Er war ganz aufgeregt, den geheimen Ort zu sehen, wo Penelope ihre Experimente durchführte. Er sah Kühlschränke mit Glastüren, in denen jede Menge Reagenzgläser mit verschiedenfarbigen Flüssigkeiten standen und Labortische voller Zentrifugen und Bechergläsern in komplexen Anordnungen. In der hinteren Ecke lagen und standen wissenschaftliche Instrumente und Werkzeuge zur Metallbearbeitung, daneben merkwürdig aussehende Waffen und Gerätschaften, die Sam an den Hologramm-Projektor erinnerten. Ziemlich weit vorne im Raum stand ein Computersystem, das an zwei große Monitore angeschlossen war, und an der Wand neben der Treppe hing ein riesiger Flachbildschirm.

Penelope trat an den Computer und drückte auf ein paar Tasten. Im nächsten Moment erschien auf dem Bildschirm an der Wand eine Karte von Frankreich. Sie zoomte den südlichen Teil des Landes heran. Eine dicke Linie markierte die Grenzen eines großen Gebiets.

»Das ist Hérault«, sagte Penelope. »Sam, lass uns die Blutprobe nehmen, ja?« Sam nickte beklommen und Penelope holte eine Spritze von einem Tisch. Während Chase, Tashi und Trevor die Karte auf dem Bildschirm studierten, zog sie ein Röhrchen voll Blut aus einer Vene in Sams Arm. Er verzog das Gesicht, hörte aber sofort auf, als er sah, dass Tashi in seine Richtung schaute. Keinesfalls wollte er vor einer Wächterin als Jammerlappen dastehen.

Als Penelope fertig war, lächelte sie. »Ich bin ganz aufgeregt. Bald kann ich dir Antworten geben.«

»Und ich bin aufgeregt, weil ich sie bald höre.«

Chase wies auf den Bildschirm. »Also, wenn Knox und Vantana tatsächlich in diesem Gebiet festgehalten werden, dann höchstwahrscheinlich in dieser bewaldeten Bergregion hier.«

Penelope stimmte ihm zu. »Inzwischen ergibt auch alles einigermaßen Sinn. Diese Gargylen, die dich und Vance angegriffen haben, stammen aus dem Hérault-Gebiet.«

»Genau wie die Bestie von Gevaudan!«, fügte Trevor beklommen hinzu. »Eine schreckliche Kreatur. Ganz, ganz schrecklich. Schon ein Kratzer ihrer Klauen ist tödlich!«

»Dann werden wir versuchen, ihr aus dem Weg zu gehen«, meinte Chase nüchtern.

»Ich kann euch eine Waffe mitgeben gegen die Gargylen und ich kann etwas zusammenmixen gegen die Aswang«, erbot sich Penelope. »Aber solang wir nicht wissen, was sonst noch auf euch wartet, ist es schwer, die richtigen Vorbereitungen zu treffen.«

»Dann müssen wir uns einfach auf alles und jedes vorbereiten«, erwiderte Chase zuversichtlich.

Sam blickte zu Tashi hinüber und wartete auf ihre Einschätzung der Situation, doch die Wächterin war in Gedanken versunken. Normalerweise hätte Sam angenommen, dass sie wieder einmal meditierte, doch sie blickte nicht leer in die Luft, sondern die Treppe hinauf, und das mit einem so ernsten Ausdruck, dass er sich Sorgen machte.

»Tashi, was ist?«, fragte er leise. Es dauerte ein paar Sekunden, bis die Wächterin antwortete. Inzwischen hatten sich ihr auch Chase, Penelope und Trevor zugewandt. Tashi wandte den Blick nicht von der Labortür ab.

»Ich höre etwas«, flüsterte sie.

Die anderen tauschten nervöse Blicke, als Tashi die

Treppe hinaufging. Alle folgten ihr. Als Sam mit Penelope auf den Fersen aus dem Labor trat, stand die Wächterin mit dem Rücken an die Hüttentür gepresst da.

»Rangerin Naughton, gibt es einen Tunnel oder Geheimgang, über den man aus der Hütte fliehen kann?«

Damit hatte Penelope nicht gerechnet. »Äh … nein. Ich habe nie einen gebraucht. Warum?«

Chase ging zum Fenster. »Weil du jetzt einen bräuchtest. Chupacabras.«

Penelope schaute Sam an. »Sie müssen dir gefolgt sein.«

Sam lief ebenfalls ans Fenster und spähte hinaus. Und tatsächlich, die Hütte war von Hunderten dieser kleinen Monster umstellt. Sie fauchten und blickten hungrig herüber.

»Sie warten, bis so viele von ihnen hier sind, dass niemand gegen sie ankommt. Dann greifen sie an«, erklärte Tashi. Angesichts der Umstände war sie erstaunlich ruhig. Ganz im Gegensatz zu Trevor, der in totaler Panik war.

»Angreifen? Uns angreifen? Hier drin?«, stammelte der Troll. »Was machen wir denn jetzt?«

»Wir können den Kampf nicht gewinnen«, stellte Tashi rundheraus klar. »Wir sind in der Unterzahl und« – sie schaute kurz zu Trevor und Penelope – »sie sind uns kräftemäßig überlegen.«

»Ich kann auf mich aufpassen, herzlichen Dank«, entgegnete Penelope. Tashis Andeutung ärgerte sie.

»Vielleicht.« Tashi war sich nicht bewusst, dass sie die Rangerin beleidigt hatte. »Und obwohl ich es vorziehen würde zu kämpfen, kann ich Sam keiner vermeidbaren Gefahr aussetzen. Wir müssen verschwinden.«

»Wie soll das denn gehen?« Trevor hyperventilierte praktisch schon. »Sie sind überall!«

»Ich könnte Gus rufen«, schlug Penelope vor. »Er könnte immer zwei von uns rausfliegen. Vielleicht kann er auch noch Freunde mitbringen.«

»Von diesem Plan würde ich abraten«, entgegnete Tashi. »Das Pferd würde es nicht überleben.«

»Mit dieser Einschätzung liegt die Wächterin richtig«, meldete sich Chase. »Die Monster da draußen können ziemlich hoch springen. Sobald eines der Pferde herunterkommen würde, um uns zu holen, würden die Chupacabras angreifen – gnadenlos.«

»Ich habe eine bessere Idee«, sprudelte es aus Sam heraus. »Chase, Tashi – ich brauche euch beide dafür.« Sams Idee war riskant, um nicht zu sagen verrückt. Doch falls sie funktionierte, wäre er der Held des Tages. Im Moment blickten ihn allerdings alle mit wachsender Skepsis an.

* * *

Ungefähr eine Stunde später war die Gruppe so weit, dass Sams Masterplan in die Tat umgesetzt werden konnte. Die Chupacabras hatten die Zeit genutzt, um ihre Armee zu vergrößern. In der Hütte waren Penelope und Trevor im Erdgeschoss stationiert, wo sie sich darauf vorbereiteten, als erste Verteidigungslinie zu fungieren, sollten die Kreaturen sich Zutritt verschaffen können. In die Hütte zu gelangen, würde sich jetzt, da die Fenster mit Brettern vernagelt waren und Möbel sowohl die Vorder- als auch die Hintertür blockierten, als viel schwieriger erweisen. Sam, Chase und Tashi waren oben in Penelopes Schlafzimmer, das den gesamten ersten Stock einnahm. Es hatte vorneraus ein großes Mansardenfenster, das sie nicht vernagelt hatten. Die Decke des Raums entsprach der Form des Daches, was bedeutete, dass die beiden Deckenseiten sich in der Mitte in einem spitzen Winkel trafen.

Sam schaute Chase an. »Fertig?«, fragte er hoffnungsvoll.

»Ich muss zugeben, dass ich mir ein klein wenig dämlich vorkomme. Da war ich so lange für das Amt tätig, aber so etwas hab ich noch nie gemacht.«

»Es gibt für alles ein erstes Mal«, philosophierte Sam.

»Und du bist sicher, es funktioniert?«

»Ich hab gesehen, wie es funktioniert … Also, tatsächlich gesehen habe ich es nicht«, korrigierte Sam sich.

Chase' Augen weiteten sich bei diesem Eingeständnis. »Moment mal – wir hängen unser Leben an einen Trick, der womöglich gar nicht funktioniert?«, fragte er ungläubig.

»Ich weiß aber, dass er funktioniert hat!«, rief Sam. »Sag es ihm, Tashi.« Tashi nickte kurz, und Chase beruhigte sich etwas, worauf Sam das Fenster öffnete und dem Kynokephalus das Zeichen gab.

»Und los geht's.« Chase räusperte sich und begann zu heulen. Zuerst leise, dann immer lauter. Die um die Hütte versammelten Chupacabras hörten auf zu fauchen, irritiert von dem seltsamen Geräusch. Leider ließen sie sich nur kurzzeitig ablenken. Die Masse der kleinen Monster begann sich auf die Hütte zuzubewegen.

»Sie kommen!«, schrie Trevor in panischer Angst von unten.

»Sorgt dafür, dass sie nicht reinkommen!«, brüllte Sam zurück. »Wir brauchen nur ein paar Minuten.«

Chase heulte weiter, als die Chupacabras über die Hütte herfielen. Sie warfen sich gegen Türen und Fenster und kletterten an den Wänden hinauf. Sie hakten ihre Klauen ins Holz und zogen sich nach oben. Einer erreichte das Schlafzimmerfenster und wollte Sam packen. Chase stolperte nach hinten und hörte auf zu heulen, als die Kreatur ins Haus zu klettern versuchte. Tashi stieß mit der Spitze ihres Shekchen zu. Das Monster flog fünfzehn Meter durch die Luft, segelte über seine Mitstreiter hinweg und landete schließlich mit einem satten *Plopp* auf der Erde.

»Danke«, sagte Chase, trat wieder ans Fenster und begann erneut zu heulen.

Sam blickte sorgenvoll zum Himmel.

Tashi legte ihm die Hand auf die Schulter. »Es ist ein weiter Flug«, sagte sie. »Wir können nicht erwarten, dass …«

»Er muss!«, erklärte Sam in der Hoffnung, das Universum hätte ein Einsehen, wenn er es mit so viel Empathie verkündete. Dann hörte er Holz knacken und Scheiben bersten.

»Sie kommen rein!«, kreischte Trevor.

»Heul lauter«, verlangte Sam. Der Hundemensch blickte ihn von der Seite her an und drehte dann die Lautstärke auf. Trevor und Penelope retteten sich in den ersten Stock und schlugen die Tür hinter sich zu. »Es sind zu viele«, keuchte die Rangerin. »Ich habe einen Notruf an die nächste Magic-Guardian-Station abgesetzt, aber sie brauchen ein paar Stunden, bis sie hier sind.«

»Wir haben keine paar Stunden!«, jammerte Trevor. Er war kurz davor, dicke Troll-Tränen zu vergießen. »Sie werden uns auffressen!«

Sam schaute wieder zum Himmel. »Bitte!«, flüsterte er. »Bitte!«

Sams Flehen wurde endlich erhört. Ein riesiger Schatten legte sich über die Landschaft, verdeckte die Sonne und hüllte den Wald in Dunkelheit. Die Chupacabras erstarrten und blickten hinauf in den sonnenlosen Himmel. Sie sahen, worauf Sam so sehr gehofft hatte … Der Roch war eingetroffen.

»Yeah!« Sam reckte die Faust in die Luft. Trevor, Penelope und Chase jubelten. Selbst Tashi lächelte … eine Sekunde lang. Als sie sah, dass Sam sie beobachtete, schaltete sie sofort wieder auf ihre stoische Miene um. »Ich gehe zuerst«, verkündete sie und kletterte aus dem Fenster. Nachdem sie sich aufs Dach der Hütte gehievt hatte, bot sie Sam ihre Hand. Er ergriff sie und sie half ihm auf die Dachschräge. Zu zweit zogen sie zuerst Chase und dann Penelope heraus. Danach bündelten alle vier ihre Kräfte, um auch Trevor aufs Dach zu hieven. Der Troll hatte schreckliche Höhenangst und versteifte sich, als sein Blick in die Tiefe fiel.

Tashi stand am Rand des Dachs über dem Fenster und schwenkte ihren Shekchen. Sie ließ einen hohen Schrei hören und der Riesenvogel stieß herab. Er schlug mit den gewaltigen Flügeln, als er ein Stück neben dem Haus in der Luft stehen blieb, den Kopf nahe bei Tashi. Sie sprach mit ihm, wie sie es auf Phylassos' Berg getan hatte. Nach ein paar Sekunden wandte sich die Wächterin an die anderen. »Er fliegt uns nach Hérault. Er sagt, es sei ihm eine Ehre, Sam London und die Klaue des großen Greifen zu tragen.«

»Wahnsinn!«, rief Sam. Er war total aus dem Häuschen, weil seine Idee funktioniert hatte. Leider hatten die Chupacabras eigene Pläne.

Die kleinen Monster taten, womit niemand gerechnet hatte. Sie begannen einer auf den anderen zu klettern und so eine Pyramide aus Körpern zu bilden, die immer höher wurde, bis sie schließlich an den Roch heranreichte. Drei der Biester sprangen dem Riesenvogel auf den Rücken. Der Roch bäumte sich auf, stieg hoch in die Luft und versuchte, sie abzuschütteln. Sam war geschockt und Trevor glich einem Wackelpudding.

»Sie … Sie haben den Vogel angegriffen«, stammelte der Troll entsetzt.

»Und jetzt greifen sie uns an«, meinte Penelope voll böser Vorahnung. »Alle bereit machen!« Sie legte ein seltsam geformtes Gewehr mit einer runden Scheibe am Lauf an. Während der Vorbereitungen hatte Sam gelernt, dass es sich um ein Banshee-Gewehr handelte – es ahmte den Schrei der Todesfee nach, und zwar mit demselben Effekt. Penelope versteinerte damit etliche Chupacabras, die an der Hauswand hinaufkletterten, während Tashi mit ihrem Shekchen elektrische Blitze in die Horde feuerte. Sam hielt sich mit Trevor und Chase im Hintergrund.

Chase schien überraschend unbeeindruckt von der Situation. »Vielleicht sollten wir einfach mal hören, was sie wollen«, schlug er vor. »Spricht die Wächterin Chupacabra?«

»Sie wollen die Klaue und die geb ich nicht her«, stellte Sam klar.

Die Chupacabras kannten keine Gnade. Bald war die Gruppe umzingelt. Es gab kein Entkommen. Als sie sich für ihr letztes Gefecht wappneten, dröhnte ein lautes Brüllen durch den Park. Aber es war nicht das Gebrüll eines Einzelnen. Dutzende Stimmen brüllten gemeinsam.

Die Chupacabras hielten inne und wandten sich dem Geräusch zu, konnten es jedoch nicht lokalisieren. Es war überall gleichzeitig. Sams Blick huschte zum Rand der Chupacabra-Horde, um zu sehen, was sie plötzlich so erschreckt hatte: Es war eine Armee von Bigfeet!

Die Bigfeet kamen aus dem Wald und stapften mit Carl an der Spitze auf die Chupacabras zu.

»Juhu!«, rief Sam, »Verstärkung!« Er beobachtete, wie die Bigfeet sich ihren Weg zur Hütte bahnten und dabei kurzen Prozess mit den Chupacabras machten.

Penelope konnte sich nicht mitfreuen. »Die Frage ist

nur: Retten sie uns oder kommen auch sie wegen der Klaue?«, überlegte sie laut.

In der Zwischenzeit war es dem Roch gelungen, die Kreaturen auf seinem Rücken abzuschütteln. Er kam zurück, um seine Passagiere abzuholen.

»Sam, wir müssen los!«, drängte Tashi, als der Roch über ihnen auftauchte. Sam blickte voller Sorge zu Penelope.

»Wir packen das«, versicherte sie ihm. »Geh!«

»Aber Carl …«

»Das regle ich schon. Geh und bring Henry und Vance zurück.« Sam nickte. »Und nimm das hier mit.« Sie gab ihm das Banshee-Gewehr. »Vielleicht könnt ihr es gebrauchen.«

Der Roch öffnete seine Krallen gerade so weit, dass Tashi, Sam und Chase hineinklettern konnten. Sobald jeder einen Platz gefunden hatte, legte Tashi eine Hand auf die Innenseite einer Kralle und schloss die Augen. Im nächsten Moment waren sie in der Luft und auf dem Weg nach Hérault. Doch wer oder was würde sie dort erwarten.

Kapitel 17

Rückkehr zu Gaia

Zum zweiten Mal in seinem jungen Leben wünschte Sam sich, er wäre bewusstlos. Das erste Mal war während eines besonders brutalen Zahnarztbesuchs gewesen, in diesem Fall nach einer halben Flugstunde mit dem Roch. Als Sam das erste Mal mit dem Riesenvogel geflogen war, hatte er das Glück gehabt, zu schlafen und nicht das Geringste mitzubekommen. Das war definitiv die beste Art zu reisen, wenn man in der Klaue eines gewaltigen mythischen Vogels flog. In seinem Magen flatterte ein Schwarm extrem nervöser Schmetterlinge und versuchte verzweifelt zu entkommen. Zwischen den Krallen des Rochs sah er Tausende Meter unter sich die Erde. Falls der Vogel es wollte, brauchte er nur die Krallen zu öffnen und das Trio in den Tod stürzen zu lassen. Was seine Reisegefährten betraf, so war Tashi vollkommen gelassen, und Chase hatte sogar für einen Moment die Augen geschlossen. Das verstand Sam überhaupt nicht. Er spürte die warme Haut des Vogels und dessen regelmäßigen Herzschlag, der ihn daran erinnerte, dass er ihm völlig ausgeliefert war. Sam hoffte nur, dass der Roch keine unkontrollierten Muskelzuckungen bekam, bei denen er aus Versehen die Krallen öffnete.

Zum Glück war der Flug sehr viel kürzer, als Sam angenommen hatte. Sie waren zwar schnell, aber nicht so schnell wie mit der Dvergen-U-Bahn. Irgendwie fühlte Sam sich in dem Metallgestell sicherer, obwohl es mit unvorstellbarer Geschwindigkeit durch Tunnel raste, die Tausende von Jahren vor seiner Geburt gegraben worden waren. Der Gedanke daran lenkte Sam ein wenig von seinen Ängsten während der Reise mit dem Roch ab.

Nach ungefähr zwei Flugstunden erwachte Tashi abrupt aus ihrem meditativen Zustand. »Wir sind bald da«, verkündete sie. »Ich werde den Roch wissen lassen, dass er landen kann.«

»Moment mal«, meldete sich Chase. Er hatte die Augen wieder geöffnet. »Ich kann mir nicht vorstellen, dass der Vogel die Gegend kennt, in die wir wollen. Er könnte uns Hunderte Meilen von unserem Ziel entfernt absetzen. Lass mich mal sehen.« Er spähte zwischen den Krallen des Rochs hindurch und betrachtete die Landschaft ein paar Sekunden lang konzentriert. »Wie es aussieht, nähern wir uns dem Haut-Languedoc, das ist ein Naturpark im Norden der Hérault-Region. Offenbar weiß er doch, wohin wir wollen. Cleveres Vögelchen. Sag ihm, er kann uns gleich außerhalb der Stadt beim Eingang zu den Schluchten absetzen, dort wo der Fluss sich gabelt.«

Tashi nickte, legte die Hand auf die Klaue des Rochs und schloss die Augen. Nach einigen Sekunden leitete der Vogel den Landeanflug ein. Sams Magen unternahm einen kurzen Trip zu seiner Kehle, doch er widerstand dem Drang, sich zu übergeben. Womöglich ließ der Roch sie fallen, wenn er sich auf seine Krallen erbrach.

»Du bist etwas grünlich, mein Freund«, stellte Chase grinsend fest. »Mach die Augen zu und atme tief durch. Das wird schon wieder.«

Sam befolgte Chase' Rat und die Übelkeit legte sich. Jetzt hatte er während dieses Abenteuers schon zwei Mal fast sein Mittagessen verloren. Das erste Mal in der Dvergen-U-Bahn und jetzt hier. Er begann sich nach einem Flug in einem guten alten Flugzeug zu sehnen.

Der Roch schlug mit seinen gewaltigen Flügeln und blieb knapp über dem Boden in der Luft stehen. Dann öffnete er seine Krallen gerade so weit, dass die drei herausklettern konnten. Sam war erleichtert, wieder festen Boden unter den Füßen zu haben. Es war dasselbe Gefühl, wie nach einer Bootsfahrt auf rauer See den Steg zu betreten. Sam spürte immer noch die Flugbewegungen. Es dauerte ein paar Sekunden, bis sich alles wieder normalisiert hatte. Dann erst konnte er sich seiner neuen Umgebung zuwenden. Sie war spektakulär.

Der Roch hatte sie am Rand eines Waldes abgesetzt, der in ein breites Tal führte. Doch das hier war keiner der kahlen, öden Canyons, wie es sie im Südwesten Amerikas gab. Diese gewaltigen Felsen bildeten kunstvoll gestaltete, atemberaubende Schluchten, die sich in die Landschaft gruben, als seien sie von Hand modelliert. In der Ferne führten die Schluchten zu einem Bergmassiv. Das Beeindruckendste an diesen Formationen war das saftige Grün. Im Tal wuchsen Kastanienbäume und Eichen, und gewundene Flüsse fächerten in alle Richtungen aus wie schmale blaue Finger, die nach der Erde greifen wollten.

An der Gabelung eines Flusses sah Sam auf einem Hügel ein Dorf. Die Häuser waren aus farbigem Stein gebaut und auf der Hügelkuppe stand eine alte Kirche. Am Rand des Dorfs waren noch alte Befestigungsbauten zu erkennen, die vielleicht einmal zu einer Burg gehört hatten. Sam war noch ganz vertieft in diesen grandiosen Ausblick, als Chase zu ihm trat.

»*Mons la Trivalle*. Berg der drei Täler.« Der Hundemensch wies auf die drei Täler, die von dem Dorf ausgingen. Erst jetzt fiel Sam seine einzigartige Lage auf. »Und siehst du das Bergmassiv dahinten?«, fragte Chase. Sam nickte und betrachtete die spitzen, zerklüfteten Gipfel. »Das ist das Caroux-Espinouse, das zum Zentralmassiv gehört. Hier treffen zwei tektonische Platten der Erde aufeinander. Die dabei entstandenen Schluchten heißen Gorges d'Héric.«

Sam ließ den Blick weiter über die Gegend schweifen. »Einfach unglaublich.« Er wurde abgelenkt, als Tashi zu ihnen herüberkam. Hinter ihr stieg der Roch wieder in den Himmel auf. »Hast du ihm dafür gedankt, dass er uns hergebracht und nicht fallen gelassen hat?«

»Ich habe unsere Dankbarkeit zum Ausdruck gebracht«,

erwiderte Tashi. An Chase gewandt, fuhr sie fort: »Er sagte mir, dass ihm beim Landeanflug etwas Ungewöhnliches aufgefallen sei.«

»Ach ja? Was ist in den Augen eines mythischen Riesenvogels ›ungewöhnlich‹?«, fragte Chase neugierig.

»Eine Versammlung irgendeiner Art. Es waren magische Wesen dabei, doch erkennen konnte er sie nicht.«

»Wie weit von hier?«, wollte Sam wissen.

»Ungefähr einen Kilometer nach Norden, tief in der Schlucht«, antwortete Tashi.

»Super. Dann fangen wir dort an.« Damit zog Sam die Gurte seines Rucksacks an und stapfte in den Wald.

»Oh nein, Sam London. Ich gehe voraus.« Tashi beeilte sich, ihn zu überholen. Sam grinste. In Tashis Gesellschaft hatte er das Gefühl, seinen eigenen Bodyguard zu haben.

Das Trio folgte einem Fluss, der sich in nördlicher Richtung durch die Schlucht schlängelte. Sie stiegen steile Hänge in felsigem Gelände hinauf, kämpften sich durch dichten Wald und überquerten rötlich gelben Morast, in den sie bis zu den Knöcheln einsanken. Das alles war fürchterlich anstrengend. Tashi ging voraus, dann kam Sam, und Chase bildete das Schlusslicht. Die Wächterin zeigte keinerlei Müdigkeitserscheinungen und ging mit einer fast übermenschlichen Ausdauer voran. Sam bemühte sich, mit ihr Schritt zu halten, und es gelang ihm, sie zu ein paar Pausen zu überreden, während denen er etwas trinken und sich ausruhen konnte.

»Ich will bei Sonnenuntergang nicht mehr in dieser

Schlucht sein«, erinnerte Tashi Sam bei jeder Rast. Sam wollte das genauso wenig, und so motivierte es ihn, immer wieder weiterzugehen, auch wenn er bei jedem Geräusch aus dem Wald ringsum zusammenzuckte.

»Habt ihr das gehört?«, flüsterte er bei jedem noch so leisen Knacken. Tashi blieb dann stehen, lauschte und beruhigte ihn. »Nichts Besorgniserregendes.« Dann ging sie weiter.

Sams Verfolgungswahn führte dazu, dass er sich daran erinnerte, was Trevor über die Gegend gesagt hatte. Nachdem er ein weiteres Rascheln gehört hatte, das Tashi abtat, wandte Sam sich an Chase und fragte beklommen: »Stimmt das, was Trevor gesagt hat?«

»Über die Bestie von Gevaudan?« Sam nickte. »Ich habe gehört, dass die Verletzungen, die sie einem zufügt, tödlich sind«, gab der Hundemensch zu. »Allerdings wurden die Berichte über ihre Angriffe von der Geschichtsschreibung und denen, die sie geheim halten wollen, verändert. Die Geschichten, die du möglicherweise gehört hast, haben mit der Realität wenig zu tun.«

»Warum würde der Greif die wahre Geschichte geheim halten wollen?«, fragte sich Sam laut.

»Weil die Bestie eines der Tiere war, die sich dem Greif widersetzt haben«, erklärte Chase.

Dem Greif widersetzt? Das wurde ja immer interessanter.

»Wie?«

»Sie hat Menschen ohne alle Gewissensbisse angegriffen. Diese Kreatur war ein Hybrid aus zwei Wesen – das eine magisch, das andere nicht. Die sind am gefährlichsten.«

»Was für eine Art Hybrid war sie?«, wollte Sam wissen.

»Ein Löwe und der mythische schwarze Hund. Einige glauben, sie sei aus einem Experiment entstanden, das schrecklich schiefgegangen ist – oder hervorragend funktioniert hat, je nachdem, wen du fragst.«

Von schwarzen Hunden hatte Sam schon in einem seiner vielen Bücher über Fabelwesen gelesen. Es handelte sich um Geisterhunde, die durch Europa streiften. Der Legende nach hatten böse Geister sie hervorgebracht. Sie suchten Gegenden heim, in denen schreckliche Dinge geschehen waren. Es hieß, dass sie dort einsame Wanderer verfolgten und töteten. Es galt als Todesomen, wenn man ein solches Wesen sah.

»Du hast gesagt, diese Art von Hybriden seien die gefährlichsten – warum?«, fragte Sam.

»Weil sie mit dem Fluch des Greifen nach Belieben umgehen können«, erklärte Chase. »Sie können sich entscheiden, ob sie gesehen werden wollen … oder nicht.«

»Und deshalb konnten sie so viel Schaden anrichten«, schlussfolgerte Sam.

Chase nickte. »Die armen Menschen sahen die Bestie nicht kommen. Die Beschreibungen, die uns vorliegen, stammen von denen, die den magischen Blick hatten. Einige verschwiegen das, was sie tatsächlich gesehen hatten, aus Angst oder einfach weil sie nicht glauben konnten, dass solche Wesen existieren, und behaupteten, es sei ein

Wolf gewesen. Doch die mutigeren beschrieben sie ganz anders und bestanden zu Recht darauf, dass es kein Wolf war.«

»Wenn ich die Geschichte richtig in Erinnerung habe, wurde die Bestie von Gevaudan von einem Jäger getötet«, sagte Sam.

»Ein Mensch hätte dieser Kreatur nie etwas anhaben können. Phylassos war stinksauer auf die Bestie und gab sie zur Strafe zurück an Gaia. Doch manche glauben, dass sie als Hybrid dieses magische Schicksal nicht erleiden konnte und bis heute durch die Wälder streift.«

Bei dem Gedanken lief es Sam eiskalt über den Rücken. »Gaia zurückgeben … Davon hat auch Cernunnos gesprochen, als wir in seiner Höhle waren. Was genau bedeutet das?«

»Man spricht davon, wenn ein magisches Wesen auf die nächste Daseinsebene überwechselt«, antwortete Tashi. Ihr Einwurf überraschte sowohl Chase als auch Sam. Sie hatte die ganze Zeit mitgehört. »Es wird eins mit Gaia. Es kehrt zur Erde zurück.«

»Das heißt, es stirbt?«, hakte Sam nach.

»Nicht ganz«, erwiderte Chase. »Zumindest nicht so, wie Menschen sich den Tod vorstellen. Es ist kein dauerhafter Abschied von dieser Welt. Unsere Energie wird absorbiert und lebt ein neues Leben, in einer anderen Art und Weise, in anderen Formen.«

»Hat Phylassos versucht, das mit der Bestie zu machen?«, wollte Sam wissen.

Chase nickte. »Das hat er. Da das Wesen aber nicht durch und durch magisch war, hat es nicht funktioniert.«

»Warum hat der Greif es nicht einfach getötet? So richtig, für immer?«

»Weil der Greif keine magischen Wesen töten kann«, erklärte Tashi. »Er ist der *Beschützer* dieser Wesen. Sie zu töten ist nicht sein …« Sie hielt abrupt inne, legte ihren Finger auf die Lippen und wies dann nach oben. Sam schaute zum Himmel hinauf und sah, was Tashi gehört hatte. Über ihnen flogen ein Dutzend Gargyle, gefolgt von einigen Aswang und etlichen anderen Wesen, die Sam nicht kannte. Sie sahen aus wie Vögel, doch er hätte schwören können, dass sie hässliche Menschengesichter hatten.

»Harpyien«, flüsterte Tashi. Als die Kreaturen über sie hinweggeflogen waren, wandte sich die Wächterin an Chase und Sam. »Wir müssen ganz in der Nähe sein. Ich schlage vor, dass wir von jetzt an extra vorsichtig gehen.« Tashi setzte sich wieder in Bewegung, blieb jedoch erneut stehen, als in den Bäumen vor ihnen ein lautes Rascheln und das deutliche Brechen von Zweigen zu hören waren.

Was immer die Geräusche macht, muss ziemlich groß sein, dachte Sam.

»Du bleibst bei Sam, ich schaue nach, was da vorn los ist«, flüsterte Chase Tashi zu.

»Nein«, widersprach Sam. »Wir sollten zusammenbleiben.«

»Das ist unter den gegebenen Umständen keine kluge

Strategie«, stellte Tashi klar. »Einer sollte auskundschaften und der andere bei dir bleiben.«

»Da ich weiß, dass du nicht von seiner Seite weichst, gehe ich.« Damit marschierte Chase los, in die Richtung, aus der die Geräusche kamen.

»Warte. Nimm das hier.« Sam gab Chase die Banshee-Waffe. »Ich habe ja Tashi.« Chase nickte, nahm das Gewehr und verschwand im Wald.

»Komm mit.« Tashi gab Sam Zeichen, ihr zu folgen.

»Aber sollten wir nicht hierbleiben, damit Chase uns wiederfindet?«

»Wir brauchen Deckung. Wenn Chase zurückkommt, sehen wir ihn schon«, erklärte Tashi und führte ihn zum Ufer eines Flusses, der nicht weit von der Stelle, an der sie standen, breiter wurde. Am Ufer lagen etliche Felsbrocken. Einer in der Mitte war besonders groß und auf der Südseite nach innen gewölbt – ein ideales Versteck. Tashi kauerte sich hinter den Felsen und Sam folgte ihrem Beispiel.

»Was tun wir, wenn wir sie finden?«, wollte Sam wissen.

»Dann lassen wir uns etwas einfallen und führen den Plan aus«, erwiderte Tashi sachlich.

Sam betrachtete seinen Bodyguard. »Wie alt bist du eigentlich?« Das hatte er schon immer fragen wollen, doch die Gelegenheit hatte sich nie ergeben. »Ich meine, ich bin zwölf«, fuhr er fort. »Und du siehst aus, als könntest du auch zwölf sein. Du bist ein bisschen größer als ich, aber ich bin ja auch klein für mein Alter. Es ist einfach so, dass ich kein Kind kenne, das redet wie du oder tun kann, was du tust. Es ist, als seist du eine Art Erwachsene im Körper eines Kindes.«

Tashi wandte sich Sam zu. Seine Frage wie auch die nachfolgende Erklärung hatten sie überrascht. »Wir beginnen mit dem Training, noch bevor Menschenkinder anfangen, ein Gedächtnis zu entwickeln.«

»Du hast meine Frage nicht beantwortet«, stellte Sam fest, worauf Tashi sich einfach wegdrehte. »Und du wirst sie wohl auch nicht beantworten.« Die beiden saßen ein paar Minuten schweigend da, bis Sam noch etwas einfiel: »Was ist, wenn wir in der Unterzahl sind? Wir scheinen immer in der Unterzahl zu sein. Und du hast die Dinger gesehen, die über uns weggeflogen sind. Das ist wahrscheinlich nur ein kleiner Teil von dem, was uns erwartet.«

»Deshalb stellen wir sicher, dass man uns nicht sieht«, erwiderte Tashi.

»Ja, klar, wir verstecken uns natürlich. Aber trotzdem …« Tashi legte Sam die Hand auf den Mund, damit er schwieg, und wies auf die Bäume hinter ihnen. Als Sam nickte, nahm sie ihre Hand weg. Sam schluckte ein Dutzend dieser nervösen Schmetterlinge hinunter, die jetzt anscheinend dauerhaft in seinem Magen hausten. Er hatte das Gefühl, als vermehrten sie sich von Sekunde zu Sekunde.

Tashi zielte mit ihrem Shekchen auf die dicht beieinanderstehenden Bäume und schickte eine schwache elektrische Ladung los. Der blaue Energiestrahl schoss aus der Waffe und in den Wald, wo er sich rasch im Gestrüpp verlor. Im selben Moment hörte Sam etwas im Gebüsch rascheln.

»Um Whippets willen!«, rief eine Stimme.

Tashi schoss noch eine Ladung ab, bevor Sam sie stoppen konnte. Dieser Energiestrahl war breiter. Eine Millisekunde später kam etwas mit einem Purzelbaum aus dem Wald geschossen und sprang auf die Füße.

»Chriscanis!«, rief Sam. Der Kynokephalus schien schockiert, sie hier zu sehen.

»Was um alle Welpen in der Welt machst du hier, Sam? Und du« – er zeigte auf Tashi –, »Du hast mich fast umgebracht.«

»Ich war vorsichtig«, erwiderte die Wächterin.

»Vorsicht ist gut. Aber eigentlich hätte sie dich auch einen weiten Bogen um den Ort hier machen lassen müssen.«

»Wir sind hergekommen, um Dr. Knox und Dr. Vantana zu retten«, erklärte Sam.

Der Hundemensch betrachtete ihn. »Und das, mein Freund, ist genau der Grund, aus dem auch *ich* hier bin. Aber das ist kein Ort für dich, Sam. Diese Wälder sind viel zu gefährlich.« Chriscanis wandte sich an Tashi. »Du musst ihn weit wegbringen, und zwar sofort.«

»Ich gehe nirgendwohin«, protestierte Sam. »Ich habe die Klaue, und ich bin der Einzige, der das hier machen kann.«

»Du hast …« Sam nickte und Chriscanis' Miene verdüsterte sich. »Gütiger Windhund. Dann musst du erst recht verschwinden, bevor es zu spät ist.«

»Wir können hier nicht weg. Chase ist als Späher vorausgegangen.«

»Wer?«

»Chase, dein Vorgänger«, erklärte Sam.

»Er ist hier? Zusammen mit euch?«, fragte Chriscanis besorgt.

»Ja, ich bin hier«, antwortete Chase. Er kam aus dem Wald auf sie zu. »Mein Nachfolger … schön, dich zu sehen.«

Sam und Tashi richteten sich auf, traten hinter dem Felsen hervor und gingen zu den beiden Hundemenschen. Sam fiel auf, dass Chriscanis das plötzliche Auftauchen von Chase aus der Fassung gebracht hatte. Er nahm sogar Verteidigungshaltung ein.

»Es hat eine ganze Weile gedauert, bis ich alle Puzzleteilchen zusammengesetzt hatte, und dabei war immer alles so klar«, begann Chriscanis.

»Wovon redest du?«, fragte Chase mit einem angedeuteten Grinsen.

»Von den Gargylen. Ich bin bei meinen Überlegungen immer wieder zu den Gargylen zurückgekommen. Das hat mich dann am Ende drauf gebracht. Der Sturz in deinen Pool in dieser Kleinstadt. Die Chancen waren verschwindend gering.«

Sams Interesse an ihrer Unterhaltung war sofort geweckt. Als er etwas von Gargylen und Chase' Pool hörte, spitzte er die Ohren. Er erinnerte sich lebhaft an diese Nacht. Jetzt versuchte er zu verstehen, was Chriscanis offenbar andeutete.

»Was meinst du damit?«, wollte er wissen. »Was ist mit

den Gargylen? Es war meine Schuld … Ich habe sie dazu gebracht, mich fallen zu lassen.« Sam erinnerte sich, wie er sich im Griff der Biester gewunden hatte. Seiner Meinung nach hatte das seinen Sturz verursacht.

»Nein, hast du nicht«, widersprach Chriscanis. »Sie haben dich losgelassen, ja, aber mit voller Absicht.«

»Das würde ja bedeuten …«, begann Sam.

»Gut gemacht, Hündchen«, lobte Chase und feuerte rasch hintereinander drei Schüsse aus der Banshee-Waffe ab. Sam spürte, wie die Schallwellen des Kreischtons mit Wucht seinen Körper trafen und über seine Haut wogten. Seine Muskeln zogen sich zusammen und er wurde augenblicklich zur Salzsäule. Es war vielleicht nicht so schmerzhaft wie ein echter Banshee-Schrei, aber genauso effektiv. Aus dem Augenwinkel sah er Tashi dagegen ankämpfen. Doch wie sehr sie sich auch abmühte, sie konnte sich nicht rühren. Chriscanis stand auf Sams anderer Seite, steif wie ein Brett.

»Die Augen friert es anscheinend nicht ein …«, überlegte Chase laut. Er hob das Gewehr und betrachtete es bewundernd. »Aber Penelope hat eine höchst erfreuliche Waffe gebaut. Wie ich gehört habe, bleiben die Opfer mehrere Minuten lang in diesem Zustand. Das ist mehr als genug Zeit, würde ich meinen.«

»Tashi!«, rief Sam gedämpft durch starre Lippen.

»Sam …«, kam die gemurmelte Antwort der Wächterin, die weiter gegen die Wirkung der Waffe kämpfte.

»Kinder, Kinder, kämpft nicht dagegen an«, riet Chase.

»Dadurch wird es nur schmerzhafter.« Sam musste ihm recht geben. Wann immer er versuchte, sich zu bewegen oder zu sprechen, nahmen die Schmerzen zu. Außerdem schienen sie länger anzuhalten, je mehr man sich gegen die Starre wehrte. »Ich werde mir jetzt die Klaue holen, Sam.«

Sam hatte die schockierende Erkenntnis, dass Chase der Drahtzieher hinter alldem war, immer noch nicht ganz verdaut. Er war wütend auf sich selbst. Wie hatte er nur so blind sein können? Er musste reden, auch wenn es wehtat. »Du …«, begann er trotz der Schmerzen.

»Ja, ich.« Chase kam auf ihn zu, öffnete den Reißverschluss an Sams Rucksack und griff hinein. Sam nahm seine ganze Kraft zusammen, doch mehr als ein Zucken brachte er nicht zustande. »Ich sehe dir an, wie wütend du bist«, tadelte Chase ihn. »Du fragst dich bestimmt, warum du es nicht früher gemerkt hast.« Chase zog die Klaue aus dem Rucksack. »Geh nicht so hart mit dir ins Gericht. Du konntest nicht wissen, dass die Gargylen für mich gearbeitet haben. Aber ich wollte unbedingt den Jungen treffen, der den Greif gesehen hat. Die Umsetzung des Plans hatte bereits begonnen und du, mein junger Freund, warst eine kuriose Nebensächlichkeit. Zum Glück hast du mehr zur Lösung des Problems beigetragen, als du weißt. Und du wirst, bevor dieser denkwürdige Tag zu Ende geht, noch eine Menge mehr dazu beitragen.«

Chase ging um Sam herum, sodass er wieder vor seinen Gefangenen stand. Er hielt die Greifenklaue in der Hand und betrachtete sie. »Ein wenig kleiner, als ich sie mir vorgestellt habe. Vor allem für etwas so Mächtiges, das eine ganze Spezies blind machen kann für die Welt um sie herum. Wie dem auch sei, sie sieht so aus, als könnte man sie leicht zerstören. Der Spezies Mensch steht eine Riesen-Überraschung bevor.« Chase grinste höhnisch.

Sam dachte an all das, was er tun würde, sobald die Wirkung der Banshee-Waffe nachließ. Er stellte sich vor, wie er Chase besiegte, Dr. Knox und Dr. Vantana befreite und die Horde magischer Wesen verscheuchte, die sich wohl im Wald versammelt hatte. Er fühlte sich besser, wenn er zumindest seine Rache plante und nicht nur dastand und hilflos zuhörte, wie Chase seinen Sieg feierte. Als er Tashis Blick auffing, verdrehte er die Augen. Es war eine der wenigen Gelegenheiten, bei denen die Wächterin lächelte. Oder es zumindest versuchte.

»Aber es gibt immer Überraschungen im Leben«, fuhr Chase fort. »Du warst eine für mich, dein Wächter eine andere, und Chriscanis – dich habe ich hier nicht erwartet.«

»Ich erwarte immer das Unerwartete«, erwiderte Chriscanis. »Deshalb habe ich Banshee-Blocker getragen.«

Chase brauchte eine Sekunde, um nicht nur zu begreifen, was Chriscanis gesagt hatte, sondern auch die Tatsache zu verarbeiten, dass er es überhaupt sagen konnte. Der junge Kynokephalus packte die Gelegenheit beim Schopf und griff entschlossen an. Er warf sich auf Chase und ging mit ihm zu Boden. Bald waren die beiden nur noch ein herumrollendes Knäuel, das wild um sich trat und schlug. Dabei flogen die Klaue und die Banshee-Waffe im hohen Bogen davon. Sam wollte »Mach ihn fertig!« schreien, so laut er konnte, doch was herauskam, war kaum zu hören. Die beiden Kynokephali kämpften tatsächlich wie Hunde, sie schnappten nacheinander und knurrten, während sie miteinander rangen. Irgendwann kullerten sie vom Ufer in den Fluss. Chriscanis gewann die Oberhand über den älteren und langsameren Chase. Er schleuderte seinen Gegner von sich und Chase landete zusammengekrümmt nicht weit von Sam und Tashi entfernt.

»Haltet durch, Kumpels«, sagte Chriscanis, als er auf Chase zuging. »Wir sind hier gleich fertig.« Er packte Chase hinten am Kragen und zerrte ihn auf die Knie. Chase war besiegt, daran gab es keinen Zweifel. Das Haar klebte ihm am Kopf, er atmete schwer und hatte glasige Augen. Er murmelte etwas mit dem wenigen Atem, den er hatte. »Was hast du gesagt, Alter?«, fragte Chriscanis. »Hast du etwa um Gnade gewinselt?«

Chase schüttelte den Kopf und rief mit letzter Kraft: »*Bête!*« Einen Augenblick später schoss ein riesiges schwarzes Fellbündel an ihnen vorbei, dann war Chriscanis verschwunden. Sam suchte mit Blicken die Umgebung ab, bis er seinen Freund schließlich entdeckte. Doch er war nicht allein – er kämpfte mit einer gewaltigen Bestie. Sie hatte dichtes schwarzes Fell und rotglühende Augen. Ihr Maul war im Vergleich zu ihrer Körpergröße riesig; die großen weißen Reißzähne hatten den Umfang von Sams Beinen. Die Bestie brüllte wie ein Löwe, doch zwischendurch kreischte sie auch immer wieder wie ein Tyrannosaurus Rex. Während die Bestie Chriscanis herumschleuderte wie eine Stoffpuppe, rappelte Chase sich auf und sammelte die Klaue und die Banshee-Waffe ein.

»*Ça suffit!*«, rief er, worauf die Bestie sich ein paar Schritte von Chriscanis entfernte. Dieser lag reglos am Boden.

Sam erkannte mit einem Blick, dass es sich bei der Kreatur um die Bestie von Gevaudan handelte. Genau wie Chase sie beschrieben hatte, schien sie halb Löwe, halb riesiger schwarzer Wolf zu sein, und sie wog sicher mehrere Hundert Pfund. Sam wusste auch, dass Chriscanis schwer verwundet sein musste, falls die Geschichten wirklich stimmten, die man sich über die Bestie erzählte. Er wollte ihm zu Hilfe eilen, kämpfte wieder gegen die Wirkung der Banshee-Waffe – und merkte, dass er seinen kleinen Finger bewegen konnte. Die Starre löste sich. Sekunden später rannte er zu Chriscanis. Die Bestie machte Anstalten, sich auf ihn zu stürzen, doch Chase hielt sie mit einer Handbewegung zurück.

Tashi packte ihren Shekchen und nahm ihre Verteidigungshaltung ein. Chase bemerkte es, wirkte jedoch keineswegs eingeschüchtert.

»Halte dich zurück, Wächterin, oder ich sorge dafür, dass Sam mit meinem vierbeinigen Freund Bekanntschaft macht«, warnte er.

»Du bringst uns doch ohnehin um«, entgegnete Tashi. Die Bestie knurrte, doch Tashi wich nicht zurück.

»Wenn ich das wollte, hätte ich es von den Chupacabras erledigen lassen oder persönlich tun können. Nein … diese Geschichte hat sich sehr viel besser entwickelt als erwartet. Jetzt habe ich alle Teile für den großen letzten Akt beisammen. Und du, Wächterin, bist ein erfreulicher Bonus.«

Sam sah, dass Chriscanis kaum noch bei Bewusstsein war. Er suchte an seinem Körper nach Wunden, und als er sie fand, sank ihm der Mut. Die Bestie hatte Chriscanis mit ihren Klauen erwischt. Fünf blutige Krallenspuren zogen sich über seinen Oberkörper. Sam wusste, was dies bedeutete, doch er war nicht bereit, einfach die Hoffnung aufzugeben. Er schaute Tashi an. »Schnell! Du musst ihn heilen!«

Tashi stand reglos da und schlug die Augen nieder.

Chase blickte Sam an. »Es würde sie umbringen, wenn sie ihn heilen würde, und ihm würde es nicht viel helfen, wenn überhaupt.« Chase wedelte mit der Klaue in seiner Hand, und Sam begriff: Wächter waren nicht länger sicher vor tödlichen Verletzungen, wenn die Greifenklaue nicht mehr unter ihrem Schutz stand. Er schaute auf Chriscanis hinunter, der immer wieder kurz das Bewusstsein verlor.

»Sam …«, murmelte er, »du musst weg hier … Ich kann dir ein bisschen Zeit verschaffen …« Sam versuchte ein Lächeln bei so viel Tapferkeit angesichts so widriger Umstände, doch es gelang ihm nicht. Ihre Lage war zu verzweifelt.

»Ich weiche nicht von deiner Seite«, versprach er.

Plötzlich fiel Chase' Schatten über sie. »Komm, Junge«, befahl er, »es gibt noch viel zu tun.«

Sam ergriff Chriscanis' Pfote und schaute zu Chase auf. »Hilf ihm. Bitte«, flehte er. »Ich tue auch alles, was du willst.«

»Das liegt nicht in meiner Macht. Er hat seine Entscheidung getroffen.«

Als Sam sich wieder seinem Freund zuwandte, fiel ihm etwas an Chriscanis' Handgelenk auf. In seinem Fell war ein kleiner weißer Fleck … ein Fleck, den Sam schon einmal gesehen hatte – an einem anderen Kynokephalus.

»Dein Arm … dein Handgelenk. Zeig es mir«, sagte Sam zu Chase. Chase betrachtete den Jungen einen Moment, dann zog er seinen Ärmel hoch. Und tatsächlich, in Chase' Fell war derselbe weiße Fleck.

»Ich fand mein Muttermal nie sehr interessant«, meinte er, bevor er den Ärmel wieder herunterzog. Dann sah er, dass Sam Chriscanis' Muttermal betrachtete, und die plötzliche Erkenntnis spiegelte sich auf seinem Gesicht wider. Chriscanis bekam nicht wirklich mit, was vor sich ging, doch er spürte, dass plötzlich etwas anders war.

»Was ist, Sam?«, fragte er flüsternd. »Was ist los?«

»Alles in Ordnung«, antwortete Sam. Dann schaute er Chase an. »Ich musste gerade daran denken, wie stolz dein Vater und deine Mutter auf deine Tapferkeit wären, auf deinen Mut.«

»Meine Mutter wäre wahrscheinlich eher wütend auf mich … aber mein Vater … Glaubst du …?« Chriscanis schloss die Augen und sprach nicht weiter. Sam schüttelte ihn, und es gelang dem Kynokephalus mit Mühe, seine Augen noch einmal einen Spaltbreit zu öffnen. »Ich weiß es«, sagte Sam in beruhigendem Ton. Ihre Blicke trafen sich. »Ich bin jedenfalls stolz auf dich, und wir sind auch Familie, schon vergessen? Das werden wir immer sein.« Chriscanis nickte. Dann hustete er, ein lautes, qualvolles Husten, bei dem Sam zusammenzuckte und zu weinen begann.

»Es tut mir so leid …« Sam hielt seinen Freund ganz fest.

»Versprich mir eines …«, begann Chriscanis. »Versprich mir, dass du nie vergisst, dass nicht das, was du bist, dich zu etwas Besonderem macht, sondern das, was du tust. Es ist das, was du tust.« Sam sah ein letztes friedliches Lächeln auf seinem Gesicht, dann erlag Chriscanis vom Amt für das Wohlergehen mythischer Tiere seinen Verletzungen.

»Nein!«, rief Sam. All die Wut, die Traurigkeit und Hilflosigkeit übermannten ihn. Er wollte nicht mehr, er konnte nicht mehr. Doch bevor er wusste, wie ihm geschah, wurde er auf die Füße gezerrt. Als er sah, dass es Tashi war, zog er sie an sich und schluchzte.

»Er wird alles gut, Sam. Er kehrt zu Gaia zurück«, versuchte die Wächterin ihn zu trösten.

»Ich will das aber nicht. Ich will, dass er hier bei uns bleibt.«

Chase packte Sams Handgelenk und zog ihn weg. »Genug jetzt.«

»Er war dein Sohn!«, rief Sam schockiert und gleichzeitig angewidert. »Wie konntest du ihm das antun?«

»Wir machen kein großes Getue um Familienbande«, erklärte Chase. »Sein Tod macht mich traurig, weil er ein Kynokephalus war so wie ich. Ein Kamerad. Aber er hat die falsche Seite gewählt. Er stand unserem Vorankommen als Spezies, die für Größeres bestimmt ist, im Weg.«

»Er war größer, als du es je sein wirst«, entgegnete Sam.

»Das werden wir in ein paar Stunden ja sehen.«

Mit Tränen in den Augen beobachtete Sam, wie Tashi den toten Freund segnete. Die Bestie knurrte sie an und sie drehte sich um und folgte Chase. Sam ließ Chriscanis' Körper nicht aus den Augen. Er sah, wie der Hundemensch sich langsam auflöste. Aber es war kein Verschwinden, eher eine Verwandlung. An der Stelle, an der er gelegen hatte, entstand ein grasbewachsener Hügel voller Sonnenblumen. Gerade war Chriscanis noch hier und im nächsten Moment hatte die unberührte Landschaft eine wunderschöne Bereicherung erhalten. Der Hügel stach aus seiner Umgebung heraus. Da war etwas ganz Besonderes, das diese Stelle farbenprächtiger, friedlicher und schöner machte als alles um sie herum. Sams Freund war zu Gaia zurückgekehrt.

Kapitel 18

PHYLASSOS' GEHEIMNIS WIRD ENTHÜLLT

Klassifizierungscode 470 (Personalakte)

Vantana, Vance

Angelegt am: [redacted]

»Dunkle Wolken zieh'n auf«, pflegte Virginia Vantana zu sagen. Die Großmutter von Dr. Vance Vantana wurde stolze 97 Jahre alt. Und sie lebte die ganzen 97 Jahre in derselben Kleinstadt im selben idyllischen Farmhaus. Virginia kannte ihr Zuhause mit der Zeit so gut, dass sie immer wusste, wenn irgendetwas nicht stimmte. Sie trat auf ihre Veranda, fühlte den Wind oder blickte zum Horizont und wusste instinktiv, wenn es Probleme gab. Dabei spielte es keine Rolle, ob sie wetter- oder familienbedingt waren, die alte Virginia hatte einen sechsten Sinn, was jede Art von Unannehmlichkeiten betraf. Wann immer sie spürte, dass Probleme lauerten, zog sie ihren Enkel an sich und flüsterte: »Dunkle Wolken zieh'n auf.«

Dr. Vance Vantana hätte die jüngsten Ereignisse nicht besser beschreiben können als mit Virginias altem Spruch. Wie seine Großmutter spürte auch Vance es in den Knochen, wenn etwas nicht stimmte. Das Gefühl nagte schon seit Dr. Knox' Verschwinden an ihm und hatte sich seither beständig verstärkt. Es war, als braute sich am Horizont eine Gewitterwolke zusammen, die jeden Augenblick dunkler und unheilverkündender wurde. Noch hatte sie ihn nicht erreicht, doch Vance wusste, dass sie kommen würde. Was er nicht wusste, war, wie verheerend das Unwetter ausfallen würde.

Dr. Knox und Vantana hatten das Wächterdorf Kustos verlassen und waren mit einer Dvergen-U-Bahn zu den Philippinen gereist, einem Inselstaat in Südostasien, östlich von Vietnam im Westpazifischen Ozean. Die U-Bahn brachte sie bis zu den Aliwagwag-Fällen im Süden des Landes. Dabei handelte es sich um vierundachtzig Wasserfälle, die von vielen auch »die Himmelstreppe« genannt wurden. Vance hätte sich keine großartigere Kulisse für den Beginn einer so gefährlichen Reise vorstellen können.

Von den Aliwagwag-Fällen aus ging es zu den Visayas-Inseln, einer bergigen Inselgruppe, auf der angeblich die Aswang zu Hause waren. Vance hatte sich während seiner

Ausbildung mit diesen Kreaturen befasst, hätte jedoch nie erwartet, einmal einer zu begegnen. Seit Jahrhunderten waren sie ein bekannter Bestandteil der philippinischen Folklore. Sie waren ihre Version von Werwolf und Vampir in einem. Vance fand es immer wieder erstaunlich, dass Phylassos es diesen Wesen erlaubte, in Koexistenz mit den Menschen zu leben, aber der Greif war nun mal der Beschützer aller magischen Wesen. Er konnte sich keine Lieblinge herauspicken. Natürlich konnte Phylassos es den Aswang nicht erlauben, ihre Bosheit an ahnungslosen Opfern auszulassen, weshalb er etliche Regeln für ihr Verhalten aufgestellt hatte. Wie den Yetis war es auch den Aswang verboten, ihre Heimat zu verlassen. Phylassos glaubte auch, er könnte ihre entsetzlichen Essgewohnheiten mit etwas Magie verändern. Nach einer Flut von Aswang-Angriffen im sechzehnten Jahrhundert belegte Phylassos die Wesen mit einem Zauber, der sie dazu zwang, ihren ungewöhnlichen Hunger zu unterdrücken. In jüngster Zeit kursierten allerdings Gerüchte, dass es wieder zu Angriffen gekommen sei. Das konnte zweierlei bedeuten: Entweder die Kreaturen fürchteten den Greif und seine Strafe nicht mehr, oder die Magie des Greifen verlor an Kraft, was andere Kreaturen dazu anstacheln könnte, den Fluch herauszufordern. Sollte sich auch nur eine dieser Möglichkeiten als wahr erweisen, würde die Reise überaus gefährlich werden, das wusste Vance.

Auf den Philippinen herrschte eine schwüle, sengende Hitze, die Vance das Gefühl vermittelte, in einem Dampfbad gefangen zu sein, in dem das Heizgerät auf Hochtouren lief. Vance musste unwillkürlich grinsen über die Ironie, dass er sich vor gerade mal ein paar Stunden noch vor Frostbeulen schützen musste und sich genau diese Art von Wärme gewünscht hatte. Jetzt, da er mittendrin war in diesem tropischen Schmelzofen, sehnte er sich nach den eisigen Temperaturen.

Auf dem Weg zur Heimat der Aswang kamen er und Knox durch den Kuapnit-Balinsasayaw-Nationalpark und schauten bei Ranger Torotao vorbei, einem Sarangay und ebenfalls Magic Guardian, der den Park fest im Griff hatte. Sarangay waren in der philippinischen Mythologie bestens bekannt und erinnerten Vance an Kynokephali, obwohl sie keine Hundemenschen, sondern zur Hälfte Bullen waren. Als ausgesprochen disziplinierte Spezies schätzten sie Genauigkeit und harte Arbeit. Wer den magischen Blick nicht hatte, sah sie, genau wie die Kynokephali, als Menschen. Doch für diejenigen, denen sich ihre wahre Gestalt offenbarte, waren sie ein ziemlich bedrohlicher Haufen.

Ranger Torotao war ganz aufgeregt, als er Dr. Knox sah. Er hatte von seinem Verschwinden gehört und sich Sorgen um seine Sicherheit gemacht. Nur zu gern hätte er die Gelegenheit auch genutzt, um zu zeigen, was er alles für den Park getan hatte. Doch leider hatte Dr. Knox kein Interesse an einem Rundgang. Er und Vance befragten den Ranger zu den Aswang und erzählten vom jüngsten Versuch der Kreaturen, die Klaue zu stehlen. Torotao war schockiert, als er von einer so dreisten Zuwiderhandlung gegen das Gesetz des Greifen hörte. Er konnte jedoch wenig zur Beantwortung der Frage nach dem Auslöser ihres aufrührerischen Verhaltens beitragen.

»Einmal Aswang, immer Aswang«, bemerkte Torotao in seinem starken philippinischen Akzent.

Der Ranger erbot sich, das Duo zu begleiten, doch Knox lehnte ab. Vance war enttäuscht von der Entscheidung seines Mentors, da Sarangays erbitterte Kämpfer waren. Sollte es Probleme geben, wäre Torotao sicher eine große Hilfe. Später erklärte Knox, dass er sich immer noch nicht hundertprozentig sicher sei, wem er trauen könne, und deshalb kein Risiko eingehen wolle. Dieser Erklärung folgten eine Reihe von Fragen zu den Gargylen und der Begegnung mit Chase. Dieses Thema schnitt er öfter an, ließ es wieder fallen und brachte es dann erneut zur Sprache. Auf der Fähre zu den Inseln der Visayas nahm Knox seine Befragung wieder auf.

»Und die Gargylen haben Sam einfach fallen gelassen?«

»Ja«, antwortete Vance. »Sam hat mir erzählt, dass er ein bisschen gezappelt hat und die Kreaturen ihn deshalb nicht mehr halten konnten.«

»Sie konnten ihn nicht mehr halten … direkt über einem Swimmingpool?«

Vance bestätigte die Einzelheiten mehrfach, bis er selbst nicht mehr so ganz wusste, wie er den Vorfall einschätzen sollte. Er sagte Knox, dass er es damals als Auswirkung des Greifenglücks gesehen habe, denn dass Sam an diesem Tag großes Glück hatte, zeigte sich im Krankenhaus von Bakersfield ja eindeutig.

»Ja, zu diesem Schluss hätte man kommen können«, erwiderte der Doktor. »Und vielleicht hast du ja recht und es war einfach nur Glück.«

Vance ging nicht davon aus, dass Knox das wirklich glaubte, aber er war sich auch nicht sicher, was es bedeutete, wenn es kein Glück war. Konnte Chase bei den jüngsten Ereignissen seine Hand im Spiel gehabt haben?

Als sie ihr Ziel endlich erreichten, ging Vance voraus, doch Dr. Knox blieb dicht hinter ihm. Vance war immer wieder überrascht, wie fit der alte Herr war. Auch mit 80 plus – Knox gab sein genaues Alter nicht preis – hielt er mit einem Mann, der mehrere Jahrzehnte jünger war als er, problemlos Schritt. Penelope leugnete es zwar, doch Vance fragte sich, ob sie ihm etwas zusammengebraut hatte, das seine Vitalität steigerte. Vielleicht konnte er sie dazu überreden, ihm auch etwas davon zu geben, wenn er in Knox' Alter kam.

Kaum hatten sie den dichten, feuchten Dschungel betreten, roch Vance Ärger … im wahrsten Sinn des Wortes. Der Gestank von Moschus und Fäulnis stieg ihm in die Nase und machte es unmöglich, irgendwelche Kreaturen in der Nähe zu erschnuppern. Wenn so allerdings Aswang rochen, waren sie umzingelt. Vance hoffte, dass es nur der Geruch dieses Dschungels war und nicht der der Aswang. Für den Fall, dass ihre Unterhaltung mit den Kreaturen plötzlich den Bach runterging, hatte er sich mit zwei Dingen bewaffnet, von denen er wusste, dass sie im Kampf gegen Aswang von unschätzbarem Wert waren. Das erste war das einfachere: ein Kanister Salz. Leider hatte die Zeit nicht gereicht, damit Penelope ihm eine ihrer berühmten Waffen basteln konnte, die wahrscheinlich mit Natriumchlorid gefüllte Kugeln auf die Kreaturen geschossen hätte. Stattdessen musste Vance sich auf einen altmodischen Salzstreuer verlassen, den er sich in einem Restaurant, bei dem sie unterwegs angehalten hatten, »geborgt« hatte. Er gab ein extragroßes Trinkgeld als Leihgebühr.

Die zweite Waffe, die er mitgebracht hatte, war die seltsamste, die er während seines Dienstes als Magic Guardian für das Institut für Magische Wesen jemals benutzt hatte. Es war ein Bild von Virginia Vantana, seiner lieben verstorbenen Großmutter. Die Folklore zu den Aswang erwähnte Fotos von Großmüttern als effektives Mittel, um sie sich vom Leib zu halten. Wäre Virginia jetzt bei ihm, würde sie ihnen die Biester wahrscheinlich mit bloßen Händen vom Leib halten – sie war eine sehr resolute alte Dame gewesen. Das Foto von Virginia steckte in seiner hinteren Hosentasche, damit er es im richtigen Moment herausziehen konnte.

Dieser Moment kam schneller als erwartet. Der Geruch, von dem er gehofft hatte, dass er nur vom Dschungel kam, stellte sich doch tatsächlich als der Gestank der Aswang heraus. Er und Dr. Knox waren umzingelt. Die Biester waren blitzschnell und gut organisiert. Und sie griffen in Scharen an. Er hatte keine Zeit, eine Verteidigungsstrategie zu entwerfen, weshalb er zu der einzigen Waffe griff, die er so schnell einsetzen konnte: Virginia Vantana. Er zog das Foto aus seiner Tasche und hielt es hoch. Fast konnte er die Stimme seiner Großmutter hören: »Oh, Vancey, es zieh'n ganz ohne Zweifel dunkle Wolken auf.«

Eine solche Traurigkeit wie an diesem Tag hatte Sam noch nie empfunden. Bis zu diesem Moment hatte er noch keinen Freund oder Verwandten verloren und wusste nicht, wie sich Trauer tatsächlich anfühlte. In seiner Brust war ein Loch, als sei sie eingebrochen, und alle fröhlichen Gedanken der Welt konnten die Leere nicht füllen. Unter dem Eindruck von Chriscanis' Tod fragte er sich, wie viel Zeit er selbst noch hatte und was aus Tashi, Vance und Dr. Knox werden würde. Würden sie alle das Schicksal des jungen Kynokephalus teilen?

Chase führte Sam und Tashi durch den dichten Wald. Die Bestie von Gevaudan folgte ihnen auf dem Fuß, bereit, sich beim kleinsten falschen Schritt auf sie zu stürzen. Sie schlängelten sich durch das felsige Gelände, bis sie schließlich eine steile Böschung hinunterstiegen. Der Pfad wurde schmaler und führte durch einen dichten Blättervorhang, den die eng beieinanderstehenden Bäume bildeten. Chase steuerte sie hindurch, und als sie hinaustraten, standen sie am Rand einer freien Fläche, tief in der Schlucht und umgeben von Klippen. Kaum waren sie im

Freien, hörte Sam ein vielstimmiges Jubelgeschrei, das ihn an seinen Besuch in Cernunnos' Versteck erinnerte. Nur dass dies keine kunstvoll ausgestaltete Höhle war; sie standen in der Ruine eines alten Amphitheaters.

Hunderte Fabelwesen hockten auf den steinernen, mit Moos bewachsenen Sitzreihen. Einige der Kreaturen erkannte Sam auf Anhieb. Er sah Gargyle, Yetis, Aswang, Kynokephali, Harpyien und Chupacabras. Andere waren ihm völlig unbekannt. Tashi klärte ihn im Weitergehen auf.

»Das ist ein Kapre.« Sie wies auf einen großen, dunkelhäutigen Mann mit langem Bart. Er hatte sich hingehockt und rauchte eine lange Pfeife, aus der dichter schwarzer Rauch aufstieg. »Sie stammen aus demselben Gebiet wie die Aswang. Eigentlich sind sie nicht aggressiv, aber wer weiß, vielleicht trifft das ja nicht auf alle ihrer Art zu.«

»Wie bei den Kynokephali?«

Tashi nickte. »Ja, es scheint innerhalb der verschiedenen Spezies einzelne Gruppen zu geben, die dem Fluch ein Ende setzen wollen.«

Sam entdeckte noch andere bizarre Wesen, darunter eines, das halb Schlange und halb Mensch war, sowie eine fast durchsichtige Gestalt mit Reißzähnen und Flügeln.

»Ein Yetal aus Indien«, erklärte Tashi. »Grausige Kreaturen, denen der Greif das Verlassen ihrer Dörfer verboten hat.«

Als Sam den Blick über die Menge der bizarren Gestalten schweifen ließ, blieb er an einer ganz bestimmten hängen. »Vance!«, rief er. Dr. Vantana stand im vorderen Teil der Ruine in der Nähe der Bühne, bewacht von zwei großen, finster dreinblickenden Gargylen. Sam sah auf den ersten Blick, dass der Doktor sehr geschwächt war. Er konnte kaum den Kopf heben, um ihnen entgegenzusehen.

»Sam …«, flüsterte er gepresst, »es tut mir leid …«

Sam rannte zu Vantana und umarmte ihn. Die Gargyle knurrten, doch Chase brachte sie mit einer Handbewegung zum Schweigen.

»Eine Art Familientreffen«, witzelte er, »genauso wie ihr Menschen sie liebt, oder?«, fragte er spöttisch. »Obwohl ich sicher bin, dass dieses Treffen sehr anders enden wird als üblich.«

Sam ließ den Doktor los und betrachtete ihn von oben bis unten. »Alles in Ordnung? Bist du verletzt?«

»Nur mein Stolz, Kleiner.« Vance versuchte ein Lächeln. »Und du?«

»Mir geht es gut. Aber Chriscanis … Er …«

»Ist zu Gaia zurückgekehrt«, ergänzte Tashi, als sie zu ihnen trat. Der Doktor sah Sam an, dass er vor Kurzem geweint hatte.

»Es tut mir leid, das zu hören. Er war ein guter Freund.«

Sam blickte zu Boden und nickte.

»Wo ist Dr. Knox?«, fragte Tashi. »Konnte er fliehen?«

»Nein … das konnte er nicht«, antwortete der Doktor ernst. Dann wies er auf die Bühne. Sam und Tashi schauten in die Richtung, in die er deutete – und erstarrten. Dr. Knox war in einem Eisenkäfig gefangen, dessen Stäbe krumm und gebogen waren, als sei er von Hand angefertigt worden – wahrscheinlich war Magie im Spiel. Er schien bewusstlos zu sein und war mit einer Fußfessel an den Steinboden gekettet. Sam war entsetzt von diesem Anblick. Er wollte zur Bühne laufen, doch Chase hielt ihn zurück.

»Ganz ruhig, Kleiner«, warnte er.

Sam blickte ihn wütend an. »Lass ihn frei!«, verlangte er.

»Das werde ich nicht tun«, erwiderte Chase mit Nachdruck. »Miss Capiz, können Sie Ihren Schüler bitte zur Vernunft bringen?«

»Mit Vergnügen«, erklang die zischende Stimme der Aswang von irgendwoher aus den Schatten. Miss Capiz löste sich aus der Menge und stellte sich hinter Sam. Sie legte ihre langen, knochigen Finger um seinen Hals und schleifte ihn zu der Stelle zurück, wo Dr. Vantana festgehalten wurde.

»Sam London, so sehen wir uns wieder. Und unter weitaus angenehmeren Umständen – zumindest für mich«, fauchte die Aswang drohend. Sam schüttelte ihre Hand ab, blickte sie finster an und wandte sich dann an Vance.

»Was haben sie mit ihm vor?«

»Das wirst du früh genug herausfinden«, zischte die Aswang. Sam schaute sie voll Verachtung an.

Dr. Vantana zuckte mit den Schultern. »Ich weiß es nicht. Er ist da drin, seit wir hier angekommen sind.«

»Wann war das?«, wollte Tashi wissen.

»Vor zwei, drei Tagen, vielleicht auch mehr. Das Letzte, woran ich mich erinnere, ist der Angriff von einer Horde Aswang. Sie haben mich direkt angegriffen – und nur mich. Jetzt vermute ich, dass sie mich als Druckmittel einsetzen wollten, damit Henry sich ergibt. Ich erinnere mich nur noch, dass sie mir mit dem Tod gedroht haben, dann wurde alles etwas … na ja, eher *sehr* schwarz. Ich bin erst hier wieder zu mir gekommen und habe Henry da oben in diesem Käfig gesehen. Ich vermute, er hat ihnen nicht gegeben, was sie wollten. Möglich, dass du jetzt deshalb hier bist«, fügte er mit Blick auf Sam hinzu.

»Hast du irgendeine Ahnung, warum Dr. Knox mir die Greifenklaue gegeben hat?«, wollte Sam wissen.

Vance blickte ihn von der Seite her an. »Sag das noch mal.«

»Die Klaue war in meinem Rucksack, als ich nach Hause gekommen bin. Jetzt hat Chase sie«, erklärte er.

Vantana seufzte. »Dann ist es vorbei. Er wird die Klaue vernichten und den Fluch damit ein für alle Mal brechen. Und das kann dann niemand mehr rückgängig machen.«

»Aber … warum vernichtet er sie dann nicht einfach? Warum tut er Dr. Knox das an?«

Dr. Vantana zuckte mit den Schultern. »Was Verrückte denken, kann man nicht erklären, Kleiner.« Dem konnte Sam nicht widersprechen. Dennoch war er überzeugt, dass es einen Grund geben musste. Chase würde einen alten Mann nicht einfach so zum Spaß in einen Eisenkäfig sperren. Er war bösartig, aber auch pragmatisch. Was konnte er also noch wollen, jetzt, da er die Klaue doch schon hatte? Und wie sollte Dr. Knox ihm dabei helfen?

In Sams Kopf nahm ein Gedanke Gestalt an. »Hast du nicht gesagt, Dr. Knox könne mit Phylassos Kontakt aufnehmen?«

Der Doktor nickte. »Da bin ich mir ziemlich sicher.«

»Dann will Chase den Greif vielleicht herbeirufen. Er soll Zeuge sein, wenn die Klaue vernichtet wird«, mutmaßte Sam. »Und er glaubt, dass Dr. Knox ihm dabei helfen kann.«

»Vielleicht«, meinte Tashi. »Aber das wäre sehr unklug von ihm. Der Greif ist ein mächtiges Wesen.«

»Und es ist ja nicht so, dass Henry Phylassos' Telefonnummer hat«, fügte Vance hinzu.

Sam zuckte mit den Schultern. »Eine bessere Theorie habe ich nicht.«

Vantana wies mit dem Kinn zur Bühne. »Sieht so aus, als würden wir gleich herausfinden, ob deine Theorie stimmt oder nicht.«

Die Lautstärke der umstehenden Kreaturen nahm zu. Die unterschiedlichen Rufe wurden zu einem unmelodischen Durcheinander aus seltsamem Brüllen und animalischen Schreien. Chase betrat die Bühne und brachte die Horde mit einer Handbewegung zum Schweigen.

»Ich möchte euch alle willkommen heißen«, begann er. Eine neue Runde Brüller war die Antwort. »Wir haben uns an diesem Ort versammelt, um Zeugen eines denkwürdigen Ereignisses zu sein. An das, was wir hier und jetzt tun, wird man sich bis in alle Ewigkeit erinnern, denn es wird ein uraltes Unrecht wiedergutmachen – einen Fluch, der sich nur durch Angstmacherei und Betrug halten konnte. Ich verspreche euch heute, dass wir vor nichts mehr Angst haben müssen. Von heute an muss unsereiner nicht mehr im Dunkeln leben und sein wahres Selbst verbergen. Heute treten wir ans Licht. Seid ihr bereit, meine Brüder? Den Greif zu töten und den Fluch aufzuheben, ein für alle Mal?« Die Anwesenden antworteten mit lautem Jubel.

Sam blickte von Dr. Vantana zu Tashi. Die beiden schienen von Chase' Erklärung genauso schockiert zu sein wie er. »Den Greif töten?«, fragte Sam. »Ist das sein Ernst?«

»Selbst wenn, er wird es nicht können«, antwortete Tashi ruhig. Sam versuchte, Zuversicht aus ihrem überzeugten Ton zu schöpfen, doch die Möglichkeit allein bereitete ihm Übelkeit.

»Nun denn«, fuhr Chase euphorisch fort, »die Show kann beginnen!«

Er trat an den Käfig mit dem Gefangenen. Dr. Knox lag auf dem Boden und war kaum bei Bewusstsein.

»Es wird Zeit, dass die Lüge ans Licht kommt, Alter«, rief Chase. »Tashi, Wächterin der Greifenklaue, tritt vor. Deine Dienste werden gebraucht.« Tashi rührte sich nicht. »Komm schon, Wächterin, mach es dir doch nicht so schwer.« Die beiden Gargyle, die Dr. Vantana bewachten, stießen Tashi vorwärts. Sie geriet kurz ins Wanken, wirbelte dann aber herum, bereit zum Kampf. »Das wäre Selbstmord«, warnte Chase.

»Ich fürchte den Tod nicht«, erinnerte ihn Tashi trotzig.

»Das weiß ich ja. Aber du musst jetzt nicht sterben. Es wäre kein ehrenhafter Tod. Hör mir einfach zu.« Tashi schaute den Hundemenschen mit zusammengekniffenen Augen an und ging dann zur Bühne. Chase winkte sie zu sich heran. Sie folgte der Aufforderung, war aber auf der Hut. Als sie die Bühne erreichte, lächelte Chase. »Danke. Jetzt möchte ich, dass du deine Waffe einsetzt – deinen Shekchen – und sie auf Dr. Knox richtest.«

Sie starrte Chase an, völlig entgeistert über diese Anweisung. »Das werde ich nicht tun. Und du kannst mit mir machen, was du willst. Ich fürchte …«

»Den Tod nicht. Ja, das wissen wir alle. Ach, mein liebes Kind, dein Heldenmut kann deine Naivität nicht verbergen. Du erkennst das große Ganze nicht, stimmt's? Dein Tod hat keinerlei Bedeutung für mich. Ich habe nicht die Absicht, dir etwas anzutun. Du bist schließlich dazu verpflichtet, dein Leben zu geben, um den Greif und den Fluch zu beschützen. Die Frage ist: Bist du bereit, auch das Leben des Jungen dafür zu opfern?« Chase wies mit dem Kinn auf einen der Gargyle. Dieser packte Sam von hinten, sodass er fast keine Luft mehr bekam. Die Kreatur legte eine lange, rasiermesserscharfe Kralle an Sams Hals. »Ich habe mich in diesen letzten Tagen immer wieder gefragt, wie der Junge ins Bild passt, und so langsam wird mir klar, dass ihr, Knox und Vantana, auch keine Ahnung habt. Dann kann ich doch einfach einen Grund schaffen, oder? Tu, was ich dir sage, Wächterin, oder Sam London stirbt.«

Sam versuchte sich aus dem Griff des Gargyls zu befreien. Dessen Kralle grub sich in seine Haut und Blut rann ihm den Hals hinunter. Tashi wirkte vollkommen hilflos. Sie schaute Dr. Knox an, dann Sam, dann wieder Dr. Knox.

Sie versuchte, die unmögliche Situation irgendwie zu begreifen. »Warum ist es dir so wichtig, den alten Mann zu verletzen?«

Chase schüttelte den Kopf, als sei er enttäuscht von ihr. Er gab dem Gargyl ein Zeichen weiterzumachen. Die Kreatur hob die Klaue, bereit zuzuschlagen.

»Warte!«, rief Dr. Knox.

Alle erstarrten.

»Dann muss sie tun, was ich ihr befohlen habe«, verlangte Chase, ließ die Gargyle aber zurücktreten.

Dr. Knox kroch an den Rand des Käfigs, hielt sich an einem der Eisenstäbe fest und sagte etwas zu der Wächterin. Sam spitzte die Ohren, doch Knox sprach so leise, dass er nichts verstand. Was immer Knox zu Tashi sagte, schien gewaltigen Eindruck auf sie zu machen. Sam hatte die stoische Kriegerin noch nie so perplex gesehen. Sie schien mit sich zu kämpfen, dann resignierte sie. Tashi berührte mit ihrem Shekchen die steinerne Bühne, und Sam beobachtete, wie elektrische Energie aus der Erde schoss, seitlich an der Bühne hinaufkroch und über den Steinboden zischte, bis sie an der Spitze des Shekchen zusammenfloss und von ihm aufgenommen wurde.

Sam warf Vantana einen besorgten Blick zu. »Sie wird doch nicht …« Bevor Sam seinen Satz zu Ende bringen konnte, hob Tashi den Shekchen, ließ ihn über ihrem Kopf herumwirbeln und hielt die Spitze dann an die schmale Hand des Doktors. Der gesamte blaue Energiestrom floss durch Knox' Körper. Der alte Mann flog, von Krämpfen geschüttelt, quer durch den Käfig.

»Neiiiiiin!«, schrie Sam entsetzt.

Dr. Vantana zerrte verzweifelt an seinen Fesseln. Er musste seinen Mentor und Freund doch retten! Sam wurde erneut von Gefühlen übermannt. Seine Augen hatten sich noch nicht ganz vom letzten Weinen erholt und prompt kamen ihm nun erneut die Tränen. Dr. Henry Knox lag zusammengekrümmt auf dem Boden. Sein Körper zeigte keinerlei Regung, er wirkte vollkommen leblos. Funken blauer Energie tanzten über seine Haut. Sämtliche Anwesenden saßen auf der Kante ihrer Steinbänke und beugten sich staunend und neugierig vor. Chase war der Einzige, der unbeeindruckt erschien. Er fing Sams Blick auf und zwinkerte ihm zu. *Was für eine widerliche Arroganz*, dachte Sam. Chase ließ seinen Blick wieder zum Käfig wandern und Sam folgte ihm.

Und dann wurde Sam London aus dem kalifornischen Benicia Zeuge des verblüffendsten Anblicks, den die Welt je gesehen hatte. Obwohl er sich nicht hätte träumen lassen, dass etwas noch schockierender sein könnte als das, was er in den letzten Tagen erlebt hatte, stellte dieser Augenblick alles in den Schatten.

Dr. Henry Knox begann sich zu verändern. Der Körper des berühmten Wissenschaftlers zuckte und bebte, dann begann er zu wachsen. Langsam und stetig wurde alles an Henry Knox größer. Seine eben noch dünnen Beine wurden dicker und länger, die Arme ebenso. Seine Haut wellte sich, bevor ihm dichtes hellbraunes Fell wuchs.

»Was in drei Teufels Namen?«, stammelte Vantana ungläubig.

Einen Augenblick lang glaubte Sam, Dr. Knox sei ein Tanuki. Doch diese Theorie erwies sich schnell als falsch, denn auf Knox' Brust wuchsen Federn anstatt Fell. Wunderschöne weiße Federn, die seinen Kopf einrahmten und sein Gesicht bedeckten … Ein Gesicht, das nicht länger das eines Menschen war. Knox' Nase wurde mit einem Schlag länger und nahm die Form eines gewaltigen goldenen Schnabels an. Aus Knox' Lenden wuchsen gewaltige Flügel, die an die Käfigstäbe stießen. Seine Hände und Füße verwandelten sich in Pfoten mit spitzen, gebogenen Krallen. Es gab weder einen Zweifel an dem, was Sam gerade gesehen hatte, noch konnte er die unglaubliche Schlussfolgerung daraus ignorieren: Dr. Henry Knox war nicht nur ein Freund von Phylassos. Er *war* Phylassos.

Kapitel 19

Sams Geschenk

Tashi aus Kustos stand auf der Bühne des Amphitheaters und blickte hinunter auf den zerbrechlich wirkenden Menschen namens Henry Knox. Wie konnte sie eine tödliche Waffe auf diesen wehrlosen alten Mann richten, so wie Chase es verlangt hatte? Ein Schuss aus einem Shekchen war für einen Menschen meist tödlich. Für einen so geschwächten Menschen wie den Doktor war er auf jeden Fall tödlich. Doch Sams Leben hatte oberste Priorität. Das hatte sie bei ihrer Begegnung mit dem Greif während des Sterblichkeits-Rituals gelernt. Sie konnte nicht zulassen, dass der Junge durch die Hand des Gargyls starb. Sie musste handeln – nur wie?

Die Wächterin wägte ihre Alternativen ab. In Gedanken ging sie rasch verschiedene Möglichkeiten durch, wie sie ihre menschlichen Gefährten aus dieser Situation herausholen könnte. Sie spielte mit dem Gedanken, Chase einfach anzugreifen und zu töten, bevor irgendjemand ihm zu Hilfe kommen könnte. Vielleicht würden sich die anderen Kreaturen ja ergeben, wenn sie sahen, dass ihr Anführer tot war. Tashi ging das Szenario im Kopf durch. Sie würde den Shekchen aufladen und eine gewaltige Ladung Elektrizität in den Kynokephalus jagen. Noch während seine Anhänger ihren Gegenangriff vorbereiteten, wollte Tashi einen Satz nach vorn machen, über Chase in der Luft einen Salto schlagen und direkt hinter ihm landen. Und genau in diesem Moment würde sie ihre Waffe laden und den tödlichen Schuss abgeben. Sie war überzeugt, dass ihr Plan funktionieren würde, und wollte ihn schon umsetzen, als sie hörte, dass Dr. Knox nach ihr rief.

»Tashi?«, flüsterte er. »Komm näher.« Tashi ging dichter an den Käfig heran, als Knox langsam auf sie zukroch. Er schaute zu der Wächterin auf und hielt ihren Blick fest. »Es ist in Ordnung. Mir wird nichts passieren. Bitte … um Sams willen. Du musst es tun.«

»Aber du wirst es nicht überleben! Wie kann ich ein Leben dem anderen vorziehen? Ich kann …« Tashi wollte dem Doktor gerade ihren Plan darlegen, als er etwas völlig Unerwartetes sagte.

»Erinnerst du dich nicht, Wächterin? Ich habe dich gewarnt, dass ein solcher Tag kommen würde. Ein Tag, an dem du gezwungen wärst, dich zwischen meinem Leben und dem des Jungen zu entscheiden. Dieser Tag ist jetzt da, Tashi aus Kustos. Und du musst dich für Sam entscheiden.«

Ein Funkeln lag in Knox' smaragdgrünen Augen, als er das sagte. Tashis Unterkiefer klappte wie in Zeitlupe herunter. Sie war nicht leicht zu überraschen, doch diese

Erkenntnis schockierte sie. Der *Greif* hatte sie gewarnt. Er hatte sie darauf vorbereitet, dass sie sich eines Tages entscheiden müsse, doch wie war es möglich, dass Dr. Knox davon wusste? *Natürlich!*, dachte Tashi. Der Greif konnte seine Gestalt wechseln. Schließlich war es ihm genau dadurch gelungen, Alexander den Großen auszutricksen und die Menschheit zu verfluchen. Es war die ganze Zeit direkt vor ihrer Nase gewesen, in den Legenden … Alexander überreichte einem alten Mann ein Geschenk – einem alten Mann, den er für seinen Gott hielt, der in Wirklichkeit aber Phylassos war. Und Phylassos nutzte Alexanders Torheit aus. Insbesondere die oft vergessene magische Regel, die warnt: »Mach deinem Feind nie ein Geschenk, denn er kann dadurch Macht über dich erlangen.« Der Greif nutzte seine Fähigkeit zur Gestaltwandlung, um das Geschenk zu erhalten und es zu verfluchen.

Tashi erkannte die Wahrheit, eine Wahrheit, die sie schon Jahre zuvor hätte erkennen müssen. Henry Knox hatte die Wächter schon früher besucht. Bis zu dem Tag, an dem Dr. Vantana, Chriscanis und Sam ins Dorf gekommen waren, war Henry Knox der einzige menschliche Besucher in Kustos. Ob einer der anderen Wächter Phylassos' Geheimnis kannte? Yeshe musste es kennen, doch er hatte sich nie etwas anmerken lassen.

Der Gedanke, dass Phylassos die ganze Zeit in menschlicher Gestalt durch Kustos geschlendert war, brachte die junge Kriegerin aus der Fassung. Sie versuchte sich zu erinnern, ob es Begegnungen gegeben hatte, bei denen sie sich angesichts seiner wahren Identität respektlos verhalten hatte. Die neue Erkenntnis warf zahllose Fragen auf: Wie lang war Phylassos schon in dieser menschlichen Gestalt? Warum war Dr. Knox verschwunden? Wieso ließ Phylassos es zu, dass Chase ihn gefangen hielt?

Die Antworten auf diese und die vielen anderen Fragen, die ihr durch den Kopf schossen, würden warten müssen. Tashi hatte einen Befehl zu befolgen. Als Wächterin der Greifenklaue konnte sie sich den Wünschen des Greifen nicht verweigern, koste es, was es wolle. Tashi musste mit ihrem Shekchen auf Phylassos schießen – mit genau der Waffe, die er geschaffen hatte, um ihn und den Fluch zu schützen. Obwohl sie wusste, dass es den Greif nicht umbringen würde, war sie sich nicht sicher, welchen Schaden sie anrichten würde.

Als sie mit dem Stab seine Hand berührte und die elektrische Ladung durch seinen Körper jagte, überlegte sie, welche Wirkung die Energie der Erde auf ihn haben mochte. Gaia-Energie konnte Magie auflösen, das hatte sie gelernt. Deshalb war sie eine so effektive Waffe für die Wächter. Magische Kreaturen, egal wie mächtig, waren nicht immun gegenüber Gaias Lebenskraft. Als die Ladung durch Knox' Körper pulsierte und ihn zu Boden schickte, fragte sie sich, ob die Energie seine Verwandlung aufheben und er seine wahre Gestalt wiederannehmen würde. Und genau das passierte … auf dramatische Art und Weise. Tashi ließ ihren Shekchen fallen und kniete ehrfürchtig nieder.

Chase war hinter das Geheimnis des Greifen gekommen und hatte nach einer Möglichkeit gesucht, seine wahre Gestalt zu enthüllen – Phylassos ein für alle Mal zu outen. Dies würde die anwesenden Kreaturen zweifellos in einen regelrechten Taumel versetzen. Und dann? Würde Chase die Klaue vernichten? Den Fluch brechen? Den Greif töten? Was immer der Kynokephalus vorhatte, Tashi blieben nicht mehr viele Möglichkeiten. Sie wusste, dass die anderen Wächter die Gefahr spürten, bezweifelte jedoch, dass sie rechtzeitig hier eintreffen würden, um ihr bei der Rettung Phylassos' zu helfen oder dabei, den Fluch aufrechtzuerhalten. Das Gefühl der Hilflosigkeit behagte ihr ganz und gar nicht. Sie empfand es jetzt zum zweiten Mal. Das erste Mal war in dem Moment gewesen, als sie nach Sams Heilung kurz gestorben war. Tashi klammerte sich an die Hoffnung, dass es einen Ausweg aus der Situation gab – und dass er ihr auch einfallen würde. Die Frage war: Würde er ihr rechtzeitig einfallen?

* * *

Während der Verwandlung von Dr. Henry Knox in Phylassos, den Greif, ließ der Gargyl, der Sam festhielt, ihn los. Offenbar war es für ihn ein genauso großer Schock wie für Sam, dass der weltweit führende Experte in Sachen Fabelwesen selbst ein Fabelwesen war. Ohne die Gargylenkrallen an seinem Hals wagte Sam einen Blick auf Dr. Vantana, um zu sehen, wie dieser reagierte. Der beste Guardian im Institut für Magische Wesen war zwar geschwächt von den Tagen in Gefangenschaft, doch in diesem Moment war er voll konzentriert und verständlicherweise auch völlig verblüfft.

»Ich hatte keine Ahnung, Kleiner.« Er schüttelte den Kopf. »Absolut keine Ahnung.«

»Seht her!«, rief Chase mit einer weit ausholenden Handbewegung. »Der Trick des Greifen wurde aufgedeckt. Der mächtige Phylassos hat sich als Mensch ausgegeben. Der sogenannte König aller magischen Kreaturen hat sich klein gemacht und diese jämmerliche Gestalt angenommen, um die geringerwertigen Wesen zu beschwichtigen.«

Phylassos brüllte und drückte gegen die Eisenstäbe, die silbern zu schimmern begannen. Sam kannte das Glitzern. Dasselbe Phänomen hatte er auch auf der Fahrt mit der Dvergen-U-Bahn nach England erlebt. Die U-Bahn war durch einen silbern schimmernden Vorhang gefahren, der das Tempo gesteigert und sie schließlich zur Smoo-Höhle in Schottland gebracht hatte. Das bedeutete, dass der Greif mithilfe eines Zaubers gefangen gehalten wurde.

»Was machen wir jetzt?«, fragte Sam drängend. »Wir müssen ihm helfen!«

»Ganz ehrlich: Ich habe darauf gezählt, dass er uns hilft«, gab Dr. Vantana zu. »Im Moment befinden wir uns nicht gerade in der besten strategischen Ausgangslage.«

»Aber irgendetwas müssen wir doch tun können!«

»Na ja, ich hatte auf Verstärkung gehofft, aber ich gehe mal davon aus, dass das ganze Tal hier durch einen Zauber unsichtbar gemacht wurde. So wie sie Phylassos durch einen Zauber in diesem Käfig halten. Allerdings … kann ich mir nicht vorstellen, dass Chase einen solchen Zauber wirken kann.«

»Wer war es dann?«, fragte Sam.

»Solche Magie beherrschen nur sehr wenige.« Der Doktor überlegte kurz, wer infrage käme. »Aber es spielt jetzt keine Rolle. Chase ist die Klapperschlange, die uns im Moment ins Gesicht starrt.«

Tashi trat wieder zu ihnen. Sie wirkte erschüttert und ungehalten. Eine so finstere Miene hatte Sam noch nie bei ihr gesehen. Doch er hatte nicht vor, einfach zu vergeben und zu vergessen, was sie gerade getan hatte.

»Wie konntest du ihm das antun?«, fragte er wütend.

»Sachte, Junge«, mischte Vantana sich ein, »sei nicht so streng mit ihr. Sie hatte keine Wahl. Deine Haut stand auf dem Spiel, schon vergessen?«

»Das stimmt«, bestätigte Tashi. »Trotzdem ist das, was ich getan habe, inakzeptabel.«

Dr. Vantana warf ihr einen verwirrten Blick zu. »Dir ist schon klar, dass ich versuche, dich zu verteidigen, oder?«

»Das ist vollkommen unnötig«, erwiderte Tashi. »In diesem Moment ist nur eines wichtig: zu entscheiden, wie wir dich, Sam und den Greif retten können.«

»Und dich«, ergänzte Sam.

»Ich bin entbehrlich. Wenn es darauf hinausläuft, dass ich mich opfere, damit du fliehen kannst, soll es eben so sein.«

»*Das* ist inakzeptabel«, widersprach Dr. Vantana. »Jeder

Plan, den wir fassen, muss beinhalten, dass du genauso lebendig hier rauskommst wie wir.«

»Wir werden sehen. Jetzt teilt mir bitte eure Fluchtpläne mit«, flüsterte Tashi. Sam und Vantana wechselten einen kurzen Blick und wandten sich Tashi dann mit ratlosen Mienen wieder zu.

»Ich glaube, ich spreche für uns beide, wenn ich sage, dass wir noch daran arbeiten«, gab Vantana zu. Die Wächterin seufzte.

Chase hielt die Greifenklaue hoch und Sam wandte seine Aufmerksamkeit sofort dem Kynokephalus zu. *Was wird diese fiese Kreatur als Nächstes tun?*, fragte er sich.

»Wie passend, dass die Wurzel der Ungerechtigkeit des Greifen jetzt das Instrument seiner Vernichtung wird«, verkündete Chase der entzückten Menge. »Sollen wir Phylassos mit seinem Geschenk an die Menschheit töten? Ein Geschenk, das uns alle dazu verdammt hat, unser wahres Selbst zu verbergen …«

Sam konzentrierte sich auf ein Wort, das Chase nun schon zwei Mal gebraucht hatte: »Geschenk.« Er wusste, dass die Klaue ursprünglich ein Geschenk von Alexander dem Großen war. Und er erinnerte sich, was Carl gesagt hatte: »Mach deinem Feind nie ein Geschenk, denn er kann damit Macht über dich erlangen.« Sam dachte noch über diese Worte nach, als Dr. Vantana ihm etwas zuflüsterte.

»Was wir brauchen, ist eine so wirkungsvolle Ablenkung wie in diesem Yeti-Dorf. Wenn einer von uns da hinaufsteigen und Phylassos befreien könnte, wäre er selbst in seinem geschwächten Zustand noch furchterregend und würde hier für jede Menge Panik sorgen.«

»Ich stimme dir zu«, sagte Tashi leise. »Aber wie soll das gehen? Der Käfig ist verzaubert. Selbst wenn ich wieder an meinen Shekchen herankäme und die Magie damit durchbrechen könnte, die ihn gefangen hält, würde er Hilfe brauchen, und ihr seid unbewaffnet. Im Kampf gegen eine Meute von dieser Größe würden wir garantiert sterben.«

»Du hast nicht zufällig noch ein paar extra Shekchen oder Hologramm-Gerätschaften in deinem Rucksack, Sam?«, fragte Vantana scherzhaft.

Doch Sam konzentrierte sich wieder ganz auf den Greif. Phylassos stand in seinem Käfig und fing seinen Blick auf. Sam fühlte sich zurückversetzt zu seiner ersten Begegnung mit dem Greif auf dem großen Felsen im Death Valley.

»Sam? Hörst du mir zu?«, fragte Vance.

Sam riss sich aus seinen Tagträumen und schaute den Doktor an. »Mein Rucksack? Nein … Ich habe nur …« Er hielt abrupt inne. Im hintersten Winkel seines Gehirns ging eine Glühbirne an. Und leuchtete blendend hell. »Warte. Ich glaube, ich habe eine Idee.«

Vantana und Tashi schauten Sam an, als hätten sie seine Idee bereits gehört und für unbrauchbar befunden.

Auf der Bühne ereiferte sich Chase über das, was er als »makabre Art und Weise« beschrieb, wie die Menschen die

Fabelwesen sehen konnten. »Sie stehlen uns unser Blut! Sie stehlen unsere Magie! Und der Greif lässt es zu! Er ermuntert sie sogar noch dazu!«

Die Menge wurde immer wütender. Sam versuchte sich darauf zu konzentrieren, seinen Freunden den Plan zu erklären, doch bei dem Lärm verstanden sie ihn kaum.

In Sams Kopf ratterten die Rädchen. »Als du mich geheilt hast, hast du meine Verletzungen in dich aufgenommen. Richtig, Tashi?«

Tashi nickte. »Aber die Verletzungen des Greifen oder des Doktors kann ich nicht übernehmen. Nicht, solange die Klaue nicht in unserem Besitz ist.«

»Das weiß ich. Aber was würde passieren, wenn du es bei jemandem tust, der kerngesund ist?«

»Ich weiß es nicht.« Die Frage verblüffte Tashi. »Wahrscheinlich würde ich seine Energie aufnehmen. Aber ich würde dadurch nicht stärker, wenn du das meinst.«

»Das meine ich nicht. Würde derjenige einschlafen?«

»Möglicherweise«, antwortete Tashi.

»Okay.« Sam schien zufrieden. »Dann möchte ich, dass du genau das bei mir tust.«

»Jetzt aber mal langsam«, meinte Vantana. »Willst du uns damit sagen, dass du ein Nickerchen machen willst?«

»Nein. Also, nicht direkt.« Tashi und Vantana schauten Sam skeptisch an. »Ich muss träumen. Schnell, Tashi, wir haben keine Zeit für lange Erklärungen. Du musst mir einfach vertrauen.«

Tashi zögerte. Sie blickte den Doktor an, der mit den

Schultern zuckte. Sie streckte die Hände aus und wollte Sam berühren.

»Moment noch.« Sam wandte sich dem Greif zu, der von ein paar Gargylen gerade wüst beschimpft wurde. Chase schaute amüsiert zu. »Schlaf einfach ein, Phylassos«, rief Sam. »Es wird dir nicht schaden … und vielleicht träumst du sogar.«

»Ein interessanter Rat von dem Menschenkind«, lästerte Chase. »Auch wenn ich bezweifle, dass der Greif bei dem, was gleich auf ihn zukommt, schlafen kann.«

Phylassos fing Sams Blick auf und Sam nickte ihm zu. Fast unmerklich nickte Phylassos ebenfalls. »Jetzt«, befahl Sam. Die Wächterin legte Sam rasch die Hände auf die Brust. Er lächelte ihr zu und merkte, wie er die Besinnung verlor.

Im selben Moment, in dem Sam die Augen zufielen, befand er sich wieder an dem Ort, an dem alles seinen Anfang genommen hatte, im Tal des Todes in Kalifornien. Hier waren sich Phylassos und er, wenn auch nur kurz, im Traum begegnet und dann noch einmal im richtigen Leben. Sam war ganz aufgeregt. Sollte sein Plan funktionieren, war das Ankommen in dieser Traumlandschaft der erste kritische Schritt. Er griff an seine Schulter und fand dort den Riemen seines Rucksacks – der zweite kritische Schritt. Sam stürmte los. Sein Ziel war die Felsformation, auf der alles begonnen hatte. Diese Begegnung mit dem Greif war von größerer Bedeutung, als er sich je hätte vorstellen können. Die Zeit drängte. Während er auf sein Ziel zurannte, hoffte er entgegen aller Hoffnung, dass Phylassos dort auf ihn wartete. Er war sich nicht sicher, ob sein Plan funktionieren würde, aber es war ihre einzige Chance.

Sam erreichte die Felsformation und begann mit dem Aufstieg. Er war schon zwei Mal hier hinaufgeklettert und war auf jeden lockeren Stein und jede rutschige Oberfläche vorbereitet. Endlich gelangte er oben an und hievte sich über den Rand. Eine Staubwolke bauschte sich auf, als er sich aufrichtete. Der Wüstenwind wirbelte sie davon und enthüllte den Greif. Er hockte auf dem Plateau und wartete auf Sam.

»Du hast es geschafft«, rief Phylassos erleichtert. Sogar seine Stimme war schwach. »Woher wusstest du, dass es klappt?«

»Ich wusste es nicht, ich habe es nur gehofft«, erwiderte Sam. »Ist alles in Ordnung?«

»Es ging mir schon besser. Und ich entschuldige mich für die Überraschung.«

»Ja, damit habe ich nicht gerechnet. Ich habe tausend Fragen, die ich dir alle stellen werde, wenn wir hier raus sind.«

»Du scheinst zuversichtlich, dass wir diese missliche Lage heil überstehen.« Unvermittelt taumelte der Greif nach rechts. »Beeile dich, Sam. Ich kann hier nicht lang bleiben. Wenn sie mit der Klaue mein Herz durchbohren, bedeutet das mein Ende.«

»Sie können dich tatsächlich töten?«, fragte Sam entsetzt. Der Greif nickte.

»Das werde ich nicht zulassen. Ich habe eine Idee.« Sam nahm seinen Rucksack ab, öffnete ihn und griff hinein. Einen Augenblick später zog er die Packung NICE-Kekse heraus. Es war nur noch ein Keks übrig. Sam hatte ihn für eine besondere Gelegenheit aufgehoben.

»Deine Idee sind Kekse? Jetzt ist nicht die Zeit für Scherze«, bemerkte Phylassos.

»Das ist kein Scherz«, versicherte ihm Sam. »Ich weiß, dass sie aussehen wie Kekse und so gut schmecken wie Kekse, aber in England heißen sie *Biscuits*. Dich wird am meisten interessieren, wie sie in meinen Besitz gekommen sind.« Der Greif kniff gespannt die smaragdgrünen Augen zusammen. »Ich habe sie am Morgen, nachdem wir uns begegnet sind, bekommen. Sie waren ein Geschenk von Chase.«

Phylassos' Augen weiteten sich. »Hat er das Wort benutzt? Wurden sie dir ausdrücklich als Geschenk überreicht?«

Sam nickte. »Er sagte ›Ein Geschenk für dich, Sam London‹. Es sind seine Lieblingskekse.«

»Komm näher«, bat der Greif. »Schnell.« Sam ging mit der Kekspackung in der Hand auf ihn zu. Als er Phylassos erreichte, fiel es ihm sofort auf.

»Du blutest!« Ein dünnes Rinnsal Blut lief über die Brust des Greifen.

»Sie haben auf mich eingestochen. Aber nicht tief genug. Du musst jetzt genau zuhören.« Sam nickte und wartete auf die Anweisungen.

* * *

Als Sam erwachte, stellte er fest, dass sich viel verändert hatte, seit er die Augen geschlossen hatte. Das Gebrüll der Menge war inzwischen ohrenbetäubend – sie war offenbar durch irgendwas in Rage gebracht worden. Er schaute sich nach Vantana um und sah, dass der Doktor bewusstlos am Boden lag. Tashi war auf den Knien und hatte sich über ihn gebeugt. Auch sie war verletzt. Sie hatte eine tiefe blutende Schnittwunde an der Schulter.

»Du bist wach«, bemerkte sie leise.

»Was zum Teufel ist passiert?«, wollte Sam wissen.

»Sie haben den Greif angegriffen … und auf ihn eingestochen«, erklärte Tashi. Sam blickte zu Phylassos hinauf und sah, dass er mehrere Angreifer abwehren musste und immer noch aus seiner Brustwunde blutete. Um den Käfig herum standen die unterschiedlichsten Kreaturen und reizten ihn noch weiter. Chase hielt die Klaue in der Hand. Von ihrer Spitze tropfte das Blut des Greifen.

Sam drehte sich rasch wieder zu Tashi um. »Was hat Dr. Vantana getan?«

»Er konnte es nicht mit ansehen, als sie den Greif angriffen, und hat versucht, ihn zu beschützen. Also habe ich ihn bewusstlos geschlagen.«

»Moment mal. Du warst das?«

»Er wäre sonst getötet worden«, erklärte Tashi. »Und wir mussten ja noch deinen Plan ausprobieren.«

Jetzt verstand Sam. »Okay. Gut gemacht. Was ist mit deiner Schulter?«

»Der Gargyl fand, ich hätte eine Strafe für mein Verhalten verdient. Mir geht es gut. Was soll ich tun?«

»Könntest du, wenn du deinen Shekchen hättest, den Greif damit befreien?«

»Mit genügend Ladung, ja, ich glaube schon.«

»Super.« Sam nickte. »Na dann, Augen zu und durch.« Er griff in seinen Rucksack und holte die Packung NICE-Kekse heraus. Er nahm den letzten Keks in die Hand und schaute zu Phylassos hinauf. Ihre Blicke trafen sich.

Sam brach den Keks in drei Teile und gab einen davon Tashi.

»Was ist das?«, wollte die Wächterin wissen.

»Ein Keks. Ein spezieller Keks. Du wirst ihn essen, wenn ich es dir sage. Und jetzt weck ihn auf.« Er wies auf Dr. Vantana. »Wir brauchen seine Hilfe.«

Tashi stupste den Doktor an. Er kam langsam zu sich und heftete den Blick auf die Wächterin.

»Du hast mich geschlagen«, stellte er ungläubig fest. Er war noch ganz benebelt.

»Es war zu deinem Besten«, erwiderte Tashi.

Der Doktor rieb sich den Hinterkopf. »So hat es sich aber nicht angefühlt.« Dann bemerkte er Sam. »Gut geschlafen? Schön, dass du wieder wach bist.«

»Ich habe nicht geschlafen«, verteidigte sich Sam.

Vantana wandte sich der Bühne zu. »Wie geht's Phylassos?«

»Viel länger hält er nicht mehr durch, fürchte ich«, antwortete Tashi.

»Er schafft das. Wir helfen ihm«, versicherte Sam ihnen. Er gab Dr. Vantana das zweite Keksdrittel. »Hier.«

Vantana nahm es. »Und jetzt essen wir Kekse? Nickerchen, Süßigkeiten … Soll das ein lächerliches Picknick sein, oder was?«, fragte er ärgerlich. »Dr. Knox – der Greif – er stirbt.«

»Ich weiß, aber es wird alles gut«, beruhigte Sam ihn. »Wir müssen unsere Keksstückchen alle gleichzeitig essen.« Tashi und Dr. Vantana folgten Sams Beispiel und hoben die Kekse an die Lippen. Sam nickte ihnen zu und gleichzeitig steckten sie sie in den Mund. Beim Kauen wechselten sie neugierige Blicke. Einer nach dem anderen schluckte.

Schon nach einer Sekunde wurde Vance ungeduldig. »Soll der Zuckerrausch uns retten?«, fragte er sarkastisch.

»Ich fühle mich nicht anders als vorher, Sam«, bekannte Tashi enttäuscht.

Sam blickte wieder zu Phylassos hinauf, der von Sekunde zu Sekunde schwächer wurde. »Es muss funktionieren«, sagte er wie zu sich selbst.

»Was muss funktionieren?«, wollte der Doktor wissen.

Plötzlich stieß der Gargyl, der sie bewachte, dieses entsetzliche Kreischen aus, das Sam das erste Mal an dem Tag gehört hatte, als er das Krankenhaus in Bakersfield verließ. Als Chase zu ihnen herüberschaute, fiel ihm die Kinnlade herunter.

»Wo sind die Gefangenen?«, bellte der Kynokephalus.

Der Gargyl blickte sich hektisch um und auch die anderen Fabeltiere in der Umgebung wurden nervös. »Sucht sie!«, befahl Chase.

Auf Sams Gesicht erschien ein breites Grinsen. Er schaute Tashi und Vantana an, deren Mienen deutlich ihre Verwirrung zeigten.

»Es hat funktioniert«, flüsterte er. »Wir sind für die mythischen Wesen unsichtbar. Der Greif hat den Keks mit einem Fluch belegt, genauso wie die Klaue, nur umgekehrt.«

Du meinst … sie können uns nicht …« Dr. Vantana wedelte dem Gargyl mit der Hand vor dem Gesicht herum. Ihr Bewacher suchte mit den Augen emsig die Umgebung nach Spuren von ihnen ab. Auf das Wedeln des Doktors reagierte er aber nicht.

»Da wird doch der Hund in der Pfanne verrückt«, flüsterte Vantana verblüfft.

»Ich weiß nicht, wie lange es anhält, wir müssen uns also beeilen«, drängte Sam. »Ich schnappe mir die Klaue, Tashi, du befreist den Greif. Und Vance, glaubst du, du findest den Eingang zu dieser Schlucht hier?«

»Ich bin mir nicht sicher, ob ich dir folgen kann«, entgegnete der Doktor.

»Wenn wirklich irgendeine Art von Zauber die Schlucht hier unsichtbar macht, ist es gut möglich, dass Freunde direkt da draußen nach uns Ausschau halten …«

»Und wenn ich den verborgenen Eingang finden kann, bekommen wir möglicherweise Hilfe«, führte Vantana Sams Gedanken zu Ende. »Okay. Dann mal los.«

Im Schutz der Unsichtbarkeit machten sich die drei in unterschiedliche Richtungen auf. Dr. Vantana schlängelte sich durch die Menge der verdutzten Tiere zum bewaldeten Rand der Schlucht, wo Sam und Tashi mit Chase und der Bestie von Gevaudan hereingekommen waren. Tashi stieg derweil auf die Bühne, um ihren Shekchen zu holen, der immer noch an derselben Stelle lag, an der sie ihn hatte fallen lassen. Niemand hatte es gewagt, ihn aufzuheben; wahrscheinlich war bekannt, dass man dabei einen heftigen elektrischen Schlag bekam. Sam pirschte sich an Chase heran, der von Sekunde zu Sekunde gereizter wurde. Sein Blick huschte nervös hin und her, während er die Klaue fest umklammerte, so wie Kinder sich an ihre Schmusedecke klammern.

Misstrauisch musterte er Phylassos. »Was hast du vor, Greif?« Sam wollte nach der Klaue greifen, doch Chase' Hand bewegte sich in die entgegengesetzte Richtung. Der Kynokephalus trat an den Käfig und blickte Dr. Knox finster an. Phylassos erwiderte seinen Blick trotzig, was Chase nur noch wütender machte. »Deine Tricks können dich nicht retten … nicht mehr.« Mit diesen Worten holte Chase mit der Klaue aus, um den wahrscheinlich tödlichen Stoß auszuführen.

»Tashi!«, schrie Sam. Die Wächterin hatte die Situation bereits erkannt und feuerte eine Ladung aus ihrem Shekchen ab. Sie traf Chase in den Rücken und presste ihn an die Gitterstäbe. Sobald die Wirkung nachließ, wankte Chase nach hinten und ließ die Klaue fallen. Sam rannte hin und fing sie aus der Luft. Jetzt richtete Tashi ihre Waffe auf die Eisenstäbe. Sie drückte den Shekchen auf den Boden und pumpte einen ununterbrochenen Energiestrom direkt in die Stäbe des Käfigs. Die ganze Bühne war blau erleuchtet, als die Energie über den Stein und in die Waffe zischte. Funken sprühten in alle Richtungen, als ein Blitz auf die Eisenstäbe traf. Chase' Verbündete verfielen in wilde Panik. Der Kynokephalus rappelte sich auf. Auch er war nun vollkommen panisch.

»Haltet sie auf!«, befahl er und wies auf die blaue Energie. »Folgt dem blauen Licht! Folgt ihrem Shekchen!« Die Gargyle und Aswang versuchten vergebens, die Wächterin davon abzuhalten, weiter Gaias Energie in den eisernen Käfig zu pumpen. Tashi war einfach viel zu schnell für sie. Sam beobachtete, wie sie sprang, sich fallen ließ, Saltos schlug und ihren Verfolgern mit übermenschlicher Behändigkeit aus dem Weg ging. Selbst als die Aswang sie umzingelt hatten, gelang es Tashi, sich zu befreien, indem sie mit dem Shekchen rasch einen Kreis um sich herum beschrieb und seine Ladung so auf die Aswang abfeuerte, die davon etliche Meter nach hinten getrieben wurden. Auch wenn Tashi sich einer Gefangennahme entziehen konnte, machte ihr Kampf eines plötzlich klar: Die magischen Wesen sahen den Shekchen. Tashi selbst war zwar unsichtbar, ihre Waffe jedoch nicht. Sam begriff schnell, was das bedeutete: Die Kreaturen sahen auch die Klaue in seiner Hand. Als er aufschaute, bestätigte sich sein Verdacht sofort. Sämtliche Kreaturen, einschließlich Chase, schauten in seine Richtung. Es musste für sie aussehen, als schwebte die Greifenklaue in der Luft.

»Aufgrund der Höhe der Klaue …«, begann Chase mit einem wissenden Grinsen. »Sam London, nehme ich an?« Sam erstarrte. »Cleveres Bürschchen«, fuhr Chase fort, »allerdings ist es ein wenig zu spät für clever.«

Sam begann zum Rand der Bühne zurückzuweichen.

»Sam!«, rief Tashi, während sie einem Gargyl auswich. »Deck sie zu, dann sehen sie sie nicht.« Rasch befolgte Sam Tashis Rat, drückte die Klaue an seine Brust und bedeckte sie mit den Armen. Es funktionierte wohl, denn Chase' Miene verfinsterte sich und er suchte mit Blicken die Bühne ab und witterte.

»Ich finde dich, Bürschchen«, drohte Chase. Er wurde immer wütender.

Sam sprang von der Bühne, um etwas Abstand zwischen sich und den Kynokephalus zu bringen. Die Kreaturen waren durch das plötzliche Chaos, das vor ihren Augen ausgebrochen war, sichtlich unruhig. Sam brauchte ihnen einfach nur aus dem Weg zu gehen und zu warten, bis Tashi den Käfig aufgebrochen und Phylassos befreit hatte, während Dr. Vantana den Eingang fand und Verstärkung mitbrachte. Klang doch alles ganz einfach. Der Käfig glühte bereits von der intensiven blauen Energie aus Tashis Shekchen – es konnte sich nur noch um wenige Augenblicke handeln. Und genau in diesem Moment wurde es kompliziert.

»*Bête!*«, rief Chase. Sam hatte das Wort schon einmal

gehört, erst vor wenigen Stunden, als der Kynokephalus sein fürchterliches Schmusetier herbeigerufen hatte: die Bestie von Gevaudan. Die Anwesenden gaben eine Gasse frei und die Bestie kam langsam und schnaubend näher. Das war verständlicherweise nervenaufreibend, umso mehr, da die Bestie genau in Sams Richtung starrte, als könnte sie ihn sehen. Aber das war unmöglich! Der Zauber machte ihn doch für alle magischen Wesen unsichtbar. Dann dämmerte es Sam: Die Bestie war ein Hybridwesen. Das hatte er nicht bedacht, als er den Plan mit Phylassos ausgeheckt hatte. Chase hatte ein Schlupfloch gefunden, eines, das leider groß und haarig war und todbringende Krallen hatte.

»Tashi!«, brüllte Sam. Doch die Wächterin war mitten in einem Sprung.

»Ich bin im Moment beschäftigt«, erwiderte sie atemlos.

»Anscheinend bist du nicht für alle unsichtbar«, kicherte Chase. Die Bestie kam jetzt erschreckend schnell näher. Sam ergriff die einzige Möglichkeit, die ihm noch blieb: Er rannte los.

Er sprintete durch die Ansammlung bizarrer und furchterregender Kreaturen. Doch die Bestie von Gevaudan folgte ihm auf den Fersen. Kaum hatte er die Menge hinter sich gelassen, griff sie an. Sam versuchte einen Haken zu schlagen und verlor dabei das Gleichgewicht – und die Klaue. Mit einem Satz war die Bestie über Sam und holte mit ihren tödlichen Krallen aus. Er war erledigt.

Da bekam die Bestie einen Schlag von rechts ab und

wurde von Sam heruntergeworfen. Sam rappelte sich rasch auf und sah, dass die Bestie mit jemandem rang. Es war Vance Vantana! Sam geriet in Panik. Das letzte Mal, als er jemanden mit der Bestie von Gevaudan hatte kämpfen sehen, endete das tödlich – beziehungsweise mit der Rückkehr zu Gaia, wie Tashi es ausdrückte. Er hatte bereits Chriscanis an diese albtraumhafte Kreatur verloren. Den Gedanken, auch noch Dr. Vantana zu verlieren, ertrug er nicht. Angstvoll schaute Sam zu, wie die beiden verbissen miteinander kämpften.

»Vance!«, schrie Sam, »pass auf die Krallen auf!«

Dann hörte er ein eindeutig menschliches Ächzen, gefolgt von einem Jaulen der Bestie. Der Kampf endete abrupt. Sam lief hinüber und sah, dass die Bestie auf Vantana lag. Beide schienen bewusstlos zu sein. War es dem Doktor gelungen, sie zu töten? Doch um welchen Preis? Hatte er sich dabei selbst geopfert? Als Sam sah, dass Blut ins Gras sickerte, sank ihm der Mut. Sein ganzer Körper reagierte auf den Gedanken, Vantana könnte tot sein. Es war, als drehte sich die Welt viel zu schnell, und er würde das Gleichgewicht verlieren. Er wollte sich dem Gefühl hingeben, auf den Boden sinken … und einfach kapitulieren. Er schloss die Augen. Tiefste Verzweiflung überkam ihn.

»Das ist jetzt echt mal ein großes, fieses Stück Vieh«, murmelte Dr. Vance unter dem Gewicht der Bestie. Sam öffnete mit einem Ruck die Augen, und auf seinem Gesicht breitete sich das größte Lächeln aus, das er seiner Einschätzung nach je gelächelt hatte. »Erinnert mich an eine Grizzly-Mama, mit der ich gerungen habe, als ich zehn war. Zum Spaß natürlich.«

»Vance!«, rief Sam. Er war vor Freude außer sich.

Der Doktor schob die Kreatur von sich herunter und erhob sich schwankend. »Ich hab den Eingang gefunden und das Vieh hat ihn bewacht«, erklärte er. »Wir haben gekämpft und ich konnte mit meinem Glücksmesser ein paar saubere Treffer landen, aber der Wischmopp ließ sich einfach nicht unterkriegen.«

»Das lag wahrscheinlich daran, dass er zur Hälfte magisch war«, vermutete Sam.

»Er hätte mich fast gehabt, doch dann hat sein Meister ihn zurückgepfiffen.«

»Und wie hast du ihn jetzt …«, begann Sam.

»Mit der einzigen Waffe, die den Job erledigen konnte.« Damit hob Vantana die Hand und zeigte Sam die vergoldete Greifenklaue, die jetzt mit dem Blut der Bestie überzogen war.

Ja klar, dachte Sam. Nur die Magie des Greifen konnte die Bestie töten, doch Phylassos' Eid, alle Fabelwesen zu beschützen, machte es für ihn selbst unmöglich.

»Nein!«, brüllte Chase, als er sein totes Kuscheltier sah. Wutentbrannt drehte er sich zur Bühne um. »Tötet die Wächterin!«, befahl er.

Jetzt sah Sam, dass es den Gargylen und Aswang gelungen war, Tashi zu ergreifen. Einer hatte einen Arm gepackt, eine andere ein Bein. Tashi wehrte sich nach

Kräften. Ihren Shekchen hielt sie immer noch fest umklammert, obwohl sie an ihren Gliedmaßen hin und her gezerrt wurde. Sam rannte in Richtung Bühne, um seiner Freundin zu helfen.

Vantana lief sofort hinter ihm her. »Sam!«, warnte er.

Doch Sam sprang auf die Bühne und Tashi warf ihm den Shekchen zu. »Noch ein Mal!«, brüllte sie. Sam fing den Stab, berührte den Boden damit und ließ eine weitere Ladung blaue Energie aus dem Shekchen in den Käfig fließen. Dabei spürte er, wie sein ganzer Körper sich verkrampfte. Es erinnerte ihn an die Auswirkungen des Banshee-Schreis, nur zehn Mal so schmerzhaft. Glücklicherweise war es die Schmerzen wert. Die elektrische Ladung schoss in den Käfig und löste eine gewaltige Explosion aus Licht und Funken aus. Grauer, schimmernder Rauch hüllte die Bühne ein. Die Druckwelle warf Sam nach hinten und die elektrische Energie ließ ihm die Haare zu Berge stehen. Vantana fing ihn auf und hielt ihn fest, während sie zusammengekauert darauf warteten, dass der Rauch sich verzog.

Eine Sekunde später blies ein kräftiger Windstoß ihre Haare nach hinten. Es folgten ein zweiter und ein dritter, bis die Windstöße in einem gleichmäßigen Rhythmus aus der sich langsam auflösenden Rauchwolke kamen. Der Verursacher des Winds gab sich eindrucksvoll zu erkennen. Er erhob sich über die Rauchwolke, tauchte aus dem grauen Nebel auf und versetzte sämtliche Anwesenden in Angst und Schrecken.

Es war Phylassos! Der Greif war seinem Gefängnis entflohen und stand über der Bühne in der Luft. Er schlug mit seinen gewaltigen Flügeln, als er ein ohrenbetäubendes Gebrüll ausstieß, das in einem vogelähnlichen Kreischen endete. Sofort brach Panik aus.

Die magischen Wesen, die eben noch den Fluch brechen und den Greif vernichten wollten, machten einen plötzlichen Sinneswandel durch. Angesichts des befreiten und höchst ungehaltenen Greifen galoppierte die Menge lieber schnurstracks auf den Ausgang zu. Der Tumult, der auf das Erscheinen des Greifen folgte, ließ die Aswang und Gargylen, die Tashi festhielten, in eine Schockstarre verfallen. Das reichte, damit Tashi sich befreien und einen ihrer perfekten Saltos mit gestandener Landung neben Sam und Vantana hinlegen konnte.

»Gut gemacht, Sam«, lobte sie und nahm ihm ihren Shekchen ab.

Phylassos ließ sich herabsinken und blieb wenige Meter über ihnen in der Luft stehen. »Ich möchte euch drei bitten, die Augen zu bedecken«, wies der Greif sie in strengem, aber freundlichem Ton an. Sam, Vance und Tashi gehorchten. Sam fragte sich, weshalb der Greif sie dazu aufforderte. War es zu ihrem eigenen Schutz? Was genau würde Phylassos mit diesen Verrätern machen? Sam bedeckte seine Augen mit den Händen, öffnete sie dann einen Spalt und spähte zwischen den Fingern hindurch. Er sah, wie Phylassos die Augen schloss. Die bisher unsichtbaren Grenzen des Zaubers, der das Amphitheater unsichtbar machte, begannen zu glitzern und in einem hellen Stahlblau zu leuchten. Chase' Verbündete waren nun darin gefangen.

»Denjenigen unter euch, die sich die Aufhebung des Fluchs wünschten, und denjenigen, die mich vernichtet sehen wollten, vergebe ich.« Bei diesen Worten hielten einige der Kreaturen inne und blickten zum Greif zurück. »Aber ihr werdet für diese Vergehen bestraft werden.« Dies versetzte die Gruppe erneut in Panik. Als die Kreaturen versuchten, sich in Sicherheit zu bringen, fiel Sam etwas auf, besser gesagt, ihm fiel auf, dass etwas fehlte. Sowohl Chase als auch Miss Capiz waren nirgends zu sehen. Waren sie entkommen, bevor der Greif den Zauber umkehren konnte?

»Schließe jetzt wirklich die Augen, Sam«, flüsterte Phylassos. Sam wurde knallrot und kniff die Augen fest zu. Doch das blendend weiße Licht drang selbst durch seine geschlossenen Lider. Es war so grell, dass er unwillkürlich eine Grimasse zog.

Als das Licht erlosch, sprach Phylassos wieder.

»Ihr könnt die Augen öffnen. Es ist vollbracht.«

Sam öffnete die Augen. Er wusste zwar nicht, was ihn erwartete, war aber schrecklich neugierig. Auch der Doktor und Tashi öffneten die Augen. Der Greif war gelandet und stand nun vor der Bühne des Amphitheaters. Er wirkte traurig und immer noch geschwächt von dem, was er durchgemacht hatte. Sam ließ den Blick über die steinernen Zuschauerbänke und darüber hinaus gleiten und stellte fest, dass der Platz vollkommen leer war. Sämtliche Wesen, die gekommen waren, um Phylassos' Untergang mitzuerleben, waren verschwunden. Zuerst dachte Sam, das grelle weiße Licht hätte sie verglühen lassen, doch als er genauer hinschaute, fielen ihm Gegebenheiten in der Landschaft auf, die noch vor wenigen Augenblicken nicht da waren: seltsam geformte Felsen, niedere, grasüberwachsene Erhebungen und mit Unkraut überwachsene Stellen.

Der Greif hatte alle zu Gaia zurückgeschickt. Ihre Strafe bestand darin, von der Erde selbst absorbiert zu werden.

»Es tut mir leid«, sagte Sam zum Greif, da er dessen Trauer spürte.

»Danke, Sam. Danke für alles, was du getan hast.«

»Dem schließe ich mich an«, sagte Vantana. »Du hast unsere Haut gerettet und den Fluch noch dazu.«

Sam zuckte verlegen mit den Schultern. Dann fiel ihm etwas ein. »Moment mal! Was ist mit Chase und Miss Capiz? Sie sind verschwunden, bevor du alle diese Kreaturen zu Gaia zurückgeschickt hast.«

Der Greif nickte. »Die Aswang, die du unter dem Namen Miss Capiz kennst, hat sich ihrer Strafe leider entzogen.«

»Und Chase?«, fragte Dr. Vantana. »Es hätte mir großen Spaß gemacht, den mit bloßen Händen zu erledigen.«

»Ach ja, Chase. Der müsste ziemlich genau … jetzt auftauchen.« Phylassos schaute zum Himmel hinauf und Sam, Vantana und Tashi folgten seinem Blick. Ein Schatten schob sich vor die Sonne und das unverwechselbare Kreischen des Rochs hallte im Tal wider. Dann hörten sie eine Stimme …

»Hilfe!« Es war die Stimme von Chase. Der Roch hielt ihn in seinen Klauen, als er über das Tal in Richtung seiner Heimat flog.

»Ich hielt es nur für fair«, erklärte der Greif. »Schließlich hat er ja schon diesen Yak in Tibet nicht bekommen.«

Kapitel 20

FALL ABGESCHLOSSEN

Der unter dem Namen Chase bekannte Kynokephalus war nicht der kriminelle Kopf in dem IMW-Fall, der später »Der Fluch des Greifen« genannt wurde. Dr. Vantana wies in seinen Fallnotizen ausdrücklich auf diesen, den Fakten scheinbar widersprechenden, Punkt hin. Er erklärte seine Schlussfolgerung auch dem Greif, als er in dessen Höhle hoch über dem Wächterdorf Kustos stand.

Allein mit seinem Mentor – von dem erst vor Kurzem bekannt geworden war, dass er auch Phylassos war – gab Dr. Vance Vantana eine interessante Information preis, die er seit ihrer Abreise aus Hérault geheim gehalten hatte. Sobald der Zauber über dem Tal aufgehoben war, strömten Wächter und etliche von Carl geschickte Bigfeet ins Amphitheater. Als sie hereindrängten, fiel Vance eine seltsame Gestalt auf einem der Felsen auf. Er sah, dass es sich um eine Frau handelte. Sie hatte langes schwarzes Haar und trug ein fließendes schwarzes Gewand.

»Marzanna«, vermutete Phylassos sofort. Sie war die Zauberin, der Vance und Sam in Cernunnos' Höhle begegnet waren.

Vance nickte. »Ich glaube, der alte Hund war nur eine Marionette. Verdorben bis ins Mark, aber dennoch nur eine Marionette.«

»Wir hatten in der Vergangenheit schon etliche Zusammenstöße mit Cernunnos, aber so etwas … So etwas hat es noch nie gegeben«, meinte der Greif.

»Er wird immer unverschämter«, bestätigte Vance. »Unsere Entführung war ein gewagter Zug. Ohne Chriscanis …« Vance musste wieder an den Verlust seines Freundes vom Amt für das Wohlergehen mythischer Tiere denken.

»Ich habe gehört, dass er zu Gaia zurückgekehrt ist«, sagte Phylassos. »Er war eine tapfere Seele und hat mit seinem Mut viele Leben gerettet.«

»Einschließlich meinem … und Sams«, bemerkte Vance.

Phylassos nickte. »Er ist nicht tot, Vance«, erinnerte Phylassos den Doktor. »Nicht in eurem Sinn des Wortes.«

»Ich weiß, aber …« Vance hing eine Weile seinen Gedanken nach. »Und wie soll ich dich jetzt nennen? Henry? Doktor? Arrigo Busso?«

»Ich war zuerst Phylassos und werde immer Phylassos bleiben.« Der Greif schritt über den Teppich aus Goldschätzen und betrachtete die Greifenklaue, die wieder auf ihrem Podest lag. »Sie ist beschädigt, Vance«, stellte er fest.

Vance trat näher. Tatsächlich, die goldüberzogene Klaue hatte einen kleinen, aber deutlich sichtbaren Riss. Er verlief im Zickzack und war ungefähr zweieinhalb Zentimeter lang.

»Ich schätze mal, man hat sie nicht unbedingt mit Samthandschuhen angefasst«, meinte Vance. »Die Frage ist: Welche Auswirkungen hat dieser Kratzer, wenn er überhaupt welche hat?«

»Dessen bin ich mir nicht sicher. Aber die Klaue ist der Talisman, in dem die Magie steckt und der den Fluch erst möglich macht.«

»Beeinträchtigt eine Beschädigung dann die Magie?«, fragte Vance.

»Das ist eine Möglichkeit. Aber in welcher Weise, bleibt abzuwarten.«

»Es wird nicht mehr so sein wie früher, was, Doc?«

Phylassos schüttelte sein gefiedertes Haupt. »Wie du dir wahrscheinlich schon gedacht hast, bin ich ziemlich alt, Vance.«

»Sieht man dir nicht an«, stellte Vance mit einem Lächeln fest.

Der Greif erwiderte das Lächeln. »Es wird Zeit, dass ich meine menschliche Identität für immer aufgebe. Ich werde hier in meiner Höhle bleiben, damit ich meine Kraft sparen und helfen kann, wenn es nötig ist.« Ihre Blicke trafen sich und Vance war die Enttäuschung anzusehen. »Entschuldige«, sagte Phylassos.

»Du brauchst dich nicht zu entschuldigen. Ich verstehe

das ja, aber alle werden dich vermissen, ganz besonders ich. Ich wäre nicht hier, wenn …« Vance konnte trotz seiner tapferen Versuche, seine Gefühle zu unterdrücken, nicht weiterreden. Es war ihm noch nie leichtgefallen, seine Gefühle zum Ausdruck zu bringen, und diese Unterhaltung löste alle möglichen Arten von Unbehagen in ihm aus.

»Ich weiß«, erwiderte Phylassos. »Das ist auch kein Abschied für immer, nur für eine gewisse Zeit. Und dein neuer Partner ist viel jünger und lebhafter, als ich es je war.«

»Mein neuer Partner?«, fragte Vance überrascht.

Phylassos nickte. »Ich wusste immer, dass zu gegebener Zeit jemand auftauchen würde.«

Vance dachte eine Weile über diese Aussage nach. »Du sprichst von Sam. Aber er ist doch noch ein Kind.«

»Das warst du auch einmal«, erinnerte der Greif ihn. »Und in Sam London steckt mehr, als du weißt.«

»Aber nicht mehr, als *du* weißt?«

Der Greif schenkte ihm sein wundervolles, freundliches Lächeln. »Ich weiß eine Menge. Einiges davon muss nicht ausgesprochen werden. Zumindest jetzt noch nicht.«

»Du hältst immer noch Dinge vor uns geheim«, rügte Vance ihn.

»Ich halte sie nicht geheim, ich beschütze sie.«

Sam London hatte jede Menge Fragen an den Greif: zu dem Traum, mit dem alles begann, zu dem magischen

Blick, den er plötzlich entwickelt hatte, zur Zukunft … Fragen über Fragen. Als sie nach Kustos zurückkehrten, dankte der Greif ihm für seinen Beitrag zur Aufklärung der Verschwörung. Leider hatte Phylassos jedoch wenig zu seinem plötzlichen Auftauchen in Sams Traum zu sagen oder zur Bedeutung von Death Valley. Er schien von diesen Ereignissen genauso überrascht zu sein wie Sam.

»Als ich aufgrund der Berichte, dass überall auf der Welt Greifenklauen-Relikte verschwunden waren, mit meinen Nachforschungen begann, bat ich das Universum, mir beim Auffinden des Schuldigen zu helfen«, erklärte Phylassos. »Kurz darauf begann ich von dir zu träumen.«

»Wohin bist du nach den Geschehnissen an der Tankstelle gegangen?«, fragte Sam. »Ich habe noch gesehen, wie du Miss Hartwicke gerettet hast, aber danach …«

»Die Ereignisse haben in Death Valley eine unerwartete Wendung genommen. Und nach Miss Hartwickes Äußerungen im Fernsehen wussten plötzlich alle, dass der Greif zurück war. Das machte die Sache komplizierter. Deshalb habe ich meine menschliche Gestalt angenommen und bin nach Kustos gereist, um mich mit Yeshe zu treffen und ihn zu warnen, dass sich etwas zusammenbraut. Was, konnte ich aber nicht genau sagen. Auf dem Weg ins Dorf wurde ich von einer Gruppe Yetis gefangen genommen, die dabei waren, die Wächter auszuspionieren.«

»Warum bist du in diesem Gefängnis geblieben?«, fragte Sam. »Du bist doch der Greif!«

Phylassos lächelte. »Wenn ich mein Geheimnis offenbart

hätte, hätte das die Suche nach denen, die hinter der Rebellion steckten, behindert. Ich hielt es für das Beste, die Verschwörer im Glauben zu lassen, sie hätten die Oberhand. Außerdem habe ich gehofft, sie würden ihre Identität preisgeben und ihr eigentliches Ziel.«

Als Sam fragte, wie es sein konnte, dass er während seiner Auseinandersetzung mit den Chupacabras plötzlich den magischen Blick bekam, mutmaßte Phylassos, dass ihre Verbindung über den Traum unbeabsichtigte Nebenwirkungen hervorgerufen haben könnte. Nun blieb nur noch ein Geheimnis, auf dessen Aufklärung Sam dringend wartete.

»Ich war der Köder, stimmt's? Deshalb hast du die Klaue in meinen Rucksack gesteckt.«

»Ja und nein«, gab der Greif zu. »Nach dem Kampf im Yeti-Dorf wusste ich, dass es einer kühnen Tat bedurfte, um die wahren Drahtzieher hinter der Verschwörung aufzudecken. Und ich wusste auch, dass das Universum uns aus einem ganz bestimmten Grund zusammengebracht hatte.«

»Dann hast du mir die Klaue gegeben, um zu sehen, wer sie sich holen wollte.«

Phylassos nickte. »Ich entschuldige mich dafür, dass ich dich auf diese Art und Weise missbraucht habe, aber ich war überzeugt, es sei der beste Weg, um denjenigen ans Licht zu locken, der hinter der Klaue her war. Die Sache war natürlich nicht ohne Risiko, und sie lief eindeutig nicht so, wie ich es erhofft hatte. Mir war nicht klar, dass sich die Aswang als deine Lehrerin ausgegeben hatte, und auch mit dem Hinterhalt auf den Philippinen habe ich nicht gerechnet. Vielleicht sind das alles Hinweise darauf, dass ich nachlasse. Eine Möglichkeit, die mich zwingt, dich um etwas zu bitten, Sam.«

»Du möchtest mich um etwas bitten?« Sam hätte nie gedacht, dass es etwas gab, das er für ein so mächtiges Wesen tun könnte.

»Wie schon gesagt, gibt es einen Grund, weshalb du und ich zusammengebracht wurden. Ich bin überzeugt, dass ein Teil davon sich in den Ereignissen der letzten Tage manifestiert hat und in deinem Mut und deiner Geistesgegenwart in Hérault gipfelte.«

»Und was ist der andere Teil?«

»Dein Eintritt ins IMW als Dr. Vantanas Protegé, so wie er vor vielen Jahren meiner war.«

Diese Vorstellung überwältigte Sam. Seine innere Stimme begann sofort, mit Einwänden um sich zu werfen. »Aber ich muss in die Schule … und meine Mom … und …«

»Alles Dinge, die sich lösen lassen« versicherte Phylassos ihm.

»Es wäre mir eine Ehre«, sagte Sam schließlich bedächtig. Dies war ein außergewöhnlicher Moment im Leben des Sam London. Es war mehr als eine Ehre; es war die Bestätigung, dass er das Eine gefunden hatte. Das Eine, in dem er gut war. Nicht super, wie er in Gedanken gleich hinzufügte, aber gut. Er war zweifellos besser darin als in allen anderen Dingen, in denen er sich im Lauf der Jahre versucht hatte. Und das Beste war, dass das hier etwas bedeutete; es veränderte etwas. Er würde an der Seite von Dr. Vance Vantana arbeiten … und er würde viele Abenteuer bestehen und fantastischen Kreaturen begegnen.

Doch im Schatten dieser lebensverändernden Neuigkeit lag eine unausgesprochene Traurigkeit über ein zu kurzes Leben. Chriscanis war nicht mehr bei ihnen. Sam schwor sich, dass er seinen Freund nie vergessen würde. Ihre gemeinsame Zeit war zwar kurz, doch sie hatten viel miteinander geteilt. Sam würde ihn vermissen. Er hoffte, eines Tages Chriscanis' Mutter kennenzulernen, damit er ihr alles über ihren mutigen, selbstlosen Sohn erzählen konnte.

Nach seiner Unterredung mit Phylassos wartete Sam auf dem Trainingsgelände der Wächter auf Vance. Er beobachtete Tashi bei einem Trainingskampf mit drei ihrer Wächter-Kameraden, die keine Chance gegen sie hatten. Erst als die drei ihre Kräfte bündelten, gewannen sie die Oberhand, doch selbst dann ging Tashi erst nach einem Wahnsinnskampf zu Boden.

»Zeit, dich nach Hause zu bringen«, verkündete der Doktor, als er dazukam.

Sam grinste von einem Ohr zum anderen. »Das klingt hervorragend!« Er war mehr als bereit, endlich nach Hause zu gehen, Zeit mit seiner Mutter zu verbringen und ihre fürchterlichen Mahlzeiten zu essen. »Ich muss mich nur noch von Tashi verabschieden.«

»Das ist nicht nötig. Sie kommt mit.«

»Wie bitte?«

Tashi trat zu ihnen. Sie war immer noch außer Atem von ihrem Training.

»Dr. Vantana hat mir gerade gesagt, dass du mitkommst nach Benicia.«

Tashi nickte. »Phylassos hat mich gebeten, in deiner Nähe zu bleiben. Zu deinem Schutz.«

»Wirst du wieder im Park wohnen? Da oben in diesem Baum?« Sam erinnerte sich an Tashis Camper-Erfahrung im Park, als sie das erste Mal in seiner Heimatstadt war.

»Nö«, antwortete Dr. Vantana für sie, »sie zieht bei Miss Bastifal ein, deiner Nachbarin.«

»Die mit den Katzen?«

»Sie ist zufällig ein Kind der Bastet«, erklärte Vantana. »Sie nimmt Tashi als Austauschschülerin bei sich auf.«

»Als Schülerin?«, fragte Sam überrascht. Er schaute Tashi an und sie nickte.

»Ihr werdet also Nachbarn *und* Klassenkameraden!«, erklärte Vantana und klopfte Tashi und Sam auf den Rücken.

* * *

Sam London erreichte Benicia in Kalifornien später am Abend. Dr. Vantana brachte ihn und Tashi bis zu Sams Haus und kehrte dann in den Redwood-Nationalpark zurück, um Penelope über die Ereignisse in Hérault zu informieren. Er versicherte Sam, dass er bald wieder nach ihm schauen würde. Als der Doktor wegfuhr, ging Sam mit

Tashi zu ihrem neuen Zuhause gleich neben seinem eigenen. Miss Bastifal, Sams Nachbarin, war in der ganzen Gegend schon immer als »die verrückte Katzenfrau« bekannt. Sie war unverheiratet, hatte ungefähr ein Dutzend Katzen und war Professorin an der Universität von Stanford. Was Sam nicht gewusst hatte, war, dass sie auch ein Kind der Bastet war und somit einer Rasse von Halb-Mensch-halb-Katzenwesen angehörte, die vom alten ägyptischen Königshaus abstammte. Als Miss Bastifal ihnen die Tür öffnete, sah Sam seine Nachbarin zum ersten Mal in ihrer wahren Gestalt.

Sie war die Katzenversion eines Kynokephalus. Sie hatte einen großen Katzenkopf mit durchdringenden blauen Augen, Schnurrhaaren und spitzen Ohren. Sam hatte immer gedacht, dass sie komisch sprach – langsam und mit der Tendenz, die Sätze am Ende in die Länge zu ziehen. Doch wenn er Miss Bastifal jetzt reden hörte und sie dazu in ihrer wahren Gestalt sah, ergab ihre merkwürdige Sprechweise plötzlich Sinn.

»Ich wusste immer, dass du etwas Besonderes bist, Sam London«, flüsterte Miss Bastifal. »Immer.«

Sam wurde rot. »Danke.«

Miss Bastifal wandte sich an Tashi. »Du musst die Wächterin sein.«

»Tashi aus Kustos«, stellte diese sich formell vor.

Miss Bastifal verneigte sich leicht. »Willkommen in meinem Haus. Ich werde alles tun, damit du dich wohlfühlst.«

»Ich brauche sehr wenig zum Wohlfühlen«, erwiderte Tashi sachlich. »Einen Platz zum Trainieren und einen Platz zum Schlafen.«

»Und was ist mit einem Platz zum Essen?«, fragte Sam.

»Das wäre auch schön.«

Miss Bastifal lächelte. »Ich denke, das lässt sich machen.«

Tashi wandte sich an Sam. »Gute Nacht, Sam London.«

»Gute Nacht, Tashi. Ich denke, wir sehen uns bald.«

Tashi nickte und verschwand in Miss Bastifals Haus.

Sam stahl sich ohne großes Trara in sein eigenes Haus. Nuks war außer sich vor Freude, als er ihn sah, und wollte in allen Einzelheiten wissen, was geschehen war. Sam blieb die halbe Nacht auf und beantwortete die Fragen des Tanuki. Danach lenkte Sam das Gespräch auf das weitere Vorgehen in Bezug auf seine Mom. Nuks berichtete, dass er Ettie, als sie an jenem Abend nach dem Angriff der Aswang nach Hause gekommen war, davon überzeugt hatte, dass der Hund für das Durcheinander verantwortlich war und er ihn von einem Hundetrainer habe abholen lassen. Blieb also die Frage, wie sie Nuks in seiner natürlichen Gestalt als Hund nun wieder in den Haushalt eingliedern konnten. Wie konnten sie Ettie davon überzeugen, dass er das Mobiliar nicht noch einmal umstellen würde?

Auf dem Weg nach Benicia hatten Sam und der Doktor über eine Möglichkeit der Kommunikation gesprochen, wie sie sich sehen konnten, ohne Etties Misstrauen zu wecken. Dr. Vantanas Vorschlag war, Ettie zu erzählen, er sei Psychologe und von staatlicher Seite beauftragt, Sam aufgrund des Vorfalls im Death Valley zu beobachten. Sam fand diese Idee schrecklich. Er wusste, dass Ettie entsetzt wäre, und das würde nur zu noch mehr Sorgen und Fragen führen. Sam versprach dem Doktor, über die Sache nachzudenken und sich eine bessere Lösung einfallen zu lassen. Fürs Erste wollten Sam und Vantana über Sams neue IMW-Dienstmarke kommunizieren. Sie war gleichzeitig ein Zweiwege-Kommunikationsgerät, das es den Magic Guardians erlaubte, wenn nötig miteinander Kontakt aufzunehmen. Man tippte einfach auf die Marke und nannte den Namen des gewünschten Guardians, der dann alarmiert wurde, ganz egal, wo er gerade war.

Es dauerte nicht lang, bis Ettie herausfand, dass Miss Bastifal eine Austauschschülerin bei sich aufgenommen hatte. Sie lud die beiden zu Tee und Keksen ein und bestand darauf, dass auch Sam sich dazusetzte und die neue Nachbarin kennenlernte. Sam fand es ausgesprochen witzig, dass er nach allem, was sie miteinander erlebt hatten, so tun musste, als kenne er Tashi nicht. Er sah der Wächterin an, dass sie es genauso amüsant fand.

Sam und Tashi wechselten wissende Blicke und grinsten, während Ettie Fragen stellte wie »Wie lebt es sich so in Tibet?« und »Warst du schon einmal in Amerika?« oder Dinge sagte wie »Du hältst dich am besten an Sam; er zeigt dir, wie es an der Schule so läuft, und er kann sogar ziemlich ritterlich sein, wenn du Probleme mit einem der anderen Jungs hast«. Woher sollte Ettie auch wissen, dass dieses stille neue Mädchen von nebenan sämtliche Jungs an der Schule mit links fertigmachen konnte.

Am lustigsten fand es Sam, als seine Mutter ihn vor den anderen zurechtwies, weil er zu viele Kekse aß.

»Du hast dir schon zu viele Kekse genommen, Sam. Sie tun dir nicht gut, schon vergessen?«

»Da wo ich herkomme, weiß man, dass Kekse Leben retten können«, erwiderte Tashi und zwinkerte Sam verstohlen zu.

»Oh … tatsächlich?«, fragte Ettie überrascht. »Das müssen dann besondere Kekse sein.«

»Ja, wahrscheinlich«, meinte Tashi, während Sam alle Mühe hatte, nicht laut loszuprusten. Es folgte ein peinliches Schweigen, und Ettie beeilte sich, die Stille zu füllen.

»Willst du Tashi nicht dein Zimmer zeigen?«, schlug sie vor.

Sobald die beiden im ersten Stock waren und die Zimmertür hinter sich geschlossen hatten, tauchte Nuks aus seinem Versteck auf und sprang in Tashis Arme.

»Tashi!«, rief der Tanuki.

Sie streichelte ihn. »Hallo, Tanuki, ich meine Nuks.« Er war überglücklich, dass sie ihn bei seinem Namen genannt hatte.

»Sam? Deine Marke hat gepiept«, berichtete Nuks.

Sam zog die Dienstmarke unter seinem Kopfkissen hervor und tippte mit dem Finger auf die glänzende Metalloberfläche.

»Sam London hier.« Er kam sich schon etwas seltsam

vor, mit einer Marke zu sprechen, doch einige Augenblicke später war die vertraute Stimme von Dr. Vantana zu hören.

»Sam? Ich bin gerade in der Nachbarschaft. Ist dir schon etwas eingefallen, wie wir Nuks wieder bei euch einschleusen können?«

Sam hatte noch keine Lösung gefunden, doch als er Nuks jetzt anschaute, fiel ihm plötzlich etwas ein.

»Ja. Ja, ich glaube, ich weiß, wie wir es machen.«

* * *

Als Vance eine Stunde später an der Haustür klingelte, hatte er Nuks dabei. Der gestaltwechselnde Marderhund war aus Sams Fenster gesprungen und hatte sich hinter der nächsten Ecke mit dem Doktor getroffen. Sam raste die Treppe hinunter und öffnete die Tür. Ettie kam wenige Sekunden später aus der Küche, um zu sehen, wer sie besuchte.

»Mom, das ist Dr. Vantana. Er ist Tiertrainer.«

Sams normalerweise überschwängliche Mutter schwieg einen Augenblick. Sie betrachtete den Doktor.

»Sind wir uns schon einmal begegnet?«, fragte sie.

»Ich … glaube nicht. Nicht soweit ich mich erinnern kann«, erwiderte Vantana stockend. »Aber bitte verzeihen Sie mir, falls ich es vergessen habe.«

»Es ist nur … Sie wirken so vertraut.« Ettie klang zutiefst verwirrt. »Sind Sie sicher?«

Sam fragte sich, ob Ettie den Doktor aus dem Krankenhaus in Bakersfield wiedererkannte. Er glaubte zwar nicht, dass sie ihn gesehen hatte, außer vielleicht ganz kurz.

»Es spielt wahrscheinlich keine Rolle. Wir begegnen uns ja jetzt«, fuhr seine Mutter fort. »Ich bin Odette London, Sams Mutter.« Sie streckte die Hand aus. »Freut mich, Sie kennenzulernen.«

Sam konnte sich nicht erinnern, wann seine Mutter das letzte Mal ihren vollen Namen genannt hatte, wenn sie sich irgendjemandem vorstellte. Sie war immer nur Ettie.

Vance ergriff ihre Hand und schüttelte sie vorsichtig. »Auch ich freue mich, Sie kennenzulernen, Miss London. Übrigens ein hübscher Name. Er erinnert mich an *Schwanensee*.«

»Eines meiner Lieblingsballette … und meiner Eltern, nehme ich an.« Sie lächelte.

»Vielleicht haben Sie recht und wir sind uns tatsächlich schon einmal begegnet. Mein Gedächtnis ist nicht das allerbeste. Ich bin ziemlich sicher, dass ich teilweise vergessen habe, was ich ganze Jahre über so getrieben habe«, fügte er grinsend hinzu.

»Ich weiß, was Sie meinen«, erwiderte Ettie. Wieder herrschte dieses Schweigen und Vantana hielt immer noch Etties Hand.

Sam fand, es sei jetzt an ihm, den peinlichen Moment aufzulösen. »Nuks ist jetzt richtig erzogen.«

Ettie zog ihre Hand zurück. »Erzogen?«, wiederholte sie mit einer gesunden Dosis Skepsis.

»Jawohl, Ma'am«, versicherte Vantana. »Ich entschuldige

mich für das, was passiert ist. Wir hätten noch ein paar Trainingseinheiten abschließen müssen, bevor wir ihn aus unserer Obhut entlassen haben. Aber jetzt ist er extrem gut erzogen.«

»Und was ist, wenn er einen Rückfall bekommt?«, fragte Ettie. »Nicht, dass ich schon zugestimmt hätte, ihn wieder zurückzunehmen. Ich bin nur neugierig.«

»Ihre Sorge ist legitim, Miss London. Aber ich würde auch von Zeit zu Zeit vorbeischauen und nach ihm sehen.«

»Das würden Sie tun?« Ettie strahlte, als sie das hörte.

»Natürlich. Es kann sogar sein, dass ich ihn zwischendurch für ein paar Trainings-Updates noch einmal mitnehme.«

»Wie viel?«, fragte Ettie. Ihre Skepsis war noch längst nicht ausgeräumt.

»Bitte?«

»Wie viel kostet es uns, wenn wir ihn behalten? Ich habe noch nicht zugestimmt, aber für den Fall, dass … Was würde uns diese ganze Spezialausbildung kosten?«

»Oh … gar nichts. Nuks ist ein Straßenhund, und … na ja, wir freuen uns einfach, wenn unsere Tiere ein gutes Zuhause finden. Das unterstützen wir so gut es geht. Außerdem hilft er uns, die anderen Hunde in unserer Obhut zu trainieren.«

»Schau dir das an, Mom!«, rief Sam und gab Nuks ein paar grundlegende Kommandos wie »Sitz«, »Platz« und »Pfote«. Ettie war nicht sonderlich beeindruckt, weshalb er beschloss, zur nächsten Stufe überzugehen. »Geh und hol die Post!«, befahl er dem Marderhund. Nuks zögerte, als wüsste er nicht genau, was er tun sollte. Er blickte Vantana an, der kaum merklich mit den Schultern zuckte. Daraufhin trottete Nuks die Einfahrt hinunter.

»Sam …«, begann Ettie, verlegen über den absurden Befehl ihres Sohns. Doch Nuks ging zum Bürgersteig, sprang zum Briefkasten hinauf, öffnete die Klappe mit dem Maul, sprang noch einmal und holte die Post heraus. Als sei das noch nicht genug, sprang er ein drittes Mal und schloss die Briefkastenklappe wieder. Dann ging er zur Haustür zurück und legte Ettie die Post vor die Füße. Sie war erst einmal sprachlos.

Als sie wieder etwas herausbrachte, wandte sie sich an Vantana. »Sie sind ein ausgezeichneter Trainer, Dr. Vantana.«

»Hm, danke. Wir geben unser Bestes.«

»Bitte, darf er zurückkommen?«, bettelte Sam.

»Ich denke, wir können ihm eine zweite Chance geben. Aber falls …!«

»Es wird nicht wieder vorkommen«, versicherte Dr. Vantana ihr. »Vielen Dank. Wenn es Ihnen recht ist, würde ich Sam gern noch erklären, wie wir Trainer mit den Hunden kommunizieren, damit er es bei Nuks genauso machen kann.«

»Oh, natürlich. Es war schön … Sie kennengelernt zu haben.«

»Ganz meinerseits, Miss London.«

»Odette.«

»Odette«, wiederholte Vantana mit seinem gewinnendsten Lächeln.

Ettie verschwand im Haus und Sam schloss die Tür hinter ihr.

»Superidee«, lobte der Doktor ihn.

»Glaubst du, sie hat dich im Krankenhaus gesehen?«, fragte Sam.

»Ich weiß es nicht«, antwortete der Doktor nachdenklich.

»Hallo zusammen!«, schallte eine bellende Stimme von der anderen Straßenseite herüber. Sie drehten sich um und sahen einen Mann auf sich zukommen. Er hatte mit britischem Akzent gesprochen und wirkte seltsam vertraut.

»Ich bin Christopher Canis. Ich ziehe gerade dort drüben ein.« Er wies auf einen Umzugswagen, der ein Stück die Straße runter vor einem Haus auf der gegenüberliegenden Seite stand. Sam und Vance blickten sich an. Sie waren beide wie vor den Kopf gestoßen. Der neue Nachbar kam näher und streckte ihnen die Hand entgegen. Vance schüttelte sie vorsichtig.

»Schön, Sie kennenzulernen. Ich bin Vance. Das hier ist Sam.«

Christopher reichte auch Sam die Hand, der sie ebenfalls schüttelte. Dabei fiel ihm sofort ein kleiner weißer Fleck auf dem Arm des Mannes auf. Sam konnte den Blick nicht davon lösen. Er hielt sogar die Hand des Mannes weiter fest, um sich den Fleck genauer ansehen zu können.

»Ein Muttermal«, erklärte der Mann. Sam nickte. Er

konnte es nicht fassen. »Gehst du auf die Mittelschule von Benicia?«, fragte der Mann. Wieder nickte Sam. »Dann sehen wir uns dort wahrscheinlich. Ich bin der neue Lehrer.«

»Der neue Lehrer?«

»Ja, ich komme für Miss Capiz. Sie musste aus der Gegend wegziehen. Familiäre Gründe, glaube ich.«

»Sie war meine Lehrerin.«

»Das heißt dann wohl, dass ich jetzt dein Lehrer bin. Na, so was! Ich habe meinen ersten Schüler kennengelernt. Und wir sind Nachbarn. Ich habe eine Menge tolle Sachen für die Klasse geplant. Magst du Exkursionen?« Sam brachte nur ein Nicken zustande. »Ich liebe gute Exkursionen.« Das hatte Sam doch schon einmal gehört. »Jetzt sollte ich mich wahrscheinlich wieder ans Auspacken machen. Ein mühsamer Job. Es war schön, euch kennengelernt zu haben, Sam und …«

»Vance«, erinnerte der Doktor ihn.

»Richtig. Vance. Bye-bye.«

Als Sams so vertraut wirkender neuer Nachbar auf die andere Straßenseite zurückging, wirbelte Sam zu Vance herum. »War das …«, begann er.

»Phylassos sagte ja, dass die Rückkehr zu Gaia für alle Tiere unterschiedlich ist«, bemerkte der Doktor.

»Dann hat sein Mut ihm seinen Wunsch erfüllt«, meinte Sam. Der Doktor schaute ihn fragend an. »Er wollte immer ein Mensch sein«, erklärte Sam.

»Ich schätze, du hast recht, Kleiner. Das war jetzt echt

der Brüller. Du siehst zu, dass du deine Dienstmarke immer bei dir hast, hörst du? Es kann sein, dass ich deine Hilfe früher brauche, als du denkst.«

»Hoffentlich«, erwiderte Sam.

Als ihm klar wurde, dass dies ein Abschied auf unbestimmte Zeit war, überwältigten Sam seine Gefühle. Er machte rasch einen Schritt auf Vance zu und umarmte ihn fest. Aufgrund des Größenunterschieds wurde eher ein Bauchdrücken daraus.

»Auf Wiedersehen, Dr. Vantana.«

Nach allem, was sie durchgemacht hatten, würde er Sam sehr fehlen. Vance hatte nicht mit einer solchen Abschiedsgeste gerechnet und kippte fast hintenüber. Er gluckste überrascht und klopfte Sam kräftig auf den Rücken.

»Pass auf dich auf, Sam.«

Sie trennten sich und Sams neuer Mentor und Freund verabschiedete sich mit einem Augenzwinkern und einem Lächeln.

* * *

Als Sam in dieser Nacht im Bett lag, überdachte er sein ungewöhnliches neues Leben. Im Nachbarhaus wohnte jetzt ein Mädchen, die eine tapfere mythische Kriegerin war und verpflichtet, ihn um jeden Preis zu beschützen. Sams ehemalige Lehrerin hatte sich als Monster aus der philippinischen Folklore entpuppt, und ihr Nachfolger war die Reinkarnation seines verstorbenen Freundes –

eines Hundemenschen, der sein Leben aufs Spiel gesetzt hatte, um ihn zu retten. Und als ob das Sams Welt nicht schon genug auf den Kopf stellte, war er jetzt auch noch Mitglied eines geheimen staatlichen Instituts, das Kreaturen schützte, von deren Existenz keiner wusste und die auch keiner für möglich halten würde.

Dr. Vance Vantana würde bald zurückkommen, um Sams Hilfe in einem neuen Fall in Anspruch zu nehmen. Bei diesen Ermittlungen würde Sam auf schockierende Informationen bezüglich seiner Familie stoßen. Dabei dachte Sam London eigentlich, dass er die verrücktesten Geheimnisse der Welt um ihn herum inzwischen alle aufgedeckt hatte. Doch er hatte keine Ahnung, dass ihm die größte Überraschung seines jungen Lebens noch bevorstand.

EPILOG

Es war später Nachmittag im Redwood-Nationalpark, als Rangerin Penelope Naughton ein kräftiges Klopfen an ihrer Tür hörte. Sie öffnete, und vor ihr stand Carl, der Bigfoot. Der orangene Schein der untergehenden Sonne umleuchtete das Fabelwesen und verlieh seiner Erscheinung einen fast himmlischen Anstrich.

»Hallo, Penelope«, grüßte Carl.

Nach den Ereignissen in Hérault hatte Rangerin Naughton endlich den Grund ihrer Amnesie erfahren. Der Bigfoot Carl, der Dr. Knox' wahre Identität schon lange kannte, hatte sich damals mit dem Doktor getroffen, um über die Gefährdung der Greifenklaue zu reden und über die geheimen Pläne des Doktors, der Sache nachzugehen. Als die argwöhnische Penelope Carl dann heimlich in einen abgelegenen Bereich des Parks folgte, wurde sie Zeugin von Knox' Verwandlung in Phylassos. Geschockt von diesem Anblick, wurde sie unvorsichtig und verriet ihr Versteck. Aus Sorge darüber, dass dieses Wissen Penelope in Gefahr bringen oder die Ermittlungen in Sachen Greifenklaue gefährden könnte, löschte Phylassos ihre Erinnerung daran.

Carl mied Penelope, als sie in den Park zurückkehrte, da er fürchtete, sie könnte sich bei seinem Anblick erinnern, was sie an jenem Tag im Wald erlebt hatte.

Doch das alles lag jetzt hinter ihnen. Carl war an diesem Tag auf Penelopes Bitte hin gekommen. Der zurückgezogen lebende Bigfoot fand die Rangerin schockiert und verwirrt vor.

»Du wolltest mich sprechen?«, sagte Carl.

Penelope nickte. »Ja. Es geht um Sam Londons DNA. Ich habe ihm Blut abgenommen, als er hier war, und, also, es ist …«

»Magisch?«, vermutete Carl.

»Teilweise, ja. Aber der menschliche Anteil ist eine noch viel größere Überraschung. Er stimmt genau überein mit …«

»Ja, ich weiß«, unterbrach Carl in einem lauten Flüsterton, als könnten die Bäume mithören.

»Du weißt es?«

»Es ist eine komplizierte Geschichte, Penelope. Eine, die der Greif bisher geheim halten konnte. Zum Schutz des Jungen wie auch seiner Eltern. Käme der Rat der Maiden dahinter, wäre eine drastische Strafe zu erwarten.«

»Aber sollte Sam nicht erfahren, wer sein Vater ist?«, fragte Penelope.

Carl lächelte. »In gewisser Weise weiß er es bereits.«

GLOSSAR
MYTHISCHER WESEN

Institut für Magische Wesen

Memorandum

Datum: [redacted]

An: IMW Magic Guardians & Verwaltungspersonal

Von: Dr. Vance Vantana

Betreff: Wesen, die mit Fall SL001 in Verbindung stehen

Es folgt eine Liste mythischer Tiere, die in Sam Londons erstem Fall auftauchen. Auf meine Bitte hin hat die Abteilung »Forensische Kunst« des Instituts zur Verdeutlichung Illustrationen zur Verfügung gestellt.

Aswang

Heimat: Philippinen

Bekannte Fähigkeiten: Kann jede beliebige Gestalt annehmen

Bevorzugte Speisen bzw. Getränke: Kinder

Anmerkung: Im Vergleich zu ihnen sind Vampire niedliche Kuscheltiere

Banshee

Heimat: Irland

Bekannte Fähigkeiten: Stößt lähmende Schreie aus

Bevorzugte Speisen bzw. Getränke: Tee mit Zitrone und Honig

Anmerkung: Vergiss deine Banshee-Blocker nicht!

Bigfoot

Heimat: Der Nordwesten Amerikas

Bekannte Fähigkeiten: Extreme Stärke, geschärfte Sinne

Bevorzugte Speisen bzw. Getränke: Kekse mit Marshmallows und Schokolade

Anmerkung: Sie riechen dich aus einer Meile Entfernung

Chupacabra

Heimat: Mittel- und Südamerika, Puerto Rico

Bekannte Fähigkeiten: Kann im Dunkeln sehen, verstärkter Geruchssinn

Bevorzugte Speisen bzw. Getränke: Blut (am liebsten von Menschen)

Anmerkung: Extremer Mundgeruch

Kynokephalus

Heimat: Südasien

Bekannte Fähigkeiten: Geschärfte Sinne

Bevorzugte Speisen bzw. Getränke: Erdnussbutter, Kekse

Anmerkung: Die von der Chihuahua-Rasse sind taffe Kerle

Gargyl

Heimat: Frankreich

Bekannte Fähigkeiten: Kann fliegen und sich verwandeln

Bevorzugte Speisen bzw. Getränke: Langusten

Anmerkung: Hat ein Herz aus Stein, sowohl im wörtlichen als auch im übertragenen Sinn

Rotkappe

Heimat: Schottland

Bekannte Fähigkeiten: Ausdauer ohne Ende

Bevorzugte Speisen bzw. Getränke: Vom Weg abgekommene Reisende

Anmerkung: Lass dein Ego Ego sein und ruf Verstärkung. Sie holen dich in jedem Fall ein

Tanuki

Heimat: Japan

Bekannte Fähigkeiten: Kann seine Gestalt wechseln

Bevorzugte Speisen bzw. Getränke: Nüsse und Beeren

Anmerkung: Über die Maßen anhänglich und loyal

Troll

Heimat: Skandinavien

Bekannte Fähigkeiten: Besitzt enorme Kräfte

Bevorzugte Speisen bzw. Getränke: Immer das, was ein Freund gerade isst oder trinkt

Anmerkung: Teile einen Keks mit einem Troll und du hast einen Freund fürs Leben

Yeti (Schneemensch)

Heimat: Himalaja

Bekannte Fähigkeiten: Extreme Stärke, geschärfte Sinne

Bevorzugte Speisen bzw. Getränke: Yaks

Anmerkung: Groß und wütend. Das sagt alles

Weitere Kreaturen (Verifizierung steht noch aus):

Bergheste

Heimat: Nordengl…

-

-

-

ÜBERTRAGUNG UNVOLLSTÄNDIG

IMW-AKTEN-VERSCHLÜSSELUNG

IMW-Fallakten werden im folgenden Format erstellt: #XXXXX-XXX-XX.X.

Dieser zehn- oder elfstellige Code besteht sowohl aus Buchstaben als auch aus Zahlen.

Die erste Buchstaben- und Zahlenfolge steht für den ermittelnden Magic Guardian und enthält außerdem die Nummer des Falls, an dem dieser Guardian arbeitet. Die hier wiedergegebenen Akten sind Sam London (SL) zugeordnet. Da dies Sam Londons erster Fall ist, sind die Akten mit 001 gekennzeichnet.

Die zweite, dreistellige Zahlenfolge ist der vom IMW festgelegte Code für das Vergehen, in diesem Fall 180. Dieser Code steht für Verbrechen, die unter dem Begriff Rebellion zusammengefasst sind. Im Sprachgebrauch des Instituts bezieht sich Rebellion auf jedweden Versuch der Zuwiderhandlung oder des Unterlaufens von Phylassos' Gesetz.

Die letzte zweistellige Zahl steht bei Akten, die aus mehreren Teilen bestehen, für den entsprechenden Teil der Akte. Danach folgende und durch einen Punkt getrennte Zahlen bezeichnen die verschiedenen Abschnitte dieser Aktenteile.

Betreff: Gibt an, was Gegenstand des Aktenteils ist.

Quelle: Nennt die Quelle oder die Quellen der in einem bestimmten Aktenteil enthaltenen Information. Diese Quellen werden durch eine Abkürzung wiedergegeben. Es folgt eine Liste relevanter Abkürzungen:

SB: Sonderberater

MK: Mythische Kreaturen

AEB: Abschließender Einsatzbericht

KA: Krankenakte

OB: Observationsbericht

HR: Hintergrundrecherche

ZA: Zeugenaussage

BD: Behördendaten

Datum: Das Datum, an dem der Vorfall oder die Ermittlung stattfand.

Formulare: Gelegentlich enthalten Fallakten von IMW-Mitarbeitern ausgefüllte Formulare, um ermittlungsrelevante Zeugeninformationen oder Geheimdienstquellen festzuhalten. Das Formular FD-11 wird zum Beispiel bei der Überwachung von Personen, die im Zusammenhang mit einem Fall als wichtig eingestuft werden, für Tätigkeitsberichte verwendet, die sich auf Zeugen- und Informantenaussagen oder Observierung stützen.

Besondere Verschlüsselung: Verwaltungsbezogene Akten werden mit Zahlen ab 400 verschlüsselt. Der Code 470 zum Beispiel ist für Personalakten reserviert. Solche Akten wurden aus Datenschutzgründen hier nicht abgedruckt.

PARKS, DEREN BESUCH SICH LOHNT

Death-Valley-Nationalpark

Kalifornien, Nevada

nps.gov/deva/index.htm

Great-Smoky-Mountains-Nationalpark

North Carolina, Tennessee

nps.gov/grsm/index.htm

Redwood-Nationalpark

Kalifornien

nps.gov/redw/index.htm

Shasta-Trinity National Forest

Kalifornien

www.fs.usda.gov/stnf/

Sche-Phoksundo-Nationalpark

Nepal

dnpwc.gov.np/protected_areas/details/
shey-phoksundonationalpark

Kuapnit-Balinsasayaw-Nationalpark

Philippinen

abuyogleyte.gov.ph/about-abuyog/places-to-visit/kuapnit-balinsasayao-national-park/

Unterstützt die Nationalparks Amerikas

National Park Foundation

Offizielle Stiftung amerikanischer Nationalparks

nationalparks.org

Danksagungen

Eine Danksagung stelle ich mir wie ein symbolisches höfliches Antippen des Hutes vor, doch im Fall der nachfolgend genannten Personen müsste ich den Hut abnehmen und mit Schokolade, Blumen und ewiger Dankbarkeit füllen:

Dolores, die es möglich gemacht hat,

Tiffany, die Gefühl hineingebracht hat,

Valentina, die es lohnenswert gemacht hat,

Lacy Lalene Lynch und Dabney Rice von der Literaturagentur Dupree/Miller & Associates, die es umgesetzt haben,

Random House und Delacorte Press, die es verwirklicht haben,

Krista Vitola, die es (um Klassen) besser gemacht hat,

Colleen Fellingham, die es noch besserer (sic!) gemacht hat,

Sarah Hokanson, Kevin Keele, Julius Camenzind und Chris McClary, die es optisch wunderschön gemacht haben,

Monkey Max, der es magisch gemacht hat,

und alle Familienmitglieder und Freunde, die mich über die Jahre hinweg in meinen Ambitionen bestärkt, mich unterstützt und bei Laune gehalten haben. Euch allen, die ihr mitgeholfen habt, dass ein Traum wahr wurde, danke ich.

© privat

Todd Calgi Gallicano begann nach einem Studium in New York seine Karriere in der Filmindustrie, bevor er sich schließlich dem Schreiben widmete. Wenn er nicht gerade an einem neuen Roman arbeitet, verbringt er seine Zeit am liebsten mit seiner Frau und seiner Tochter. Heute lebt er mit seiner Familie in North Carolina, wo er ständig nach Gargylen, Chupacabras und anderen unheilvollen Wesen Ausschau hält.